落水者

指紋 著　施一凡 改編

1

一切開始之前

1 之前的之前

如今鮮有人知道，津港市律師行業的出現，比中國大部分城市都早。一九七九年，中國律師制度恢復重建。一九八三年，中國第一家律師事務所在深圳蛇口成立，執業律師十五人，其中四個來自津港。二十世紀八〇年代末期，這四人回到家鄉，成立了津港市第一家律師事務所。

這四人性格迥異：一個開朗，能迅速跟所有人打成一片；一個理性，熟悉所有法律條文；還有一個非常強勢，說一不二，是所有人的大哥；第四個則沉默寡言，瘦瘦高高，戴一副厚厚的眼鏡，讓人琢磨不透。在破舊的集體宿舍裡，他們一次又一次地探討著將要成為什麼樣的律師，憧憬著津港法律行業的未來。這樣的探討，往往會持續半個通宵。

當時的津港與其叫作城市，不如說是臨海的小城鎮。它最主要的經濟支柱是漁業，沒有重工業，沒有農業——當然，更沒有法律行業。所以這家律所最初也不算興盛，只偶爾進行訴訟、辯護和法律援助業務。直到二十世紀九〇年代中期，對外貿易發展起來，一些製衣和造船行業的公司開始需要進行契約文書方面的法律諮詢。再後來，當經濟進一步騰飛，銀行和稅務機構也開始需要外聘常年法務和法律顧問，市場對職業律師的需求逐步增大。

當常住人口從七十萬增長到超過七百萬，這座城市就從蹣跚學步的孩童成長為野蠻的巨人，長出龐大的軀幹和雙手；法律行業如同血管和經絡，在其間蔓延出軌跡。那四人的律所開始擁有越來越多的律師，越來越多的業務。他們也從面容青澀的新人律師，逐漸成為資深律師乃至行業的領頭人。「要成為什麼樣的律師？」這個問題太過幼稚，不會再有人問。他們建立的，是整個法律行業的規則，這套規則與這座城市的擴張相互纏繞，與這座城市相互馴服。

然而，人與人本就是不同的。狼與虎的幼崽可以一同長大，但當它們成熟，就無法一起捕獵，甚至會互相仇視。

新世紀之交，他們的律所接連經歷兩次分裂。

活潑的那個和理性的那個一起，離開了原來的律所，創建了一家新律所——從他們的名字裡各取一字，名叫德志。德志所在津港站穩腳跟之後，沉默寡言的那個也離開原本的「大哥」，投奔他們。一年之後，他成為德志所的主任，他的兩個朋友一個離開了法律行業，一個提前退休，離開津港。同年，他們的「大哥」經人舉報入獄。於是，最不起眼的那個摘下眼鏡，成為上位者。

在所有人聚焦於他三位朋友的分合時，他蟄伏著，在大學任教，走的是種樹的路。法院、檢察院、律師，跟法律有關的行業，到處都是他的門生故吏。倘若再多留心幾分，則不難發現，「大哥」入獄的案子，主審法官和公訴人都是他的學生。而另外兩人的提前退休和轉行，亦都是發生在和他的某次爭吵之後。

他的學生，他學生的學生，占據越來越多重要的職位。當樹木成長為森林，就覆蓋整片土地，他於是成為學術泰斗，以及唯一的祖師爺。

從那時起，人們才開始見識他的方式。他們看清他做事的手段，看到他盤根錯節的勢力，服從他建立的規則。從那時開始，大家叫他「主任」或者「老爺子」，不太有人叫他的本名。想起這個，他也偶爾有些失落，好像大家都不會記得，他叫曠北平。

這之後的十年裡，德志所是津港市最大的律所，曠北平是津港律師界唯一的元老。然而當雄獅蒼老時，年輕力壯的獅子會蠢蠢欲動，發起挑釁。第十年，曠北平在換屆選舉時，被兩個毛頭小子趕下主任的位置。

獅子雖已蒼老，餘威尚在。曠北平並沒有就此退休或者銷聲匿跡。次年，金馥律師事務所成立，曠北平是主任合夥人，其他合夥人都是他多年的門徒、研究生，以及心腹。德志所離開了曠北平的庇蔭，卻未在那兩人的手中式微，同樣穩步發展。

年長的獅子等待時機，想將年輕的反叛者趕盡殺絕。年輕的獅子則虎視眈眈，抿起嘴唇，不露利齒，卻隨時準備撕咬。從表面看，事情不過如此。

但是，事情不止如此。

當年趕走曠北平的兩人，其中一個所覬覦的的確是領地、權力和曠北平多年的基業；但另一個人並不是。他所在意的，是曠北平和他朋友們年輕時那些幼稚的提問。這些提問指向對意義的質詢，是一種比野心更大的東西，名為希望。比起他那雄心勃勃的夥伴，曠北平更厭煩這個人。

在意那種東西的人，要的不只是權力與地位，而是另一個系統，另一種方式——天真，幼稚，自不量力。

喬紹廷。

每次咀嚼這個名字，曠北平都會感覺指尖或者是舌頭外側刺痛一下。

對於喬紹廷，曠北平的理解非常正確，或者說，直到三月一日之前都非常正確。

2 三月一日一點之前

下午一點，落地窗好像要把整座城市的陽光都吸收進來，屋裡一片刺眼的金色。金馥律師事務所位於津港市中心，占據一整層辦公樓層。事務所前臺掛著金絲楠木製的隸書招牌，「國之權衡，時之準繩」的橫幅懸於下方。大廳窄長，上百套桌椅擺得橫平豎直，一眼望不到頭。

蕭臻正坐在待客區，等待面試。她二十六歲，穿著中規中矩的黑色套裝，戴一副黑框眼鏡，沒有化妝，低調不引人注目。在上一家律所，她總被人評價聰明伶俐，如今她隱藏起這一面。頭頂右側的一縷頭髮總是翹著，她也用髮膠抹平。

從走進金馥所到現在，她觀察了辦公室的布局，觀察了律師們進出忙碌，也觀察了合夥人從有玻璃幕牆的辦公室出來，低聲打著電話，不時提到曠北平的名字。還有前臺旁邊的透明玻璃櫃。那個櫃子一共四層，放的都是曠北平這些年來得到的各種榮譽證書、獎章和獎盃。

金馥所無疑是曠北平一人獨大——依賴著他的關係辦案，維持著極高的勝率。曠北平的關係不僅覆蓋警檢法領域，也蔓延到政商界，他所鋪陳的關係網路能夠操縱司法程序，對造律師往往要擔很大的壓力。整個金馥所宛如一棵盤根錯節的巨樹。

德志所的模式則完全不同。比起金馥所，德志所承接更多的非訴訟案件，解決案件的方式也更為多樣。金馥所能夠操縱司法機關，自然也就將司法程序視作所有問題的唯一解法。德志所則沒有這層桎梏，他們找到了另外一種方式去定義這個行業的職業訴求。對他們而言，讓他們的當事人達成所願，才是更為重要的事——司法途徑只是眾多途徑中的一種。只要能維護當事人的利益訴求，什麼辦事方式在那裡都會有一席之地。正因如此，德志所沒那麼依賴關係網，而能另闢蹊徑，像即將一飛沖天的、輕盈的鳥。

金馥所聘用了近百名執業律師，近年還在擴編；德志所的律師數量只有金馥所的一半，但同樣飛速擴張。今年律師協會換屆改選，德志所的主任和曠北平都報名競選主席。當初將曠北平趕出德志所的人，如今又要和他成為對手。

即便不談舊日恩怨，作為津港市規模最大的兩家律所，風格迥然不同，又要競爭主席的位置，它們之間的關係也非常微妙。

對德志所而言，能夠再次成為曠北平的對手也許意味著他們風頭正勁。而曠北平想要的恐怕就更多一些，不只是贏得一次競選，而是更為徹底和全面的勝利，比如說將德志所一擊斃命。

蕭臻閉上眼睛，試著想像自己坐在曠北平的位置，尋找德志所的破綻。德志所的律師們在她眼前變為一顆顆小小的彩色糖豆，那些糖豆跳躍著，在棋盤上四處翻滾。其中一枚的顏色和別的都不一樣。

那個人在津港律師界是個非常特殊的存在，就算在德志所內部也是如此。他有「全國十佳律師」的招牌，有從業十七年零敗訴的行業紀錄，還有個流傳甚廣的原則——不吃當事人的飯，不收當事人的紅包。

但說他特殊，不是因為這些名聲，也不是因為那些原則。那個人做律師的方式，和別人不太一樣。

蕭臻的思緒定格於那個名字——喬紹廷。

電梯門開了。

上午九點，喬紹廷正快步走在拆遷公司的走廊。他不到四十歲，看起來才三十歲出頭，一張娃娃臉，不似傳統認知中律師的低調老成。喬紹廷昂首挺胸的樣子頗為桀驁不馴，西裝恐怕比整家拆遷公司的家當都貴。兩排穿著統一的「幫派分子」能感覺到喬紹廷的氣勢，圍上前又不敢阻攔，猶豫著互相對視。喬紹廷瞟向這幫人，嘴角噙著冷笑。

對此時的他而言，這只是再普通不過的一天。

徑直走到走廊盡頭的大辦公室，喬紹廷推門而入。四十來歲的拆遷公司經理曹總見喬紹廷進屋，連忙站起來。曹總長得蠻橫且不好惹，光頭配手串，脖子上的肉層層疊疊，一見喬紹廷，滿臉堆笑。

喬紹廷手塞口袋，一臉不吝，和他昂貴的西裝形成巨大反差：「曹總，我的當事人說，你的手下在他家門口晃來晃去，什麼意思？」

曹總表情猙獰起來，皺著眉頭，厲聲呵斥手下不聽指揮。一番訓話之後，他又賠著笑臉對喬紹廷說：「這點小事，您打個電話就好了，何必還親自來一趟……」

喬紹廷在曹總對面坐下，擺手拒絕遞來的菸，喝了一口新倒的茶。曹總見喬紹廷臉色緩和，忙倒起苦水，說拆遷太不好幹，喬紹廷的當事人簽下協議又反悔，說什麼兩百四十萬太低，老婆鬧離婚……手下也是逼不得已——

喬紹廷擺手打斷他：「那你就讓他離。把契約簽了，再幫他找個對象不就好了。」

曹總神情尷尬，困惑於喬紹廷是不是在開玩笑。

「你們搞拆遷的是為了解決問題，而解決問題的方法絕不只有『打罵』、『威脅』、『羞辱』，多動動腦子。」喬紹廷沒在開玩笑。劍走偏鋒，歪門邪道，只要不犯法的，都是辦法。說話間，他抬手看了眼萬國手錶：「我馬上要去開庭了，你去不去？」

同一時間，經濟貿易仲裁庭，喬紹廷的同事洪圖正在開庭，陪同者是德志所的主任合夥人章政。

洪圖三十來歲，很瘦，短髮，濃妝，嘴唇塗成暗紅色，穿著一看就價格不菲的精緻套裝。章政則四十歲出頭，深深的法令紋配上凹陷的眼窩，像條思慮過度的深水魚。

案子不複雜，基金管理人擅自為客戶的債券加了七倍槓桿，賠了太多錢，如今客戶追責。管理人聲稱一切操作都源於客戶的指示，然而拿不出證據——聊天紀錄、電子郵件、電話錄音，什麼都沒有。一口港臺腔的原告律師卻證據充足，步步緊逼，依次給出合約、帳本和對話截圖。基金管理人經理雙手交握，蜷縮脊背，努力擠出抱歉的微笑。作為被告律師，洪圖和章政勝算不大。

「主任，這個案子你為什麼不讓喬律師來？」洪圖壓低嗓音，朝左微傾。

面對洪圖的明知故問，章政笑笑，沒有回答。

洪圖冷哼：「難怪這麼大的案子派給我，原來是為了保住喬律的不敗金身。」

「他今天有另一個刑庭要開，也是抽不開身。」章政薄薄的嘴唇幾乎不動，如同腹語。

「他去開的庭，勝率一定比較高，主任你怎麼不跟他一起去風光？來這裡陪我多委屈。」洪圖繼續陰陽怪氣。

章政吞嚥口水，朝洪圖的方向靠靠：「你得理解，律所想繼續發展，有些表面功夫必不可少。」

「對，所以我們得精心打造出喬律的不敗金身，營造成津港的『十佳律所』，再拉攏來韓律師這種有行業背景的靠山……」洪圖說到後面，不自覺提高音量，仲裁員投來警告的目光。

章政拍拍洪圖的手臂，自然地接過話：「以及擁有洪律師你這樣的核心業務骨幹。」

「我是核心業務骨幹？那喬律算什麼？」

「他是打手。」

九點半，喬紹廷的凱迪拉克駛入法院停車場。

他正瞄著車位轉彎，汽車的引擎蓋上忽然多了個人。

喬紹廷嚇一跳，猛踩剎車，就看到有人順勢半趴在車上，伸手指著他喊道：「你想撞死我啊！」

這是馬律師，平日溫文儒雅，胖乎乎的，見人三分笑。此刻眼鏡歪斜，氣急敗壞，在車頭大呼小叫。

他跟喬紹廷分別代理一場性騷擾訴訟的被告和原告，這幾天他一直傳訊息要再談談，喬紹廷都沒理會。

喬紹廷搖下車窗，探出頭來：「馬律師，我車上有行車紀錄器的，碰瓷算敲詐勒索，你知道吧？」

馬律師繞到駕駛座一側，單刀直入說起他們在打的案子。內容是老一套，喬紹廷的當事人沒說實話，他的當事人沒有性騷擾女孩，後面的訴訟，喬紹廷他們也拿不出物證。

喬紹廷一陣冷笑。短時間，封閉空間，一對一，突發事件，本來就不可能苛求當事人提供有力物證。他和馬律師都清楚，物證不是重點。

馬律師以誇張的幅度揮舞雙臂，語言系統彷彿由手部驅動，翻來覆去說如果鬧上法庭，原告根本沒有勝算。喬紹廷繼續點頭。勝算也不是重點。

「你說庭外和解就願意撤訴，這案子你們鐵定會輸，我的當事人為什麼要和你們和解？」馬律師以激昂的質問結束敘述，雙手在空中戳出個休止符。面對馬律師的瞪視，喬紹廷長出口氣：「既然你這麼確定案子能贏，又何必追著我談？」

馬律師愣住，沒料到喬紹廷一下就問到自己的痛處，抓住命門。

這起案子的重點，從來都在法庭之外。

「只要訴訟持續下去，你的當事人就會不斷出現在輿論焦點上，他過往的成就、現在的職稱和未來的前途就都會完蛋，幾年之內他絕對翻不了身。等訴訟結束，過個三五年，公眾也許會逐漸遺忘這件事，他可以小心翼翼，在學術界重新探頭——晚了。黃金上升期結束，位置被同齡人占了，奮起直追的後輩還會擠壓他最後一點生存空間。所以賠錢和解，讓這件事盡快平息，是你們唯一的選擇。」喬紹廷語速緩慢，邊說邊將車停穩，馬律師的臉色越發難看。

喬紹廷下車，走到馬律師面前，低聲報出數字。

「你們這是敲詐……」馬律師的聲音比剛才低個八度。

敲詐？喬紹廷似笑非笑，一言不發。那名被告就是個畜生，是個慣犯，受過他騷擾和侵害的女性不只一個。喬紹廷的當事人在事件描述上也許有偏差或誇張，但騷擾行為——哪怕僅僅是言語騷擾——一定發生過，否則那個女孩不會第二天直接報警。

「我們都是律師，要講證據。」馬律師的語氣帶點委屈。

「沒錯，我們是律師，律師就有責任讓當事人接受對他最有利的處理方式和結果。」說著，喬紹廷指指馬律師，「更何況，總該有人讓他付出代價。」

喬紹廷說完，走向法院大樓。

馬律師咬咬牙，上前一步：「兩百萬。我的當事人也許不夠檢點，但在這件事情上，他多少有點冤枉。」

「三百萬，一分都不能少。」

馬律師還想申辯，喬紹廷搶先說道：「馬律師，賠了這筆錢，以後他再想騷擾年輕弱勢的女性，就會想起這七位數。我不相信他會在道德上自省，但也許金錢能讓他老實一點。」

馬律師愣愣，嘆了口氣，後退半步，認命地用指尖纏繞頭髮。喬紹廷知道，他接受這個價格。

「馬律師，我代她們謝謝你。」

馬律師笑了，充滿自嘲：「你的當事人不用謝……」

「不，我的當事人覺得你就是個替變態洗白的王八蛋。我說的是那些未來本有可能受他侵害的女性。」

馬律師目光閃躲，喬紹廷走向法院。

喬紹廷此刻的酣暢源於勝利，也源於賠償金額。絕大多數律師不會接這起案子；同樣，絕大多數律師爭取不到這樣的庭外和解。勝利的味道當然甜美，這筆數目也相當不錯，但更為重要的是，這個結果在他看來，相對公平。

「我的當事人通過為低波動性資產加槓桿，來平衡投資組合的風險報酬，使投資組合達到更高的風險調整後收益，即更高的夏普比率……」仲裁庭裡，基金管理人代表還在陳述。良好的動機搭配糟糕的結果，毫無說服力可言。

洪圖側頭，繼續和章政低語：「有喬律在的一天，我在律所就不會有出頭的機會。」

章政還是不動嘴唇，語速飛快，向洪圖闡明事務所格局。他自己要競選律師協會會長，一旦成功，以後肯定沒有那麼多時間管理事務所。喬紹廷不懂管理，心思都在案子。還有個合夥人韓彬，一年都來不了律所兩次。律所勢必需要更多的合夥人，未來德志所就是她洪圖說了算。

這番前景頗讓洪圖心動。章政看洪圖瞇著眼睛，暗暗盤算，樂了：「你看看你，哪有跟自己師父較勁的？」

洪圖臉一紅，隨後笑得雲淡風輕：「我們兩個到底誰較勁？他到現在都不肯讓出『王博和雷小坤故意殺人案』的代理權呢。」

章政眼睛一瞇，開始出神。

新話題很有效果。章政競選律協，曠北平也不能因此公開發難，無論局勢再膠著，戰爭也需要個導火線。王博和雷小坤那個案子，當導火線，很合適。

那起辯護原本是所裡例行的法律援助專案，只需要隨便派兩個律師走個過場。但不知道為什麼，喬紹廷盯上它不放。於是原本是邊角料的案子，現在成為章政的心腹大患。

「那個案子證據確鑿，肯定沒希望。」洪圖接著刺激章政，「我們所上上下下這麼多人，替他維護出不敗紀錄，現在恐怕要完蛋了。」

「我會繼續想辦法說服他……不過紹廷做刑事辯護確實很有一手，或許他能替兩個被告人保住腦袋呢。」章政安慰自己，但他跟洪圖都心知肚明，問題並不限於輸贏。

「那個案子的被害人是嚴裴旭的女婿。嚴裴旭背後可是曠北平，是我們整個津港律師行業的老太爺。當年你和喬律聯手把他從德志所擠走的舊恨還沒完，這次是打算把搞垮我們所的機會往人家手裡送嗎？」

章政被洪圖說中痛處，不由嘆氣。

跟喬紹廷聯手把法學泰斗趕出律所，如果放到現在，章政肯定不會這樣冒險。說到底，他是個謹小慎微的人。但他也記得，當初喬紹廷提出這個計畫時，他們是如何兩眼發亮，喝著啤酒，吃著洋芋片，聊了一整夜。人年輕時總認為自己能吞下巨物，然而那個事物可能比他們能夠想像的極限都還要龐大，會卡在喉嚨不上不下——形成如今尷尬的局面。何況現在，喬紹廷的行為，無異於在明面上跟曠北平再次單挑。

「喬律對這個案子怎麼有那麼大的執念？」洪圖確實好奇。

「被害人的老婆叫嚴秋，是紹廷當年沒追到的女神。」章政敷衍道。事實上他自己也搞不清楚，真的就只是因為這點原因嗎？

「哦？這事還有八卦聽？」洪圖捧場，點頭，同樣不信這個說法。女神的丈夫死了，搶著替殺人凶手辯護，這應該不是製造浪漫重逢的良好途徑。

「基金管理人的越權操作，以及危機後期風險控管的失效，這種模型風險、操作風險、內控風險，以及對沖基金高業績提成比例的特點所形成潛在的『道德風險』，均具有個性化與不可預測性……」基金管理人代表的陳述到達尾聲。洪圖瞥了眼身旁的管理經理，發現他已自我放棄，兩手垂放在身側，低垂著腦袋。在這種氣氛中，洪圖說著無力的辯護詞，不自覺地開始摳起指甲。

庭審繼續。

十點半，中級人民法院刑事審判庭，喬紹廷的庭審正進行到控辯雙方交鋒的階段。

公訴方坐著一名檢察官和一名檢察官助理，審判席上是合議庭的審判長和兩名審判員，辯護人席上一共有五名律師，喬紹廷在其中。

被告席上的五個男孩，有的滿臉青春痘，有的染著黃頭髮。站在靠邊位置的那個明顯比其他四人高大壯實，臉上還有鬍渣。這人就是拆遷公司曹總的兒子，曹海。

旁聽席上坐著被害人和被告人的家屬，曹總也在其中，他正伸長脖子，一下望向喬紹廷，一下又望向曹海。曹總之所以對喬紹廷恭敬有加，除去喬紹廷本人的因素，曹海的案子也占比不小。

「曹海的辯護人，你在辯護意見裡說，作為這起搶劫案中被害人與被告人雙方唯一的成年人，曹海卻不應當承擔任何刑事責任？」檢察官努力讓語調平和，還是透出一點嘲諷。

喬紹廷一臉坦然：「我是說，他在這起搶劫犯罪行為中，不具備任何地位。他既不是主犯，也不是從犯，更不是脅從犯。」

此言一出，其他幾名辯護人都睜大了眼，齊刷刷看向喬紹廷。

喬紹廷繼續他的陳述——曹海不過是住在搶劫地點的樓上，又恰好跟一名被告認識，被喊下樓抽了根菸，聊了一下天，被害人中有一個還沒有指認出曹海，那更能證明曹海根本沒參與搶劫——

審判長忍不住開口打斷：「那依你的說法，出現在搶劫案發現場的曹海，是什麼性質？」

喬紹廷聳肩：「他……就是路過的。」

此言一出，另外幾名辯護人都低頭憋笑，旁聽席上甚至有人笑出了聲。審判長瞪了喬紹廷一眼，轉頭看檢察官。檢察官一臉不耐煩。曹海半張著嘴，他都不知道自己原來這麼無辜，這麼倒楣。

喬紹廷神色如常，他才不在乎別人怎麼看。他只需要效果。

檢方的不耐煩延續至庭審結束之後，喬紹廷簽完筆錄，去和他們握手：「我這純屬無理取鬧，多有得罪。」

助檢繃著臉，繼續收攏卷宗。檢察官倒是大度，握手還附贈一枚微笑：「都是工作，能理解。畢竟被告人的家屬在場。」

喬紹廷回報以「感謝理解」的眼神，往外走，心知肚明自己就是這樣的律師，做出近乎攪訴的辯護，和那個曹總在場沒有半點關係。

法庭門口，曹總興奮地追上他：「喬律，厲害！沒錯啊，我兒子就是路過的！你說這法院是不是應該當庭放了他？」

喬紹廷的笑容已在這十幾公尺長的道路上揮發乾淨，他站定回身，一臉嘲諷：「你手下去威脅我客戶的時候，為什麼每次都至少去三四個人？」

「啊？」曹總愣了。

「你也知道人多能嚇唬人？曹海快二十歲了，身高一百八十幾，在被搶劫的孩子眼中，他站著就是助威。還想當庭釋放？緩刑都別作夢！」

「啊？但、但您剛才不是……」

「我是努力爭取讓曹海不要在一起未成年人實施的搶劫犯罪中，作為唯一的成年人被判得最重。僅此而已。」

曹總愣在原地，襯衫從皮帶裡掙脫出來，露出一小截肚皮。他大概沒想到，代理費加上諂媚迎合，買不走喬紹廷的判斷力。曹海是成年人，而搶劫是暴力犯罪，是重罪，最後要是能爭取下來一年的實際刑期，曹總都該燒香拜佛了。

喬紹廷往外走，不忘扭頭叮囑：「別讓你的手下再去騷擾我的客戶，以後有時間多回家管管兒子。」

喬紹廷邊說著邊走出法庭。如果他沒記錯，那個貿易仲裁案正在開庭。這本來也是喬紹廷的案子，所以他也做過一些前期調查。撇開他調查的結果不談，那是個穩輸的案子。

他能想到章政的一臉愁容，也能想到洪圖每每焦慮時低頭摳指甲的樣子。畢竟是徒弟、同僚，別弄得太難看才好。

喬紹廷拿出手機，開始編輯訊息。

「……給我方造成巨額損失，本質上是申請人由於過度追求收益而不顧操作許可權，向撒旦下注而導致的結果！」原告律師正慷慨陳詞。幾名基金管理人面如灰土。

洪圖深吸口氣又緩緩吐出。不是她沒有能力，而是沒有證據，就算是喬紹廷也不可能贏得這場官司。

就在此時，章政輕輕一拍洪圖，從會議桌下給她看手機，是喬紹廷發來的訊息。洪圖飛快瀏覽，有點疑惑，和章政對視。章政朝她點頭。

「被申請人，申請人認為你們是越權操作。關於這部分，你們有什麼解釋？」首席仲裁員朝他們發問。

洪圖瞥了眼手機，照本宣科：「被申請人這一方的操作，並沒有越權，而是得到了客戶及申請人──基金託管人的臨時指示。」

原告律師立刻憤怒反駁，洪圖不予理會。雖然也不確定這能有什麼效用，她還是繼續按喬紹廷發來的資訊陳述：「在合約上，清楚地註明了客戶是兩個人——梁忠先生和他的夫人李靜女士，槓桿行為源自李靜女士的指示。這部分仲裁庭可以調取他們的聯繫紀錄，或者被申請人在得到授權的情況下，也可以去調取這部分紀錄，作為證據出示。」

李靜的確不在庭上，但這充其量也就是緩兵之計。洪圖很清楚，李靜沒有提出過加槓桿。

原告律師推了推假髮，正忍不住想再次反駁，坐在一旁的基金託管人代表，也就是梁忠，突然伸手攔下律師。律師扭頭看他，就見他面帶顧慮，微微搖頭。

原告律師詫異，洪圖同樣意外。她斜眼看向章政。章政的表情意味深長。

中午十二點，原告律師主動向洪圖要求撤訴和解。

仲裁委員會停車場，章政斜倚後車門，站在車旁，拿著手機，一臉興奮。

「紹廷，你可以啊。對方主動要求和解。你怎麼知道李靜向基金託管人下達過加槓桿的指示？」

「我不知道，但我知道她和基金託管人的經理有一腿。如果事情敗露，對他們整個家族都是大醜聞，而基金託管人那邊也會失去他們最重要的客戶。」

至此，喬紹廷一上午處理的四起案子，都贏得了不同程度的勝利。他以其他律師不會運用的手段，爭取到了其他律師未必能爭取到的東西。

可是，當喬紹廷將同樣的這套方式運用到王博和雷小坤的案子上，就會激怒不該被激怒的人。就像洪圖跟章政說的，王博和雷小坤的死刑判決，可以稱得上證據確鑿，在凶手的辯護方面，喬紹廷找不到突破口。這次，他另闢蹊徑的方式，是將目光轉向被害人朱宏。

喬紹廷有個老同學名叫鄒亮，在津港銀行做客戶經理。喬紹廷就從這個人身上入手，讓他幫忙調查朱宏一家的財務狀況，試圖發現朱宏的破綻。

然而，他並沒有意識到——或者說他意識到了但沒有在意，津港銀行的常年法律顧問是金馥律師事務所。

3 曠北平

下午一點，蕭臻看著電梯門打開。

黑色柔軟皮質沙發，將手指壓上去，會陷入半個指腹。玻璃茶几上放著免洗紙杯，裡面是開水，如果直接拿起來喝，她不會知道自己被燙到喉嚨。先天性無痛症是一種極為罕見的染色體隱性遺傳疾病，其臨床特徵為患者自出生以來，任何情況下身體的任何部位均感覺不到疼痛。痛感和觸感能幫助人確認很多東西。無痛症意味著成為一隻沒有回聲定位系統的蝙蝠——所有的石頭都扔進深潭，沒有回聲，不拍擊水面。蕭臻時常覺得，就是因為有這樣的疾病，她才比別人都更在意「座標」。

曠北平大步走出電梯，一百九的身高將周遭的物體都襯托得很小。他穿白色休閒裝，灰白色頭髮十分濃密，肩膀很寬。來面試之前，蕭臻在網路上見過他年輕時的照片。眼前這個人和三十年前那個戴黑框眼鏡的瘦高竹竿，未免差別太大。

即便兩腮的肉稍稍下垂而顯得老態，曠北平也很英俊，舉手投足像個加大號、退出影壇的電影明星。之前看照片的時候，蕭臻沒意識到這點。

跟在他身後的矮個子一路疾走，為他推門、提包，因太過周到而顯出諂媚。這是曠北平的合夥人薛冬，外界都說，這是個唯利是圖的小人。然而，人都是立體的，當一種氣質以壓倒性的樣貌成為某個人的標籤，那就免不了有塑造的成分。追名逐利之輩最愛將情懷與夢想貼在額頭上。

蕭臻看著薛冬，想起為秦王滅趙的大將軍王翦。王翦表現得愛財如命，方能手握重兵，在多疑的秦王眼皮底下生存。或許薛冬對曠北平也是一樣，諂媚、愛財的真小人，反倒會讓曠北平放鬆警惕，覺得安心。

如果蕭臻沒記錯，這個人跟喬紹廷和章政是大學時代的兄弟。六年前，曠北平被迫離開德志所，薛冬幾乎在同一時間從原本的事務所離職。所有人都以為薛冬要去德志所當合夥人，誰都沒想到，他選了金馥。

「主任，您多慮了。章政這次去律協參選，無非就是想表個姿態，讓大家覺得德志所有能力跟我們一較高下。至於什麼『十佳律所』或是韓松閣的兒子，在競選中起不到什麼助力。」薛冬邊小聲說話，邊從待客區走過。曠北平側頭瞟他一眼，沒有接話。見曠北平回來，前臺秘書和裡裡外外的律師紛紛起身恭迎。曠北平一副大家長派頭，深沉和藹，朝眾人擺手。

剛才訓斥實習律師的那個合夥人也從辦公室小跑著出來，畢恭畢敬跟曠北平打招呼。

蕭臻想起來了，這個人是曠北平的研究生付超，從進入法律行業那天開始，他就一直為曠北平鞍前馬後。要說辦事能力，他可能不如律所助理，但要說對曠北平的忠誠，很難有人和他比肩。

「小付啊，什麼時候回來的？還順利嗎？」

「一提您的名字，從看守所到刑庭，一路暢通。」

曠北平笑著輕拍他的肩膀：「那是因為你辦案得力，和我有什麼關係？」

觀察著這些，蕭臻忽然感到無聊。所有事都和她沒什麼關係。人們行走，說話，打出個大大的哈欠，往垃圾桶投擲瓶子……人世間的一切，好像都和她沒什麼關係。失去痛感，關聯感就也變得奢侈。因為沒有座標。

跟喬紹廷的短暫交集，在蕭臻腦海一閃而過。

那次是個例外。

一路播撒聖恩之後，曠北平走進辦公室。薛冬跟付超打個招呼，又朝助理遞個眼色，獨自隨曠北平進屋。

關上門，一轉身，曠北平的臉立刻沉了下來。六年前，德志所主任換選，章政投自己一票，也號稱是「表個姿態」，結果就是現在章政成了德志所的主任，公開和曠北平唱起對臺。

見薛冬低頭不語，曠北平露出和藹的笑容：「也許你說得對，畢竟你和章政、喬紹廷是一個宿舍出來的，可能你更瞭解他們。」

「要我說，章政沒有那個魄力。不管是當初還是現在，真正敢對您亮刀子的，只有喬紹廷。」薛冬還是沒抬頭，一副全心全意為曠北平著想的樣子。

聽到喬紹廷的名字，曠北平笑得更顯和善：「真正有資格上華山論劍的，可不是這種對誰都敢亮刀子的小刀客。」

「所以，主任，德志所有個致命的弱點。」

曠北平坐到辦公桌後，一抬眼，向後一靠：「喬紹廷？」

「紹廷在行業裡確實是頂尖的，就是帶刺。雖說這些年已經被磨得差不多了，但比起章政那個滑頭，他還是有棱角。章政對他這一點可以說是又愛又恨。他既想利用這一點大殺四方，又非常擔心這把雙面刃給自己惹麻煩。」

「那你的意思是說……只要擺平了喬紹廷，就相當於擺平了章政和德志所？」

薛冬微微一驚，他的話怎麼聽都不是這意思，曠北平想這樣解讀，只可能因為曠北平是這個意思。

「我只是想說，章政和紹廷，恐怕不完全是一條心。」薛冬說。

曠北平似乎看破他的心思，笑了：「你跟他們也不是一條心吧。」

薛冬略帶緊張，也笑，把見風轉舵的小弟扮演到底：「當然，在學校的時候，他們兩個還到處找論文抄呢，我已經拿到雙學位了。層次不同，玩不到一起去。」

薛冬感覺自己暫時通過試探，至於喬紹廷，那就不好說了。

喬紹廷還不知道有什麼在迫近，把車停在幼兒園對面，急匆匆往裡面跑。剛到門口，他就看到一群家長在往外走。他懊惱地嘆息一聲，又遲到了。

他的妻子唐初高眺挺拔，十分白淨，在人群中相當出眾。喬紹廷看著她的側臉，長嘆口氣，盡量不去想即將到來的戰爭。

唐初也看到喬紹廷，幾步就迎上前，微微冷笑：「喲，喬律師，您這是百忙之中抽空來的吧？可惜，演出結束了。」

喬紹廷難掩愧色，一向俐落的口才也變得不太好用：「我……那我進去跟阿祖……」

唐初用孩子們要睡午覺的藉口攔住他，然後繞開喬紹廷，走向自己的車。喬紹廷看看幼兒園的方向，又看向唐初的背影，糾結數秒，追上去解釋：「我今天那個刑庭的時間改不了，真是盡力趕了過來……」

「沒關係的，理解。離婚協議擬好了嗎？」

喬紹廷的理由，唐初太熟悉了。「庭審時間改不了。」、「時間來不及。」她聽得太多，懶得追究，更何況兩人關係已經到了這一步，她就當沒聽到。

提到離婚協議，喬紹廷的肩膀就更低垂一些，他頹然地回避唐初的眼神：「還能不能再談談？婚姻又不是玩扮家家酒，這老是結了離，離了結的……」

「婚姻不是玩扮家家酒這句話，我轉送給你。一天到晚都看不到你的人，我本來就是喪偶式育兒，離了也沒什麼差別，也許還多個偶爾能幫上忙的前夫。」唐初說著，找到自己的車，按下車鑰匙。

喬紹廷急了，又追幾步：「什麼叫喪偶式育兒！我忙歸忙，但不管多晚回來……」

唐初站定轉身，看著他，抱起雙臂。喬紹廷說不下去。

不管多晚回來，喬紹廷都會到兒子床邊，替他拉拉被子，把玩具或零食放在床頭。但孩子早已睡著了，感覺不到。而他打發下屬買的那些昂貴商品，也不能替代父愛。他做這些，或許能感動自己，或者能自欺欺人說自己還是稱職的父親，但那都是源於他自己的需要而已，唐初和阿祖需要的是陪伴。類似的對話不是第一次發生，唐初不抱期待的眼神，喬紹廷這幾年也越來越經常看見。他深吸口氣：「也許你說得對，如果是這樣的話，我可以……」

「你不可以。喬律師，就像今天，我相信你在百忙之中盡可能抽出時間趕來，我真的相信，但你就是沒做到。演出結束了。在我們第一次結婚的時候，我們就有過約定，過不下去就分道揚鑣，不要勉強。」

喬紹廷不知道自己是什麼表情，失落，麻木，還是傷心。跟此刻的他自己一樣，那些刑事訴訟的被告也經常說「下次一定痛改前非」，但他們一定還會再犯。手機響了，來電顯示「鄒亮」，喬紹廷一陣煩躁，直接掛斷電話，繼續蒼白地申辯：「我知道這些年你兼顧孩子和工作不容易……」

唐初笑了：「兼顧孩子和工作？我從來就做不到。你怎麼就天真地相信我能夠兼顧，或者我就應該能兼顧呢？喬律師，為了照顧孩子，我得從臨床退下來，申請去科室值夜班，我不得不放棄去北京一般外科進修的機會，即便這樣，我還得時常讓爸媽放棄出國旅遊過來幫忙。你我的一天都只有二十四小時，輕重緩急，都是取捨。我做了取捨，你也做了。」

說著，唐初一聲輕嘆，上前一步，輕輕撫摸喬紹廷的臉：「看你每天風塵僕僕，一臉疲憊，我也心疼。我知道，自從做了德志所的合夥人，你就上了高速鐵路，停不下來，甚至是身不由己。你的心意，我懂，你只是做不到。喬紹廷也許可以，但喬律師做不到。」

喬紹廷呆住，法官用最柔美的聲調宣布死刑判決，也不能改變判決結果。

他想道歉，但唐初不需要。他也想解釋，但沒什麼可解釋，唐初都懂。他還想辯解——孩子的成果發表當然重要，但官司也重要，這有點不一樣。但他不敢這麼說，他隱隱知道，正因為他會想用「不一樣」來申辯，唐初才會失望。

手機又響了。唐初垂下手臂，後退一步：「快接電話吧。離婚協議記得傳給我。」

喬紹廷黯然地看著唐初上車，抬手接通電話：「你他媽真夠煩的，錢不是給你了嗎！」

「紹廷，是我。嚴秋。」

「哦，不好意思，我還以為是……」

「方便的話，能跟你見個面嗎？我想和你談談。」

蕭臻看著薛冬從主任辦公室出來，關上門，如釋重負，鬆口氣，走回自己的地盤，一進門就陷進座位，焦慮又疲憊，搓揉著臉。

她看見付超又在訓實習律師。

第三間合夥人辦公室的門打開，合夥人抱著一疊卷宗匆匆出來，胖乎乎的，一派憨厚，拍著付超的肩膀，指著主任辦公室，眼睛卻瞟向玻璃幕牆裡的薛冬。

薛冬辦公室門口，助理敲敲敞開的門：「蕭律師來了。」

迎面，薛冬的助理走過來，對蕭臻說：「蕭律師，薛律師可以見你了。」

薛冬掛上電話，坐回辦公桌後，低頭翻看蕭臻的履歷，眼皮都沒抬：「不好意思，蕭律師，久等。」

蕭臻注意到薛冬心不在焉，沒吭聲。薛冬則完全沒意識到蕭臻的沉默。

很快，薛冬翻完履歷，抬起頭來：「蕭律師的工作經歷還挺豐富，不過我看你做專職律師還不到半年。」

「是的。」

「為什麼想來我們所？」

「在津港，只有金馥和德志算得上頂尖的律所，我想大部分求職的律師，都會希望來這裡。」

「對啊，不是還有德志所嗎，為什麼要來這裡？」

「履歷我都有投，貴所先通知面試的。」蕭臻笑笑。

薛冬被噎得一愣，隨即也笑了：「我喜歡你的誠實……可能還有耿直，蕭律師。」

說著，他上身前傾，又翻開蕭臻的履歷：「問句題外話，你覺得津港最優秀的律師是誰？」

「喬紹廷。」

不忿的神色一掠而過，薛冬笑著：「也對，『全國十佳律師』之一嘛。這樣，先不管這個頭銜，你覺得津港最好的律師是誰？」

「喬紹廷。」

曠北平辦公室，劉浩天——也就是蕭臻看到的憨厚胖子——把卷宗放在桌上，都是喬紹廷正經手的案子。

曠北平瞟了一眼小山一樣的卷宗，擺出恨鐵不成鋼的家長模樣：「看看，同樣都是我帶出來的，為什麼只有他是『十佳律師』？你們但凡有他一半拚命，這『十佳律師』都不會這麼輕易地落到他頭上。」

付超倒沒有不忿，低眉順眼，劉浩天卻恨恨地瞪了卷皮上的名字。

「我看出來了，我就算累死在五丈原[1]，你們也扶不起來。」曠北平將二人的反應看在眼裡，兀自拿過卷宗。

那兩人低下頭不語，等曠北平的下一步指示。

1 編註：此處指三國時期諸葛亮病逝於五丈原之戰的典故。

4 另外半個三月一日

下午兩點，喬紹廷坐在車裡，看嚴秋從熟悉的社區大樓走出來。她沒怎麼變過，穿著白色T恤，長髮及腰，瘦瘦小小，弱不禁風，看起來比實際年齡年輕得多。他再看看後視鏡裡的自己，神色疲倦。

喬紹廷打開車門，朝嚴秋揮手。遠遠地，嚴秋就看到了他，點點頭。她一言不發，往大樓對面的小花園走去，喬紹廷立刻理解她的意思，也跟過去。

「好久沒見了，你是不是瘦了？」嚴秋先開口。沒等喬紹廷回答，她又補充：「你的氣色不太好，沒休息好？還是病了？」

嚴秋找他來，肯定不是為談氣色好壞。喬紹廷謹慎地盯著她，等她說正題。

「你是不是覺得我會埋怨你？埋怨你為什麼要去幫害死朱宏的人辯護。」嚴秋嘆氣。

「你丈夫的屍體還沒找到，他遇害是個合理推斷，但我更願意定義為『下落不明』。至於辯護，這是我的工作。當然，你為這記恨我，也在情理之中。」喬紹廷的話滴水不漏。

「我不怨你替他們辯護，但我不明白，你為凶手作辯護，為什麼要來查我們家上上下下的銀行財務紀錄呢？」

聽嚴秋說到這個，喬紹廷一驚，隨後冷笑：「看來你和鄒亮不是很久沒見。也不知道他念的是哪份情，還真的什麼都告訴你。」

嚴秋盯著他，強硬起來：「你別管是誰告訴我的，現在我問你，是不是有這回事？」

「我說了，這是我的工作。」

「我知道，為了實現委託人目標，你可以不擇手段，但你現在連最起碼的底線都沒有嗎？」

嚴秋怨懟的瞪視讓喬紹廷無言以對，垂下目光。

「紹廷，在我記憶裡，你不是這樣的。」憤怒、厭惡以及不解，朝喬紹廷湧去。

他直視眼前的人：「那要看你指的是哪段記憶。我們之間的某些回憶，是我曾經碰都不敢碰的。」

呆愣片刻，嚴秋笑了：「你最後還是放下了。」

「因為我很幸運，有個叫唐初的愛人。」說到唐初的名字，喬紹廷聲音裡有股自己都沒察覺的溫度。喬紹廷後退一步，「你多保重。」

喬紹廷剛走出沒兩步，嚴秋叫住他：「喬律師！」

稱謂倒是變得很快，喬紹廷嚥下苦笑回頭。

「你那樣做，應該違反了律師職業道德，甚至是法律，我可以投訴或舉報你。」嚴秋見打感情牌沒效果，就用起了理智牌。

喬紹廷看著遠處，聳肩說：「無所謂。雖然說在我的記憶裡，你不是那種人，但人都會變的，對吧？」

言畢，喬紹廷沒再看嚴秋，轉身離開。彼時他仍不知道，當時曠北平正在辦公室裡，打電話給學生、客戶和舊友。他鮮少提及喬紹廷的名字，卻編織起一張針對喬紹廷的，密不透風的網。

「你今後希望往哪種類型的案件方向發展？」同一時間，金馥所合夥人辦公室內，面試繼續。

「哪種都可以，只要是做訴訟律師就好。」

「非訴業務很賺錢的。」

「訴訟做好了，一樣賺錢。」

話也沒錯，薛冬看了蕭臻一眼，不明白她這股執著從何而來。又問了幾個走過場的問題，薛冬大致上敲定要錄用蕭臻了，只等晚一點跟曠北平彙報。

「蕭律師，應聘津港最好的律師事務所，你有什麼優勢能說服我同意你入職呢？」他放鬆下來，打著趣準備收尾，「我是說，在你心中，津港最好的律師甚至不是我們所的。」

金馥所的人員配置、社會資源、自己的業務水準，蕭臻一板一眼答題，最後還不忘強調喬紹廷的確是「津港第一」。

幾十分鐘前她這麼說，薛冬挺不服氣，甚至想問問蕭臻，她哪裡來的篤定。此刻的薛冬則早已自我安撫完畢——年輕人就是喜歡張揚的做事方式，根本不懂悶聲發大財的好。這也從側面說明喬紹廷幼稚。

現在薛冬只覺得有趣，繼續調侃：「但這裡沒有喬紹廷。你要不要考慮再去德志所瞭解一下？」

蕭臻略作沉吟，站起身笑笑：「我明白了，謝謝薛律師。」

薛冬一愣，眼前這個人跟喬紹廷似乎有什麼淵源，說到這個名字，她就一股執著，大概是狂熱粉絲。「別誤會，不是那意思。坐。」薛冬抬手攔下蕭臻，緩和氛圍，「紹廷跟我是老朋友，別說你向德志所投了履歷，就算在這裡工作，你一樣有機會在私人場合裡見到他。他比我小幾屆，不過當初我們住一個宿舍。」

蕭臻似乎很感興趣：「薛律師和喬律師很熟？」

「什麼『很熟』啊，我們是好麻吉。而且你說得沒錯，這傢伙確實是最厲害的。」

這套說辭跟在曠北平辦公室時完全相反，不過薛冬心安理得，反正都是實話，看怎麼說而已。

他還想在喬紹廷的粉絲面前繼續講述革命情誼，來提高自己的形象，蕭臻卻打斷他的發揮。

「薛律師，有句話不知道該不該說。」她並不需要薛冬點頭，停頓片刻，兀自說下去，「如果你們能拿出一個合夥人的位置作為獎勵，五年之內，津港最好的律師一定是我們金馥所的。」

薛冬眉毛一挑，看來不是狂熱粉絲，那難道是伊底帕斯情結[2]？看年紀喬紹廷也不夠當她爸啊。

「你對自己這麼有信心？」

「不一定是我，也許會是薛律師您，但總之，不會還是喬紹廷。」

薛冬很懷疑她知不知道自己說的是什麼概念，有多麼難做到。野心大過能力太多，就會成為笑話，但有這種野心就意味著——可以利用。

薛冬坐直身體，重新打量蕭臻，腦筋飛快轉動。

蕭臻滿不在乎，坐在他的對面。她很清楚，自己在薛冬眼裡是貪婪而自不量力的棋子。但是不知道痛的人，同樣也不知道怕。

在面試的最後，蕭臻跟薛冬達成一項跟喬紹廷有關的交易。

根據那項交易，蕭臻要做的是去德志所面試，並且努力成為喬紹廷的搭檔。按薛冬的說法，這麼多年來喬紹廷在德志所都是單打獨鬥，沒有固定合作的律師。

而薛冬承諾給蕭臻的，是在一切塵埃落定之後，金馥所的隱名合夥人身分。

他們兩個都向對方隱瞞了一些東西。薛冬沒有提醒過蕭臻她所面臨的風險；蕭臻則沒有告訴薛冬，她為何對喬紹廷如此在意。

下午三點，接到拆遷客戶的電話時，喬紹廷正在貿易出口銀行拿另一個案子的材料。

銀行法務是個戴眼鏡的小夥子，一臉書呆子樣，不停跟喬紹廷道歉，說法務部明天要集體出差，喬紹廷得單獨出庭。

2　編註：為佛洛伊德主張的一種觀點，在精神分析中指戀母仇父的複雜情結。

合約齊全，抵押物都在，債務人也認帳，這個案子就走個流程，喬紹廷也不明白他哪裡來這麼大歉意。互相說了三次「對不起」和「沒關係」之後，喬紹廷猜測這個人有點社交恐懼，並暗暗感謝他為自己帶來一天唯一的放鬆時刻——除了這個案子，這一整天就沒件輕鬆的事。

之後不到三十秒鐘，客戶的嘶吼就通過電話傳了過來：「喬律師！那夥人來了！」

拆遷公司的砸門和謾罵，隔著電話也聽得清清楚楚。最讓喬紹廷吃驚的是，其中還混雜了曹總的聲音。他立刻把電話撥給曹總，一大通質問堵在喉頭。但他沒想到的是，曹總直接把電話掛了。

喬紹廷往停車場走，又一次撥號。曹總還是直接掛斷。還沒等他發訊息質問，手機就又響了起來。「馬律師？」

「喬律，方便說話嗎？」

「你和當事人那邊談好了？」

「不需要談了，我的當事人解除委託，他換律師了。」

喬紹廷的腦袋短暫嗡鳴了一秒，兩個案子竟撞在一起出問題。

據馬律師說，他連和解方案都沒來得及提，直接被炒了。新換的律師還不打算和解，要把官司打到底。

「後面，你們恐怕也會很艱難。多保重，喬律。」

最初的呆愣過去，喬紹廷只感覺很不對勁。此時的他並不知道，馬律師打電話時，人就在金馥所的門外。

電話掛斷後，馬律師走進電梯，上樓。主任辦公室裡有人在等他。

大學城後面的小吃街還是人擠人。在喬紹廷為了案子的變故而發呆時，薛冬與章政私下見面了。

薛冬那輛造型誇張的跑車引人注目。章政端著兩杯果汁，從小吃店走到車旁，遞給薛冬一杯。薛冬抿了口「果汁」，這杯色素、香精加自來水的鬼東西，他們兩人加上喬紹廷硬是喝了好幾年。上次章政喝半杯果汁，回去就拉肚子拉了一整晚。也不是鋼腸鐵胃的歲數了，還搞這種形式主義，真不知該說他什麼。

周遭的店鋪變了大半，學生也換了不知道幾批，唯獨這家小吃店還在。隨著年歲增長，薛冬和章政的默契也逐漸提升，前些年他們還需要些敘舊的場面話墊場，如今敘舊這部分只需要讓熟悉的空間代為完成。沒話可聊的同學聚會，才需要手舞足蹈回味當年。

章政吸取上次的教訓，果汁一口沒碰，買來就放在引擎蓋上。兩人略去寒暄，直接切入正題。曠北平可能要對德志所下手，薛冬勸章政做好準備。

都參選了律協會長，章政當然沒指望過停下。又不是小學生，難道還「手拉手，一起走」嗎？曠北平有所動作不過是早晚的事，章政眉頭都沒皺一下，望著身旁來往的人群。

薛冬也把飲料放到引擎蓋上，說出第二個重點：曠北平動手未必是針對章政，也可能向著喬紹廷。

章政的神情痛苦起來，目光也變得不太聚焦。

章政自己萬分謹慎，曠北平未必能抓到把柄。喬紹廷就不一樣了。

誰會害怕沒槍的獵人，沒牙的老虎？剷除了喬紹廷，那對付起他章政，還不是三兩下的事。

章政從牙縫擠出字詞，詢問薛冬的建議。

「退選。管好你的狗。」薛冬等的就是這個問題，說著還伸手一指，「不是二選其一。」

章政盯著薛冬：「那我兩個都不會選。而且紹廷不是狗，他是我兄弟。」

薛冬不屑地笑了，認識這麼多年，還要講這種場面話，偽君子比真小人更討厭。如果真心把喬紹廷當兄弟，他就該自己去咬人。

兩人都沒再說什麼，各自上車離開。臨走前，薛冬拿起引擎蓋上的飲料，丟進垃圾桶。

下午四點半，津港銀行門口的停車場裡，鄒亮穿著制式西裝，頗像哪個小偷私用賊贓。他瘦骨嶙峋的身體掛不住衣服，駝背聳肩，臉色灰白，唯獨眼睛神經質地發亮，還猛眨個不停。

遠遠看見喬紹廷的車駛來，他小跑著迎上去。沒想到喬紹廷直直朝他開，幾乎沒怎麼減速。鄒亮嚇得忙閃到一旁。

喬紹廷氣沖沖地下車，扯著鄒亮的衣領，一把將他頂在車上：「跟你說多少遍了，事情辦好之前不要打電話給我！」

鄒亮掙扎著，還不忘朝喬紹廷笑笑，勸他火氣別這麼大。打趣話氣得喬紹廷來回踱步。錢給了，東西一直沒看到，要不是念著童年玩伴的情分，他現在火氣還能更大。

鄒亮說東西再半天時間就能拿到，此外還有額外驚喜。邀功的部分喬紹廷只當廢話，重點是鄒亮要再向他借點錢「急用」。

「那二十萬呢？這麼快就花完了？」

「那個我拿去還債了……」

喬紹廷打斷他：「你八成是拿去……你沒救了你！」

鄒亮也有點不高興了：「紹廷，你自小就瞧不起我，但我們畢竟認識幾十年了，總不至於這麼信不過我吧？」

喬紹廷伸手指著他：「做律師以來，我發現有三種人信不過——嗑藥的、要錢的和好色的。你現在是廢人三項冠軍，信你？我傻啊！還有，我不是自小就瞧不起你，事實上，那時候看到嚴秋望著你的眼神，我甚至很妒忌你……撒泡尿照照你自己現在什麼樣子吧！」

見喬紹廷拉開車門要離開，鄒亮忙上前攔，想說自己真有額外的「好東西」。而喬紹廷只當他要不到錢就不罷休，之前兩個案子積累下的怒火也一併傾瀉出來。喬紹廷回手一推鄒亮，就見鄒亮踉蹌幾下，直接摔倒在地。鄒亮坐在地上，面露慍色。

喬紹廷沒想把他推倒，事情竟發展到這步，他不免自責，想伸手攙扶他，但略一猶豫，他決定還是別給鄒亮柔情，免得他得寸進尺：「再給你兩三個小時，今晚下班的時候把東西拿來！」喬紹廷的語氣仍然是冷冷的。

鄒亮發現喬紹廷不為所動，只好自己爬起來，恨恨地看著喬紹廷開車離開。他拍著身上的土，一摸口袋發現空了。東西呢？他有點慌。

鄒亮著急地四處尋找，直到發現不遠處的地上躺著的那支錄音筆，才鬆了口氣。這裡面記錄著重要的東西——不僅對他重要，對喬紹廷也一樣重要。但喬紹廷沒給他機會說話。拿著錄音筆，鄒亮苦笑著搖了搖頭。

德志所的停車場裡，喬紹廷聽著倒車雷達響起，搖下車窗，看到有隻狗在他的停車位上趴著。他用力按了幾下喇叭，直到流浪狗夾著尾巴跑開。

喬紹廷拿著文件袋下車，那條流浪狗在不遠處的牆根站著，正望向他。喬紹廷和牠對視片刻，走進樓內。

案子出狀況，鄒亮沒物證，事情都不順心。一路上，喬紹廷把檔案袋夾在腋下，看著手錶，同時用手搭在頸動脈上測著心率。在德志所門前，喬紹廷做了幾個深呼吸，管理好表情，不動聲色地走進去。

「喬先生，回來啦！」前臺的女孩叫顧盼，二十歲出頭，笑容陽光，一見喬紹廷進事務所，就朝他打招呼。喬紹廷擠出一個微笑，接過她遞來的甜點，據說是公司下午茶，她特地留的。

不開心的時候吃一點甜食能分泌多巴胺。喬紹廷不太相信這能對自己有效果。無數次單打獨鬥的經驗證明，不開心的事最終還是要靠自己的能力和魄力去解決，不能寄託於別人，更別說寄託於甜食。

洪圖一見他進來，就跟進辦公室，說明天想替他開庭。她是指貿易出口銀行的抵押糾紛——正是在那家銀行門口，喬紹廷接到馬律師和老劉的電話，又跟曹總失聯。

也許是自己看起來疲憊，昔日徒弟想要分擔，也或許洪圖有自己的打算。

喬紹廷沒心思回應，也懶得去想。

見喬紹廷沉默，洪圖又告訴他，曹總的人剛剛來了一趟，曹海的案子，曹總決定解除委託。

這下好了，不順心的事情又多一樁。

那時，距離一天結束，還有不到六小時的時間。

下午六點多，章政和喬紹廷圍坐在餐桌旁，章政面前擺著韭菜花、醬豆腐、芝麻醬、辣椒油和蔥花、碎香菜。

喬紹廷暫時放下接連的不快，邊吃邊看章政調配醬料：「每次我看你吃火鍋，感覺比出庭還正式。」

章政用筷子攪拌著調料：「人嘛，都有點執念。我的執念就是碗醬料。」

喬紹廷拿筷子夾東西的動作一頓。鄒亮的東西沒給，章政的壓力倒是先來了。

「你是想說我的執念風險太高？還是代價太大？」

章政開始邊涮邊吃：「先吃肉。南方什麼都好，就是難得有上好的羊肉。就只有這家了。聽老闆說他們家羊肉都是從內蒙古空運的。」

喬紹廷見章政不接話，也大口吃肉：「這就是你們北方人的執念，但你看代價雖大，效益還是很高。外面全是候位的，生意太好了。」

章政聽到「代價大，效益高」這幾個字，吃不下了。章政放下筷子：「紹廷，曠北平針對我們所不是一天兩天了，這次王博和雷小坤的案子，背後一定有他干預。再加上我即將和那老東西競選律協會長，他心裡肯定不舒服。你能不能別在這個節骨眼火上澆油？」

喬紹廷也放下筷子：「你就沒想過，也許這是個好機會？」

「什麼好機會？讓我們所四分五裂的好機會嗎？」

「一個製造仇恨的好機會。」

「這個所就是我們從曠北平手上搶過來的，仇恨早就做足了。」

「但如果這次我出頭，曠北平有沒有可能把所有的仇恨都指向我一個人？」

章政嘆了口氣。喬紹廷到底覺得自己是什麼？大俠嗎？津港是他一個人的江湖嗎？他覺得自己可以仗劍衝出去，把所有不該惹的大佬全都惹一遍，然後撂下一句「禍不及合夥人」，德志所就安全了？

喬紹廷盯著他：「你想讓我把案子交出去。」

章政重新拿起筷子：「不只是『想』。理論上，作為事務所主任，我有權決定指派哪個律師承辦案件。即便從業務的角度考慮，這案子勝率太低，交給洪圖去辦就好。」

「對，然後我繼續拿貿易出口銀行那種毫無技術含量的案子刷戰績。」

聽出喬紹廷的嘲諷，章政有點不耐煩。他確實需要喬紹廷沒輸過案子。一個『全國十佳律師』的背後是很多同事的支持。喬紹廷可以對這種榮譽和地位不屑一顧，但他沒有資格忽視大家的付出。

想到這些，他決定打開天窗說亮話，直接對喬紹廷發問：「你覺得曹總為什麼突然跟我們解除委託？馬律師又為什麼突然被當事人炒了？鋒芒太過，難免有人針對。」

喬紹廷愣了愣神，迅速反應過來：「你是說曠北平？」

「還能有誰？所以說紹廷，再這樣執迷不悟下去，你辜負的是所有人。」

大腦短暫的空白之後，喬紹廷感覺腎上腺素上湧。他知道曠北平可能會針對他，但沒想到會這麼快，更沒想到會這麼陰險。案件接連失利，他感覺不對勁，卻沒想到這意味著曠北平已經開始進攻。既然戰爭打響，之前的無力感和暴躁就都可以迅速轉化為鬥志。既然這是戰爭，那就像之前的無數場戰爭一樣，他要贏，還要用他自己的辦法贏。

兩人對視片刻，喬紹廷的手機響起。他看了訊息，拿餐巾紙擦嘴，輕輕敲了敲醬料碗：「還記得當初我們在宿舍裡涮火鍋那次嗎？你這傢伙，醬料不可口，寧可有肉不吃。」

聽到這個，緊皺眉頭的章政也忍不住笑了。

「那天晚上我沒讓你失望，我答應你一定能吃上火鍋，我說到做到。」

章政的笑容開始發苦。

「六年前我也沒讓你失望，我答應你能坐上主任的位子，我說到做到。現在我也答應你，那案子我不會輸的！」

喬紹廷起身，離開火鍋店。

晚上八點，喬紹廷的車停在江州銀行門口的馬路旁，他下車，穿過馬路，走向鄒亮那輛停在路旁的銀色本田汽車。

喬紹廷邊拉開副駕的車門邊說：「你一個津港銀行的，約到江州銀行門口幹嘛？是打算跳槽了嗎……」

說話間喬紹廷已經坐進副駕駛座，沒聽到任何回應。他一扭頭，震驚地看著鄒亮癱倒在駕駛座上，雙目無神，鼻腔流血，口吐白沫，已經死了。

接下來的一個小時，喬紹廷的記憶都不算特別清楚。

他記得自己喊著鄒亮的名字，用手去搭他的脈搏，然後索性趴到他胸口去聽心跳。

他記得自己掏出手機撥打急救電話，四下觀看時，從旁邊的小手包裡拿起過一根空注射器。

路燈的光照不到鄒亮的車，喬紹廷也看不清鄒亮的臉，緊閉的窗戶讓車內無比壓迫悶熱，喬紹廷感覺喘不上氣。下了車，又覺得周遭空曠得討厭。閉上眼睛又猛地睜開之後，喬紹廷再次看向車裡。他多希望鄒亮能醒過來，告訴他這是平行宇宙時空錯位中的惡作劇。

「嗡嗡」聲一直不斷，或許是路邊的飛蟲，或許是他腦內的聲音。踩三輪車的老人載著無數個花花綠綠的卡通氫氣球經過，氣球飄浮著。

等喬紹廷緩過神來，鄒亮的車旁已經停了數輛救護車和警車。他頹然地看著急救人員把鄒亮的屍體抬走。一位警員拿著筆錄對他說：「你看一下筆錄，在這裡簽個字。」

喬紹廷一臉茫然地接過紙筆，看都沒看內容，就簽了名。往日他絕對不會這樣，但今天，他魂都快沒了。

「你是律師，規矩應該都懂。最近先不要離開津港，可能還要找你問話。」這位警員公事公辦的話語傳進喬紹廷耳朵。

喬紹廷失神地點頭，又去看救護車，急救人員正把鄒亮的屍體抬上車。鄒亮有自己的生活，他的死不一定和自己有關，更不一定和朱巨集家的財務紀錄有關，也不會和下午見面時他反覆提起的「額外驚喜」有關——喬紹廷這樣告訴自己，卻忍不住一遍遍想起，自己一回身把鄒亮推倒在地的那個瞬間，以及那個瞬間之後，他冷冷地看著鄒亮自己爬起來。

喬紹廷不記得是多少年前，也許是二十三年前，或許更久，他跟鄒亮還有嚴秋在港口散步。那時他天天翹課，卻走到哪裡都帶著一本《為權利而鬥爭》[3]。海風微涼的氣息中，他為那兩人念起節錄段落。嚴秋假裝在聽，笑著點頭，卻一直望向抽菸的鄒亮。喬紹廷假裝不在意，卻打定主意之後要在足球場上給鄒亮送上幾記滑鏟。他也不知道，為什麼這時候會想起那樣無關緊要的事。

3　編註：德國著名法學家魯道夫．馮．耶林的著作，以其在一八七二年春天於維也納法律協會發表的告別演說稿為基礎修改而成。

5 指紋咖啡

指紋咖啡像個與世隔絕的地方，燈光昏黃，沒有自動販賣機和無線網路，店裡也從來不放音樂。喬紹廷每次去，都能看到韓彬在吧臺後面調酒——穿著深色T恤，戴著平光眼鏡，沒什麼表情。韓彬是德志所的合夥人，一年卻去不了幾次律所，既不參與德志所與外界的紛爭，也不參與德志所內部的紛爭。更多時候，他似乎更願意當個咖啡館老闆和調酒師。對他這樣閒雲野鶴的態度，章政也不干涉；畢竟章政最早拉他入夥，看重的是他父親韓松閣的關係網。韓松閣是和曠北平同輩的學術泰斗，退休多年，威望仍在。

跟所有人一樣，喬紹廷弄不清楚韓彬在想什麼，也不明白他想要什麼。他時常覺得，韓彬是在刻意降低自己的存在感。或許，就是因為韓彬總是置身事外，喬紹廷才會在這樣的晚上想起他的指紋咖啡。「俯瞰眾生」，那天，推開指紋咖啡的門，聽到迎客鈴響，失魂落魄的喬紹廷莫名起了這個念頭。

店裡，韓彬頭也不抬地說：「歡迎光臨。」

喬紹廷好像在盯著牆上的某個點，又好像哪裡都沒看。他走到吧臺前坐下，一言不發。韓彬看他反常的狀態，微微一怔：「稀客啊，喬律，你和夫人都很久沒來了。要不要喝一杯？」

喬紹廷低垂目光，點頭。

「還是老樣子？拉森[4]？」

「隨便什麼，是酒就行。」

4 編註：為白蘭地品牌。

韓彬把調好的酒放上吧臺，一拍桌鈴，服務生便過來把雞尾酒端走。韓彬擦著手，此刻的喬紹廷看著像個死人。

喬紹廷抬眼看著韓彬，又掃視咖啡屋一圈：「開咖啡廳是你的執念嗎？你很少來事務所，卻總站在這張吧臺後面。」

「也許我只是不喜歡做律師。」

「那要這麼說，我的執念恐怕就是太喜歡做律師了。」

「是嗎？我一直以為你並不喜歡做律師呢。十五度以上的啤酒能接受嗎？」

喬紹廷點頭，反問：「你連這個都看出來了？我什麼時候開始不喜歡做律師了？」

韓彬從酒櫃下面拿出一個木盒，邊打開木盒邊說：「我不知道。也許從你僱傭調查事務所去尋找基金管理人和他客戶老婆出軌的證據開始？」

說著，韓彬打開了那個木盒，裡面是六瓶安克拉治的限定款啤酒「與魔鬼交易」。

喬紹廷有點吃驚，看著韓彬。韓彬在想什麼，他從來都沒有把握。

韓彬似笑非笑地看著他說：「所以我也沒搞懂，你到底是喜歡做律師，還是說只是喜歡贏？」

喬紹廷愣住了。「不敗金身」之類的虛名他不在乎，可是的確，今晚之前，他喜歡贏。

人們總說，有時候，可以試著對自己寬容一點，或至少對別人寬容一點，不要因為自己的執念去傷害別人。可是做律師的，既然要替當事人爭取，就一定會傷害別人。贏的每件案子，對面都坐著一個輸家。沒有人能永遠贏。

他以為自己沒輸過，以為自己將要去打響一場戰爭，然而迎接他的是鄒亮鼻腔的血。生平第一次，喬紹廷對「贏」的概念感到噁心——「輸贏」概念存在的前提是雙方對等，然而這次曠北平讓他知道，事實上，還有一種玩法，叫做傾軋。

他和曠北平不再是圍棋盤上的黑白子，或者象棋盤上的將和帥。他仍是棋子，而曠北平只要願意，可以成為下棋的人、制定規則的人，甚至是那張棋盤本身。

理想，信念，或者是勝負欲——叫什麼都可以。多年來，喬紹廷圍繞著它構建自己的人生。他知道自己得交出一些東西，才能繼續他的遊戲。他的時間、家庭的和睦、他的愛情，他一樣樣地扔了出去。可是，在曠北平的遊戲裡，喬紹廷不可以選擇籌碼。一些不屬於他的東西，也被迫被扔上牌桌。當那些東西從他手裡流逝，他感覺到自己的理想變得難看不堪，急切而孱弱。

此刻的唐初應該剛到家吧。她會輕輕放下包，走到臥室門口，看阿祖躺在床上酣睡。唐初會欣慰地鬆一口氣，隨後邊脫外套邊關臥室門。平常又溫馨的場景，他想想都覺得暖心，但他可能再也沒機會融入那個家了。

人類本就是個喜歡傷害同類的物種，甚至有時，傷害的恰恰是身邊的人。可是，難道他應該放下執念，從善如流？或者至少適可而止？做律師是他從小的夢想。或許，他成為津港律師行業的不敗傳說，已經實現很多人的夢想了。

這個念頭讓他覺得荒謬。這麼多年，曠北平或許從未真正對德志所、對他和章政出手。金馥當然為難過德志的案子，對庭的時候也給他們添過麻煩，但那些如果放到整個局勢裡，不過是埋伏戰或者遭遇戰的級別，連游擊都算不上。然而這次，曠北平真的出手了。

要成為什麼樣的律師？要選擇什麼方式？三月一日之前，喬紹廷覺得這些問題無比重要。可是現在，他第一次意識到，自己或許並沒有提問的資格。

此時距離這天結束，只有不到一小時。

曠北平正冷笑著掛斷手機，站在辦公室窗前，俯瞰津港的夜景。當龐大的系統啟動，當齒輪開始運行，接下來的事情，連他自己都無法控制。

章政正坐在凱迪拉克的後座。車輛行駛在大街上，途經律師協會，章政搖下車窗，看著律協大門。野心，權力，對一向謹小慎微的他來說，這些詞彙如此甘美。

空無一人的德志所裡，洪圖推開喬紹廷辦公室的門，把資料放在桌上，輕輕撫摸桌面，隨後坐上那張辦公椅。她覬覦這個位置很久了。再往上走一些，一步也好。

豪華的餐廳包廂，薛冬坐在首席，觥籌交錯，一群律師行業的男男女女紛紛向他敬酒。付超、劉浩天、助理高唯，都在其中。薛冬露出笑容，拿起酒杯。貪婪小人的面具，他仍然戴著。

蕭臻正坐在回家的公車上，低頭看手機裡搜尋引擎上「喬紹廷」的搜索結果──「全國十佳律師」、一年結案上百件、曠北平的得意弟子、德志所的王牌律師、至今未嘗一敗……蕭臻抬眼，斜前方坐著的男人正放低手機，拍身旁女人的裙底。那女人站在一旁，並無覺察。蕭臻看看窗外，把手機塞進口袋，站起身，從偷拍男人和被拍女人之間穿過，裝作不經意碰掉了男人的手機，再彷彿渾然不覺地走到車門，等候下車。

身居高位的人和尚未入局的人才會想著看清整個局面，而不是拘泥於自己在其間的得失。此刻，蕭臻想著喬紹廷和曠北平的戰爭，想著曠北平當年的那三位朋友究竟是如何在同一年離開律師界。新的戰爭開始了。不管誰輸誰贏，一切都不會再是原來的樣貌。

從杯架上拿起啤酒杯，從木箱裡拿出啤酒，將冰塊放進酒杯，韓彬用生蠔刀刮去瓶口的蠟封，用開瓶器打開瓶蓋，把啤酒倒入酒杯中。

他把倒好的酒從吧臺上推到喬紹廷面前，又拿起酒瓶替自己倒酒。

喬紹廷拿起酒杯，剛放到嘴邊要喝，又放下杯子，抬頭看著韓彬：「你說，到底是因為我們是這種人，才從事這個行業，還是這個行業讓我們變成了這種人？」

韓彬沒有回答，把杯中的酒一飲而盡，朝喬紹廷舉了下空杯致意。

喬紹廷垂下目光，看著面前那杯酒，舉棋不定。

時鐘指向十二點，終於來到午夜。

2

一切開始

1 落水之前

從指紋咖啡出來，喬紹廷一夜沒睡。悲傷、自我厭惡、沮喪、崩潰，這是鄒亮死後的六小時裡喬紹廷所能感知到的全部情緒。

半睜的眼睛，微張的嘴，嘴角的液體，青灰色的臉。熟悉的面孔變成陌生的樣子。曾經交握過無數次的手，再也不會抬起來，再也不會動。十幾歲時一起踢足球的人，全身僵硬，躺臥在狹窄的駕駛室，雙腿蜷縮。

沒有什麼比這幅畫面更讓人憤怒，也沒有什麼比這幅畫面更讓人恐懼。拿到朱巨集家的財務紀錄之後，鄒亮打電話給他，之後不到一小時，活生生的人就變成冷冰冰的屍體。從時間上來說，已經巧合到了不像是巧合的程度。喬紹廷感覺很糟。

飛機墜毀前夕往往先是尾翼折斷，接著後半截機身的鋼板飛向半空。喬紹廷感覺自己的生活秩序就宛如這樣一架失事的飛機，正在空中解體，而他坐在前座，被風吹起頭髮，感覺到刺骨的寒冷卻無能為力。機長對廣播說出「繫好安全帶，即將緊急迫降」，聲音冷靜卻深知前方不會有什麼好結果等待。這就是喬紹廷現在的感受。

在這樣的情緒中，三月二日的早晨，喬紹廷去了兩個地方。

第一個地方，是唐初和阿祖的住處。淩晨六點，天色初亮、陽光微薄。

他把車停在社區樓下，看著手機上唐初的號碼，猶豫要不要打給她，最終還是收起手機。整棟樓都黑著燈，人們睡得正香。

微亮的晨光中有遛狗和晨跑的住戶，唐初出現在喬紹廷視線中。她剛下夜班，穿了件薄薄的風衣，一臉倦容仍舊很美。看到喬紹廷，她只抬了抬眼皮，算是打過招呼。

「怎麼不上去？給阿祖拉拉被角什麼的……」唐初並不知道喬紹廷的遭遇。

喬紹廷苦笑著搖頭：「就不吵他了。」

他幾次欲言又止，盯著唐初：「第一次看你下夜班回來。我好像從來沒去接過你。我這個人真挺沒意思的是不是？總是傷害身邊的人還不自知。」

「這是怎麼了，這麼悲情？我是成年人，有能力保護自己。」唐初不知道喬紹廷受了什麼刺激，抱起雙臂，採取防禦姿態。

喬紹廷沒什麼能告訴唐初的。曠北平的行動，自己的困境，這些事如果能和誰分享，當然只有唐初。但這次不一樣。唐初頭髮微亂，風衣上有小小的褶皺，拎著的那個大托特包是他們一起挑的。注意這些時，喬紹廷有些傷感。

他沒頭沒腦地說起關心的話，還伸手拉過唐初，摸摸她的眼睛。再後來，他索性擁住唐初，讓她等一下好好休息。

唐初把頭轉向一旁，兩人相互依靠著，都久久沒動。

「最近，我就不回來了，就住那個加班用的小公寓，有事你可以去那裡找我。」那一刻還是得來，喬紹廷說出言不由衷的話。

幾乎是頃刻之間，唐初恢復了之前堅硬的狀態，直起身：「我們都要離婚了，你住哪裡不必跟我報備。」

說完，唐初就往大門走去，步速飛快。喬紹廷和剛才的擁抱被丟在身後。

喬紹廷著急，叫她。唐初站住，回頭。

喬紹廷一時語結：「……離婚協議，我已經傳給你了，等簽完字，我再回來搬東西……」他沒想過，自己拚命想要避免的東西，此刻卻成了保護他們的方式。

「沒問題。」

看著唐初決絕的背影，喬紹廷知道自己搞砸了他們的關係，但他只能這麼做。如果下墜之後的自己死傷不明，那至少可以讓在意的人不受到傷害。

喬紹廷去的第二個地方是金馥律師事務所。當時是上午八點，天陰著卻不落雨，氣壓低得人心悶。

他看著曠北平的車停在金馥所門口，薛冬心事重重，拉開車門，曠北平面無表情，下車走向大廈。

前一個晚上薛冬沒睡好。昨天飯局結束後，他得知鄒亮的死訊，之後一直神情恍惚。沒人能說這件事和曠北平有關，但毫無疑問，這代表著某種趨勢。

早上一路，曠北平交代部署的全是其他事宜。直到快走進事務所時，他才漫不經心地開口：「我們的顧問單位津港銀行……說是昨晚死了個中級主管，你知道是怎麼回事嗎？心臟病？還是腦梗塞？會不會涉及工傷賠償或勞動爭議？」

「聽說好像是下班以後，在辦公場所之外的地方吸毒過量。」薛冬斟詞酌句，將敏感的部分略去不談。

曠北平皺著眉頭，回身看了薛冬一眼，搖頭嘆氣，感慨堂堂銀行中階主管還能吸毒。薛冬苦笑，沒再說話。曠北平又問：「死的那個人，跟喬紹廷有什麼關係？」

薛冬吃驚，反問曠北平道：「您怎麼會覺得他和喬紹廷有關？」

曠北平停下腳步，頭也不回：「那要不然，他一大早跑來這裡幹嘛？」

果然，薛冬一抬頭，就看見喬紹廷站在大廈門口，沒換衣服，眼睛發紅。

見曠北平站住不動，喬紹廷朝這邊走來。薛冬背部緊繃，擠出個笑臉，繞過曠北平，攔在兩人之間：「好久不見啊，紹廷。來之前跟我打個招呼嘛，怎麼還站在樓下等……」

保持笑容給曠北平看，又轉頭皺起臉，低聲勸喬紹廷快走，薛冬臉頰發痠。喬紹廷看都沒看薛冬，把頭偏到一邊，對曠北平說：「王博和雷小坤那案子，我不做了，今天就交出去。」

曠北平冷冷看著他，毫無反應。

喬紹廷嗓門不小，說手裡別的案子也都會轉給別人。曠北平仍舊面無表情，順著臺階走向大廈門口。

已經有路人朝這邊看，電梯口的律師也大多在探頭探腦。

曠北平下巴微微顫動，說不上是尷尬還是生氣。

薛冬推了喬紹廷一把，示意他快走，又趕緊去追曠北平。

喬紹廷上前兩步，提高音量，對曠北平的背影喊說：「我可以退出合夥！明明都是向著我來的，能不能不要再為難那些當事人？」

曠北平的步伐頓了頓。周遭的小律師在竊竊私語，甚至有幾名律師已經拿出了手機。

曠北平停住，緩緩轉身，看著臺階底部的喬紹廷，居高臨下，語氣和藹異常：「紹廷，你選擇做不做什麼案子，或是做不做合夥人，都與我無關，但有些話不能亂講。你我都是法律人，這一點你應該很清楚，法律講究證據。」

喬紹廷又上前一步，說自己可以離開德志所。曠北平想都沒想，右手一攤，表示「請便」。電梯來了，他率先走進去，薛冬只能跟上。

喬紹廷被留在原地。

喬紹廷並不指望曠北平聽到單方面休戰的請求就能立刻收手，不過他很確定，不超過半個小時，自己的這番話會傳遍各個律所，接下來曠北平再想針對德志所或者他身邊的人，恐怕都得多一層考慮。靜默地妥協叫做黯然退場，根本無法阻止曠北平趕盡殺絕。而高高豎起的白旗，就有一定的威懾效果——撇清和唐初的關係，撇清和德志所的關係，接下來獨自迎接那次急墜，這就是喬紹廷的計畫。

喬紹廷的做法的確能讓他身邊的人免於曠北平的火力，只是他唯獨忘了自保。他也沒有想過，以他過往的性格和行事風格，沒有人會相信他願意妥協。這樣大張旗鼓地示弱只會被視為策略和挑釁。

2 拘捕

章政進事務所，一路跟同事打著招呼，心情不錯。電話那頭，薛冬卻過於激動，嗓門前所未有地洪亮：「你的喬紹廷剛才雄赳赳氣昂昂地來他媽認錯投降了！」

章政皺起眉頭。他不知道喬紹廷的動向，更不明白薛冬的崩潰。這應該算好事才對，難道不該相約買個香精汽水，感慨喬紹廷的轉變？

隔著玻璃幕牆看，薛冬就像在演默劇，揮著手來回踱步：「好什麼好！喬紹廷他腦子進水了，他這是投降嗎？這他媽是挑釁吧！他老先生就差手持逮捕證了！開什麼玩笑！惹怒了老爺子我們誰也沒好下場！」

章政走進自己的辦公室，關上門。他第一次聽到薛冬這樣大呼小叫，意識到事情不太對勁。帶著一絲僥倖，他繼續安撫薛冬，說喬紹廷應該就是去認錯的，頂多跪姿不對。薛冬立刻反駁——那不是跪姿不對，而是恨不得把膝蓋頂在曠北平臉上。這個形容，讓章政一時也說不出話來。

薛冬深吸一口氣，壓住內心的火氣，坐到桌前，打開個極為時尚的血壓器。他量著血壓，繼續抱怨：「我的小心臟！你們玩死我算了！」

章政還想說些什麼，門就被助理推開，看神情似乎是有要緊事情。章政掛上電話，走出辦公室，看到來人，慢慢變了臉色。

上午十點。

喬紹廷走上德志所的樓梯，同時打著電話。從金馥所回德志所的一路上，他已經把手頭的案子託付出去大半，投降要有投降的樣子。

電話還沒講完，章政就拿著手機匆匆而來，雙臂張開擋在喬紹廷面前，不讓他進德志所。看章政焦急緊迫的樣子，喬紹廷哭笑不得，腳下不停。他都說了要洗心革面、放棄較勁，總得給一點交接的時間。章政一路小跑攔他，問他昨晚去向。這個問題沒頭沒腦，喬紹廷不打算披露隱私，翻了一個白眼。快到二樓，章政還不讓他進去，直截了當，問他是不是見過鄒亮。

喬紹廷瞥了眼章政，又探身望向律所門內。前臺站著兩個男人，衣服下擺都露出手銬皮套，看來是便衣員警。

難怪章政知道鄒亮，難怪要下樓攔他。

鄒亮的事，喬紹廷真的理直氣壯。所以，他不顧章政阻攔，快步走進律所。

便衣員警見他進門，立刻圍上來，為首一人看了眼手機上的照片：「你是喬紹廷嗎？」

喬紹廷點頭之後，幾名警員互遞眼色：「鄒亮你認識吧？」

提到鄒亮，喬紹廷面色黯然，再一點頭。

「筆錄我們看過了，有些情況需要你進一步配合調查，請跟我們回隊裡。」警察人員亮出證件，「海港刑偵支隊。麻煩你先把手機交出來，或者你自己關機也行。」

說話間辦公區又走出兩名警察，若只是通知問話，四人未免太多。喬紹廷還注意到這幾人腰間別著無線電和甩棍，裝備齊全。這些觀察讓喬紹廷起了戒備，他雙手插進口袋，表情變得強硬：「什麼意思？我是被拘留了嗎？還是什麼別的強制措施？請你們出示相關的手續。」

警察人員的語氣依然溫和，勸他回隊裡說話。

喬紹廷看了看手錶，配合調查沒問題，但貿易出口銀行的案子受託律師來不及換，馬上就要開庭，他得趕緊過去。

他一指顧盼，示意她留下警察的聯繫方式，轉身就往辦公室走。一名警察立刻上前，拉住他的手臂。

喬紹廷惱怒，甩開警察的手：「你們幹嘛！」

剛才說話的警察打個手勢，讓同事後退一步。警察語氣依然溫和，但又多了些威壓：「如果您不想把事情鬧得太難看，最好現在就跟我們走。」

喬紹廷琢磨著他們的來意，深吸一口氣，讓自己也盡量理智。都是做法律工作，他明白警察在這裡什麼都不會說。他打算開庭回來再跟警員好好聊聊，徑直走進辦公室拿資料。

警察見他仍不配合，朝同事遞個眼色。兩人同時行動起來，一個向他出示拘留證，另一個則拿出手銬，直接給他戴上。

喬紹廷看到拘留證，震驚得都沒注意到自己被銬上。他抬頭問道：「你們是懷疑……鄒亮是我殺的？！」

德志所門打開，喬紹廷被銬住的雙手裹著一件衣服，幾名警察押著他往外走。喬紹廷低頭不語，神色頹喪。來來往往的人紛紛側目。

警察押著喬紹廷一路下樓，帶他坐上警車。

正走向辦公樓的蕭臻一抬頭，恰好目睹喬紹廷從德志所出來。按照之前和薛冬說好的，她來面試，沒想到會看見喬紹廷被抓。

蕭臻默默比對他與網路上照片的區別，目送著警車離開。隨後，她拿出手機，撥著電話，朝德志所的方向走去。

3 三十七天

下午一點，海港看守所審訊室。審訊開始。

直到那時，喬紹廷仍然以為，自己最多在看守所待個一兩天。曠北平一向以合法手段打擊對手，可是自己已經表態，應該不能完全算作對手了吧。如果再追擊下去，就是痛打落水狗，而不是合法制裁。

盤算著這些，喬紹廷穿著西裝，冷靜且有條理，從昨晚的約見說起——鄒亮主動傳訊息約他，而不是他約鄒亮。這部分警察肯定查過鄒亮手機，能夠確認。

「你說你們是老同學?兒時玩伴?」他對面是審訊的警察。

「對，從小學到高中都在一起。」

「你們關係怎麼樣?」

「挺好。」

警察把筆記型電腦轉過去給喬紹廷看。喬紹廷和鄒亮在停車場發生爭執，他將鄒亮推倒在地，這部分監視畫面在螢幕上播放。喬紹廷不耐煩，這個舉動是令他愧疚，但跟殺人嫌疑聯繫起來，就扯得太遠。朋友之間也會有爭執，何況是鄒亮先動手拉扯，自己才下意識推他一把。

「你開進停車場的時候，他要是沒躲開，你可能就把他撞死了。」

喬紹廷更哭笑不得，大白天在監視器底下把自己的玩伴撞死，他這些年的律師算白當了。

警察沒理會他的嘲諷，把螢幕轉回來：「你們因為什麼發生爭執?」

喬紹廷本來就沒做虧心事，何況警方的「證據」又顯得牽強，他便有些放鬆，想都沒想便一臉坦蕩地實話實說，因為鄒亮跟他要錢。

「要錢。」警察盯著他，重複最後兩字，「什麼錢？」

喬紹廷愣住。他好像說了不該說的話，自己把水給攪渾了。

四五個小時過去，喬紹廷領帶鬆開，頭髮油膩，一臉疲態：「之前那二十萬是我借給他的。他說他周轉不開，有急用。」

說到借據。喬紹廷沒有。簡訊或電子郵件之類的文字紀錄——喬紹廷再搖頭。

「那就是說，兩週之前你找他幫忙，他恰好又跟你借了二十萬。這兩件事沒有任何關聯？」

喬紹廷低頭不語。按這套說法來看，怎麼他還真的看起來有點可疑？

到了晚上，西裝被換成看守所的號碼背心。喬紹廷弓著背，目光已開始茫然，直直盯著審訊室牆壁。

「王博和雷小坤那個案子我們看了，你是替嫌疑人做辯護的，為什麼要讓鄒亮去查被害人家屬的銀行單據？」

喬紹廷支支吾吾，竟然真的有幾分犯罪分子的心虛模樣。

警察把鄒亮車中的文件袋放到桌上：「或者應該說，你為什麼要讓鄒亮幫你偽造被害人家屬的銀行單據？」

喬紹廷剛才注意力渙散，聽到這話一下醒了神。他睜大眼睛，一臉震驚。什麼叫偽造單據？為什麼鄒亮會偽造？他讓鄒亮查的就是真實紀錄，他是為了查案……

「你們那天晚上打算會面的時候，這些單據就在鄒亮車上。我們查核過了，全都是偽造的。」

喬紹廷停滯許久的大腦高速運轉。偽造單據、殺人滅口、指紋、口角……把所有的線索整合在一起，他看起來是真的可疑。

如果鄒亮沒死，他就會如期拿到那些單據。他不會驗證真假，把假證據拿上法庭，那他就是偽造證物……這些單據的來源……喬紹廷感覺脊背發涼，他不敢再想下去。

三月十日。

喬紹廷已經不知道時間。他穿著號碼背心，頭髮十分油膩，臉上也多了鬍渣。

所有的對話都已經進行過五十遍以上，他還在竭盡全力地解釋。

就算警察猜對了，他給鄒亮錢，為了偽造銀行單據，甚至想方設法篡改銀行網路內部資料。鄒亮都把事情辦好了，他為什麼要殺人？就因為那天下午在停車場推了那一把？那他兩人從小到大已經至少想殺對方八百多次了……喬紹廷口乾舌燥，而警察不為所動。

「喬律師，我們對你進行羈押調查，不是憑推測，是依證據。」

「證據？什麼證據？監視器影像拍到我進了鄒亮的車把他殺了？」

「他停車的地方正好是監視器死角。」說著，警察拿出幾張指紋比對紀錄放在桌上，「但車裡到處都有你的指紋，包括他注射毒品的針管。你怎麼解釋？」

喬紹廷愣了，近乎歇斯底里：「我看到他癱在那裡，當然要嘗試救他啊！」

三小時後。

「我只是覺得他沒心跳了。我叫了救護車的。」

五個小時三十分鐘。

「是我報警的，我會傻到先殺了人，然後再自己報警嗎？！」

六小時。

「不管你們怎麼想，我沒殺鄒亮。」

七小時。

「我沒殺人。」

八小時。

「我沒有！」

十二個小時。

喬紹廷歇斯底里地喊道：「是我殺的，可以了吧！」

宣洩之後是漫長的安靜，喬紹廷帶著自嘲抬頭，想看警察的反應。犯罪分子心理防線崩潰，終於伏法，他們該歡欣鼓舞才對。但兩名審訊的警察，一人皺著眉頭，從電腦螢幕後面睇眼看他，以眼神警告他不要胡說；另一個正拿個遙控器，對著冷氣按來按去，困惑怎麼調不出製冷模式。

「鄒亮到底是怎麼死的？」被押送回看守所押房的路上，喬紹廷回過頭問。

「這個我們會查，你只需要把自己的問題交代清楚。」

隨著一聲警報聲響，電子鐵門緩緩關上。看守所押房的窗戶對著外牆，每天一過正午，房間內就一片昏暗。喬紹廷盯著頭頂的白熾燈，宛如置身拙劣的噩夢。那時，他還沒想過放棄，只是感覺疲憊。

在喬紹廷盯著看守所的牆面發呆時，蕭臻正一身職業裝，站在德志所門外，抬頭看著律所招牌，眼神閃亮，滿懷期盼。在喬紹廷被拘捕的當天，她的面試十分成功，如今是她入職的日子，她和薛冬的計畫開始了。

喬紹廷進了看守所，這幾天傳得沸沸揚揚。眾說紛紜：有人說喬紹廷是遭人陷害的，有人說喬紹廷是真的殺人滅口，也有人偷偷議論著被拘捕當天上午喬紹廷在金馥所門口的「投降」。只有很少人知道此事與曠北平的關聯，而知道的人大多替喬紹廷捏一把汗，覺得他這次即使能夠出獄，以後也無法在津港的法律行業立足。

不過在蕭臻看來，喬紹廷並不是沒有贏面。曠北平代表的是一整個系統，那又怎樣？在電子遊戲裡，玩家們也都憑藉一己之力，攻克一張又一張繁雜的地圖。

回想著聽過的傳聞，一路走上德志所的樓梯，蕭臻感覺到身體發熱，自己似乎真的在活著——這種感受，她很久沒有過了。誰也說不清楚，她這種感受是源於盼望與喬紹廷再次相遇，還是盼望接下來的冒險。

剛到上班時間，德志所辦公區卻一片喧鬧，人來人往。沒幾個人在辦公，人們大多在搬東西、打掃，到處堆著檔案、書籍，角落還放著電腦。蕭臻進了事務所，看著眼前亂象失神。

剛上班的男員工和她一樣一頭霧水，拉住顧盼打聽究竟。顧盼抱著一疊文件，語氣樂呵呵：「洪圖升職了！她頂替喬律師當了合夥人，喬律師的辦公室歸她啦。」

洪圖的男助理提著垃圾桶和掃把路過，突然湊過頭來，說這是欺師滅祖，乘人之危，鳩占鵲巢。但他說完，還是一顛一跑地去為洪圖打掃辦公室。

蕭臻把這些都看在眼裡，從喬紹廷被警車帶走，到今天洪圖搬辦公室，總共不過一週時間。她一路往裡走，其他人的議論也都傳進耳朵。

有人一臉感慨，說喬律師還被關在看守所裡，知道了得多心寒。也有人抱著手臂冷眼旁觀，說喬紹廷一出事，所有人的努力全白費。但更多的人似乎在看熱鬧，嘀咕著什麼律政界不敗傳奇鋃鐺入獄，德志所要丟客戶。幸災樂禍的語氣，就好像他跟德志所無關。

蕭臻走到合夥人辦公室門口，探頭看看，恰好見洪圖一臉滿足地擦著辦公桌上的灰塵。房間裡拉著窗簾，光線昏暗，東西堆得到處都是。

洪圖一抬頭，也看到蕭臻：「蕭律師，你來得正好。你不是剛接手喬律師的案子嗎？這些都是喬律師的東西，麻煩你把它們整理好，堆在那個角落。這也算是熟悉業務吧。」

蕭臻看著一地的書、用品、獎狀證書和卷宗，暗自驚詫。

喬紹廷的東西大致都被移到一塊兩平方公尺的角落，散亂堆放，毫無秩序，辦公室其他區域已經擺上洪圖的東西。

蕭臻坐在地上，饒有興趣地翻看著喬紹廷的書籍。每本書的扉頁，喬紹廷都一板一眼簽下名字，標註購買時間。他的字體不算工整，和本人一樣棱角分明，點和撇都任性地飛出去一截。

蕭臻在混亂中注意到兩個相框。一個放著生活照，唐初在海邊大笑，長髮被風吹拂在臉上，看不清長相卻極具魅力；另一個則放著親子照，蹣跚學步的小嬰兒，和唐初牽手走在陽光下，一大一小兩個背影。

蕭臻打量著照片，因為好奇心而心跳加快。她把照片放在疊好的書上，算是整理完畢。

窗外天色已晚。蕭臻站起身，伸展四肢，捶捶痠痛的腰，欣賞自己的傑作。書籍、筆記本、卷宗袋、用品、證書、獎盃，都井井有條地放著，像是某個偉人的紀念角——雖然偉人未必在世。

蕭臻十分滿意，關燈離開。

隔天，燈一打開，洪圖就被眼前的「喬紹廷角」驚呆了。她雙臂交叉胸前，盯著喬紹廷的種種。視線平齊處，唐初在對她大笑。

喬紹廷出事第二天，洪圖就找章政商議合夥人的事情。不到一個星期，她就搬了辦公室。今天之前，她都很為自己的決斷自豪，覺得自己不過是善於把握機會。但在唐初的笑容之中，這種自我安慰變得站不住腳。

她有點心虛，走上前，一把扣下照片，坐回轉椅，一瞪門邊的蕭臻。「有這布置樣品屋的功夫，接手的案件也不知道趕緊看。」

「都看完了。」蕭臻不卑不亢，答得淡定自然。

洪圖更不高興，隨手從桌上拿起張紙一晃，說有個案子馬上就要開庭，讓蕭臻快點準備。

「最近的一個庭是今天上午，對方提出管轄異議。」

「那你快點準備答辯。」

「您手上拿的就是我的答辯狀，請您過目。」

洪圖一愣，低頭看紙上的標題，還真的是。

她無聊時想像過，如果自己先入行幾年，喬紹廷和她師徒關係互換，那喬紹廷會是個什麼樣的徒弟。不知道為什麼，此刻她直覺認為，說不定就像蕭臻這樣。

蕭臻走出辦公室，透過門上的玻璃，見洪圖正在推過兩片屏風，擋住「喬紹廷角」。

彼時，所有人都不知道喬紹廷在看守所的變化。那是更為徹底的放棄。

在看守所待到後來，審訊越來越少，卻不知什麼時候能出去。他漸漸地發現自己變鈍、變空，時間觀念消失。他發現自己越來越少想到曠北平、鄒亮和自己的事業，卻總在想念唐初和孩子。他一次次想起進看守所前的那個早上，唐初的頭髮在頸窩處翹著。除此之外，他越來越常看著牆壁發呆。勝利的執念、打敗曠北平的欲望，這些之前支撐他戰鬥的東西，都變得遙遠而無趣。

曠北平也該滿意了吧。有時候他想，在金馥所門口「投降」時，他沒料到曠北平還有這個後手。失去自由的感覺很糟，像是被很鈍的東西一下下地敲掉鬥志、元氣，還有精神，生平第一次，他真的累了。如果說一天之內把喬紹廷手頭的所有案子全搞砸，再把他送進看守所，只是曠北平的起步動作，那之後還有什麼等著？喬紹廷無力去想。

這段漫長的「假期」之中，喬紹廷想放棄王博和雷小坤的案子，放棄追查鄒亮的死因，打敗曠北平的念頭更是被拋到了九霄雲外。他感覺到前所未有的疲憊。

海港看守所內，穿制服和皮鞋的教官走到押房門外，朝著中控室的方向喊：「五洞三，開門！」

隨著一聲警報響，電子鐵門緩緩打開。

「〇九二〇，喬紹廷，脫掉背心！」

看守所外，蕭臻拿著檔案袋剛下計程車，看著掛在門口的牌子。

此時，距離喬紹廷進看守所已經三十七天。

4 出獄

四月七日，上午九點，手機對焦，拍下照片。喬紹廷穿著絨毛衣褲走出看守所大門，滿臉鬍渣，神情恍惚，頭髮蓬亂，提著一個大塑膠袋。

馬路對面，蕭臻收起手機，朝喬紹廷用力揮手，叫他名字。喬紹廷從塑膠袋裡拿出手機，徑直走到蕭臻面前：「有行動電源嗎？」

蕭臻一愣，連忙從肩包裡拿出行動電源，遞給喬紹廷。

喬紹廷接過行動電源：「沒見過你，是新入職我們所的吧？怎麼稱呼？」

蕭臻報了名字。一臉困惑的喬紹廷用行動電源輕敲蕭臻的文件袋，上面德志所的標識還算顯眼。他打量著蕭臻，不知道她是什麼來頭，也不知道章政為什麼要派個新律師來接自己。

喬紹廷向蕭臻伸出手，蕭臻猶豫片刻，摘下手套，和他握手。

蕭臻盯著喬紹廷看，還想說些什麼。喬紹廷的手機螢幕亮起，簡訊、微信叮叮噹噹的聲音響個不停，隨即就有電話打來。

是薛冬。喬紹廷微微皺眉，不知道是時間湊巧，還是薛冬消息靈通。

「紹廷，你真的出來啦？是保釋，還是……」

喬紹廷說著電話往路邊走：「我清白了，解除強制措施。是不是很失望？」

「真不是一般的失望，我還指望著能做你的辯護律師呢。」

「你的價錢我付不起，你的能力我不認可，你的為人我也信不過，算了吧。」

喬紹廷接著電話，另一隻提著塑膠袋的手伸出去攔計程車。計程車在載客，沒停。蕭臻拍他，示意自己叫了車，喬紹廷點點頭表示感謝。

車到了，蕭臻幫喬紹廷拉開車門。薛冬還說著要請喬紹廷吃飯，說沒辦法來接他簡直遺憾萬分。喬紹廷和他打趣幾句就掛了電話，以他現在這個狼狽模樣，薛冬無疑是想來刷優越感的。剛出來不到五分鐘，又做了那樣的決定，任何一件事都比跟薛冬吃飯更重要。

薛冬坐在車裡，看著被掛斷的電話，臉上輕鬆的神態消失了，露出苦笑。

喬紹廷排除嫌疑，重獲自由，當然是好消息。不過曠北平會怎麼想就不知道了。喬紹廷進去不見得和曠北平有關。就算有，喬紹廷在裡面足足三十七天，曠北平出了氣，喬紹廷得到教訓，也應該是皆大歡喜才對。

但他還是感到不安。

薛冬的手機響了一聲，喬紹廷走出看守所的落魄模樣定格在螢幕。看著照片，薛冬終於明白了自己在擔心什麼。他擔心這不是結束，而是開始。

曠北平不一定會收手；喬紹廷這樣的人，也不會得了教訓就老老實實。薛冬將目光定格於那張照片的寄件者姓名。

計程車裡，喬紹廷打開手機前置鏡頭，看著自己頭髮蓬亂、鬍子邋遢的樣子，微微皺眉。

一旁，蕭臻忙著彙報從喬紹廷那裡接手的案子——今天要開庭的千盛閣酒樓損失賠償、億間公司建築工程糾紛、舒購集團商事仲裁……

喬紹廷關掉鏡頭，轉頭問起貿易出口銀行的貸款糾紛——他被羈押那天，原本該去出那個庭。

蕭臻低頭回避他的目光。她本來打算晚一點再說，或者回所裡讓其他人彙報。原告沒到庭，法院按自動撤訴處理。

「事務所應該做了彌補工作。」她補充道。喬紹廷點頭，從塑膠袋翻出隨身物品穿戴到身上，拿出那塊款式老舊的萬國手錶，用拇指擦擦表面。

「王博和雷小坤那個案子……」蕭臻試探著開口。

「一審判了死刑，兩個人還都沒提上訴。」喬紹廷接過話，把手錶戴在手腕，「看守所裡的消息也沒那麼閉塞。那案子後來是誰辦的，洪圖？」

蕭臻點頭。喬紹廷並不意外，低頭嘟囔一句「難怪」就不再說話，靠在後座，閉目養神。

在沉默中，蕭臻看著喬紹廷的側臉，說明來意。

「您一直是我仰慕的前輩，很多人跟我說，如果有機會跟您學習，是能夠成為一個好律師的。」

喬紹廷睜眼，再次打量蕭臻。他注意到蕭臻不知何時又戴上了手套，她的整身打扮似乎都在努力顯得中規中矩——黑色的職業裝，齊耳短髮，不施粉黛。

「看看我這個『好律師導師』剛從什麼地方出來。跟你說這個話的人……你確定不是在嘲諷我？」喬紹廷沒問蕭臻什麼，一聲苦笑。

蕭臻也笑了。她想喬紹廷至少沒徹底拒絕。

一個小時後，曠北平走出金馥所辦公大樓，邊朝自己的車走去，邊聽薛冬彙報一起酒駕案的進展。酒駕的是曠北平朋友的兒子。

「血檢超過八十毫克就是酒駕[5]，樊家那少爺一百四十多……有點麻煩。我考慮了一下，他既是初犯，又沒造成交通事故或逃逸，簡單做做工作，大概能判個三四個月的拘役，算上羈押期間的折抵，很快就能出來了——」

不等薛冬說完，曠北平就冷冷打斷：「我跟樊總說了，孩子這個禮拜就會出來。」

薛冬一愣，面露難色：「您要是說想把他撈出來的話，恐怕我就得——」

曠北平再次打斷他：「你怎麼做和我沒有關係，這事你能不能辦？」

「能。」薛冬暗自咬了咬牙。

曠北平點點頭，解開西裝扣子，坐進車裡。不等車門關上，轉頭又問薛冬：「聽說喬紹廷被放出來了？」

「是，今天上午的事。」薛冬心頭一緊。

「他怎麼樣？」

「我……我不知道。」

曠北平端詳著薛冬惶恐的樣子，笑了：「既然是老同學，你該關心關心人家。」

車門被關上。

同一時間，喬紹廷剛回德志所。

喬紹廷和章政的見面最初非常溫暖人心。主任辦公室裡，西裝革履的章政從寬大的辦公桌後站起身，伸開雙臂，作勢要擁抱喬紹廷。他動情地訴說著想念與擔憂，以及自己有多為兄弟牽腸掛肚——律師協會有會議，他無法親自去看守所門口接風，簡直痛心疾首。

對他誇張的情感表達，喬紹廷客套笑笑，伸手一攔——他身上太髒，別污染了章政的名牌西裝。

章政一愣，隨即緊緊握住喬紹廷的手，聲音提高八度：「我們兄弟之間還在乎這個？」

5 編註：依照中華人民共和國法規《車輛駕駛人員血液、呼氣酒精含量閾值與檢驗》中規定，飲酒駕車是指車輛駕駛人員血液中的酒精含量大於或者等於二十毫升／一百毫升、小於八十毫升／一百毫升的駕駛行為。醉酒駕車是指車輛駕駛人員血液中的酒精含量大於或者等於八十毫升／一百毫升的駕駛行為。

喬紹廷都快信了，但章政的確瞥了眼西裝。

短暫的寒暄結束，喬紹廷問起王博和雷小坤的案子。章政眉頭一跳，警惕起來。「兄弟」間的溫情，伴隨這個話題的開啟而消退不少。

章政什麼都不想透露，把蕭臻在車上說過的資訊重複一遍——案子洪圖辦得很盡心，當事人沒有上訴。

當事人是接受了這結果，還是覺得不接受也沒指望翻案？不知道。

死刑覆核？不清楚。

「紹廷啊，不是我說，你非要去惹曠北平，現在搞成這樣。那個朱宏的岳父，嚴裴旭，人家是曠北平當年在兵團的戰友。你明明也很清楚，還敢查人家的財務狀況，現在莫名其妙地賠進去一個鄒亮，自己又被羈押調查。好不容易出來，你就別再耿耿於懷了，讓這事翻篇吧！」

章政沒頭沒腦的一大通勸誡，說得喬紹廷發愣。他根本沒深想過接下來要怎麼辦，只是付出這麼大代價，總想知道個來龍去脈。

「能讓洪圖把案卷給我看看嗎？我來的時候看她不在所裡，回頭讓她把卷放我辦公室……」喬紹廷懶得解釋，想著自己看一眼卷就該徹底死心了，也算是畫個句號。

但固有印象很難一夕改變，喬紹廷要看卷，在章政看來就是想查下去，所以他不打算接話。他從喬紹廷的話裡捕捉到「辦公室」三個字，這件事雖然尷尬，但總不至於像王博和雷小坤案那麼致命。他撥了撥頭髮，嘆了口氣，巧妙地轉移話題。

「哎……你知道，自從你被羈押，你的律師執業證也被吊扣了，上個月所裡要年度檢查，我們這是合夥律所，沒有你就缺合夥人，審不過。我跟韓律師商量了一下，把洪圖補充成合夥人了。所以……」

喬紹廷一愣，明白過來。章政不想給他看卷，他的辦公室現在也已經是洪圖的辦公室了。

章政向前傾著身子：「先這樣安排著，你的東西都沒動，還在那間辦公室裡，全都整理好放一起了。等回頭我們再找時間重新規畫一下事務所的布局……」

喬紹廷擺擺手：「沒事，反正我平時也不怎麼用那間辦公室，而且我本來也有從我們所退夥的打算。」

章政有點吃驚：「退夥？你這話是什麼意思？」

「我被警察帶走的那天早上見過曠北平。」

章政裝不知道，點點頭。

「我跟他說，我會把手上的很多案子都轉出去，包括王博和雷小坤那個。我跟他說，我甚至可以退夥離開德志所。」

章政聽完，表情也顯得有些黯然。他意識到就算服軟，曠北平也不會放過他們。

喬紹廷站起身：「也許你說得對，該翻篇了。」

喬紹廷說翻篇，章政只當句客氣話。他覺得喬紹廷可能會認為，他是怕被牽連才趕忙換了合夥人——當然不僅於此，他是篤信喬紹廷出來還會繼續做出格的事。

章政也站起身，繞過辦公桌：「這段時間你不在外面，發生了不少事，搞得我也是手忙腳亂，有些權宜之計你多擔待。十幾年的兄弟，我肯定不會虧待你。你先回家休息休息，看看小唐和孩子。」

喬紹廷剛要往外走，回頭又問道：「哎？貿易出口銀行那個案子……」

章政本已經打算送客，忙露出大度的笑容：「這件事我都不好意思跟你提，因為那天你沒有按時到庭，合議庭那邊也是不給面子，真的就按自動撤訴處理了。」

自動撤訴，得扣一半訴訟費。那件案子的標的是十八億，訴訟費交了九百零四萬一千八。他那天出的意外，導致客戶損失了差不多四百五十萬訴訟費。

「我們的職業責任保險夠賠嗎？」

章政似笑非笑，看著他：「賠了，賠付上限是兩百萬。」

「那剩下的……」

章政笑了：「肯定是所裡先把錢補上了，難道還能讓客戶來向我們追討無限連帶責任[6]啊？後來韓律師重新把那個案子辦好了，客戶挺滿意，幫我們打了個折，所裡最後只賠了兩百萬。」

章政這段話裡的每個字是什麼意思，喬紹廷都很清楚。他咬咬下嘴唇：「給大家添麻煩了。因為接受調查，我的帳戶被臨時凍結了，等回頭解除了，我立刻把錢還給所裡。」

章政拍著喬紹廷的肩膀，場面話依舊一套接一套：「不著急不著急，自家兄弟，老是這麼見外。」

德志所的公共辦公區人來人往，一派忙碌景象。也不知大家是刻意為之，還是真的這麼熱愛工作，沒人看剛回來的喬紹廷一眼。他走到自己昔日的辦公室門口，敲了敲門，無人應答。他打開門，煥然一新的辦公室，整潔而時尚，儼然成了洪圖的風格。再一看，他的東西堆在角落，蓋著幾個垃圾袋。

喬紹廷不想進去了，他關上辦公室門，在大廳一角站了一陣，一時間頭腦空白，不知道後面要做什麼。

另一名律師打開辦公室門，招呼著喬紹廷，讓他到自己辦公室裡坐一下。他人的同情讓喬紹廷更不自在，他笑著搖頭，大步往外走，路過前臺時顧盼問道：「喬律師，這就走了？不多待一下？」

喬紹廷假笑著，拉開大門閃身而去。

喬紹廷走下樓梯，準備去停車場時，蕭臻追了出來。

「喬律師，我現在要去為千盛閣酒樓開庭。這個案子我接手後，仔細看了案卷，也跟客戶溝通過了，應該沒有什麼太複雜的情況。不知道您還有沒有什麼需要叮囑我的？」

喬紹廷又一次打量蕭臻。這女孩真的很善於找到完全錯誤的時機，說完全不恰當的事。此刻的他，怎麼看也不像會有心情叮囑千盛閣案子的樣子吧。

「看你還挺年輕，拿律師證多久了？」喬紹廷沒接她的話。

「半年多了。」蕭臻完全不覺得自己什麼有問題，興沖沖跟上來，走在喬紹廷身旁。

「出過幾次庭？」

「七次。五次民庭，一次刑庭，還有一次勞動爭議仲裁。」

「單獨出庭幾次？」

「兩次，都是民庭。」

喬紹廷問著蕭臻的情況，和她走出樓門，來到停車場。

喬紹廷走到自己的車旁，從塑膠袋裡翻出車鑰匙。他拉開車門，轉頭對蕭臻說：「那案子確實不算複雜……洪律師辦的那個刑案，你參與了嗎？」

蕭臻搖頭：「沒有，聽說那案子已經到死刑覆核階段了。喬律師，我希望今後能有機會跟您一起辦案子。」

蕭臻看喬紹廷快要離開，找準機會，又說一遍。喬紹廷想，果然是死刑覆核。新律師都知道的事，章政還要瞞他。隨即他又想，這時候自己問這些，也不知道還有什麼意義。

6 編註：指合夥財產不足已清償合夥之債務時，各合夥人對於不足之額負有全部清償的義務。

喬紹廷敷衍地點點頭，苦笑著上車離去。蕭臻有些悵然，看著喬紹廷的車駛離，嘆了口氣。

蕭臻走到停車場出口，見到不遠處趴著一隻流浪狗，盯著它看了一陣。抬眼，她看見停車場出口亭旁，喬紹廷下了車，停車場管理員正向他要停車費。

喬紹廷在車裡翻了半天，又在隨身的塑膠袋裡找，還是湊不夠現金，他的銀行帳戶也因為羈押而被凍結了。管理員收不到錢，也不能放行，看起來為難的樣子。

蕭臻見狀忙跑上前：「不好意思喬律師！忘了幫您交停車費了。」

說著，不等喬紹廷答話，她拿出手機，打開電子支付。

「一天二十，一共是三十七天，七百四。」

蕭臻交了停車費，朝喬紹廷揮揮手就打算離開。喬紹廷盯著她看了幾秒，問道：「你開車了嗎？」

「我坐公車的。」

「千盛閣的案子是在向陽法院吧？我載你過去。」

蕭臻看著喬紹廷，一瞬間有點心虛。墊付停車費的時候，自己有沒有存心討好喬紹廷，她其實根本說不清楚，而喬紹廷似乎把這當成了真誠的善意。

5 外來者

喬紹廷開車帶蕭臻去法院的時候，最高人民法醫巡迴法庭的審判庭內，方媛正穿著便裝，坐在旁聽席上。

她三十歲出頭，俐落的寸頭，肩膀很寬。作為審判員，要經她手的案子不計其數，但碰到有意思的，她還是喜歡過來旁聽。

這個案子的上訴人和被上訴人股東是父子關係，兒子用幾千萬買了兩塊住宅用地，宣稱這都是自己的錢。父親手裡有兒子蓋章簽字的借款協定，卻沒有出資紀錄。事情就這麼鬧上了合議庭。

上訴人一方的律師正在發言：「當時雙方以現金形式交接，被上訴人就認為這筆出資並未發生，我們認為，這種說辭無法對抗雙方借款協定在本案當中的證據優勢地位。」

被上訴人律師忍不住脫口而出：「幾千萬的資金，怎麼可能現金交付！」

審判長連忙制止：「被上訴人律師請遵守法庭紀律，等輪到你發言的時候再陳述意見。」

合議庭的審判員朝上訴人席發問：「我問一下上訴人本人，那份借款協定是你親自簽署的嗎？」

方媛看向上訴人席，那裡坐著一個七八十歲的老先生，戴著副眼鏡，鏡片顏色很深。他朝審判員點頭，胸有成竹：「協議的條款，每一個字我都仔細看了。這幾千萬的事，肯定不能隨便。」

方媛若有所思，盯著那個老人，口袋裡的手機一震。她拿出手機，見上面顯示「南哥」傳來訊息：急事，回電。

方媛走出審判庭，關上門，穿過鬧哄哄的走道，走到安靜的辦公區，接通電話：「南哥，我好像不記得有什麼工作是不急的。」

「南哥」全名魯南，四十歲出頭，一臉精幹，跟方媛一樣，肩背寬闊。最高院刑庭的辦公室內，魯南手指輕敲卷首的「保密」標籤。「王博和雷小坤故意殺人案」的標題，寫於首頁的正中央。這一案的死刑覆核，將由魯南和方媛完成。

下午一點，喬紹廷開著車，蕭臻坐在副駕：「其實您不用特意送我，三點才開庭，時間還早，我坐地鐵過去就好。我的意思是說，您不必這樣做。」

「你剛才也不必幫我，謝謝你的好意。」

喬紹廷這麼認真道謝，讓蕭臻更不自在，她看向車外，開起玩笑：「都是一個事務所的同事，我就幫您墊一下——您不會不還我了吧？」

因為沒看喬紹廷，她沒注意到喬紹廷在用藍牙耳機打電話：「欸，唐初，我出來了。你看，我要不要回家一趟？」

蕭臻看了一眼喬紹廷，一時間有點為剛才的玩笑尷尬，希望他沒聽見。

「……好，那你先忙，今天誰去接阿祖？哦，我就是挺想見見他……我明白，我明白……那這樣，我們就老地方吧，晚上見。」

喬紹廷掛斷電話：「你剛才說什麼？」

「沒什麼。」

「怕我不還你錢？」

蕭臻真的尷尬了：「沒有沒有，開個玩笑。」

喬紹廷認真地算起了帳——德志所「授薪律師」[7]的待遇，稅後到手也就五六千元人民幣。交通和通訊補助三百，再加兩百餐食補助，就是全部收入。蕭臻如果不住父母家，就得租房，就算合租也至少兩千。七百多塊，說墊就墊，沒那麼容易。

他這一通帳快把蕭臻算哭了，墊個錢而已，自己還心思不純，喬紹廷竟然這麼認真。她轉念一想，又覺得喬紹廷稀有。之前做實習律師，她也幫前輩墊過飯錢和車費，好像沒人這麼當回事過。此時蕭臻還沒發現，只要在喬紹廷身邊，她的感受就會變得異常豐富。

她看了眼手機上的時間，讓喬紹廷送自己去麥當勞買杯咖啡，畢竟到得太早。喬紹廷轉頭看她：「麥當勞的咖啡？」

蕭臻點頭。

「挺好。」

方媛和魯南打著電話，繼續探討王博和雷小坤案的死刑覆核。證據鏈完整，然而沒有找到被害人屍體，被告人還都沒有上訴。

「缺少屍體的定罪……我記得之前實習，我們是不是看過一個國外的案例？」

「你說的應該是理查·克拉夫茲殺妻案。不過國內也有判罰先例。」

魯南邊說邊翻閱案卷、筆錄，以及各種現場照片。

「對，我大概記得好像是八十年代的案子，也沒找到屍體。」

兩人一起沉默下來。那個案子不完全一樣，最後還是找到了被害人的指甲和牙齒殘片，還有一些毛髮以及骨頭碎片的ＤＮＡ證據。

「這個案子沒有任何法醫學證據嗎？」

「一言難盡。你回來看卷吧。」魯南說著，繼續翻看卷宗。死刑覆核的案卷不能進系統查，他

7　編註：指領取固定底薪、辦案無抽成或是抽成比例很低的律師。

也不能把卷帶出最高人民法院。方媛還打趣著，說魯南記性好，讓他把整本卷背下來講給自己。魯南那頭，翻閱案卷的手停了下來。

他身體靠向辦公桌，從案卷裡拿出兩張紙，抬頭分別寫的是「津港市警察局海港分局刑偵支隊辦案情況說明」，以及「津港市中級人民法院關於審理王博和雷小坤故意殺人案證據規則適用相關法律問題的請示」。

魯南逐漸皺起眉頭，快速向後翻了兩頁，用手指滑著內容，一行行往下看。他發現「喬紹廷」的名字，表情嚴肅起來。魯南告訴方媛，自己要去津港找她。

方媛掛斷電話，一臉困惑，但不管怎麼說，魯南願意來是好事。她正往辦公區外走，走道的門開了，剛才的審判長走了進來，叫她「方姐」。

「我剛才從旁聽席的角度，能看到上訴人那位老先生的眼睛。」方媛停住腳步。

審判長一愣：「眼睛？」

「他戴了個顏色很深的近視鏡——老花鏡一般不是這個顏色。但從我那個角度看，他似乎有白內障。而且你記得嗎？開庭的時候，是代理律師攙扶他進來的。」

審判長想了想，微微點頭。如果他真有白內障，就根本不可能「每一個字都仔細看了」，再加上沒有任何銀行紀錄顯示他們有資金往來……

方媛點頭。兒子串通爸爸，偷蓋公章，倒簽協議。他們想一起做局坑人。這是個虛假訴訟。

就這樣，魯南即將奔赴津港與方媛會合，觀察力極強的二人組，即將成為案件中的外來者。

6 放棄

下午兩點。喬紹廷在自己加班用的小公寓門口，用鑰匙戳了半天鎖，卻一直打不開。他拿出手機，打電話給仲介。那邊傳來仲介充滿歉意的解釋：季度房租拖欠，聯繫不上，只好換鎖……東西都在屋裡沒動，需要盡快補齊房租。

喬紹廷無可奈何，走出樓門，坐進車裡，趴在方向盤上呆愣了好一陣子。拿出手機，打開計算機開始算帳——事務所兩百萬，個、十、百、千、萬、十萬、百萬。蕭律師七百四。房租……三四十二，一萬二……兩百零一萬兩千七百四十。

喬紹廷轉頭看了眼副駕駛座上的塑膠袋，再看看手腕上的萬國手錶，往後一靠，頹然嘆息。之前在看守所累積的疲憊，如今又朝他襲來。

十分鐘後，當鋪內，鑑定師仔細看著喬紹廷那塊手錶。萬國的柏濤菲諾，戴了差不多五年，發票，喬紹廷沒有。這塊錶是婚禮上拿鑽戒「換」的，唐初當時也沒給他發票。

鑑定師笑了：「那您肯定還要把它贖回去。」

「臨時周轉一下，幾天就好。」

「這塊錶的原價是三萬五千人民幣，三折您能接受嗎？」

喬紹廷垂下目光，嘆出口氣。走出當鋪後，他立刻撥通蕭臻的電話：「蕭律師，你還在麥當勞嗎？到路邊等我，我馬上到。」

麥當勞門口，喬紹廷的車精準地停在蕭臻跟前。蕭臻一上車，喬紹廷就數出七百四十塊錢，塞給蕭臻。

蕭臻有些侷促，讓喬紹廷不必這麼著急。

「欠個一天半天的是錢，欠得時間長了，就是人情了。我不喜歡欠人情。」看蕭臻還是不太自在，喬紹廷轉移話題，「還有時間的話，聊聊千盛閣的案子吧。」

蕭臻用手機確認時間，思量片刻，翻開案卷。

德志所的委託人是千盛閣酒樓，原告葛平是酒樓的洗碗工，某天下班後在酒樓門口被自家的採購貨車撞成重傷。葛平傷得很重，光肋骨就被撞斷了十九根，達到八級傷殘[8]。從傷殘鑑定來看，這場事故不但讓葛平留下了輕度智力缺損和智力障礙，導致他活動能力受限，還有右耳重度聽覺障礙，骨盆傾斜，脊椎損傷致頸部活動角度部分喪失。自家貨車在自己的經營場所撞傷自己的員工，既是交通事故，又屬於工傷，葛平按照損害賠償，提起訴訟。

說著案子，兩人開到向陽法院門口。喬紹廷乾脆把車停好，跟蕭臻一起下了車。

他繼續問道：「如果對方當庭增加訴訟請求呢？」

「應該不會，如果葛平申請工傷賠償，會另走仲裁。」

兩人走到法院門口。喬紹廷想了想：「那如果他真的另行申請仲裁了，千盛閣會不會面臨雙重賠償？」

「如果涉及重複賠償，我們可以向法院申請依據就高原則，對同一賠償項目以數額較高的計算標準進行認定……喬律師，您這是……」

喬紹廷拿出身分證，朝蕭臻晃晃：「我可以旁聽一下嗎？」

蕭臻笑了，不管從哪個角度說，她都求之不得。而此時的喬紹廷，是想暫時脫離他自己的一大攤事情。此外，他也想看看蕭臻如何開庭。

喬紹廷和蕭臻順著臺階往法院門口走。迎面，薛冬和助理高唯正走出法院。看到喬紹廷，薛冬立刻笑著迎了上去，問他來意。喬紹廷朝他晃了晃旁聽證，指了指自己斜後側的蕭臻。

蕭臻和薛冬看到對方都是一愣。電光火石間，蕭臻想起自己發出去的那張照片，轉開眼神。喬紹廷把這兩人的反應都看在眼裡，意識到他們似乎認識。

不等蕭臻解釋，薛冬搶先開口，說蕭臻來金馥所應聘過。這倒也不算謊話，只是藏了後半截沒說。蕭臻不自在地左右張望。

喬紹廷故意繼續追問：「這麼優秀的年輕律師，居然沒得到你們的留用？」

蕭臻和薛冬都說不出話，高唯從後面繞過來，熱情地打圓場：「喬律師吧？哇，我見到偶像了！我是薛律師的助理，高唯，現在還是實習律師。一直久仰您的大名，沒想到能見到您本人，您本人看上去真是更……」

喬紹廷打量一下自己，似笑非笑，看著高唯：「更什麼？」

高唯看著喬紹廷這一身邋遢樣，一時語塞。

薛冬笑得更顯僵硬，喬紹廷沒再說什麼，從薛冬身旁錯身而過。

蕭臻低下頭，跟在喬紹廷身後，只盼他忘記剛才的插曲。剛走沒兩步，她險些撞上喬紹廷的後背。只見喬紹廷停在臺階的中段，死死盯著法院門口的方向。

曠北平正在下樓梯。他和藹地笑著，和送他出門的幾位法官以及長官握手道別。

曠北平一轉身，看到喬紹廷，目光變得冰冷。蕭臻看向喬紹廷，發現他全身緊繃，是十足的戒備狀態。

曠北平來到喬紹廷面前，語氣威嚴：「紹廷，聽說你被海港警方拘留調查了很長時間，怎麼搞的……我當時怎麼教你的，做刑事案件代理，務必要小心謹慎……」

8　編註：根據中華人民共和國《職工工傷與職業病致殘程度鑑定》標準，將職業傷害造成失能的情況，依傷殘程度分為一至十級；最重為一級，最輕為十級。

說著，他又湊近了半步，語氣變得陰沉：「你啊，就是學不會守規矩。」

蕭臻在喬紹廷身上感覺到一股陌生的情緒——恐懼。他垂著頭，不去看曠北平，小聲說道：「我……我之前說過，不會再做那些案子了，我甚至可以退夥離開德志所……」

曠北平冷笑一聲：「那你還來法院幹嘛？看你這一身，應該還沒來得及回家吧。年輕人，做人不要太虛偽……」

曠北平走下樓梯，揚長而去。喬紹廷心裡極不痛快，氣自己沒用。薛冬跟過去的時候，回頭看了一眼喬紹廷的背影，目光中略帶慚愧。

就是在那個瞬間，喬紹廷讀懂了自己的心思——從發現鄒亮的死，到看守所的三十七天，再到恢復自由之後發現欠下鉅款，在事務所失去位置……他知道自己將要墜落，卻不知道墜落可以如此徹底、如此狼狽。如果說之前他只是隱約感到恐懼，那麼現在他徹底怕了。

曠北平一行人走向停車場。

薛冬對剛才的偶遇感到不安，誇獎起曠北平剛才與法院院長的商談，希望能轉移他的注意力。曠北平笑笑，什麼商談，都還在嘴上說說的階段，真想有實際的進展，那得等他在律師協會說了算才行。

要在律協說了算，那就得贏競選；說到競選，就會說到章政；從章政開始，就又得說到喬紹廷。人類的交流途徑真是條條大路通羅馬——薛冬絕望地發現，他怎麼都繞不過去。他賠著笑說：「剛才您看到喬紹廷那模樣了，您隨便一出手，他們這個層次的根本就不夠看。」

曠北平斜眼瞟著薛冬：「你是在暗示喬紹廷被警方調查，是我操縱的？」

薛冬忙垂下目光：「當然不是，紹廷辦案一向出格，他現在這樣都是自找的。」

曠北平走到車門旁停住：「喬紹廷……警察是把他放了，但鬧出這麼大事情，他還能繼續做律師？」

「如果不涉及刑事犯罪，應該不影響他執業吧？」薛冬沒忍住，替喬紹廷說了句話。

「這就算部裡和局裡不管，律協也沒反應嗎？作為律師的自律性組織，應該起到督導作用啊。」

薛冬點頭稱是，臉上掠過擔憂。他看著曠北平坐上後座，掏出手機，撥打電話。

下午四點，津港市向陽區人民法院法庭，庭審進行中。喬紹廷坐在旁聽席上，回想剛才的偶遇和自己的膽怯。

原告的起訴請求剛說完，法官正在詢問蕭臻的意見。

蕭臻拿筆在紙上寫下幾個數字，一一駁斥原告的訴訟請求。後續治療費用，缺乏必要的說明和依據。營養費，雖然提供了單據，但無從證實支出必要性。而精神損害的撫慰金十萬元也過高了，與其傷殘狀況不相合，還缺乏依據。

她自認答得不錯，算是充分發揮了職業性，拋棄了個人立場。接著，她又把話題引向車輛保險公司。千盛閣酒樓同意的訴訟請求一共是三十二萬人民幣，這部分能被第三方責任險和強制險的賠償範圍覆蓋。

葛平的律師孫志英是個四十來歲的短髮女人，胖乎乎的，穿著樸素。她似乎想對蕭臻不認可的幾項賠償進行爭辯，法官擺手說道：「有爭議的部分等一下再說，先把各方都同意的部分確定下來。」

蕭臻瞄了眼喬紹廷。很明顯，喬紹廷的心思並不在庭審，他正低著頭，心事重重。

明明到目前都還順利，蕭臻卻隱隱感到不安。

「被告全安保險公司，對剛才千盛閣酒樓認可的賠償金額有異議嗎？」法官問道。

保險公司的律師坐在蕭臻身旁，從剛才到現在，一直在把玩自己的手串。聽到法官呼喚，他放下手串，清了清嗓子，義正嚴詞道：「經公司調查，我們發現本案的事故車輛，也就是車牌為港GN9935的箱型小貨車，應於去年八月份驗車。換句話說，涉案車輛未經車輛檢驗已逾半年之久。依據《保險法》和《道路交通安全法》的相關規定，以及投保書和雙方簽訂的保險合約，全安公司對千盛閣酒樓應承擔的全部賠償金額不予理賠。」

此言一出，法官和原告律師都沒料到。蕭臻更是大驚，她飛快地翻閱手中的案卷，找到了行照的影本，看到上面標註的定期檢驗時間確實是去年八月份。

蕭臻呆呆地看著影本，再轉頭去看喬紹廷，他已經抬起頭來，注意到了庭審的變故。

千盛閣酒樓看起來頗為豪華，喬紹廷站在門口，正在打電話。手機那頭是他父親。

「我這不是出差剛回來嘛……您結實，您健康，全中國您最帥……說不準時間，您就在家裡待著，等著我，別滿世界亂跑。喂？怎麼掛了……」

喬紹廷語調昂揚，不想讓家人擔心。蕭臻則抱著膝蓋，坐在臺階上，一臉沮喪。喬紹廷掛上電話，看著蕭臻：「你是要開完庭直接向客戶彙報案子嗎？」

蕭臻搖搖頭，支支吾吾：「我想請您吃個飯。但您是不是有事……」

「請我吃飯？」

「就是想借機向您討教一下的意思。」

「討教談不上。好歹是你接了我的爛攤子，我請你吧。」

喬紹廷也不想獨處，獨處意味著思考自己的爛攤子。在新人律師時代，千盛閣這種級別的案子出了變故，可以愁眉不展。但到他的資歷，就算進完看守所，要賠兩百萬，再被行業泰斗放狠話威脅，也得打起精神。兩人不約而同望向千盛閣酒樓的招牌。

五分鐘後，喬紹廷和蕭臻兩人坐在千盛閣酒樓院內的石臺上，一人手裡拿個煎餅，邊吃邊聊。

喬紹廷啃著煎餅，津津有味，蕭臻卻食難下嚥。她的案子辦砸了。自以為該說的都說了，能做的也都做了，居然漏看了事故車輛的基本資訊……以往辦案有疏漏，她不會有什麼感覺，但不知為何，在喬紹廷面前，她就是不希望呈現這一面。

「喬律師，您也不提醒我一下。」

「我沒想到你會漏看。或者說，我以為在案情上你不會有什麼失誤。」喬紹廷把剩下的煎餅塞進嘴裡，揉著手裡的塑膠袋。

蕭臻覺得有點委屈，她才剛入行，難免有疏漏。但她很明白，自己沒資格道歉。律師這個行業，要求每個從業人員都必須實現精密、嚴謹、高效的邏輯循環。客戶付錢購買的，是容錯率為零的法律技術支援。律師不可能為自己的失誤事後去尋求客戶的諒解，沒有資格去跟客戶說「對不起」或者「不好意思」。

見蕭臻嘆氣，喬紹廷也苦笑一聲。如果說到疏漏、錯誤、付出代價之類的話題，現在的他，算得上最典型的反面教材。不過他覺得，這次客戶應該不會察覺蕭臻有什麼失誤。肇事車輛逾期未做檢驗，這是個客觀事實，一旦涉及保險賠付，肯定會被拿出來抗辯。就算他提醒蕭臻又能怎樣？他們也沒有什麼理由或證據可以對抗這個事實。

蕭臻把煎餅的紙袋撥得嘩啦啦響，思考著補救措施：「如果肇事車輛未定期檢驗，和這個案子的事故發生並不存在因果關係呢？我可以主張保險公司這樣的免賠條款是顯失公平的。」

「我不認為合議庭會對一個合法民事協議所確立的法律關係拆分並介入到這個程度。跟你賭一塊錢，這種抗辯很難成立。」

「那我們還可以起訴保險公司，要求其履行理賠義務。當一案的審理需要以另一案的結果為前提的時候，現在這個案子的程序可以被中止。不管最後訴訟結果如何，至少客戶相信我們窮盡手段了。」

喬紹廷盯著蕭臻看了一陣，站起身，拍了拍褲子上的食物殘渣，點點頭，往院外走：「話倒是沒錯……」

蕭臻跟在喬紹廷後面，明白他沒說出口的話。話是沒錯，如果真這樣做，也算得上是維護委託人權益。可是，就算不在意攪訴、浪費審判資源這個部分，他們也很瞭解受害人的經濟狀況。誰都希望葛平能盡快拿到後續的治療費用，而不是在這種法律和文字的遊戲裡耽誤救治。然而葛平按時拿錢，就意味著蕭臻敗訴。每個所對「授薪律師」都有業務考核標準，蕭臻初來乍到，如果輸了案子，也很難看。

「去找一個讓我們客戶能接受的方式，了結這起訴訟。」喬紹廷明白蕭臻的所想，鼓勵她道。但如果他們願意賠付，也就不會有這起訴訟。蕭臻轉頭，看著千盛閣的門面。

就在這時，一輛箱型小貨車開進院內，隨後開往酒樓的後門。

喬紹廷盯著那輛小貨車，對蕭臻說：「想想辦法……」

他回頭，又看了看蕭臻：「你還年輕，應該不想這麼早就放棄。」

蕭臻並不知道，喬紹廷說這話時，也想著他自己。她望著喬紹廷，似乎想起了什麼，又看向遠處正開往後門的那輛小貨車。而喬紹廷，在說出「放棄」二字的瞬間，忽然為自己感到淒涼。

在看守所盯著白牆的時候，拿著鑰匙卻打不開自己公寓的時候，跟曠北平偶遇的時候，他都知道，自己在放棄。或者說，更早一點，當看到鄒亮無神的眼睛時，他已經在放棄了。放棄的聲音很小，它並不是轟然倒塌的一堵牆，而是苟延殘喘之後，逐漸熄滅的一團火。喬紹廷感覺到，自己的那團火焰，早就燒到連灰都不剩了。

7 放棄之後

晚上九點，指紋咖啡洗手間裡，喬紹廷理過頭髮，刮淨了臉上的鬍鬚，換了身廉價卻很乾淨的休閒裝。他看著鏡子中的自己，雙手扶著洗手臺，努力想擠出個熱情燦爛的笑容，卻越努力越做不到。他乾脆不再嘗試，沉著臉看著自己。千盛閣的案子讓他短暫地忘記了自己那些爛攤子，然而現在，這些事又都向他湧來。

放棄和妥協的滋味他體會到了，很糟。根據下午曠北平的態度，即便自己願意退讓，曠北平也不會收手。

但現在好像也沒有別的路可走。

咖啡廳卡座裡，喬紹廷坐在唐初對面，臉上掛著在洗手間裡反覆演練過的微笑。事實上他不想笑，小朋友摔跤之後，總要到家長面前才知道哭，喬紹廷此刻的感覺一模一樣。他想拉著唐初逃跑，逃到二十五歲，到火星，到只有他們兩個的地方，哪裡都行。但喬紹廷還是笑著。虛假的笑容，是此時他能給出的最好的東西。反正任何事都是一回生二回熟，向唐初隱藏自己的狀況，把她推開，這樣的事，三十七天前他就做了。現在情勢更為糟糕，他當然能再來一次。

唐初翻著手裡的酒單，明顯對這笑容感到有點困惑：「我們還是喝……拉森？」

喬紹廷敲敲自己面前的咖啡杯，示意自己喝這個就好。他笑容不變。

唐初微微皺眉，要了一杯白啤酒，問喬紹廷出來為什麼不提前打招呼，也不讓自己去接。

喬紹廷語氣輕鬆，臉部因維持誇張的表情而僵硬：「當時的樣子比較狼狽，不想讓你看見。」

「家裡那邊……」

「我回去看了一下，都好。爸爸也沒起疑心。」他繼續對答如流。

「你在裡面是不是受了不少苦？那時候說家屬也不能去探視。」

喬紹廷笑得更起勁了，端起咖啡，和唐初的酒瓶碰杯：「哪有那麼誇張。這是分局的看守所，你當是渣滓洞[9]啊。」

唐初喝了口酒，輕輕嘆氣。他還是這樣，報喜不報憂，死愛面子硬撐。那天她還納悶喬紹廷怎麼忽然轉變態度，同意離婚。過了沒多久，他就進了看守所。

眼看著唐初抿起嘴唇，快要說出關心的話，喬紹廷想起自己的來意，轉開眼神，一臉不羈：「我洗心革面了，現在是一個全新的我。你看我今天都不陪你喝酒了。」

唐初原本把酒瓶舉在嘴邊，聽到這話，又放下了，臉色有點變化。這是什麼意思？

「我並不喜歡喝酒，之前喝酒是為了陪你開心。我現在發現，其實完全沒必要這樣做。我就是不喜歡喝酒，為什麼還要陪著你喝？」喬紹廷說出違心的話，破罐破摔自有其快感。但怎麼樣都好，總之現在的狀況，他更不能讓唐初靠近自己。

唐初把酒瓶放到桌上：「你一直都可以和我明說的。」

喬紹廷繼續笑：「愛面子嘛。我不撐了，真的，我覺得好累。離婚協議你簽好了嗎？」

唐初垂下目光：「我沒帶。我想著，你剛遇到這種事，我們最好還是……」

「多慮了。離婚是出事前我們就商量好的，不算你落井下石。」

唐初這下確定了，喬紹廷就是個混蛋。過不去的難處，死愛面子硬撐……那都是自己多想。她深吸口氣，拿起酒瓶，一口氣喝下半瓶多，對服務生招了招手：「結帳！」

看服務生沒聽到，唐初從包裡掏出二十塊錢，放在桌上。她站起身，又拿出一個厚厚的檔案袋，往喬紹廷面前一丟：「你在看守所的時候，這個快遞寄到家裡了。以後跟你身邊的人說一聲，東西不要寄到我那裡。等簽完字，我會把離婚協議寄到你們事務所。有時間記得看看阿祖。」

說完，唐初離開咖啡廳。

喬紹廷盯著手裡的文件袋，發了會呆。他把那二十塊錢拿過來，在手裡展開，反覆端詳。

晚上十點，狹小雜亂的出租房內，蕭臻兩腳搭在沙發背上，身子窩在沙發裡，幾乎成倒立狀躺著，手邊攤放著千盛閣酒樓的案卷。她的室友叫李彩霞，看起來比蕭臻還年輕幾歲，一張娃娃臉，正把拖把戳在桶裡，練鋼管瑜伽。

「你今天見到喬紹廷了？真人怎麼樣，帥不帥？」

「我見到的那個版本有點落魄，七十分吧，可能梳洗打扮之後有七十五分。」蕭臻說著，舉起受害人的3D骨骼重建影像，若有所思，「人挺好的，就是感覺有一點消沉。」

「他對你沒興趣？」

「我覺得他對任何人或事都沒什麼興趣。」

李彩霞抓著拖把桿，一邊轉圈一邊看天花板：「性冷淡風，我喜歡……」

話音未落，她就和拖把一起摔倒在地。沒幾秒鐘，她又若無其事地翻身盤腿坐在地上，重新把拖把拿在手中。

蕭臻在沙發上翻了個身：「他今天旁聽我開庭，結果我硬生生在偶像面前把案子辦砸了。」

李彩霞繼續坐著，開始拖方圓兩公尺之內的地。

蕭臻邊想邊試探道：「其實我還是有機會扭轉局面的。我在想要不要這麼做。」

李彩霞盯著她看了一陣：「違法嗎？」

「應該算不上。」

9 編註：渣滓洞位於重慶，傳言於國共內戰期間曾對關押政治犯執行酷刑折磨與大規模處決。該段歷史如今頗具爭議。

「違反職業道德和執業紀律嗎？」

蕭臻眨了眨眼，沒說話。

「喬大律師沒有像人生導師那樣，指點指點你？」

「他似乎不是那種人。」蕭臻想了想，補充道，「但這也意味著我必須自己做這個決定。」

李彩霞朝蕭臻伸出拳頭：「怕什麼，我的小臻臻，你一向如此，不是嗎？」

蕭臻笑著和她碰了下拳頭：「沒錯，一向如此。」

喬紹廷坐到吧臺旁，把文件袋丟在桌上。吧臺裡，韓彬在背對著他收拾杯子，頭也不回：「還要咖啡嗎？」

「喝點別的。」

「拉森？」

喬紹廷沒說話。

韓彬從酒架上拿起拉森和酒杯，放在喬紹廷面前，替他倒酒。喬紹廷可真行，老婆在的時候故意不喝，把人家氣跑了，又一個人喝上悶酒。

喬紹廷把杯中酒一飲而盡，放下杯子：「任何人在看守所住一個多月，都有心情不好的權利。」

韓彬替他倒第二杯：「聽所裡的人說，你今天回去的時候一副落魄相。為了見愛人，你特意去理髮、盥洗，還換了衣服。」

喬紹廷酒喝得飛快，又放下空杯子，雙手一攤：「說不定我是怕衣冠不整，會被這家店轟出去。」

韓彬笑笑。唐初來之前，喬紹廷衣服的袖子是捲上去的。在她進門的時候，喬紹廷把袖子放下來了。他是怕讓唐初發現他沒戴結婚時的那塊手錶。其實他很在乎她。

「她也在乎我。除了她和我爸，這世界上應該沒幾個在乎我的人。」喬紹廷側過頭，看著自己在酒杯上的倒影。

韓彬笑著拿起菸，點上：「別這麼悲觀，我也挺在乎你。」

喬紹廷語氣敷衍：「對對對，還有我們德志所的全體同仁，都挺在乎我的。」

說著說著，喬紹廷一側頭，忽然發現，快遞文件的寄件人是鄒亮。他微微一驚，動作停頓。喬紹廷從文件袋裡面拿出一疊資料。看著那疊資料，他的表情越來越驚訝，最後，喬紹廷拿起資料中夾著的小紙條，盯著紙條上的話，呆住了。

韓彬抽著菸，一言不發地看著他。

過了好久，喬紹廷深吸口氣，把紙條和資料都收回檔案袋裡，拿起酒杯，仰頭乾了。再開口時，他的聲音、語氣，都和剛才大不相同。

「曠北平不會放過我，他應該也不會放過章政，還有我們所。當然，也許看在你爸的面子上，他會放過你，韓律師。」

韓彬低頭掐著煙：「那我倒挺希望他別放過我……說起來，喬律，你的手錶去哪裡了？」

喬紹廷琢磨著他的話，表情顯得越來越放鬆，還帶上了許久未見的篤定：「手頭有點緊，那塊錶我當了。」

韓彬正轉身去拿酒櫃那箱安克拉治啤酒，聽喬紹廷這麼說，又把箱子塞了回去。他轉身拿起拉森的酒瓶，為喬紹廷倒酒，和他對視：「那我猜，你無論如何都要把它贖回來。」

官亭灣水庫旁的海邊晨跑步道，天才濛濛亮。

喬紹廷站在山崖邊，望著遠處天邊的晨曦，又低頭去看山崖下的水庫。他彷彿看見朱宏被困在鐵籠中苦苦哀求。王博指著朱宏大聲威脅，朝旁邊的雷小坤一揮手，雷小坤上前一腳踹在鐵籠上，鐵籠從山崖墜入水中。

手機響了。喬紹廷接通電話。是章政。

「我剛得到消息，大概幾小時後就會正式通知你。律協接到投訴，說你通過鄒亮違法調取銀行單據，侵害他人隱私，你的執業證被暫時調扣了。律協會對你進行聽證。」

「我怎麼一點都不覺得意外？」喬紹廷毫不在乎。

「你現在徹底沒有執業資格了，別白費力氣。」

喬紹廷沒再說什麼，掛斷電話。他從快遞文件袋裡翻出那張紙條，藉著天邊的晨曦，又讀一遍。

「撞了南牆也不回頭這德行，從小到大，你就沒變過。」

他的「兄弟」，他的對手，甚至是他瞧不起的人，都以為他不會放棄。但他自己知道，他放棄過。喬紹廷握著紙條，坐在懸崖邊上，目光呆滯地看著官亭灣的水面。摻雜著自我厭惡的悲憤呼之欲出。

那團火又燒了起來。

3

四月八日

1 甦醒

上午八點，德志所會議室內，喬紹廷雙手抱胸，仰面朝天，躺在會議桌上。

從鄒亮出事到現在，他第一次睡了個好覺。回不了家、進不去公寓，連個睡覺的地方都沒有，說起來真是非常落魄。背負債務、答應離婚、失去合夥人的位置，連執業證也被吊扣，這處境稱得上內憂外患。可是一旦做出決定，這些困境就都變得無關緊要，喬紹廷只感覺到內心篤定。

事情回到原本的樣子，人無法成為他者，走上別的路，人只能越來越成為自己。這個晚上，他記不起自己的夢，但知道自己是一隻鳥，正重新長出翅膀，感到自由。

也是這幾天來的第一次，他回想起王博和雷小坤故意殺人案，那樁徹底改變他命運的案件。

王博和雷小坤是兩個混混，幹的是債務催收——朱宏欠了筆錢，所以被他們盯上。去年年底，他們去找朱宏催債，把朱宏綁架到官亭水庫的懸崖邊上，關進鐵籠，進行威嚇。

朱宏不肯還錢，跟他們起了爭執，於是他們將鐵籠踹下三十多公尺高的懸崖來逼迫朱宏就範。或許是朱宏在鐵籠中掙扎得太激烈了，或許那塊地面的溼滑程度超出所有人的預料。總之，在一番紛爭之後，鐵籠真的墜入官亭灣，朱宏從此活不見人，死不見屍。

當警方找上門，王博和雷小坤對他們的所作所為供認不諱，所以，他們被判處故意殺人。

後來，海港警察在離案發地三公里的入海口附近發現了鐵籠。籠門是敞開的，裡面的衣物碎片經嚴秋辨認，都屬於朱宏。王博車子的後車廂裡有頭髮和皮膚組織的ＤＮＡ，也都屬於朱宏。

整個案件的證據鏈非常完整，市級警局、分局、中級人民法院也開了好幾場研討會，故意殺人的罪名照理說沒什麼問題，但喬紹廷就是有一點放不下——沒有屍體。

當然，從常理推斷，朱宏當然死了。他沒有水下呼吸的超能力，當時官亭灣的水深、流速、水溫，任何一個條件都不可能讓他活過半小時。鐵籠上的鎖，經過勘驗是籠體變形擠斷的，不是被砸開的，也不是被撬開的。朱宏不是魔術大師胡迪尼，喬紹廷明白，他的屍體最大的可能性是被捲進海裡，也許哪天會隨著潮汐漂回岸邊，也許不會。

但喬紹廷總覺得哪裡不對，尤其是得知曠北平對案件的關注後，這種感覺就又加深一層。被關押的數日間，喬紹廷試過說服自己放下，試過告訴自己這個案子沒什麼特別。現在想來，這種自我安慰簡直可笑。

思量間，喬紹廷在大廈洗手間的洗手臺旁刷牙洗臉，面前堆著刮鬍刀、刮鬍泡和牙膏。大廈其他公司的員工一臉嫌惡，說他攤這麼一堆東西影響別人使用。喬紹廷滿嘴刮鬍泡，連連點頭。

他默默盤算著接下來要做的事，譬如要想辦法看到案卷，要讓誰協助調查。執業證被吊扣他不在乎，可是接下來倘若要走訪、探視，還是得想些辦法。除此之外，他也不知道章政的態度。

九點，喬紹廷推門走進章政的辦公室。章政正和助理商量著什麼，站在辦公桌後。兩人見喬紹廷進來，都是一愣，章政還心虛地轉開眼神。

喬紹廷看章政的樣子，心裡有了大致的猜測，但還是眨眨眼，一臉坦然：「我是不是應該敲門？」

章政立刻換上一副笑臉，連叫兩聲「兄弟」，招呼喬紹廷坐下。助理打聲招呼，走出門去。的確，只要不涉及惹禍那部分，喬紹廷永遠是「兄弟」。可惜現在，章政維持和平表象的期盼，很快就要落空。

「我已經接到律協勒令我停止執業的通知了，現在執業證被扣，恐怕一時間也轉不了所。所裡對我打算怎麼安排？」喬紹廷單刀直入。

果然，章政的態度立刻變了，語氣變得支支吾吾，躲避喬紹廷的目光：「你這都說什麼呢……你受了一個多月的罪，出來先休息休息，出去玩玩，散個心什麼的。同時我們也積極準備一下聽證材料，先把這些麻煩都了結了再說。」

「因為我個人的失誤，為事務所帶來了經濟損失。我聯繫過海港支隊，我的銀行帳戶這週內就會解封，但帳上只有一百六十萬，不夠賠給所裡的……」喬紹廷端詳章政不自在的神態，話鋒一轉。他大致能猜到章政的態度，但還想再確認一次。

不等他說完，章政誇張地擺擺手：「唉！你這就真不把我當兄弟了……這樣吧紹廷，差的那四十萬，所裡替你擔了。」

說完，他盯著喬紹廷，似乎在等待某種默契的回應。

「而我不要再去惹不該惹的人或事了，是這個意思嗎？」喬紹廷一臉玩味，看著章政。

章政客套地笑笑：「就當我買個太平，再說你現在……」

喬紹廷打斷章政：「兩百萬。」

章政一愣。

喬紹廷微微昂起下巴，看著章政：「我的膝蓋可能只值四十萬，但章主任想要的太平，兩百萬不多。」

章政的臉上有點掛不住，嘴角微微抽搐，隨即用大笑來掩飾情緒：「好好好，都依你，算我不懂事，人情只做了一半。就兩百萬！所裡都替你擔了。」

喬紹廷一拍巴掌，站起身：「不愧是兄弟，爽快！」

真不知該說章政軟弱還是天真。走到門口，喬紹廷又回過身問道：「章政，你真的覺得，只要我不強出頭，曠北平就不會針對你或者我們所嗎？」

章政盯著他看了有一會兒，笑了：「誰會怕那老東西。你都說了，我這不是為了兄弟你嗎？」章政想休戰，不想和曠北平正面開戰。為了讓喬紹廷也偃旗息鼓，他甚至願意付出兩百萬的代價。對於德志所，對於一向看重金錢的章政，這並不是小數目。

此時是九點半，喬紹廷知道了他想知道的。

出了章政的辦公室，關上門，喬紹廷往外沒走幾步，就聽到洪圖辦公室裡傳來斥罵。他微微一怔，來到虛掩的門邊。

洪圖正坐在辦公桌後，訓斥站在對面的蕭臻：「別跟我講這些，證據你不是第一天才看到。沒驗車怎麼了？去告保險公司啊。把現在交通事故這個案子停下來。」

原來是千盛閣那個案子。

「但一旦我們去拖延這個審判程序，葛平就不知道什麼時候才能拿到治療費。他家的經濟狀況無法支撐……」蕭臻語氣斟酌，似乎在尋找措辭，「我是擔心，我們這樣做，會不會讓法院覺得我們是在攪亂、架空訴訟。」

「是又怎樣？」從門縫裡，喬紹廷看見洪圖翻著白眼。

「我是覺得……」

「不管你想跟我暗示什麼，我在跟你強調的，是這個職業最起碼的操守。搞清楚你屁股坐在哪邊！只要不涉及違法犯罪問題，我們應當無條件地窮盡手段來維護客戶的權益！」洪圖義正詞嚴，駁斥著蕭臻。

蕭臻沒放棄，繼續爭辯。葛平家屬要求的治療費數額並不過分，也都是有合法依據的。就算是千盛閣酒樓先墊付這筆費用，他們回過頭去起訴保險公司，勝訴的話，一樣能夠達成理賠結果，並沒有區別。

「我來告訴你，千盛閣餐飲集團在全國有七十多家連鎖店，在我還是實習律師的時候，我們所就是它的常年法律顧問。這樣一個大客戶，憑什麼近十年如一日地信任這裡？不是因為我們宅心仁厚，而是因為能力，因為我們有能力在任何事情上為它提供最強大的法律技術支援。這不是區區幾十萬的事，甚至不是一個集團客戶的事，這是事務所的聲譽問題。如果你想當個濫好人，這案子不用辦了，而且我會很願意看到你坐到葛平家屬那頭，和我對庭。」說完這一通教訓，洪圖死死瞪著蕭臻。

蕭臻垂下腦袋：「知道了，洪律師，我馬上去辦。」

「別忘了舒購公司那邊的事，催了好幾天了，馬上去處理一下。」

「是。」

喬紹廷聽完全程，覺得頗有意思。洪圖的立場符合她的一貫風格，蕭臻倒是讓人刮目相看。入職一個多月，蕭臻想必也瞭解洪圖要什麼，卻還是選擇據理力爭。這個新來的小律師在意的東西，似乎跟洪圖、章政他們都不太一樣。

喬紹廷隨即想到，執業證被暫扣的事情有個最穩妥的解決辦法——找位有執業證的律師為王博和雷小坤案上訴。他不想將任何人置於險境，也不希望連累誰被曠北平針對，所以他當然會有種種辦法讓這個人不受牽連。

即便如此，在這關頭願意幫他的人，還是得有些勇氣，以及多餘的正義感。

喬紹廷打定主意，如果蕭臻來問自己的看法，他不會提供建議。「做出選擇」是每個人自己的功課，而他會依據蕭臻的選擇，做出自己的選擇。

喬紹廷敲敲門，只當沒聽見這通訓話，走進辦公室。

洪圖瞟了眼喬紹廷，也沒站起來，揚了揚下巴。喬紹廷朝蕭臻禮節性地笑笑，告訴洪圖，自己想看王博和雷小坤案的案卷。

洪圖似乎還沉浸在剛才的情緒中，不屑地冷笑一聲，起身從後面的櫃子裡翻出案卷，往辦公桌上一丟。

喬紹廷謝過洪圖，剛要拿卷，洪圖卻一伸手，按住卷，抬眼看他。

「喬律，你知道規矩。」見喬紹廷眨眨眼，似乎沒明白過來，洪圖繼續說道，「非合夥人的律師如果要調閱案卷，需要填一下書面申請和保密協議，找主任簽個字。」

洪圖說著瞟了眼蕭臻：「還站著幹嘛？」

蕭臻忙向兩人鞠躬，轉身出辦公室。見房間裡只剩兩人，喬紹廷笑了，以為洪圖是要在新律師面前逞威風，又伸手拿卷。

洪圖一把將案卷扯回來，按在桌上：「喬律，麻煩你出門右轉，走五公尺，只要大長官點頭，案卷你拿走。」

洪圖討厭自己的專業性被質疑，一直不服氣、要爭個高低。自己要看她經辦的案子，對她而言就是不信任以及挑釁。這些喬紹廷都清楚，但他還是沒想到洪圖能做這麼絕。

喬紹廷盯著她看了幾秒，咬著牙點點頭，轉身離開。

中午，蕭臻從便利商店裡出來，啃著漢堡，走過辦公樓的停車場出口。牆根角落裡，那隻流浪狗趴著。它看到蕭臻手裡的食物，舔舔舌頭，站起身，搖著尾巴。蕭臻面無表情地歪頭看它，一邊咀嚼，一邊低頭打量手裡的漢堡。喬紹廷將車駛出停車場，在她身旁停下，搖下車窗。

「洪律師就是這樣，有時候比較衝。」

蕭臻點點頭，神情中卻並沒有職場新人挨訓之後常見的忐忑或者沮喪。

「你現在是要去舒購公司那邊嗎？」喬紹廷觀察著她。

「對，他們的電商團隊有個突發狀況，需要去做個觀察研討。」

「舒購公司是我們所的常年客戶，我之前和他們打過很多次交道。我跟你一起去吧。」

猶豫片刻後，蕭臻繞過喬紹廷的車，剛想把手裡剩下的漢堡丟進垃圾桶，又低頭看看流浪狗。那隻狗還在不遠不近的地方蹲坐著，眼巴巴地望向這邊，又不敢上前。

蕭臻把漢堡給流浪狗，將包裝紙丟進垃圾桶，坐上副駕。

喬紹廷開車離開之後，章政走出辦公樓，一路東張西望，轉進大樓後面嘈雜的小巷。這裡沒什麼人，對著幾家飯店後廚，味道也不太好聞。

薛冬的跑車停在路邊，左右都是雜物。章政拉開車門：「這光天化日之下，我們兩個大男人，還是同行，怎麼搞得跟……」

薛冬點上根菸，把車窗搖下條縫：「曠老爺子的手段，你我都見識過了，謹慎一點沒有壞處。你跟紹廷談過了？」

章政點點頭，沒說話。

薛冬觀察章政的表情：「這是談好了，還是沒談好？」

章政嘆氣：「老實說，我沒太看懂喬紹廷的態度。」

薛冬也嘆氣：「昨天在老爺子面前，他挺消沉的。」

「反正我現在拿他沒辦法。」合夥人不當了，執業證也扣了，現在的喬紹廷要幹什麼，章政完全干涉不了。

「他之前帶的那個徒弟，挺他嗎？」薛冬朝車窗外吐著煙。

章政冷笑一聲，說洪圖連案卷都不給喬紹廷看。

「那他是不是只能去找韓松閣的兒子？還是說……蕭臻？」薛冬似乎覺得自己的部署起了作用。他並不知道，喬紹廷的確和蕭臻越走越近，但不是他以為的原因。

「一個是大腿，一個是大白腿，換你，你抱哪個？」章政看了眼薛冬的表情，擺擺手，「當我沒問。走一步看一步吧。」

章政拉開車門，一條腿剛邁下車，又回過頭：「欸？冬子，我跟紹廷是在一條船上，但你非插一腳到泥裡幹嘛？」

薛冬微笑：「跟你一樣，都是為了兄弟。」

兩人對視片刻，都乾笑起來。

2 搭檔

舒購公司規模很大，兩層樓的辦公室，幾百名員工進出繁忙。工位排成整齊的十幾列縱隊，一眼望不到盡頭。下午一點，蕭臻一路觀察著舒購公司的環境，喬紹廷也觀察著她。

兩人進了小會議室，對面是個文縐縐的男人，戴了副眼鏡，四十歲出頭，頭髮一絲不亂。此人是公司的總經理劉睿。

按劉睿介紹，舒購公司的電視購物流程，是由消費者向舒購下單，他們把訂單發給商品工廠，廠商直接向消費者發貨，貨到付款。而現在出現了新情況，有人先於廠商發貨，將假冒偽劣商品寄給客戶，並且截收貨款。

這種情形很像詐騙犯罪，應該直接向警察機關報案才是。但劉睿又有他的擔心——舒購的母公司「Miracle」是全球三大零售企業之一，任何下屬分公司或子公司的負面事件，都可能引發股價波動。所以，他們想先進行內部調查，搞清楚訂單資訊的洩露管道。

就因為這件事，他們催促德志所派律師過來。

伴隨著劉睿斟詞酌句的介紹，蕭臻低頭看著桌上平鋪的三份簡歷——分別屬於劉睿手下三個業務團隊的主管。

號稱是法律顧問，這回卻要充當偵探。蕭臻轉頭看喬紹廷，喬紹廷朝她擠擠眼，站起身，示意自己在門口等，讓蕭臻自己做判斷。

此時的金馥所，曠北平正叫住薛冬問話：「我聽說喬紹廷的徒弟頂替他做合夥人？他徒弟……叫什麼來著？」

「洪圖。」

「對，洪圖。我印象中，她還是個整天跟在喬紹廷屁股後面唯唯諾諾的小姑娘。」

「什麼小姑娘，您這都是哪年的皇曆了？人家早都是獨當一面的洪律師了。」

曠北平微微一笑，拍拍薛冬，離開。

下午兩點，蕭臻在會議室正襟危坐，面前放著那三份資料，對面坐著一名孕婦，也是他們的一號嫌疑人。

孕婦名叫朱琦，三十歲出頭，穿著樸素寬鬆的連衣裙，腹部高高隆起，顯然是妊娠晚期。她是舒購的業務團隊主管之一。

蕭臻低頭看桌上的資料說道：「您上週起應該就開始休產假了吧？」

朱琦苦笑：「我這組有一半業務員都是剛從培訓部轉過來的，如果我不盯著，錯一單，試用期就結束了。」

「但你遲早得去生小孩。」

「能盯一天是一天吧。現在競爭這麼激烈，就業形勢也不算太好，總還是希望能讓他們有機會拿到正式合約。」

朱琦語速緩慢，神態也很溫柔，還會替人著想。蕭臻對她頗有好感。

據朱琦說，他們三個業務組的訂單並不互通，業務員的電腦上只顯示自己的單子。為了避免出現訂單重複或者漏單，各組主管倒是能在同一個系統裡看到所有訂單；與此同時，業務員看不到全部訂單資訊。公司的規定很明確，系統集成單據的介面不能讓業務員看到。主管離開座位，就必須把電腦螢幕鎖定。

蕭臻眨了眨眼：「您說的是這樣規定，那真的這樣執行嗎？」

「反正我一直是這樣做的，我覺得其他主管應該也是，畢竟設定好了之後，就是按個確認鍵的事。」

第二名主管杜騰是個胖乎乎的本地人，講著一口不標準的南方普通話，說法和朱琦一樣：「鎖螢幕，一定要鎖螢幕。別看我來的時間沒有朱姐和小王長，但我這個人最重視的就是規則。我是國營企業出來的，您要明白，有時候事辦不成，不算無能，重要的是這個過程你是不是照規矩辦事。要是出了問題，一旦查出來你違反規則，你有過什麼樣的成績都沒用。所以——」

蕭臻打斷他的滔滔不絕：「你知道最近出現多起訂單被截的情況嗎？」

杜騰當然知道，三個業務組的訂單都有，情況就是他們三人商量之後，才向長官回報的。以杜騰的說法，訂單洩露，可能不是「人」的問題——因為很明顯，三個業務組都有發生訂單被截的狀況，而能看到全部訂單的就只有三個主管，就算三選一，這個嫌疑範圍也很小，暴露的風險卻很大。

目前被截的單子有個幾十萬的毛利，如果被查出來，大概就得進派出所了。不值得，怎麼算都不值得。

「但訂單還是洩露出去了。」

「我覺得應該查一下公司的網路系統。可能我們的系統被駭了，有那種電腦病毒，什麼蠕蟲、木馬，您知道吧？」

「如果真的是系統被駭了，還挑著單子做啊？」第三名主管則完全不同意杜騰的推斷。這是個年輕時尚的女孩，名叫王晨，燙了羊毛卷的長髮梳成丸子頭，搭配著無框眼鏡。「輪流把我們三個叫來問話，就是懷疑我們，我很清楚公司的意思。」

「那如果讓你說，你覺得朱琦和杜騰兩位主管，誰的嫌疑更大？」

王晨一愣：「這讓我怎麼說？沒證據，也不能隨便咬別人。反正朱姐應該不會，她在公司的時間最長，心地也挺好的。」

蕭臻向前微微探了下身子：「那你是覺得杜騰更有嫌疑？」

王晨聳肩：「不至於吧。我覺得業務部沒有哪個主管會這麼做。不值得的，為了這點錢，連工作都丟了，何必呢？再說了，也沒您這麼問的。我總不能空口無憑就指著誰說他有嫌疑吧？」

蕭臻發現，王晨跟杜騰一樣，都覺得這事不太值得做。但如果就這麼結束問話，那就什麼方向都沒有，問了和沒問一樣。

洪圖那番訓話還是有些影響，蕭臻先是想像了一番「結果導向」該有的做法，又回憶起上學時代，那些總聚在一起說悄悄話的女孩。她模棱兩可地說：「是嗎？別人可不一定像你這麼想。」

果然，王晨臉色一變，垂下目光，露出冷笑，開始摳指甲油。

「有那種缺德人，我也沒辦法。反正我沒辦法說這件事一定是誰幹的。」

蕭臻笑了：「但你剛才說了，肯定不會是朱琦。」

「唉，朱姐啊，純粹是衰，她要是早一點休產假，就根本沒她的事了。欸對，你知不知道，朱姐懷的不見得是她老公的孩子……」

照王晨的意思，公司似乎有那麼一點不歡迎朱琦繼續留在公司。

送王晨離開會議室後，蕭臻站在門口伸了個懶腰，活動活動肩膀，就看見喬紹廷抱著雙臂，等在門口。蕭臻也不知道為什麼，剛才的疲憊好像都一掃而空，她又覺得充滿幹勁：「喬律師，我覺得差不多了。」

接下來，蕭臻檢查了三名主管的電腦，又詢問了電腦的使用情況，喬紹廷則在辦公區四處走動，偶爾和一些業務員聊天。看過電腦，蕭臻就大概明白了是怎麼回事。

舒購公司大廈樓下的咖啡廳，喬紹廷付款後拿著收據，和蕭臻來到櫃檯的另一端等咖啡。他問蕭臻：「你為什麼覺得是她？」

「核對一下被洩露訂單的情況，列一個時間表的話，雖然三個業務組的訂單都在其中，但這三個主管當中，只有朱琦經常留下來加班。雖然像她說的，這是她自願多花時間來幫助那些試用期的業務員，但杜騰和王晨兩個業務組訂單被洩露的時間段，原本不該在公司的朱琦也都在。」蕭臻的聲音沒什麼溫度。

「你真的這麼認為？」

「我覺得這是我們能給出的最佳答覆。」

服務生把咖啡放在櫃檯，喬紹廷把其中一杯遞給蕭臻：「其實你也看出來了，對吧？」

蕭臻低頭看著咖啡，沒說話。

「要不要再斟酌一下？」

蕭臻還是低著頭，不去看喬紹廷：「我得去向劉總彙報。」說完，她接過咖啡，轉身推門就往外走。喬紹廷也走出咖啡廳，緊跟在她身後：「朱琦應該是無辜的。」

「我並不能決定誰有罪，誰無辜。現在劉總問的是有什麼疑點，我把有疑點的部分告訴他，如果他們覺得有必要，會向警察機關報案的，員警會找出誰是真正的犯罪嫌疑人。」

「但你一旦說朱琦的嫌疑最大，這個公司上上下下都會用看待罪犯的目光去看待她。」喬紹廷很詫異，現在的蕭臻跟之前處理千盛閣的案子時相比，改變得也太過徹底。

「她是個孕婦，不會被辭退，我這樣做並不會造成任何實質性傷害。」蕭臻的聲音還是異常冷靜，她轉頭繼續往大廈門口走。喬紹廷猶豫片刻，再一次跟上去：「可是你明明知道，真的不是朱琦。」

蕭臻回過頭。

她當然知道不是朱琦。

朱琦加班的時候，有另外兩組團隊的訂單被洩露，但就像她說過的，她加班都是指導自己的業務員工作，一般根本不會再開電腦。系統內登入和登出的時間都是有紀錄的。事實上，這三名業務主管電腦的登入和登出時間，都不能涵蓋所有的訂單洩露時間。

但現在舒購公司要的是結論。她還能怎麼說？不說是朱琦有嫌疑，難道應該說是這三名主管在合夥吃裡扒外？或者乾脆像杜騰說的那樣，是有某個超級駭客擺著各種存有鉅款的金融帳戶不去碰，偏偏駭進一個電視購物系統裡，精挑細選地截取了價值幾十萬的訂單？

所有對外洩露的訂單時間段，都指向朱琦在公司或加班的時間，這當然是那個真正洩露訂單的人有意為之。

或者再直接一點說，蕭臻看出來了，這就是叫他們來調查的那個劉總有意為之。他為什麼要這麼做？因為他希望蕭臻可以給他這樣一個說法，而他可以拿這個說法去向董事長或董事會呈報。公司本來無法開除孕婦，但如果有這種罪名，那這個人自己就會在公司裡待不下去——背黑鍋的人有了，該依照勞動法履行的帶薪產假和各種補貼，自然也全都無須支付。

一石二鳥。

蕭臻看向喬紹廷：「喬律師，雖然我們都是律師，但你比我有資本。你可以自負，你可以任性，你可以承受堅持所謂正義帶給你的任何後果，但我不能。舒購公司是德志所的重要客戶，而現在劉總就是他們的客戶代表，我總不能去質問他『你為什麼要做賊喊捉賊』吧？」

喬紹廷嘆了口氣：「你別誤會，沒別的意思，我只是想幫你。」

「我沒有求你幫我。」

喬紹廷垂下目光。

蕭臻冷笑道：「喬律師，你是不是想教導我如何成為一個好律師？」

喬紹廷搖頭說：「我教不了你，有些方向，是個人選擇。」

蕭臻沒再說什麼，轉身走進大廈。喬紹廷看著蕭臻的背影，感到失望又詫異。幾乎是一夕之間，蕭臻好像變了個人。

他並不知道，蕭臻做出這樣的選擇，或許有些外部壓力的因素，或許能歸咎於洪圖的訓導，但更為重要的原因，是蕭臻自己想試試看。

無條件窮盡手段維護客戶權益，為此忽略原則和一些基本事實，這是很多律師會做出的選擇。洪圖的訓斥並沒有讓蕭臻感覺到被壓迫，卻提醒了她還有這樣的一條路。她得試試看才知道，自己到底是不是會做出這種選擇的人。蕭臻感覺自己正站在一公尺外的地方，端詳著自己。

喬紹廷看著蕭臻的背影，發現自己想要的其實不僅僅是個臨時的搭檔，還是一個同伴。但這個念頭太過奢侈，所以直到它破滅，他才意識到存在過。

喬紹廷朝停車場走，搖搖頭，把可笑的期盼驅散。

此時的醫院掛號處等候區，曠北平也開始了他的行動。

洪圖剛接到章政的指示，讓她給喬紹廷看王博和雷小坤案的卷宗，可是此刻她顧不上這個。她父母正坐在醫院長椅的一端，父親斜身半靠在母親身上，扶著腰椎。洪圖急匆匆從護士站拿個枕頭過來，幫父親墊在腰後，焦慮地望向掛號處的辦公區通道。醫院的大部分地方其實沒有消毒水的味道，長椅另一端被丟棄的速食食物冷掉之後散發出油脂的氣息。除此之外，洪圖什麼都聞不到。

穿大白袍的短髮女子從辦公區出來，跑向另一個科室，洪圖忙迎上去。這是她的大學同學，也是她今天帶父親看上病的唯一指望。

「現在還不確定能不能加掛上號。我先去處理件事，等一下我再求求科室的長官。」女子低聲說完，就又匆匆地跑遠。

走廊的另一端，曠北平陪著嚴裴旭從藥房出來，後面跟著一位醫生。醫生正惶恐地跟曠北平握手，讓他下次千萬別專程跑一趟，再拿藥要麼家屬過來，要麼直接給他打電話。曠北平笑著拍拍醫生的肩膀，隨即注意到洪圖和她的父母。他們還是坐在掛號等候區，洪圖每隔一陣就點亮手機螢幕，或者站起來走幾步又坐下，一臉的焦躁。

他的確是陪嚴裴旭來拿藥，但嚴格來說，也不算「專程」。

他陪嚴裴旭到醫院的大門口，看著嚴裴旭布滿燒傷疤痕的左手，滿臉愧疚。

嚴裴旭笑了：「早些年也沒什麼事，大概是歲數大了，天氣一潮溼就不舒服。對了，那兩個害死我女婿的，什麼時候執行死刑？」

曠北平握著嚴裴旭的左手，另一隻手在上面輕輕地拍著，打斷他：「老哥，你放心，我都放在心上。」

送走嚴裴旭之後，他又回頭看向洪圖。

十多分鐘之後，洪圖仍半蹲在父親身旁，用手一直推著枕頭，幫父親頂著腰。她的大學同學從辦公通道小跑著出來，無奈地朝她搖頭：「不行，今天實在是加不進去了。我剛才跟長官剛一提起，就被數落一頓……」

洪圖深吸口氣，這不是他們一家人第一次白跑一趟，下次，再下次，恐怕情況也不會好到哪裡去。正在她絕望時，醫院的廣播裡傳出叫號：「0146，洪岸旗，請到二號專家門診室就診。」

聽到廣播，洪圖一家和短髮的女醫生都愣了。直到廣播又重複兩遍，洪圖才反應過來，連忙攙扶父親，走向專家門診室。她不明白這是突然加上了號，還是系統有什麼錯誤，總之是天降的好事。

剛到診室門口，門就開了，曠北平邊向坐診的專家致謝邊往外走。專家起身和他握手，送他出去，把兩位老人迎進診室。

見到曠北平，洪圖先是一臉震驚，呆滯失神地盯著他，隨即明白了事情的原委，整個人僵在原地。

曠北平走到洪圖身旁，語氣溫和：「人上歲數了，腰椎難免出問題。等一下醫生會留個電話給你，我打過招呼了，還有什麼需要，直接找他就好。」

說完，曠北平逕自朝外走，洪圖上前幾步，攔在他身前：「曠主任，你為什麼要幫我？」

曠北平擺出困惑的表情，好像完全不明白洪圖的意思。

洪圖有點緊張：「我知道，你不會平白無故幫我。你需要我做什麼？」

曠北平啞然失笑，想了想，抬頭說道：「我需要你什麼都不做，可以嗎？」

洪圖先是皺起眉頭，隨即似有所悟：「明白了。是不是只要我不幫他，什麼都不做，你就能讓我隨時帶父親來看病？」

曠北平搖搖頭：「這是你自己的孝心，和我有什麼關係？」

半小時後，蕭臻向劉總彙報完畢，路過舒購公司大廈的停車場時，已經找到了自己想要的那個答案。

停車場裡，喬紹廷朝蕭臻打了個招呼，抱著雙臂站在車邊：「以為我一言不合就把你丟在這裡，自己開車走？我沒那麼幼稚吧。觀點不一樣很正常，何況你說得也沒錯。」

蕭臻垂下目光：「我剛才的態度不太好。」

喬紹廷擺擺手：「你回所裡嗎？上車吧。」

喬紹廷開車通過一個又一個紅綠燈，有七八分鐘的時間，車裡都是沉默。蕭臻盯著喬紹廷的側臉。

「您是那種……」

喬紹廷看了看她：「什麼？」

「我不知道該怎麼形容……有良心的律師？」

喬紹廷的眉毛垂下來，表情有點沮喪：「首先，我的執業證被吊扣了，所以我現在不是律師。至於良心嘛，那東西人人都有。我不知道在你目前的語境裡，良心算不算是種諷刺。」

「這不是諷刺。只是在這兩個案子裡，相較於律師的職業性，您似乎更傾向於某種個人價值評判。」

「那要看你怎麼理解律師的職業性。」喬紹廷開著車，轉過一道彎，也側頭看蕭臻的臉。

「我的認知可能比較淺薄，就是在不違反法律規定的前提下，最大限度維護客戶的權益。」

喬紹廷微微搖頭：「這不淺薄。你說得沒錯。」

兩人沉默了片刻，蕭臻忍不住問：「但是……？」

「哦，沒有但是。」

車開到德志所的門口，蕭臻謝過喬紹廷，正要推門下車，又回過頭問：「到底怎麼才能做好律師？」

喬紹廷反問道：「你是想『做好』律師，還是做『好律師』？前者靠努力，後者靠天性。」

「哪個更重要？」

「都重要。」

「那如果二者發生衝突呢？」

喬紹廷略一沉吟：「看取捨。」

蕭臻想了想，沒再說什麼，下車離開。

她不知道自己要依靠努力還是天性。這世上有很多人都知道自己是什麼樣的，從而做出遵循內心的選擇，而她要先做完選擇，才能反過來明白自己的內心。

千盛閣酒樓門口，吳總大腹便便，正走下臺階。司機把車開過來，為他拉開車門。吳總的手機響了，他接通電話。

「誰？葛平的律師？你打給我幹嘛？我們已經委託了律師，有什麼事情你去和他說。」

電話那頭不知說了什麼，吳總的臉色變了：「什麼？誰告訴你的？等等等等！你先別掛……」

他放下手機，用手捂住話筒，微微皺眉想了想，繼續講著電話，返回酒樓，語氣中多了謹慎和警惕。

「喂？孫律師是吧……」

蕭臻走上德志所的臺階，手機響起。她打開簡訊，李彩霞發來兩個字：「搞定」。蕭臻飛快回覆一個「擊掌」的表情，推開事務所大門。

喬紹廷開著車回想蕭臻剛才的提問。也許，成為夥伴也不是完全不可能。

3 夥伴

下午四點的驢子酒吧燈光昏暗，金義卻戴著墨鏡。他四十出頭，剃著光頭，留著鬍子，身材壯碩，一隻腳搭在沙發上，坐在角落的卡座，面前放著洋酒杯、菸和菸灰缸。

混混模樣的男子一頭黃髮，坐在金義對面，一臉謹小慎微，戰戰兢兢：「義哥，這酒要是假的，說不定是勾兌酒精……但假菸抽不死人啊！把我一百多箱全扣了！我們這些都是到工地上散賣的，價格便宜一半以上，買的人也都知道是什麼貨。同樣花一塊五，買盒裝菸是芙蓉王，那菸絲抽起來也比福臨門厲害多了。您看能不能幫忙遞句話，哪怕是我出點血……」

「誰是你義哥啊？張嘴就亂叫，我哪裡冒出你這麼個弟來？」

穿著暴露的「三陪女」[10]坐在金義對面，嬌滴滴地表演著委屈：「義哥，我所有的錢都給他了，他說這單生意賺到錢就能買房子結婚。現在好了，做生意賠了，我不怨他，但隔壁瑤瑤過生日，他居然買鑽石項鍊給人家——拿我的錢買生日禮物給別的女人！你說現在男人怎麼都這樣，錢和感情一起騙！混這裡人的都知道，義哥你最仗義了，能不能……幫我把那條鑽石項鍊搶回來？」

說著，她冷不防伸手從金義的手裡搶過那半根菸往嘴裡遞，拋著媚眼說：「幫幫我嘛，妹妹也是知恩圖報的人……」

菸還沒叼進嘴裡，就被金義一把搶了回去：「義哥長義哥短的，還知恩圖報，幫你搶劫珠寶首飾，等你去大牢裡報答我嗎？」

10 編註：三陪女的「三陪」一般指的是「陪飲」、「陪唱」、「陪跳」，也有一說是「陪吃」、「陪喝」、「陪睡」。

禿頭的油膩中年人不停地拿紙巾擦汗，滿臉堆笑：「義哥，您聽我解釋啊。我岳父最近生病，就快要轉院了。轉院之後，離我們家不到一個地鐵站的距離，我老婆得天天去陪病。她如果去陪病，接送孩子就得讓我來，她肯定得把鑰匙給我。找機會我從那包鑰匙裡配一把，就能把壁櫥的門打開了。那樣我拿出房屋契約，就可以去做抵押貸款，高哥那邊的債，我連本帶利都能還上。您在高哥那邊說得上話，讓他再寬限我幾天。我保證所有錢，包括上禮拜輸的那些，我全都結清。」

金義把酒杯往桌上一放：「岳父住院，你還耍心眼要錢，你知不知道老高那人最講孝道了？你趁老人家住院偷房屋契約，貸款還債，你猜高哥會不會閹了你？」

金義的豪橫持續至喬紹廷坐進對面的卡座，瞟了眼桌上對面的酒杯：「老金，你還是喝格蘭菲迪？就不換個牌子嗎？」

金義看到來人，呆愣了兩三秒鐘，放下沙發上的那隻腳，將菸掐滅，乖巧而諂媚地笑了：「味道好，CP值也高，適合我。」

喬紹廷打量金義，也露出個笑臉。古話總說魚有魚路，蝦有蝦路。如果說曠北平的路是運用資源網路圍追堵截、趕盡殺絕，那麼喬紹廷同樣有他自己的江湖。

喬紹廷朝吧臺方向打個響指，要了瓶紅標格蘭菲迪威士忌。金義點起根菸：「喬律，你可是近海遠洋捕撈行裡的頭牌，怎麼自己還失足了？」

「大概是惹了不該惹的人。」喬紹廷不想多說，一筆帶過。

金義默契地一點頭：「需要我做什麼？」

服務生拿來了酒，喬紹廷數出六百塊給他。等服務生離開後，喬紹廷拿出一個信封，從桌上推給金義：「我有個同學，在這事裡把命搭上了。我需要查點東西，都在裡面。」

金義沒多問，收起信封，開了酒，拿過個新杯子放在喬紹廷面前。喬紹廷一擺手，示意自己不喝：「還有件事，我不太好意思說。」

「『不好意思』四個字都說出來了，就別不好意思了。」金義咧嘴一笑，摸摸自己的光頭，端起酒杯。

喬紹廷想借錢。大概四五十萬。

金義舉杯的手在半空頓住。借錢這種事，大概只能跟信任的人開口，喬紹廷在這種事情上想到他，他竟然還覺得有點自豪。只是這個金額，的確超出他的能力。五萬八萬，他還拿得出來，四五十萬就難了。

喬紹廷搖頭。他不是跟金義本人借，是說那種「小額借貸」。

金義沉默片刻：「喬律，遇上什麼事了你說——不願說也無所謂，我一個人不夠，可以找幾個兄弟湊給你。四五十萬湊不出來，二三十萬也總是有的。」

喬紹廷看著眼前這個人，忽然覺得很有意思。

外表、談吐、社交圈子，他跟金義都是天壤之別，章政這樣的「菁英律師」，乍一看大概更像他的夥伴。金義也說不出什麼漂亮話，從不像章政那樣一口一個「兄弟」。可是現在，喬紹廷不但要讓金義替自己想辦法還錢給「兄弟」章政，金義還會擔心他，想要幫他湊錢。

「幫我問問。我知道那種借貸需要一些抵押物之類的，我名下沒有房產，但有輛車，開好多年了，拿去當鋪，兩折都不一定有。」喬紹廷默默謝過金義，但沒有改變想法。

「百分之十二到十五的利息，這事你可得想好。」

喬紹廷當然知道。

看他打定主意，金義拿出手機，撥通電話。

此時的德志所辦公室內，蕭臻正在向洪圖彙報。

「洪律師，舒購公司的事情處理完了。」

洪圖滿腹心事的樣子，心不在焉地應了一聲：「劉總說，電購團隊有內鬼？」

「是。我和主管都談過了。」

「誰的嫌疑比較大？」

「劉總的嫌疑比較大。」

洪圖一怔，這個結果是需要向劉總直接呈報的。

「我跟劉總彙報說——」蕭臻剛開了個頭，就被洪圖擺手打斷。

「你處理好了嗎？」

洪圖指的「處理好」，顯然是劉總滿意、舒購滿意，不包含客觀事實和公平。蕭臻明白洪圖的意思，點點頭，她的確「處理」好了。

關於舒購的彙報到此結束。

洪圖又問起千盛閣的訴訟資料，蕭臻連忙把一疊檔案遞過去：起訴保險公司的起訴狀和證據目錄，法人代表身分證明和營業執照副本影本，還有等著千盛閣蓋章的授權委託書。

洪圖正翻看資料，辦公室的門被推開。章政神態微妙，朝洪圖一招手。洪圖叮囑蕭臻等她回來，就跟章政進了主任辦公室。

看著洪圖離開的背影，蕭臻氣定神閒。

回到辦公室後，洪圖表情困惑，走到桌旁卻沒有坐下，低頭盯著那疊起訴資料，沉吟半晌：「東西先放這裡吧。千盛閣的案子，原告撤訴了。」

蕭臻一臉驚訝，彷彿毫不知情。

「千盛閣酒樓的吳總和對方庭外和解了，具體賠償數額還不清楚。但對方既然撤訴，說明賠款已經落實。至於保險公司，吳總那邊打算先和他們協商一下理賠事宜，不用現在就告。」洪圖觀察著蕭臻的反應。

蕭臻還是回不過神的樣子，眨了眨眼：「哦，那這案子……」

「結案了，歸檔吧。」

蕭臻點頭，轉身走到門口，又被洪圖叫住。

洪圖冷冷地抱起雙臂：「蕭律師，你剛才顯得有點太驚訝了。」

蕭臻一愣，沒說什麼，朝洪圖點頭致意，離開辦公室。

此時的喬紹廷和蕭臻都不知道，另外一對即將對局面產生重要影響的夥伴，此刻也在津港會合，即將開始他們的調查。

最高人民法院津港巡迴法庭辦公室，方媛和另外幾名審判員正圍著電腦看庭審監視影像，談論剛開完庭的案子。魯南走了進來，把厚厚一疊紙放在方媛頭頂，正是王博和雷小坤案的案卷。

「南哥你是從任意門過來的嗎？」方媛作勢向四周張望，好像在找魯南的穿越通道。

「小學館的道具沒有，院裡報帳大姐大力推薦的紅眼班機瞭解一下。」

魯南說著一鬆手，方媛敏捷地接住頭頂那疊案卷：「哇，南哥，長官真的批准啦？」

「沒有，我在飛機上憑記憶把案卷內容寫了一份。你不是昨天剛拍我馬屁？我記憶力的確很好。」

他們兩人一介入案情，就注意到了案卷末尾處，津港中院和海港刑偵支隊單獨附卷的那兩份說明——喬紹廷涉嫌行賄銀行工作人員鄒亮製造偽證，並涉嫌故意殺人，被刑事拘留。

被告人的代理律師在辦案過程中去找人查詢被害人及其家屬的財務狀況，然後他找的這個人就恰巧掛掉了，任誰看都很可疑。何況，魯南還知道喬紹廷；他聽師父提過好幾次喬紹廷的名字，原話大概是「代理個死刑覆核還這麼剛硬的傢伙很少見」。

所以，他們決定先去海港支隊拜訪。

下午五點，驢子酒吧，「五萬」把沉甸甸的紙袋從桌上推給喬紹廷：「四十五萬，你點一下。」

「五萬」就是金義找來的放債人。喬紹廷苦笑，往紙袋裡一瞥，沒有點錢，拿出車鑰匙遞了過去。

「五萬」走後，喬紹廷起身拿著紙袋也要往外走。金義伸手一攔：「哎，你就這麼抱著錢走？就不怕被人偷了搶了？」

金義說著，從口袋裡摸出一把車鑰匙，遞給喬紹廷：「別嫌車子破，手動擋還會開吧？」

喬紹廷張嘴想客氣一下，略一猶豫，沒說什麼，接過鑰匙。

「涼車啟動的時候，油有點噴不上來，你讓車熱一熱再開，或者有時間去換個濾芯。」

「謝了。」喬紹廷預感不祥。

「如果那小子中間反悔，或者找你麻煩……」

喬紹廷擺擺手：「我會想辦法，讓他感激我今天沒舉報他酒駕。」

喬紹廷走出沒兩步，又轉身回來看著金義：「老金，你平時在城中村裡也這副打扮嗎？」

金義端著酒杯，愣住：「怎麼了？」

「沒什麼，就是覺得很像我小時候看過的一個漫畫裡有個……就是，光頭留著鬍子的那種人。」

金義想了想：「江田島平八[11]？」

「你這也挺暴露年齡的，但不是那個人。是個開咖啡店的老闆。」

金義一臉莫名其妙。喬紹廷擺擺手，走出酒吧，就見一輛銀色的老款富康停在酒吧門口的馬路邊上。

喬紹廷走到車旁，按下車鑰匙，車沒有反應。他四下張望，附近確實沒別的車。喬紹廷感覺不祥的預感在成真，上前一拉車門，居然開了。

喬紹廷挑挑眉毛，上車拿鑰匙啟動了車。車窗外，馬路對面有家麵包店。喬紹廷想了想，抱起裝錢的袋子又下了車。

11 編註：一九八五年起於集英社發行的漫畫雜誌《Weekly Jump》連載的日本漫畫作品《魁！！男塾》中的角色。

4 親人

大概兩三年前，津港的律師們閒極無聊，做過一次關於離婚率的統計。那年津港市的平均結離比是百分之三十九，也就是說差不多每十對夫妻結婚，就會有四對離婚。而這個數字，在津港律師協會登記在冊的律師當中則是百分之兩百八十。

津港市律師協會的在冊律師一共是七千兩百人，最年輕的二十三歲，最年長的超過七十歲。在那一年中，有四十名律師選擇走入婚姻殿堂，離婚的律師則是一百一十二名。

下午六點，站在社區樓下時，喬紹廷想到的就是那組高出全市平均水準七倍的離婚率資料。

阿祖正在花園裡玩遙控車。喬紹廷站在遠處，靜靜地看了好一陣子。一個多月沒見，阿祖好像沒怎麼長大，還是跟他記憶中一樣，小小的鼻子，大大的眼睛，像個漂亮的洋娃娃。

喬紹廷調整著手腕上的錶帶，走到阿祖身旁。阿祖轉頭看到是他，笑了：「爸爸！」

「要不要吃點心？」喬紹廷晃晃手裡的紙袋。

唐初穿著家居服，正在不遠處拿著兩袋垃圾要丟。從她站的地方，能看見喬紹廷從紙袋裡拿出蛋糕擺上石凳，阿祖正一臉雀躍拉著喬紹廷的手。唐初本來想過去，略一猶豫還是轉身進了樓。見阿祖拿起巧克力慕斯蛋糕，滿足地咬了一大口，喬紹廷忍不住笑起來，叮囑著：「吃慢一點。你要是噎到了，媽媽非得找我算帳不可。」

「爸爸，你為什麼都不回家？」

看阿祖鼻尖沾了些巧克力碎屑，喬紹廷抬手幫他擦掉：「有點忙，以後我盡量多回來。」

阿祖啃蛋糕的速度慢了下來，看向喬紹廷的眼神中多了點失望：「可是媽媽說，你還是會很少回來。」

阿祖還是長大了，沒以前那麼好哄騙，記憶力也在變強。喬紹廷有點心虛，還有點落寞。他換了個話題，問起假期結束，幼稚園開學的事，希望轉移阿祖的注意力。

「我不想去幼稚園。你能不能跟老師說我生病了？」果然，阿祖忘了見面頻率的問題，滿懷希望地轉頭看著喬紹廷。

「為什麼不想去？幼稚園不好玩嗎？」喬紹廷循循善誘。

阿祖咀嚼的動作停了，也爬上石凳坐定，兩條腿懸在空中晃來晃去。

班上有個叫九九的男生，老是追著他打，而且不打別人，只欺負他一個。他覺得有點丟臉，不好意思跟媽媽講。阿祖說話間，沮喪地低下頭，看著自己小小的鞋子。

九九是那個高高胖胖的孩子。喬紹廷瞇著眼想。

幾乎是一瞬間，他就能想到七八種辦法，讓那個九九以後不敢欺負人。但是孩子的事情，還是該教孩子自己解決。喬紹廷抬起頭，深吸口氣，注意到唐初上樓換了身衣服，正從樓裡出來。

喬紹廷一把摟過阿祖，加快語速：「爸爸教你一招，下次他欺負你的時候，你就用盡全身力氣，對準他的鼻子打，打到他哭。」

說著，喬紹廷握緊拳頭在阿祖的鼻子面前晃晃，誇張的動作逗得阿祖發笑，但隨即阿祖又皺起了臉：「爸爸你會幫我打他嗎？你站在我身邊他就不會打我了。」

「爸爸不會幫你，小朋友的事情自己解決。但如果你把他打壞了，爸爸會出馬。」

阿祖笑著點點頭：「那我就躲在旁邊，趁他不注意的時候，一下子跑出來打他。」

喬紹廷伸出一根手指，搖了搖：「不行，不要主動去惹事。只有他欺負你的時候，你才可以揍他，懂了嗎？」

阿祖想了想，似乎明白過來，握緊小拳頭：「懂了。他欺負我，我就狠狠打他臉。」

喬紹廷伸出拳頭，跟他撞了下拳：「沒錯。」

說完，喬紹廷起身，把阿祖抱下石凳，把賽車遙控器遞給他：「我跟媽媽說幾句話。」

唐初坐在不遠處的涼亭。喬紹廷走到她面前，壓低聲音：「離婚協議簽好了吧？」

唐初看了眼喬紹廷的手腕：「找回來了？」

喬紹廷不自覺地有點心虛，低頭看了眼錶盤，還想狡辯，就被唐初毫不留情地戳破——在指紋咖啡的時候，喬紹廷就特意拉下袖子遮遮掩掩，怕她看見。

面對唐初的犀利，喬紹廷勉強笑笑。今天贖回手錶，他立刻來見唐初，就是不想讓她擔心，但還是沒能掩蓋昨天的狼狽。

「你是不是遇到什麼困難了？」唐初觀察著喬紹廷的神情。

喬紹廷低下頭：「困難……誰都有。我能處理。」

「你是不是還想繼續查那個案子？導致你被抓進去的那個案子。」唐初盯著他，又拋出一個問題。

前一晚在指紋咖啡，她被喬紹廷氣得不行。但後來想想，除了自己年老色衰，喬紹廷變心劈腿之外，他一出來就急著簽離婚協議，可能還有些別的原因。

喬紹廷苦笑。果然，唐初是最瞭解他的人——但還是太看得起他了。他要查下去，這是昨晚他們見面之後他才想清楚的。就連最瞭解他的人也不會知道，他之前想過徹徹底底地妥協。

「你的選擇，大多在決定之前就有了。」唐初看看涼亭頂，語氣篤定。她似乎比喬紹廷自己更知道他是誰，是什麼樣子，會做出什麼樣的選擇。

「什麼？」

唐初笑了：「你天性如此。」

兩人都沉默下來。喬紹廷無法告訴唐初，就算是天性，他也差一點沒能守住。

「繼續查的話，很容易再被抓進去？」

「應該不至於。」但曠北平的手段還多得是。

喬紹廷轉身，看著玩遙控汽車的阿祖，背對唐初，傍晚的涼風宜人。

「以後我會盡量多來看他。房貸我會一直還完。如果你這邊遇到什麼困難……」

「你有什麼困難都不和我說，你覺得我有困難會向你開口嗎？」唐初語氣輕鬆。

喬紹廷聳肩。唐初大概說對了，他天性如此，做出決定，也不可能不付出代價。他轉過身來，努力讓自己顯得滿不在乎：「為你自己，應該不會；為了阿祖，記得你還有個能幫上忙的前夫就好。我剛才看你回樓上去了，離婚協議帶了嗎？」

「在樓上呢，正好晚餐做好了，你上來陪阿祖吃個飯。」

喬紹廷再度回頭，看著阿祖的樣子，有些動容，卻還是搖搖頭：「不了。你之後寄事務所吧。」

他還是不想立刻拿到那份離婚協議。唐初也沒有催他，他們之間好像有一種微妙的默契。之前一次次把唐初推開，喬紹廷感覺到的是不甘心，如今他卻輕鬆許多——大不了再為離婚率貢獻一次資料，大不了以後再把唐初追回來，反正又不是沒離過。

同一時間的嚴秋家裡則沒有這番輕鬆，嚴秋正坐在沙發上替嚴裴旭塗藥。嚴裴旭端詳著自己的左手——歲數大了，免疫力差，缺點維生素，這副皮囊就挑著地方感染。寫著「朱佳小朋友九歲生日快樂」的蛋糕做成蒸汽火車的形狀，擺在茶几上。嚴裴旭端詳著自己的女兒和外孫。從朱宏出事到現在，嚴秋瘦了，變得憔悴，而朱佳對發生的事情一無所知，正拿著把玩具槍四處瞄準，憧憬著下次的生日禮物。

嚴秋低著頭，小聲問道：「今天是曠伯伯陪您去醫院的吧？」

「嗯，你是想問那案子的事吧？說是法院還有一道什麼覆核程序，覆核完了就槍斃那兩個混蛋！」

嚴秋無奈地抬眼看著嚴裴旭：「爸，現在都不用槍決了。」

嚴裴旭更是一肚子氣。不管用什麼，那兩個混蛋都死有餘辜。不光他們兩人，替他們說話的那個律師，也該判刑。口口聲聲說什麼律師要做工作，工作就能不要良心嗎？那個喬紹廷被抓起來也是活該。說起來，他和嚴秋還是老朋友，也不知道嚴家哪裡得罪了他，津港那麼多人，他偏偏去為殺了嚴秋丈夫的凶手做辯護。那個朱宏也不是個東西，打老婆、打孩子、在外面賭錢、背那麼多債……嚴裴旭越想越覺得自己的女兒真是命苦，明明這麼善良，這麼柔弱，卻碰上這樣的事。

嚴秋沉默片刻，問道：「紹廷之前被拘留，是不是曠伯伯的意思？」

「我不知道……怎麼了？你要替他抱不平？！」

嚴秋輕拍嚴裴旭的肩膀：「好了爸，如果你再見到曠伯伯，就讓他放過紹廷吧……我是說，就算後面紹廷還會繼續幫那兩個人辯護。不要讓曠伯伯再為難他了。殺人抵命，這是天經地義的。可是凶手之外的人，不要再被牽連進來了。」

說著，她看了一眼趴在餐桌旁看著蛋糕的兒子，更為傷感：「其實不管誰被判刑，誰去抵命，他爸爸都回不來了。」

嚴裴旭看著嚴秋，又看一眼朱佳，嘆了口氣，低頭不語。對他們來說，喬紹廷的名字像一片陰影，籠罩在過去和未來。

5 選擇

晚上九點，德志所的停車場裡，喬紹廷打開那輛銀色富康的引擎蓋，正換著濾芯。他盤算著接下來要做的事，想著要應對的狀況，知道這些都不簡單，卻感覺無比平靜。夜間的停車場很空曠，沒什麼車也沒什麼人。

章政的轎車在喬紹廷身旁停下。章政下車，看著那輛富康，一臉不可思議：「紹廷，你這是什麼情況？」

喬紹廷在褲子上擦了擦手，打開車門，拿出裝錢的紙袋遞給章政：「這是四十萬現金，剩下一百六十萬，卡解凍了我立刻就轉給你。」

章政愣住，盯著紙袋。看來，想花錢買個太平，還挺難。看來，喬紹廷的膝下，真是有金山。

喬紹廷幾乎能聽見章政憋在胸口的嘆息，也能聽見他沒說出口的一大堆質問。他用力把引擎蓋扣回原位，走到章政面前，伸手拍了下章政的西裝口袋，拿出菸和打火機，自己點上：「你回頭讓洪圖把王博和雷小坤案的案卷給我。」

章政記得喬紹廷很久不抽菸了。他有點意外但沒說什麼，看來喬紹廷是心意已決。他給自己也點了根菸，換了個話題：「對了，千盛閣那案子，對方撤訴結案。」

原告律師突然開了竅，聲稱要向交通管理部門舉報千盛閣堵塞消防通道、溼滑地面沒有設置警示牌、私自規畫並允許機動車在酒店門口的步行區域行駛。此外，她還要向勞動局舉報，原告葛平春節期間被強制要求工作二十多個小時。吳總為了避免酒樓被封門，只能跟對方私下和解，一共賠了四十多萬。

「那個吳總也不用心疼。你問問，給他四十多萬，撞個八級傷殘，他自己樂不樂意。」喬紹廷吐出口菸，想起蕭臻下午問自己的問題。看來她做出了選擇。

章政笑了：「這個結果倒也談不上多糟糕，我就是沒想到，連庭都開完了，原告律師怎麼會突然想到可以從這個角度逼千盛閣和解呢？」

喬紹廷望著別的方向：「都是律師，誰也不傻。」

章政心照不宣地苦笑。他等一下還要去跟千盛閣的吳總吃飯，商量後續保險理賠。千盛閣之前一直是喬紹廷的客戶，但喬紹廷肯定沒吃過吳總的飯。他總是有很多原則，比如不跟當事人吃飯，比如不會做違背本心的決定。這麼多年，章政早就明白了，喬紹廷決定的事情，勸了也不會有用。

「欸，你才剛回來，怎麼就跟洪圖槓上了？」章政又挑了個相對輕鬆的話題，繞開那個剛收到的紙袋，還有紙袋背後的含義。

「我沒有。我只是想看看王博和雷小坤的案卷。」

「但洪圖覺得你很針對她。」

「她案子要是辦得沒問題，就不怕我針對她。」

「那個案子我全程都盯著，洪圖辦得沒什麼問題。再說她是你教出來的，連她你都不放心嗎？」章政努力讓語調輕鬆，沒拿菸的那只手來回擺弄著胸前的領帶，他自己卻渾然不覺。

喬紹廷看著章政擺弄領帶的樣子，有點出神。

當年也是如此，德志所的主任辦公室還屬於曠北平，章政撥弄著領帶，笑得勉強。

他告訴曠北平說，那幾個拆遷戶就是無理取鬧，沒有任何證據顯示拆遷公司對他們實施暴力行為。

但他們都很清楚，拆遷公司當然實施過暴力。

「他們請的那個律師有點死槓到底的決心，一再要求推遲證據關門時間，應該是還不死心。」

喬紹廷還記得章政的小心翼翼。

坐在辦公桌後的曠北平胸有成竹：「那種小律所的底層律師，不用理會，我會讓他不要繼續鬧了。你專心把法庭程序走好。」

那天的後來呢？後來是孫洛故意傷害案的辯護詞，那是喬紹廷的案子。

「主任，我還是希望能爭取一下無罪辯護。畢竟涉案凶器上採集到的指紋不光有孫洛的。而且案發現場雙方互毆的時候，都拿了鐵鍬，並沒有直接證據顯示是哪一把鐵鍬擊中了被害人後腦——」

曠北平抬手打斷他：「跟你說了多少遍，做案子不能光搞細節，要從最核心的法律關係入手。這明明是個有定論的案子，審判長老姜也是第一批復員轉業從事司法工作的，我很瞭解他。你盡量配合好庭審，為被告人爭取罪輕辯護，就可以了。」

喬紹廷還想再說什麼，章政一攔他：「主任說得對。我們盡本分就好。」

如果他沒記錯，那時候，章政又拉了拉領帶。

此時，章政看著喬紹廷的神情，同樣想起那天的事。

但他記得的部分，卻是從辦公室出來之後。

離開辦公室後，章政記得，喬紹廷不忿，走在前面，步速飛快，慍怒地抱怨著他們是律師，是辦案子的，不是靠編排案子來坑當事人或被害人的。章政則望向別處，嘆氣。曠北平是主任，所裡的核心資源都在他手上，他們只能奉命行事。

喬紹廷憤恨地哼了一聲，轉身要走，似乎想起什麼，轉頭問道：「章政，如果有一天你做了主任，能不能向我保證，你會和他不一樣？」

章政記得自己愣了，隨即笑了：「你說什麼呢……」

「我問你能不能保證你不會成為另一個曠北平！」

章政無奈地笑著說：「我怎麼可能做得了主任啊。好好好，反正也實現不了，我當然能保證。」

「那好，我保證你會坐上主任的位置！」

章政還記得喬紹廷認真的表情，記得自己變了臉色。看著如今的局面，他也不知道自己和喬紹廷當年的選擇是不是正確的。

「紹廷？」停車場裡，章政回憶完一通，發現喬紹廷還在發愣。

喬紹廷回過神來：「你改改這個習慣動作吧。」

章政一愣，喬紹廷學著他擺弄領帶的樣子在胸前比畫：「大寫的言不由衷。」

說完，喬紹廷轉身要上那輛富康。章政總是在粉飾太平，總是在躲閃。這讓他覺得可悲，宛如看見之前膽怯又心存僥倖的自己。

「紹廷，算了吧！我們扳倒過一次曠北平，以後還會有機會，但不是在這個案子。這案子你陷得太深了。」章政忽然喊住他。

喬紹廷轉身，端詳著章政，那是一張思慮過度以至於透出精明的臉，也是一張因為權衡過多而顯得軟弱的臉。

「我被警察羈押的時候，你並沒有嘗試為我做什麼。一方面，是你相信我沒殺人；另一方面，是你更加相信我一旦出來，就會繼續咬著這個案子不放。」

章政心虛地低下頭：「紹廷，我不是——」

喬紹廷打斷他：「今天我跟唐初聊過，她跟你一樣，也相信我不會低頭，不會服軟，不會認輸，不會放棄。」

章政深吸口氣，他不知道該說什麼。

「曠北平會搞死我。雖然我已經在他面前認錯了，他還是會搞死我。三十七天，那只是個開始。暫停執業資格，就是道開胃菜。我不知道他要做到什麼程度才會甘休。」

章政的聲音透著無力：「也許你甘休了，他自然也就甘休了。」

喬紹廷笑了：「他不會。當初我們把他趕下臺，他有多恨我就有多恨你，但為什麼如今對我格外青睞？因為他也相信。他也相信你和唐初都相信的。即便親眼看到我跪在地上，他也認為我不會變。所以你明白了吧……愛我的人，恨我的人，跟我共事的人，甚至……」

喬紹廷停頓片刻。他想起官亭水庫的晨曦，想起晨曦中看到的紙條：「甚至我最瞧不起的人，所有人都相信，我不會變。只有我知道自己曾經跪下了，不是做做樣子，是徹徹底底地跪下過！」

章政聽完，試探地問：「你是覺得，你辜負了所有人？」

章政呆住了。

「去你媽的所有人！」

「也去他媽的喬紹廷。」

同一時間的火鍋店裡，蕭臻和李彩霞並肩坐在環形吧臺前，拿著飲料碰杯慶祝，異口同聲：「過關！」

「葛平那個姓孫的代理律師可謹慎了，好像我有什麼陰謀似的。」李彩霞一臉興奮，邊涮邊吃，還擠眉弄眼模仿著孫律師謹慎的神態。她說，自己從頭到尾沒提蕭臻的名字，但孫律師走的時候主動提了。

「她怎麼說的？」蕭臻停住筷子。

「她說，她替葛平謝謝我……以及，讓我替她轉達對蕭律師的謝意。」李彩霞清了清嗓子，又開始模仿孫律師的聲調，「她還說，沒人會知道你做過什麼，但是她知道，她會記得。」

蕭臻放下筷子，若有所思。李彩霞推她一把：「欸！是不是感覺很不錯？想笑就別憋著。」

蕭臻敷衍地笑笑：「還是有錢拿更開心。現在這種感覺……挺奇怪的。」

「什麼感覺？形容一下。」

蕭臻重新拿起筷子，把肉夾進火鍋：「三年前在法律援助中心實習的那種感覺。」

蕭臻一直覺得，自己缺乏感受，所以像隻沒有定位系統的蝙蝠。然而，即便是不能視物的蝙蝠也擁有觸覺，於是她從外界的回饋中慢慢找到自己的感受，清晰自己的選擇。

吃過飯後，蕭臻和李彩霞沿著馬路有說有笑地走到地鐵口附近。李彩霞見蕭臻要進地鐵，忙拉住她：「哎，去前面坐601更方便，直接到KTV的門口。」

蕭臻搖頭，她說自己有點累了，想直接去坐地鐵。

李彩霞一臉失望：「一起去唱兩首吧，我介紹帥哥給你認識，有兩個還是我們系的學長呢。」

蕭臻笑了：「先幫我存著，下次吧。」

她捏了下李彩霞的手臂，擺擺手走向地鐵站。李彩霞還在後面朝她喊：「帥哥存不住的！你不怕我監守自盜啊！」

「別讓帥哥們為了爭你打出人命才是真的！」蕭臻笑眯眯和李彩霞告別，獨自走進地鐵站。

地鐵月臺，蕭臻走到一名男子身旁。那個人轉過頭來，原來是薛冬。

他盯著蕭臻看了會兒：「舒購集團的高層找到我，說他們下屬電購公司有內鬼。經理報上來的調查結果說……」

「那個姓劉的經理，他就是吃裡扒外的那個。而且，有可能他還想藉這個機會栽贓給一個他想開除的中級主管。」蕭臻面無表情，目視前方，「那名主管是孕婦，按《勞動法》規定不能被開除，但如果以牽扯犯罪行為來威脅她，或者通過流言蜚語製造壓力，可能會迫使她主動離職。」

薛冬點點頭：「有證據嗎？」

「核查一下洩露訂單的出單時間和所有管理人員登入訂單庫的後臺紀錄，你會歸總出證據。」

薛冬滿意地笑了：「好吧。這事要是能辦妥，我可就乾脆連那個電購公司的常年法律顧問一起撬走了。」

「隨你便。反正也不是我的客戶。」

「你找我見面就為了這個？我還以為是喬紹廷那邊……」

「如果撬走電購公司的法律顧問，你拿到的顧問費，我要一半。」

薛冬一愣，隨即笑了，伸出手指在自己和蕭臻之間來回比畫著：「這當然沒問題。但我以為，我們之前說好了……」

「一事一議。」

地鐵進站，蕭臻站起身，整理外套：「這兩天喬律師陪我處理了兩件事，讓我增加了不少對他的瞭解。我感覺……」

薛冬半開玩笑，接過話：「你感覺他比我善良？」

「不好說，但他絕對比你聰明。喬紹廷確實是津港最好的律師。他值得你我冒險。」

4

四月十五日和十六日

1 他們兩人

在認識蕭臻之前，喬紹廷沒想過自己需要一個搭檔。從業多年，他有過上級，有過客戶，有過同事，有過徒弟，但沒有過夥伴。章政和薛冬一口一個「兄弟」，他卻沒指望過他們在這時候明確地站在他這邊。他對別人的期待沒那麼高。然而認識蕭臻之後，這個想法出現了。

或許是舒購和千盛閣的案子讓他看到蕭臻的選擇，或許是在某些無關緊要的瞬間，他的本能比他自己更早發現他和蕭臻是同類。然而在意識能夠到達的地方，他想得沒那麼多，無非是眼下狀況——執業證被暫扣，欠下一大筆錢，王博和雷小坤的案子需要有別的律師出面代理。總之，這個想法一出現，他就覺得天衣無縫，幾乎能解決當下所有的問題，所以他決定找蕭臻談談。

當然，世上沒有不透風的牆。和他結盟很難不被曠北平知曉，那就意味著蕭臻可能受到牽連，甚至被曠北平針對，所以他也做好了被拒絕的準備。就算蕭臻答應，他也要提前陳明利害。

但蕭臻的反應不在他意料之內。

「合作？」當時是在德志所會議室，蕭臻微微皺眉，看著桌對面的喬紹廷。

喬紹廷藏起擔憂的那部分，往後一仰，靠在椅背，十足自信：「我現在執業證被暫扣，而你可以出庭。另一方面，我擁有你最需要的東西。」

蕭臻眨眼：「辦案經驗？」

「案源——所有新入行的律師最需要的就是案源。我現在是有案子也辦不了，你是有本事但沒那麼多案子。」

「你是覺得我們可以互補，對嗎？」蕭臻不動聲色，看著喬紹廷。

喬紹廷看不透她的想法，一拍手：「是不是很完美？」

「聽起來還是挺誘人的。不過喬律師這樣的資深前輩，為什麼紆尊降貴找我合作？」蕭臻也向後一靠，抱起雙臂，擺出談判的架勢。

喬紹廷被蕭臻一問，才意識到自己從來沒考慮過跟其他人合作。這部分喬紹廷沒提。他說：「首先，我認為你是一個業務能力很出色的律師；其次，在形式要件上，你是有執業證的律師，我現在不算；最後，我介紹來的案子，收入扣稅之後，我都要分一半。」

蕭臻側著腦袋沒有回答。喬紹廷想著她或許是在考量潛在的風險，卻聽見她問：「喬律師只提供案源，憑什麼分走一半的收入？」

喬紹廷愣了片刻。憑什麼分走一半？這個問題他之前沒想過，似乎也不該是重點。他向前傾，雙肘架上會議桌，吞下疑惑，就事論事：「我除了能為你帶來案源，還可以幫你分析案件的法律關係，找出爭議焦點，組織抗辯證據……」

「不麻煩您，這些我自己都能搞定。」

「那沒事，我還可以幫你開車。」

蕭臻皺眉：「開車？」

「字面意義上的，我有車，能當司機。」

蕭臻不由點頭：「有車確實會方便許多，凱迪拉克也很加分……四六吧。很高興有機會能跟喬律師共事。」

喬紹廷感覺自己的思路完全被蕭臻帶跑了，一拳砸在桌上：「我不光是司機好嗎？我——喬紹廷——當你的全職助理。五五！」

說出「全職助理」這個詞，喬紹廷和蕭臻都呆愣了幾秒，同時笑起來。

「其實還有個條件……」喬紹廷話沒說完，就看到蕭臻伸出了手。

「我同意。」

直到握手為盟，喬紹廷也沒來得及說出他為蕭臻擔憂的部分，也沒來得及說出自己的條件。之後就是各種各樣的案子，財產糾紛、進口車、房地產……喬紹廷案源的確廣泛，蕭臻也的確如她自己所說，「都能搞定」，還越發沉著老練。喬紹廷確信自己沒信錯人，卻始終弄不明白，蕭臻當時為何答應得如此痛快。

他不知道的是，在他提出合作的瞬間，蕭臻其實什麼都沒想。

她沒有想到風險，沒有想到自己和薛冬的計畫，也沒有想到自己作為新律師，的確缺乏案源。她只想起自己與喬紹廷的第一次見面，那個人站在法律援助中心的窗邊，逆光勾勒出的輪廓。

在他們合作達成的大概兩週後，一個下午，四點，庭審結束。

蕭臻起身收拾資料，並準備在筆錄上簽名。她看向旁聽席，喬紹廷正單手托腮，朝她豎起大拇指。兩人快步走下臺階，離開法院，討論著所裡派的案子很快要開庭，萬一和其他案子撞期的問題。蕭臻忽然想起，喬紹廷說過，他還有個條件。

「對了，之前您跟我說，我們合作您也有個條件，還沒告訴我具體是什麼。」

喬紹廷敷衍地擺手：「這個……到時候再說也來得及。」

說完他看向停車場的圍欄，停頓幾秒，狀似漫不經心，提起那兩個名字。

聽了喬紹廷說的，蕭臻其實並不驚訝，還有些竊喜。她總覺得那是喬紹廷真正在意的事情，他能主動說起，或許代表某種信任。但她故作詫異，停住腳步，重複道：「王博和雷小坤的案子？那個案子不是已經審結了嗎？」

「現在在死刑覆核階段，我想把這案子跟完。」喬紹廷說著，單手插在口袋，直視蕭臻。

蕭臻打量著喬紹廷，還想聽他說得更深入些，卻沒想過自己為什麼想要瞭解他、接近他：「我怎麼覺得，恐怕不只是『想跟完』這麼簡單？再說，連被告人自己都沒上訴的案子，死刑覆核這部分的代理工作還有什麼意義嗎？」

「這個程序的設計本身必定有它的意義。何況，辯護嘛，有總比沒有好。」說話間兩人來到那輛老舊的銀色富康車前。看到喬紹廷的新座駕，蕭臻瞬間忘記之前在談的事，詫異轉頭。

她的目光在這輛車和喬紹廷的臉之間逡巡，不知道這幾天裡喬紹廷身上究竟發生了什麼。喬紹廷朝她一笑，拉開車門：「總比沒車強。」

蕭臻嘆口氣，繞過車頭，坐進副駕。她費力地扯著因老舊而阻滯的安全帶，看著喬紹廷轉了半天鑰匙，好幾次都點不起火，車子遲遲未能發動。

「那也就是說，條件是要我配合繼續跟進王博和雷小坤的案子。」蕭臻回到原本的話題。喬紹廷沉默不語，等待她的回覆，又一次做好了被拒絕的打算。

凱迪拉克、分成、案源，這些事情是能談的，然而不能談的那部分才更關鍵——立場、選擇、潛在的風險，以及始終在暗影中若隱若現的曠北平。在這個案子裡露頭，不可能不引起曠北平的注意。

下午的陽光照進車窗，把蕭臻的臉分割為涇渭分明的光亮和陰影。喬紹廷從後視鏡中看蕭臻，只見她半閉的眼睛。

「也就是說，您在外面做事，我在法院出面，那費用怎麼算？」蕭臻再開口時，語氣已經恢復輕鬆。

「什麼費用？」喬紹廷還在嘗試發動汽車，同時理解著蕭臻的話。

蕭臻的笑容稱得上頑劣：「被告人沒上訴的案子，就算能拿到代理權，家屬也不一定會付費。喬律師，我不做義工的。」

喬紹廷問她要不要接過一枚隨時可能爆開的炸彈；蕭臻則反問喬紹廷，能不能在炸彈上繫個蝴蝶結包裝。喬紹廷手頭的動作停了，啞然失笑。

「你開個價。」

「按一般收費標準，死刑覆核階段，兩三萬吧。」

「那就按三萬算。我代理過前一階段，所以到死刑覆核應該減半收費，一萬五。」

蕭臻打斷他：「不，不對，前一階段不是您代理的，您進去了，所以就是三萬。」

「好好好，三萬，我們五五分，給你一萬五，可以了吧。」

「不是一萬五，是三萬。這不屬於我們兩人合作的案子，是您在找我幫忙，相當於委託費。」

喬紹廷忍不住笑了，盯著蕭臻：「蕭律師，你這就有點乘人之危了。」

「您可以另找律師，我沒意見。」

喬紹廷深吸口氣，擺出懊惱的樣子，答應蕭臻的出價。他繼續努力地轉動鑰匙，終於發動了車子。

蕭臻的心情更為愉悅，在一旁笑出了聲。

「三萬塊錢，值得這麼開心？」

蕭臻開心的可不是錢，而是她猜對了——喬紹廷要的，絕不只是「想跟完」而已。此刻，喬紹廷不會明白蕭臻的好心情從何而來，卻知道自己多了個拍檔，他跟曠北平的戰局將由此重新開啟。他身邊的人有些會默默躲遠，有些會暗中幫忙，也有人會試圖找出屬於自己的真相。他們都將知道，喬紹廷回來了。

所有人中第一個知道喬紹廷與蕭臻成為拍檔的是洪圖。當時是四月十五日的上午十點，洪圖坐在辦公桌後，盯著蕭臻。

創輝銷售公司和鑫全房地產的案子，是哪個合夥人派給蕭臻的？她怎麼毫不知情？如果是蕭臻自己接的案子，行政那裡怎麼沒有收案紀錄？蕭臻又是怎麼拿到代理協定和函件的？她提出一堆質問，說話間不看蕭臻，而是盯著辦公室門上的「合夥人」標籤，似乎想提醒自己，也讓蕭臻明白，誰是這裡說了算的人。

蕭臻有些無措，正不知如何開口，喬紹廷推門進辦公室：「案子是我介紹過來的，行政可能登記到我名下了。」

洪圖一愣，神情中的審視和警惕比剛才更多。她面帶慍色，正要開口說話，喬紹廷又說自己已經跟章政打過招呼。

他走到洪圖的辦公桌前，把幾張紙放到她面前，是調卷申請和保密協議，同樣有章政的簽名：「麻煩把王博和雷小坤那個案子的卷給我看一下。」

喬紹廷公事公辦的語氣讓洪圖臉色更為僵硬。她瞪著喬紹廷，三個人沉默了好一陣子。洪圖看看蕭臻，又看看喬紹廷，慢慢明白過來。

洪圖「噗哧」一聲笑了。

「瞧你說的，搞這麼見外，我上次就跟你開個玩笑，你還當真了？」說著，她拉開抽屜，拿出案卷，「有任何問題，隨時跟我說。等都看完了，你幫我點評點評……」

洪圖的語速變得很快：「對了，正好現在有個刑案得讓小蕭去辦。這孩子畢竟入行時間不長，沒怎麼出過刑庭，還有點欠缺經驗，你幫她參詳參詳，就當收個關門弟子吧。」

話到最後，她朝蕭臻擺擺手，讓她找顧盼取案件資料，盡快安排會見。

蕭臻看著洪圖瞬間變得熱情，看了一眼喬紹廷，朝兩人頷首致意，走出辦公室。喬紹廷愣愣地盯著洪圖，拿起案卷，沒說話。

洪圖笑著揚起臉：「怎麼了，喬律？」

「你長大了——改改這個一慪氣就摳指甲的習慣吧，開庭的時候容易讓對方律師看出來。」喬紹廷朝洪圖點點頭，離開辦公室。

洪圖低頭看自己的左手，發現食指在不自覺地刮擦拇指的指甲，甚至連指甲油都被刮花了。

德志所會議室內，蕭臻和喬紹廷迎來他們成為搭檔之後共同辦理的第一起案子。顧盼把厚厚的案卷推向喬紹廷，喬紹廷一指蕭臻，顧盼會意，又把案卷推過去。這是一起販毒案的二審，他們不用去單獨閱卷，所裡資料齊全。

蕭臻翻開案卷，掃了一眼目錄，隨即從卷裡拿出一審判決書，另一手舉著一個火燒餅。李可等九人販毒案，前陣子還上了新聞，蕭臻對這個案子有點印象。

他們要代理的被告名叫王明，不算主犯，一審判十四年，是整個案情裡判得最輕的一個。其他被告有兩個死刑、一個死刑緩期執行、兩個無期徒刑。王明的家屬希望二審能再爭取輕判。

看蕭臻迅速歸攏案件資訊，喬紹廷眨眨眼。他發現蕭臻跨過「經審理查明」和「本院認為」部分，直接看「判決如下」。蕭臻聳肩，她都習慣先看判詞再往回翻。

「王明的父親王鐵軍跟主任見面、委託了案件之後，已經回深圳了，說二審開庭的時候會再來。總之，你們加油吧。這小夥子只有二十三歲，能不能三十五歲前出獄，就看你們兩人了。」顧盼笑嘻嘻說完，拍拍喬紹廷的肩膀，朝蕭臻做了個「加油」的手勢，離開會議室。

蕭臻望著顧盼的背影，明明是二十歲出頭的女孩，但顧盼的語氣就像是首長在囑託兩名後輩。她問喬紹廷道：「八卦一下，我們的行政是有什麼特殊背景嗎？」

喬紹廷一愣：「不瞭解，我只知道她的手機桌布是極限樂團[12]。」

「真沒想到，這麼年輕的女孩子喜歡聽……我是說，那種好像挺老派的搖滾樂。」蕭臻感到意外，她本來已開始繼續看判決，又抬起頭望向會議室外。顧盼已回到前臺，又戴上耳機搖頭晃腦起來。

「還好吧。我進看守所之前，她的手機桌布是黑色安息日[13]。」

蕭臻把判決書遞給喬紹廷：「我大概掃了一眼，在這個集團裡面，被告人王明是最末端的零售商。一百片搖頭丸，初犯，悔罪，有一起沒被認定的立功表現。」

喬紹廷拿過判決翻閱：「一審開庭是哪天？」

蕭臻從卷裡翻到傳票：「後天。」

喬紹廷站起身：「那我們得快點去看守所了。」

蕭臻把沒吃完的火燒餅用塑膠袋裹好，放進包裡，也站起身：「哎？剛才我們不是在說所裡的行政是不是有什麼特殊背景嗎？」

喬紹廷邊往外走邊說：「我說了我不瞭解。」

「是不瞭解，還是瞭解但不想說？」

「你也可以理解為，這事你不該問。」

蕭臻又一次看向會議室外，顧盼好像在和什麼人傳訊息，手指在螢幕上飛快地戳著，一臉笑容。蕭臻想，非要說的話，顧盼應該是第二個發現她和喬紹廷結盟的人，可是在顧盼的世界裡，什麼喬紹廷和蕭臻合作，曠北平和德志所的衝突，大概都無關緊要吧。

12 編註：一九八六年成立於美國的重金屬搖滾樂團。
13 編註：一九六八年成立於英國伯明罕的重金屬／硬式搖滾樂團。

2 他人

此時他們不會想到，在這一天剩下的時間裡，他們的新動向會以意想不到的方式被更多人知曉。

在蕭臻和喬紹廷去往向陽看守所會見王明的同一時間，魯南正在向陽看守所的籃球場旁，看方媛和預審的警察打三對三籃球賽。他身旁四十歲出頭的警官名叫蕭闖；他和蕭臻如果知道會在這裡遇到對方，恐怕都會皺皺眉頭。

蕭闖快一百九的身高，身形壯實，襯托得魯南都秀氣起來。他叼著根菸卻沒點燃，整個人是磨砂紙般的粗糙質地，公務員的沉穩和九十年代港片打手的匪氣在他身上各占一半。

「海港支隊我去過了。該問的不該問的，我都問了。」魯南說道。

蕭闖望著籃球場笑了：「我猜他們只說了該說的。」

「差不多把案卷裡的抓捕經過和辦案說明向我覆述了一遍。這個案子很敏感，我能理解，所以我想私下見一見那個承辦的偵查員。」魯南不確定自己的要求是否恰當，但以他跟蕭闖的關係，應該沒什麼問題。

果然，蕭闖看著場上，一口答應下來：「沒問題，趙馨誠我熟——全津港警界難搞的傢伙我全都熟。幾年不見，你怎麼調最高院去了？」

「我喜歡坐辦公室。這樣一來，我老婆就能每天都確定我的腦袋是扛在肩膀上，而不是掛在腰帶上——當然我還通過了司法考試。」

蕭闖上下打量魯南一番，微微點頭：「挺適合你。雖說我還是很懷念之前跟你前後照應的時候。」

蕭闖抓人，魯南起訴，天衣無縫。但前提是蕭闖得選擇性忽略掉那十幾次魯南把卷扔回來讓他補充偵查的經歷，魯南也得盡量忘掉自己押運和抓逃人犯時還得穿著防彈衣的那段。

想起昔日，兩人都笑了。

蕭闖瞥了一眼遠處會見室門口，一名律師正帶著助理有說有笑地朝外走。跟律師那精緻的髮型比起來，蕭闖的腦袋就像剛被迫擊砲轟過，魯南的穿著也稍顯寒酸。那是薛冬和助理高唯。

「有沒有考慮過出去幹？我有幾個同學出去做律師，現在過得還挺舒服。」蕭闖問魯南，同時發現薛冬把會見室的窗戶當鏡子照著，整理起髮型。

「我們這個歲數的現在可是機構骨幹，一個個要是都下海了，讓前輩和菜鳥們怎麼辦？」魯南想都沒想。

方媛一個精彩的蓋火鍋引來一片驚呼。蕭闖瞇了瞇眼：「這孩子夠莽的。你徒弟？」

「我可沒資格做她師父。人家還真的有兩把刷子。」

說著，他和蕭闖往籃球場外走，扯起嗓門叫方媛一起撤。方媛跟一幫警察擊掌碰拳，抓起外套往這邊跑。

「結束了別急著走，我們一起吃個飯，好好喝兩杯。」蕭闖說著，拍拍魯南的背，力道對於魯南來說稍重了點。

「我可能一時間還真走不了。哦對，有個叫喬紹廷的律師，在行業內也算個能挑事的，你聽說過嗎？」

蕭闖皺眉：「他？！」

與此同時，讓蕭闖皺眉的人正和蕭臻走進向陽看守所的大門，談論著介紹信在看守所是不是好用。

喬紹廷信心滿滿：「以前有過類似的情況，比如因為註冊，執業證不在手上，就臨時開個介紹信。反正現在上律師協會的官網查詢，也能查到我是在冊律師，糊弄一下就過去了。」

「那我們得趕快糊弄，看守所五點鐘就不對外接待了。」

蕭臻拿出手機看了一眼時間。喬紹廷想著蕭臻對向陽看守所的情況還挺瞭解的，就看見蕭闖、魯南和方媛迎面走了過來。

蕭闖和蕭臻見到對方都是一愣，蕭臻下意識握緊了手套，而蕭闖那岩石般的臉上，罕見地顯出些尷尬，隨即他看到蕭臻身旁的喬紹廷，兩三秒的工夫，臉就沉了下來。

喬紹廷認得蕭闖，抬手剛要打招呼，蕭臻和蕭闖異口同聲問對方道：「你怎麼在這裡？」

蕭闖瞟了一眼魯南：「我是員警啊，我在這裡不是很正常嗎？」

蕭臻面無表情，盯著他：「我是律師，來看守所會見被告人也很正常。」

「你一個人怎麼會見？」蕭闖說話間故意不看喬紹廷，還把「一個人」咬得很重。

蕭臻轉頭看喬紹廷，用目光示意蕭闖自己不是獨自一人，喬紹廷笑得尷尬。

雖然不知道蕭臻和蕭闖的關係，但他能感覺到氣氛微妙。

蕭闖好像剛發現喬紹廷的存在，誇張地上下打量他一番：「喬紹廷律師？別人我不清楚，你不是被海港分局拘傳了，才放出來的嗎？」

蕭闖故意叫出他全名，說話間用餘光瞥著魯南。喬紹廷也注意到這點，看向魯南和方媛的法官制服。

「我又沒受到刑事處罰，這不影響我的律師執業資格。」

「對，但我聽說，你現在被律協暫停執業，也就是說，你沒有執業證。怎麼，難道是想弄封介紹信糊弄過去？『海看』沒住夠，想來我們這裡住段日子了？」

喬紹廷沒話說了。他不知道蕭闖的敵意從何而來，如果他沒記錯，以前他們並沒有什麼過節。

那一大通質問，雖然是向著喬紹廷去，但蕭闖的目光一直沒離開蕭臻。

蕭臻想了想：「會見被告人，一個律師也可以。」

「理論上是這樣，但各看守所在實踐中執行標準不同，譬如現在，你就需要兩個律師。」

聽到這裡，蕭臻看了眼喬紹廷，發現喬紹廷也正看著她，一臉無奈。

魯南打量了一下喬紹廷，沒說話，微笑著拍了拍蕭闖的肩膀，和方媛一同離開。

「蕭闖是你哥？親哥？」向陽看守所的馬路對面，喬紹廷瞪大了眼。沒人會願意自己的親人在這時候和喬紹廷混在一起，那些敵意頓時都有了解釋。

「家庭關係上是，他不是我表哥也不是我堂兄；從血緣上不是，我是被收養的。」蕭臻倒是滿不在乎。

喬紹廷擺擺手：「我就隨口一問，不想打探你的個人隱私。但看來你們關係不太好，而且是不好到見面就拆臺的程度。」

「很抱歉沒能向你展現一個兄妹情深的溫馨偶遇。馬上就五點了，我問問哪位律師有時間，明天能跟我一起去會見吧。這個向陽看守所也夠落後的，不是說現在大部分看守所都已經可以線上預約辦理會見手續了嗎……」

正說著，喬紹廷看見薛冬和助理高唯從看守所裡走了出來。喬紹廷一挑眉毛：「我突然有個大膽的想法。」

蕭臻見是薛冬，臉色微微一變。只能說老天的安排極其曼妙，把所有人在今天的向陽看守所湊在一起。比起蕭闖，薛冬才更讓蕭臻覺得麻煩。

大概一刻鐘後，喬紹廷站在富康車旁，看著薛冬和蕭臻從向陽看守所門口的登記室出來，拿著會見手續，走進看守所大門。

喬紹廷從富康車裡拿出王博和雷小坤的案卷，攤在車頂。現場照片當中有從水庫打撈出來的鐵籠和車輛後車廂的全貌、捆綁用的繩索、封嘴用的膠帶等。他又向後翻幾頁看審訊筆錄，就看到現場一份勘驗筆錄，上面寫著鄒亮被發現死於其車內。喬紹廷又往後翻一頁，看到了鄒亮的照片，面露悵然。

喬紹廷愣了一會兒，手機響了，他看眼來電顯示，微微皺眉，接通電話：「韓律，什麼事？」

韓彬正站在指紋咖啡外的樓梯：「今晚有幾個朋友會來我這裡坐一坐。」

「怎麼了？」

「其中一個朋友是海港支隊的，叫趙馨誠。」

喬紹廷一驚，把案卷往回翻幾頁，訊問筆錄的抬頭寫著「偵查員趙馨誠，曹伐」。趙馨誠，就是之前蕭闖提到的那個「麻煩人物」，喬紹廷沒和他直接打過交道。

喬紹廷合上案卷：「你什麼意思？」

「沒什麼，只是通知你一下，今晚店裡拉森打折。」

電話掛斷了。

向陽看守所門外馬路旁，黑色民用牌照轎車裡，副駕上的魯南拿起手機，拍了幾張馬路對面的喬紹廷和那輛富康車的照片。

方媛兩手搭在方向盤上：「這麼巧。」

魯南收起手機：「如果蕭闖的妹妹現在和喬紹廷在一個事務所，這就不光是巧的事了。」

方媛笑了：「沒有執業證，還想往看守所裡混，看來你師父說得沒錯……南哥，海港支隊我們也去了，你為什麼要私下見那個承辦警員啊？」

「這案子有不對勁的地方，但是礙於部門職能、程序、保密義務……我相信海港支隊的人，對我們是知無不言的。」

「哦，但你覺得他們不夠言無不盡？」

「不管怎麼說，私下會會這個趙謦誠。」

方媛鬆開手剎，打檔：「走吧，先去吃麥當勞。」

魯南一愣：「哎……我看還是我開車吧。」

方媛一邊揉著方向盤一邊駛離路旁：「你開車太拖泥帶水。」

車開上直道，猛地加速。

向陽看守所會見室內，隔著鋼化玻璃，蕭臻一手舉著通話器和被告人王明通話，另一隻手在做紀錄：「那你對一審判決有什麼意見？」

玻璃另一側的王明對著話筒回答，薛冬只能看見他乾燥的嘴唇蠕動，聽不見他的聲音，焦慮不安地看著蕭臻：「你確定喬紹廷不是故意安排這個時間來的？」

蕭臻瞥了薛冬一眼，沒說話，繼續向王明問話：「請你將涉案的情況再簡單講述一遍……對，和一審判決事實認定的部分一樣嗎……好的。那你有前科嗎？你被正式逮捕後，有沒有協助警察機關偵破案件的行為？」

王明回答。蕭臻繼續記錄。

「喬紹廷是不是察覺到我們之間的關係，或者你有什麼舉措讓他開始懷疑了？」

蕭臻沒理會薛冬，直到把這段對話也記錄完後，才對通話器說：「稍等。」

她一手遮住通話器的話筒，扭頭對薛冬說：「這個案子是今天下午所裡才派給我的，來看守所也是臨時決定的。你要說巧合，我剛才還在門口碰見我哥——和遇到你比起來，那才是我更不想遇到的人。所以你不要總是一副做賊心虛的樣子。然後，我們兩個沒什麼關係，我們之間，是交易。」

說完，她繼續對著通話器說：「不好意思……詳細說說你和被舉報人馬肖駿的關係。」

同一時間的津港市律師協會已經臨近下班，一樓大廳不時有人背著公事包或電腦包出門。五十多歲的男人一路側著身，一手伸在前面引路，送曠北平往外走。這是律協的秘書長。曠北平一再對他說：「留步，留步吧。你怎麼說也是律協的秘書長，讓別人看到多不好。」

「我送我老師出來，這不是天經地義的事嗎？當然，很快您可能就是我的長官了。」秘書長一臉誠懇。

曠北平笑了：「這些年律協不容易，我本來是希望能過來替你們正一正風氣，不過喬紹廷那件事，你們反應得很及時，處理得也很果斷，應該是用不著我這老頭子來多管閒事。」

「瞧這話說的。有您老坐鎮，我們出去說話也理直氣壯……」

送到門口，兩人分別。「喬紹廷那件事」無疑就是指喬紹廷執業證被暫扣。以律協秘書長對自己老師的擁護程度，喬紹廷想拿回執業證，恐怕困難重重。

曠北平想著自己對事態的掌控，內心感到一陣平靜——事情本來就該這樣。秘書長那張誠惶誠恐的臉他都看了幾十年了，喬紹廷那樣敢挑事的才是異類。

他走出律協，就發現章政正站在門口，將剛才的一幕盡收眼底。

曠北平的臉色變得有點陰沉，他目不斜視，徑直走過章政身邊。

章政不冷不熱地笑笑，伸出手來，語氣恭敬：「曠主任，好久不見。」

曠北平站定，卻沒和他握手：「章政，怎麼樣？主任的位子，坐著可還舒服？」

「主任，當年我們只是正常改選。再說了，不管誰當家，大家對您的尊崇是不變的。」章政垂眼道。

「也包括你和喬紹廷嗎？」曠北平居高臨下，盯著章政看了兩秒就往外走。

章政忙追上兩步：「主任，您看這次，能不能放紹廷一馬——」

章政話沒說完，就被曠北平打斷：「他自作自受，和我有什麼關係。」

章政苦笑：「主任，您要是能不計前嫌出面幫紹廷說句話，他百分之百能擺脫目前的處境。」

曠北平轉過身：「太看得起我了。真有這能耐，我怎麼會連自己一手創立的事務所都保不住？」

章政有些語塞。曠北平伸手一指章政身後的律協大樓：「你來這裡幹嘛？替喬紹廷講人情嗎？」

章政尷尬地笑了，看向剛才曠北平和律協秘書長告別時站的旋轉門。本來他有這個想法，不過，現在看來是沒必要了。

曠北平順著章政的目光回身看看，也笑：「有我在又怎麼樣，你不是照樣參選律協會長嗎？」說著，他拍了下章政的肩膀：「試試也無妨。」

曠北平轉身離開。章政扭頭看了看律協大樓，目光變得陰鷙，又回頭望著曠北平的背影。

他知道曠北平來律協對喬紹廷不利，卻暫時沒注意到時間節點的問題——上午，喬紹廷和蕭臻一同出現在德志所，一起辦王明的案子；現在，曠北平已經來律協了。

時間已接近傍晚，夕陽中，向陽看守所的馬路對面，喬紹廷靠在富康車的引擎蓋上，翻閱著蕭臻的會見筆錄：「二點七公斤氯胺酮[14]？」

蕭臻啃著火燒餅：「王明舉報的馬肖駿是個製毒的原料供應商。警察機關通過王明的舉報抓到

14　編註：為具有止痛、鎮靜效果的麻醉藥，又稱K他命。

他，這二點七公斤K粉就是在抓捕他的同時起獲。問題在於——」

「問題在於，馬肖駿被捕時，氯胺酮只是屬於國家管制類藥品，不算毒品，馬肖駿也被釋放了。兩個月後，氯胺酮才被納入毒品歸類。」喬紹廷接過話。

「對，就差五十四天。特別是王明被捕時收繳的搖頭丸，經過毒品檢測，百分之九十五的成分都是氯胺酮。」

「讓他被定罪的是另外百分之五的苯丙胺[15]類毒品。你吃的這火燒餅，是中午剩的嗎？」

蕭臻低頭看著手裡的食物：「我中午就啃了一口，丟掉太可惜。」

喬紹廷擺擺手：「我的意思是說，我們可以找個便利商店，用微波爐熱一下你再吃。火燒餅嘛，得吃出那種酥脆的感覺來才好。」

蕭臻嘆口氣：「對啊，這檢舉揭發，也得等到氯胺酮被納入毒品之後才好。但這件事……你不覺得很荒誕嗎？」

「如果今天頒布的刑法說殺人是犯罪，那麼你昨天殺人就不算犯法。這是標準。法律不溯及既往。」

蕭臻把剩下的火燒餅塞進嘴裡，把塑膠袋揉成一團，邊嚼邊說：「不用跟我普及法理知識了，我們需要辯護的切入點。」

她把塑膠袋丟進路旁垃圾桶。

「是你需要辯護的切入點，蕭律師。你是要回家嗎？我可以載你一程。」喬紹廷說著來到副駕駛座旁，拉開車門，「對了，薛冬在會見室沒幫你出點主意？」

蕭臻坐上車，看了眼喬紹廷：「我跟薛律師就是一面……應該說叫『一面試之緣』，他恐怕是看你的面子才陪我進去會見的，好像沒義務提供什麼案件上的幫助吧？」

喬紹廷沒忽略蕭臻刻意撇清和薛冬的關係，但也沒追問。他點點頭，關上車門，走到駕駛座一側上車，艱難地發動車子：「沒想到他答應得這麼痛快，難道說我倆的關係其實沒那麼糟？」

兩人討論著案情，開著車，就到了指紋咖啡的門口。喬紹廷來見趙馨誠，蕭臻則打算下車回家。

看著蕭臻要轉身離去，喬紹廷低頭略一沉吟，抬頭叫住她：「蕭律師！」

蕭臻回過頭。

喬紹廷一指「指紋咖啡」的招牌：「我們所的三個合夥人，你到現在是不是才見過兩個？」

蕭臻想了想，扭頭看著店門：「第三個……是說韓律師？」

喬紹廷笑著沒說話。蕭臻嘆了口氣：「你早說啊，我就不吃那半個火燒餅了。」

15 編註：為一系列對中樞神經有刺激效果之藥物統稱。

3 所有人

蕭臻坐在吧臺旁打量著韓彬。他不在所裡露面，可是知名度並不低。國內目前刑法界的三大元老級專家，應該是高轅教授、曠北平教授和韓彬的父親韓松閣教授。曠北平當初被趕出德志所，卻沒對章政等人趕盡殺絕，韓松閣教授恐怕也是其中的因素之一。

不過韓彬的名聲並不只因為他的父親。曠北平離開之後，幾起重新奠定德志所地位的案子背後，也都少不了韓彬的身影。

蕭臻聽其他律師聊過，韓彬辦案沒有什麼固定的風格。他有時候窮追不捨，趕盡殺絕；有時候又忽然從善如流，網開一面。有時候會動用關係，有時候又完全單打獨鬥——簡而言之就是「看心情」。蕭臻沒研究過韓彬經手的案子，但直覺韓彬身上有超脫的部分——超脫於德志所合夥人的位置，超脫於律師的身分，有時甚至超脫於常規生活。中等身材，戴著有框眼鏡，穿著一身深色的休閒裝。從他的外表，蕭臻什麼都讀不出來。

韓彬為她調了杯飲料送到面前：「你和喬律現在是搭檔？」

蕭臻笑笑：「喬律師跟我談的時候，說的是『全職助理』。」

韓彬點點頭，一拍吧臺的桌鈴，把另一杯調好的酒放在托盤上遞給服務生。

「您好像並不驚訝。」

韓彬瞥了眼坐在角落桌旁的喬紹廷：「他現在執業證被暫扣，可能還欠了外債，剛出來那天，把錶都當了……」

蕭臻也不自覺地看向喬紹廷的方向。喬紹廷對面坐著個板寸頭男人，三十歲出頭，棕色皮膚，身材很結實，穿著便裝也能一眼看出是員警。

「但那塊錶他很快就贖回來了。」蕭臻收回目光。

「他要贖的恐怕不只是塊錶……」韓彬話裡有話。

「那看來他很缺錢。」蕭臻沒理會韓彬的暗示。

「他當然需要錢，而且導致他出事的那個案子他不會放手。所以，我不知道你是不是需要他，但他肯定需要你。」韓彬露出友善的微笑。

蕭臻喝了口飲料：「真好喝。這個酒叫什麼？」

「黑色大麗花。」

蕭臻眨眨眼：「是不是『伊莉莎白』或者『肖特』都不如這個名字好聽？」

「她的中間名叫安。」

蕭臻想了一下，點頭，又喝一口：「這個也好聽。」

韓彬注意到蕭臻戴著手套的手。

「但所裡還有很多律師的經驗、資歷和業務水準都比我強得多，我不太明白，喬律師為什麼會找我合作。」蕭臻明知故問道。

「他這次出事，是因為得罪了誰，你知道吧？」

蕭臻點頭。

「那你知不知道，雖然他人出來了，但恩怨還沒了？」

蕭臻眨眨眼。她當然知道。

「那位老爺子勢力龐大，我們的律師都不傻，誰會願意往沉船上跳？」

蕭臻笑笑：「那看來是我比較傻。」

韓彬聽到廚房方向的桌鈴響了一聲，走到出餐口拿過一盤義大利麵放到蕭臻面前：「搞不好是你更聰明，相信這艘船不會沉。」

住。

蕭臻同樣略過這句試探，往義大利麵上倒辣醬。韓彬看著蕭臻的動作，愣了一下，話一時頓住。

他看著蕭臻把辣醬和義大利麵拌勻，開始吃麵。

「我們主任和喬律師是同學嗎？」蕭臻問道。

話音剛落，蕭臻的手機響了，螢幕上的來電顯示是「薛律師」。蕭臻忙按下靜音，把手機扣在吧臺上，抬頭去看韓彬。韓彬正背對著她在排放洗乾淨的杯子，應該沒有看到。

放好杯子，韓彬回過身來：「對，章主任和喬律師是同學，金馥所的薛冬律師大他們一屆，他們三個住過一個宿舍。」

蕭臻吃麵的動作一頓，沒再接話。

「你放了很多辣醬啊。」

蕭臻抬頭看了韓彬一眼，愣了愣，隨即笑了：「哦，不是覺得這個麵不好吃的意思，我口味重，吃什麼都喜歡放一點酸酸甜甜辣辣的醬料。」

韓彬點頭，「酸酸甜甜辣辣」的「瘋狗357」——世界辣度排名前十的辣醬。韓彬又一次看向蕭臻戴手套的手。

角落的桌邊，趙馨誠和喬紹廷第一次見面。趙馨誠一手搭在椅背，坐姿舒展，剛開了瓶啤酒，讓了一下喬紹廷：「真的不喝一杯？等一下可以找代駕嘛。」

喬紹廷正襟危坐，擺擺手：「我最近得壓縮開支。」

趙馨誠伸出大拇指，朝身後吧臺方向的韓彬指了一下：「沒關係，讓他請。」

喬紹廷笑笑，還是沒接過啤酒。

趙馨誠也沒再讓，自己喝了口酒：「韓彬說，你有事想找我瞭解一下。只要是我能說的，隨便問。」

「什麼是你能說的？」

「你在公訴和審判卷裡能看到的，就是我能說的。」

喬紹廷一愣。

趙馨誠一臉壞笑：「是不是很想打我？」

「趙警官……」

「不用這麼客套，叫我小趙什麼的就行。」

「那好吧。馨誠，你做員警很多年了吧？」

「從警校畢業到現在，七年多吧。」

「一直是在刑偵？」

「派出所，一一〇中心，治安，預審，刑偵……我幾乎所有警種都幹過。」

喬紹廷點頭：「那……我想問一下，以你這麼多年工作的經驗和直覺，你覺得王博和雷小坤，是想殺掉朱宏嗎？」

聽到這裡，趙馨誠喝啤酒的動作停了下來，他把酒瓶放到桌上，皺眉不語。

過了幾秒，他把瓶子裡剩下的啤酒一飲而盡，放下酒瓶：「判決是法院的事，而且喬律你肯定知道，類似這樣情節案件判死刑的，以前不是沒有過。」

「此一時彼一時。再說，我們國家不適用判例法。」

趙馨誠笑著說：「最高院的批覆算不算？」

喬紹廷搖頭：「那是司法解釋。我感興趣的是你怎麼想。」

「你問我他們兩人的主觀意圖，他們心裡怎麼想的，我怎麼會知道？」

「王博和雷小坤以非法手段替人催討債務近兩年，威脅和非法拘禁各類債務人的行為，恐怕得有個十幾次甚至幾十次了吧？至少我在訊問筆錄裡看到過幾起。」

趙馨誠點頭。

「之前卻從沒有鬧出過人命，對嗎？」

「凡事都有第一次，喬律。」

「我覺得更像是第一次過失致人死亡。」

趙馨誠深吸口氣，正色道：「喬律我問你，如果我拿這個酒瓶子砸你腦袋，算什麼意圖？」

「故意傷害。」

「如果我把這個酒瓶敲碎半截去刺你的脖子，算什麼意圖？」

「故意殺人。」

「對，我知道你想說王博和雷小坤可能只是打算嚇唬嚇唬朱宏，沒想到『大力出奇蹟』了。那我也可以告訴你，如果那個鐵籠離懸崖邊還有十公尺遠，你的說法就成立，但如果它離懸崖邊只有半公尺，故意殺人沒有問題。」

喬紹廷沉默著不再說話，趙馨誠直直盯著他的眼睛。

蕭臻走了過來：「喬律師，你們繼續聊，我先回去了。」

喬紹廷下意識地看了眼錶：「哦，我也該走了。我送你。」

趙馨誠回過頭看到蕭臻，兩人非常自然地打了個招呼。

喬紹廷很吃驚，他們竟然認識。

「她哥哥是我學長啊，我看著她長大的。我這個小妹妹可不簡單，當初把偵查系的一個天兵腦袋砸開了個洞。」

要不是蕭臻來打招呼，趙馨誠都不會提起自己認識喬紹廷的搭檔——可見今日的見面，他有多少戒備和保留。喬紹廷翻了個白眼，起身和趙馨誠握手：「那幸會了，兄弟。」

趙韾誠也站起身，誠懇地點頭：「別這麼客氣，以後常聯繫。」

韓彬走過來，把剩的半瓶多「瘋狗」辣醬遞給蕭臻：「蕭律師很喜歡吃這個辣醬，剩下的也帶走吧。」

蕭臻接過辣醬：「謝謝韓律師。」

喬紹廷看了眼辣醬上的商標，跟剛才的韓彬一樣吃驚。

喬紹廷走時天已經全黑，趙韾誠靠在咖啡店門口的牆邊點了根菸，就看到兩人來到他身前，還朝他打了個招呼。來人是魯南和方媛。看著他們身上的制服，趙韾誠明白過來，這就是蕭闖引薦來的那兩位最高院法官。

方媛朝趙韾誠點了下頭，隨後對魯南說：「薯條太鹹了，我要喝點水。」

說完她就推門進了咖啡廳。魯南在後面還叮囑了她一句：「出差期間，別喝酒。」

方媛頭也不回，朝魯南比畫了個「ＯＫ」的手勢。

趙韾誠指指自己，面帶歉意：「不好意思，我喝了兩杯。」

「下班時間嘛，放鬆放鬆，而且我希望你也能盡可能放鬆地告訴我一些資訊。」

「你想知道什麼？」

「你的直覺。」

趙韾誠笑了，這和喬紹廷的問題一樣：「我的直覺告訴我，最好不要在最高院的人面前亂說話。」

魯南也笑了，他點點頭，看看周圍，又盯著趙韾誠：「那就把剛才你不能跟喬紹廷說的那些跟我講講吧。」

趙韾誠臉上的笑容消失了。

咖啡廳裡，韓彬把冰鎮檸檬水放到方媛面前。
方媛拿起杯子：「真的不要錢？」
韓彬笑笑：「留個好印象，期待你下次來消費。」
方媛回頭環視了一圈咖啡廳，又上下打量了韓彬幾眼：「我怎麼覺得你很眼熟？」
韓彬一愣。
方媛努力回憶了好一陣，指著韓彬：「哦！我想起來了，你是司機！」
「啊？」
「我當初聽過韓松閣教授的課，下課之後，他好像很趕時間，我有問題都沒來得及問。我看他急匆匆地上了一輛來接他的車，開車的就是你。你是韓教授的司機！哎，你怎麼跑到這裡來做酒保了？」
韓彬瞠目結舌，尷尬了片刻，微笑著幫方媛把水杯續滿：「嗯……貼補家用。」
二樓外樓梯處，趙馨誠把菸頭扔到地上，用腳踩滅：「那麼聽你的意思，是說最高院對這個案子有定論了？」
魯南搖頭：「目前我們還在審查程序，先確認從偵辦到審判任何一個階段的程序都沒有被影響或操縱。老實說這個案子覆核起來並不太困難，但正片之外，花絮好像有點多。」
趙馨誠笑了：「對。前一段時間喬紹廷就是被我們支隊收進去的。」
「那你們警局這邊的意思是？」
趙馨誠又點了根菸：「南哥，你混司法圈這麼久，肯定也沒少見這類人。好好的律師不做，變著方法在國家機器面前耍花樣。」
魯南笑了：「這種人總是有的……」
趙馨誠盯著他，毫無醉意：「要我說，這種人就別再做律師了。」

此時的蕭臻已經到家，正在系統式衛浴裡洗澡。

李彩霞在洗手池前卸妝，眼周一片都黑乎乎的：「那二審就是在高院開庭了。第一次單獨開刑庭就這麼刺激嗎？」

蕭臻關上蓮蓬頭，把手從系統式衛浴的門縫裡伸出來：「刺激歸刺激，但我看這案子走走過場就行了，一審判決沒什麼問題。」

李彩霞遞過浴巾：「出庭總得說點什麼吧？」

「不知道能不能在他那個沒被認定的立功表現上做做文章。」

「但氯胺酮當時就是沒被納入毒品，這文章要怎麼做？」

蕭臻裹著浴巾走出浴室：「看從哪個角度說。」

她站到李彩霞身邊，對著鏡子攏了攏頭髮：「氯胺酮有可能對人體發生作用的最低致死劑量是五百毫克。」

李彩霞扭頭看著蕭臻：「一克就能殺兩個？」

「理論上——那麼，儘管王明檢舉馬肖駿的行為並不構成法律意義上的立功，但從客觀上，他阻止了有可能使五千四百人致死劑量的國家管制類藥品流入市場。這是一種積極正向的協助國家司法機關的行為，也和刑法中鼓勵嫌疑人檢舉立功的精神是一致的。」

李彩霞張大了嘴，一臉吃驚：「你這個春秋筆法……照你這麼說，王明可以無罪釋放了。」

蕭臻瞟了她一眼：「這勉強也就是個文過飾非，而且我不認為合議庭會採信。」

李彩霞挑挑眉毛。

蕭臻聳聳肩：「你都說了，我開庭總得講點什麼吧。」

說著，蕭臻拿起吹風機，準備插上電源。

李彩霞一把搶過來，替她插上：「你把手擦乾。小心觸電。」

隨後，李彩霞走出洗手間。蕭臻先用吹風機把鏡子上的一塊霧氣吹乾，再對著鏡子吹頭髮。她盯著自己裸露的雙臂，上面有很多深深淺淺的傷疤。

十二歲到二十二歲，劃開手臂，看它流血，直到停止，好像這樣就能確認自己存在。她忽然意識到，認識喬紹廷之後，她已經不需要這種方式了。

放在洗手臺上的手機響起，是薛冬打來的。蕭臻把虛掩的廁所門關上，又關掉吹風機，接通電話，打開擴音。

「薛律師，以後打電話給我之前，先傳個訊息，問一下我方不方便。」

「呃……不好意思，我是想跟你說，舒購的法律顧問我拿下來了，顧問費是上付的。說好的那一半，我是轉帳給你，還是拿現金給你？」

「轉帳會有紀錄，拿現金……我又不想見你，怎麼辦？」

「你可以讓別人來拿，或者我派高唯幫你送過去。」

「我想想吧。」

「真是奇怪……」

「嗯？」

「你不關心這一半是多少錢嗎？」

蕭臻看著自己手腕上的傷疤：「我要掛電話了。」

「你就那麼討厭我？我們可是合作夥伴。」

「真不湊巧，我已經有新的合作夥伴了。」蕭臻掛斷電話。

4 家屬

「不夜」娛樂城坐落在郊區的大型汽車配件批發市場旁邊，那裡的空氣中瀰漫著濃厚的砂土味，可能是路過的卡車和砂石車太多。道路兩邊巨大的楊樹在初春季節也無精打采、枝葉稀少，伸出枯瘦的樹枝。上午時分，賣早餐的還沒收攤，「灌餅」、「豆漿」的紅底白字招牌立於有污漬的玻璃上，小推車旁邊是髒兮兮的流浪狗。

銀色的富康車停在路旁，喬紹廷和蕭臻走下車。

「你為什麼不找洪律師合作？」

蕭臻問話的當下，喬紹廷正打量著娛樂城霓虹燈熄滅的招牌，他愣了一下：「你把我問倒了。老實說，我沒往這個方向想過。」

「她是你帶出來的徒弟，又一起共事了那麼多年，經驗比我豐富，也比我更瞭解你的辦案邏輯，而且她現在還是合夥人。」

看著娛樂城門邊堆積的垃圾，喬紹廷點頭：「你基本上把原因都列出來了。」

蕭臻皺起眉頭：「是不是說，相比起來，她更不容易糊弄？」

「應該是說相比起來，她更像個律師。」

蕭臻轉頭看喬紹廷的側臉，抿起嘴唇不再問話。

喬紹廷看著道路左右：「這裡不能停車，要是有交通協管員過來，打個電話給我。」

蕭臻也看了眼「不夜」娛樂城的門面：「這個時間去歌廳是不是早了一點？」

「對王博來講，已經有點晚了。」

蕭臻想起來了，王博的愛人沈蓉正是娛樂城的經理。

「但她有繼續為王博請律師的意願嗎？」

「我之前打過電話，至少爭取到了面談的機會。」說著，他走向「不夜」娛樂城，走出幾步又回頭看著蕭臻：「那個販毒案，我建議你再斟酌一下辯護思路，那串數字聽起來是挺酷炫的，但我不認為刑事審判庭是一個能用煽情影響認定標準的地方。」

蕭臻用兩手合攏成擴音器的形狀，對喬紹廷喊：「那我開庭總得說點什麼吧！」

喬紹廷也雙手攏音答道：「別一條路走到黑，換個思路！」

娛樂城大門緊閉，喬紹廷又敲門又按門鈴都沒人應門。他拿出手機撥打沈蓉的電話，通了但沒有人接。喬紹廷邊傳訊息邊往回走，沒走出兩步又突然聽到身後有開門聲，他一回頭，看見兩個清潔人員提著垃圾袋從裡面出來。

喬紹廷連忙上前幾步，伸手一攔門，走進了娛樂城。

上午的娛樂城內空無一人，大部分的燈也關了，走廊盡頭的燈球還亮著，旋轉著照射彩光，有點晃眼。喬紹廷繼續打沈蓉的電話，還是無人接聽。他穿過金碧輝煌的大廳，上樓來到辦公區，看見門上貼著「非工作人員勿入」的牌子，門也是鎖的。

一轉身，他看到走道遠端一間包廂的門開了，從裡面走出兩個人。

喬紹廷想了想，順著走道走向包廂。

包廂門上是一道窄窄的玻璃，喬紹廷敲了兩下門，就看見一個三四十歲的女人紮著高馬尾，穿著黑色皮靴配皮裙，戴著手掌大的圓耳環，叼了根菸，蹺著二郎腿坐在沙發上，看側臉正是沈蓉。他沒多想就推門而入，這才看到包廂的地上還跪著三個女孩，看穿著都是陪酒女，臉上都有被毆打過的痕跡，又紅又腫，其中一個還哭花了妝。沈蓉身後站著三四個打手，旁邊有個又高又壯的金鍊大漢摟著她的肩膀。

喬紹廷一進包廂，所有人都齊刷刷地望向他。

「呃……」喬紹廷一時語塞。

沈蓉向前探了探身：「喬律師？」

喬紹廷走進包廂，同時悄悄撥通蕭臻的電話，把手機塞進口袋。

富康車裡，蕭臻接通電話，卻發現對面沒有聲音。她又「喂」了兩聲，就聽到那頭傳出沈蓉的聲音，略帶嘶啞，透著頤指氣使的氣勢。

「這是工作，你們懂不懂，要『敬業』的。你以為客人們來花錢，是為了看你這張臉？是為了聽你唱歌？摸你一把怎麼了？親你一下又怎麼了？胡總是很大方的熟客，人家在全世界各個國家都有女朋友，玩得很開的。昨晚你們搞得人家氣得說要退卡，我為了哄好胡總都喝吐了。你們這不光是砸自己的飯碗，你們這是在砸我的飯碗！」

聽到這些，蕭臻臉色微微一變。

娛樂城的包廂，喬紹廷拿出委託書隔著茶几遞了過去：「沈女士，這是我之前跟您聯繫過的，關於您愛人死刑覆核階段的代理工作，麻煩您簽一下委託書。」

沈蓉抽著菸，漫不經心地掃視著委託書的內容：「你說這都是男人養家、女人持家，現在倒好，我又得持家，又得出來打拚，賺錢去撈他。這姓王的上輩子真是積了德了，才能找到我這麼傻的老婆。」

喬紹廷瞥了眼跪在地上的三個陪酒女：「您簽個名，我就能去看守所會見，盡快展開工作。」

沈蓉把委託書往茶几上一拍，又蹺起二郎腿，往沙發背上一靠：「但是喬律師，你說，我現在自己一個人過得也挺好。你要是真的把他救出來，對我有什麼好處？」

喬紹廷面無表情地看著她：「我沒辦法把他救出來，就算我能在死刑覆核階段爭取到什麼，他恐怕也要在裡面關很久很久……如果非要說對您有什麼好處的話，我可以免費為您做辯護。」

沈蓉一愣：「為我辯護？」

喬紹廷攤手，指了一下那三名跪在地上的陪酒女：「非法拘禁加故意傷害，不知道檢調機關會不會認為與黑社會幫派組織有關聯。像這類刑事案件的辯護，我的收費一般都是六位數起步，現在免費送給你。」

這話聽得沈蓉和旁邊的金鍊大漢面面相覷，兩人都愣了好幾秒，而後，包廂裡爆發出一陣大笑。此起彼伏的笑聲過後，金鍊大漢一臉殺氣，要站起身，沈蓉攔下他。

沈蓉用菸一指喬紹廷，調笑道：「那如果我不接受你的免費辯護呢？」

「也可以，我另外幫你指條路。現在就把她們三個放了，委託書簽不簽隨你。」

沈蓉還是在笑，她掐滅香菸，靠在沙發背上，拍了拍旁邊的金鍊大漢，他站起身走向喬紹廷。

此時的德志所會議室裡，章政正問洪圖道：「舒購公司不再和我們續簽常年法律顧問了。你知道是出了什麼情況嗎？」

「啊？！之前合約不是都準備好了嗎？」洪圖也是一臉詫異。

「合約今天被他們退回來了。小顧打電話和他們聯繫，那邊的財務說暫時不考慮和我們續簽。」

「之前小蕭去處理過他們公司的事，回頭我問問舒購的劉總。」

「劉睿被抓了。」

「什麼？」

「聽說舒購集團報案，把電視購物這邊的劉總抓起來了，好像是涉嫌職務侵佔之類的事。」

洪圖愣住了。

章政看向會議室的窗外：「這個小蕭最近經手的案子……我有點看不懂啊。」

洪圖不輕不重地捶了兩下桌子：「你也不想想她身邊是誰，有什麼好看不懂的。」

洪圖想起蕭臻和喬紹廷一起站在她辦公桌前的瞬間。

半小時後，娛樂城的包廂內，已經換了一番景象。

十幾名穿制服的員警正進進出出，帶頭的正是蕭闖。沈蓉和金鍊大漢等人全部被逮捕、控制，有的雙手抱頭靠牆蹲著，有的被上了手銬，正跟著警察往外走。喬紹廷坐在沙發上，T恤領口被扯破，眼圈和嘴角都是瘀青，手裡正拿一袋冰塊敷著額頭。蕭闖站在一旁，似笑非笑，扯起一邊嘴角，看著喬紹廷的狼狽模樣。

蕭臻走進包廂，直接忽略蕭闖的存在，站在喬紹廷面前：「警察說先帶你去醫院，可能還要驗一下傷。」

喬紹廷抬頭，用還能睜開的那隻眼睛看向蕭臻。他剛要說話，就見員警正把沈蓉押出房間，他連忙一把抓起桌上的委託書，追了出去：「稍等一下，警察先生！」

員警要把他攔開，蕭闖朝他們擺了擺手。喬紹廷把委託書和筆遞過去：「簽了委託書吧，你老公很可能罪不至死。」

沈蓉不可思議地看著喬紹廷，苦笑一聲：「看來我還真的需要免費辯護了。」

喬紹廷搖頭：「不，那是十五分鐘之前的條件。現在你簽了委託書，我不單獨就自己受的傷向你提附帶民事訴訟。」

蕭臻接話道：「那你能省下不少錢，搞不好都夠請喬律師替你辯護了。」

沈蓉盯著喬紹廷看了好一會兒，搖搖頭：「喬律師，你真是個很奇怪的人。」

她接過筆，在委託書上簽了名，被警察押走。

喬紹廷低頭看委託書，就見一滴血從他鼻子裡出來，滴在紙上。他趕忙仰起頭，用手背捂著鼻孔，把委託書遞給蕭臻。蕭臻拿出紙巾遞給喬紹廷。

蕭闖走過來，看看喬紹廷又看看蕭臻。

喬紹廷把紙巾墊在鼻孔下面，對蕭闖說：「我可以解釋……」

「別解釋了，趕快去醫院，回頭驗個傷，記得來隊裡做筆錄。」蕭闖說著，又朝蕭臻一伸手，「你是說手機裡有通話的全部錄音，對吧？」

「我傳給你。」

「你是做律師的，應該懂——錄音證據的原始載體。」

蕭臻無奈地瞪了蕭闖一眼，直接把手機塞給了他：「密碼〇五一五。」

德志所樓下，章政走到之前和薛冬會面的那條小巷。薛冬的車停在那裡，但駕駛座上並沒有人。章政感到奇怪，圍著車轉了轉，拿起手機正要撥打電話，後車窗突然搖下一條縫，露出薛冬的小半張臉：「哎！快上車！」

章政上了車：「這光天化日之下，兩個大男人，還是同行，還在車後座……」

「這樣外面的人就不容易看到我們，我們就……」

「就顯得更奇怪了好嗎！」

薛冬擺擺手：「我們之間又沒什麼，你心虛什麼？」

「沒什麼？舒購公司是怎麼回事？」章政看著車玻璃那側，抱起雙臂，完全沒意識到這樣一來自己和薛冬更像是一對賭氣的情侶。

薛冬裝傻：「舒購？哦……是不是我們新接的那個常年法律顧問的客戶……」

章政不耐煩，揮手打斷他，懶得聽他裝蒜。

薛冬低頭笑笑，看著章政：「這就沒意思了，大家的想法不是都一樣嗎……追求利益最大化，同時把風險降到最低。」

「我可……」

薛冬打斷他：「你不要忘了，會這麼想的不只有我們。那個蕭律師不簡單。」

章政一愣：「你跟我說過她是可控的。」

「沒有。我只是告訴你，她是可犧牲的。」

可犧牲的。章政一下子懂了。他看向薛冬，薛冬不知道從哪裡掏出一面小鏡子，開始整理自己的髮型。

中午，蕭臻和喬紹廷到了和光醫院的急診室，兩人從一面面簾子中間穿過，喬紹廷坐上一張擔架床。

周遭的人看起來傷得都比喬紹廷重，急診醫生對他們說：「稍等一下，護士來幫你處理。」

蕭臻盯著喬紹廷看：「你除了額頭和臉上……還是全身照個X光吧。」

「不用了，應該沒事。」喬紹廷輕輕撫摸臉上的傷口，痛得抽一口氣，看著對面床上的男人，一條腿流著血，腳邊還放著外送保溫箱。

「那女的就是王博的愛人沈蓉？」蕭臻左右看，也沒找到什麼可以包紮或者消毒的東西。

喬紹廷點頭：「也是我唯一能找到可簽委託書的直系親屬。」

蕭臻從包裡拿出那張委託書，上面的血跡已經乾了，她拿出筆：「那我應該把名字填在這張『血書』的『受託律師』後面吧？」

喬紹廷猛地一抬頭：「先別填。」

蕭臻愣了：「在死刑覆核程序結束前，你的執業證不一定能恢復，有可能聽證程序都沒結束呢。」

「我知道。」

蕭臻有點不開心，感覺自己似乎不受信任，勉強地笑著：「昨晚韓律師還跟我說，除了我，你應該沒有太多選擇。」

「我現在頭很痛，以後再慢慢和你解釋。」

「這雷小坤的委託還沒拿到手，如果每次都這麼驚險的話，你可能就沒有以後了。」蕭臻聲音冷下來。她一直不看喬紹廷，打開床頭櫃的抽屜，找到一卷膠布，撕開一小截，纏在手指上又鬆開。

喬紹廷聳聳肩，試圖緩解氣氛：「有驚無險。再說，也是因禍得福。還可以忙裡偷閒到醫院來，等著漂亮的護士小姐幫我包紮……」

話沒說完，隔離的簾子被拉開了，唐初穿著護士服出現在兩人面前。她拉簾子的動作因為喬紹廷的話而停住，喬紹廷愣愣地看著唐初，也說不下去了。

蕭臻來回看著兩個人的表情，不明所以。

沉默片刻後，唐初問：「那……我換別人過來？」

喬紹廷忙從床上下來，一把抓住唐初的衣袖：「別別別，我……」

他也不知道該怎麼往下說，只好轉移話題，指著蕭臻說：「介紹一下，這是我回所裡之後的工作搭檔，蕭律師。」

他把唐初拉回到擔架床旁邊，又對蕭臻說：「這是我愛人，唐初……」

唐初把手裡的醫用托盤放到擔架床上：「——準前妻。說清楚一點比較好，你快自由了。」

蕭臻來回看著兩個人，一臉猶豫：「還是，我先出去？」

蕭臻想起自己在辦公室裡看過的那張海邊照片，說話間看了看唐初。果然，真人比照片更美。

此時，身著制服的魯南和方媛走出津港市中級人民法院。

中院法官和魯南握手：「這個案子我們打過報告，看來還是受到了我們最高院的重視。」

「審是審，核歸核，正因為我們院如此嚴謹，我們後續工作的展開也能更全面。感謝你們沒有撒手不管。」魯南說道。

中院法官笑了：「案子可以不管，人命不行啊。」

魯南的手機震動，他拿出來看了眼來電顯示，走出幾步，接通電話。那頭是蕭闖：「有個消息你可能會感興趣，喬紹廷已經拿到王博家屬的死刑覆核委託了。你猜得沒錯。」

魯南一挑眉毛：「這傢伙連執業證都沒有，怎麼說服王博家屬簽署委託？」

「嗯……代價慘重。」

和光醫院放射科門外，蕭臻和唐初目送喬紹廷拿著單據走進了放射科。唐初扭過頭，氣出一聲冷笑：「王博的老婆打他？！她找死啊！我都沒打過他！這潑婦現在在哪裡？」

蕭臻連忙解釋道：「員警已經把他們都抓了。而且應該不是她本人打的，是……歌廳看場子的打手。」

唐初運了運氣：「就為了那破案子。這件事怪紹廷也沒用，他肯定會死咬著不放的……舊情難忘。」

蕭臻一愣：「啊？」

「被害人朱宏的老婆嚴秋，是他高中時代的女神。」

蕭臻一臉驚訝：「喬律師心目中的女神？」

「在我之前的。那時候大概是他喜歡嚴秋、嚴秋喜歡鄒亮。鄒亮和他還是好麻吉。」

蕭臻一時間也不知道說什麼好。唐初大概也明白，喬紹廷執著於一個案子，不像會是因為這種原因。現在這番話，更像是唐初心疼喬紹廷被打，宣洩著情緒。她對唐初的直來直往頗有好感，唐初願意告訴她這些，看來也不太討厭她。

「這麼……狗血的嗎？」蕭臻嘿嘿笑。

「但最後，朱宏把嚴秋的肚子搞大了，所以她嫁給朱宏也算是神展開……說起來，我以前沒聽紹廷提過你。」唐初說著，轉頭打量蕭臻。

「我轉來德志的時候，喬律師還在……」她隨便虛指了個方向。

唐初立刻會意：「那他怎麼現在和你……他辦案一向獨來獨往。」

「他的執業證被扣了。」

「是暫扣，不是吊銷吧？」

「暫扣。」

「什麼時候聽證？」

蕭臻聽唐初如此熟悉流程和專業術語，瞪大了眼：「呃……還沒通知。」

唐初擺擺手：「不用奇怪，我雖然是醫學院畢業的，但也通過了司法考試——那時候還沒有『三證合一』[16]，叫律師資格考試。」

「哇，那您也算是我前輩了。」

「當初我記得法學專業專科就可以報名，非法學專業需要大學以上學歷。四個科目下來，我比紹廷還高十五分。」

「那您為什麼沒做律師呢？」

「我沒這個志願，當時我是陪著紹廷一起複習。這傢伙可笨了，看一遍就能記住的東西，他背了半年都背不下來，後來還跟我抬杠。不服氣？那就一起考，他輸了就向我求婚。」

蕭臻眨眨眼：「那，要是他贏了呢？」

唐初看了眼放射科的方向：「我就向他求婚。」

蕭臻覺得這對夫妻很有趣，想了想又問道：「剛才您說什麼準前妻……」

唐初滿不在乎：「哦，我們正在協議離婚。」

蕭臻微微皺眉：「恕我直言，您二位看著不太像是要離婚的狀態。」

唐初看著蕭臻笑笑：「婚姻保護的又不是愛情。」

蕭臻一時間語塞。的確，唐初和喬紹廷之間有默契、有關心，似乎還有很多美好的過去，然而喬紹廷的狀態，的確也不是能兼顧家庭，經營好婚姻的樣子。不過能像唐初這樣果斷灑脫的人，似乎也很少。蕭臻側過頭看唐初，看到她，蕭臻感覺自己也更瞭解喬紹廷一些。

兩人正說著，放射科的門開了，喬紹廷邊穿外套邊走了出來，上前對唐初說：「X光片要等很久嗎？我這邊今天還有很多事要辦。」

「該消毒上藥的都幫你處理了，我回頭去電腦上看一下X光片，有問題再叫你回來。條碼給我，等下班我把X光片印出來。」

喬紹廷把條碼遞給唐初：「今天是週二，你不是夜班嗎？」

「阿祖放假之後，我都換成日班了。怎麼了，本來想故意躲開我？」

---

16 編註：為中華人民共和國於二〇一二年為提高行政效率而出臺的新措施。三證分別為「工商營業執照」、「組織機構代碼證」、「稅務登記證」。

喬紹廷做了個投降求饒的姿勢：「那拜託你了。如果X光片顯示沒有性命之憂，就不用叫我回來了。」

說完，喬紹廷往醫院門口走，蕭臻朝唐初微微點頭道別，也跟了過去。

唐初看著喬紹廷的背影，又喊他回來。

喬紹廷轉過頭。

「臉消腫之前，不要在阿祖面前出現。」

5 案情

這是一棟住商兩用的公寓樓，有點年頭了，喬紹廷租的公寓就在這裡。蕭臻一開始不明白喬紹廷讓她一起回家的用意，直到跟著喬紹廷出電梯，看他打開房門。

她掃視了一圈狹小、髒亂的公寓，又看了眼垃圾桶裡的泡麵碗，隨後就發現單人床上鋪滿了王博和雷小坤的案件資料。蕭臻明白過來。

喬紹廷用腳從地上的垃圾和各類生活用品中間開出條路，轉身說：「孤男寡女的，你就別關門了。我換個衣服，很快就好。」

蕭臻笑了：「沒事，喬律師你現在這樣應該也打不過我。」

喬紹廷把沙發上隨便堆的衣服抓成團丟進洗衣籃裡：「還是開著吧，你先坐。」

說完，喬紹廷拿了幾件更換的衣服，走進廁所，關上門。

蕭臻走到床邊，翻看資料。一審判決書被放在最上面，她拿起判決書，首先看到一審的辯護律師是洪圖。她又向後翻，翻到判決主文。目光迅速掃過「本院認為」、「非法拘禁罪」、「被告人故意實施」、「殺害被害人朱宏」、「應按牽連犯的處罰原則」、「從一重罪定罪處罰」、「判決如下」、「犯故意殺人罪」……判決書的最後一行是「判處死刑」。

廁所的門打開，喬紹廷換好衣服出來，就看到蕭臻正拿著判決書。他並不驚訝，整理著袖口。蕭臻也是一臉坦蕩，盯著喬紹廷：「這個案子我不是很瞭解，但即便是只知道個大概的情況下，這個判決結果並沒有什麼問題吧。」

喬紹廷在蕭臻和床上那堆資料之間來回掃視。這個案子影響了他的命運。曾經有人說，人就該和親密的人共用命運。

他從頭開始講述。

「王博和雷小坤是個『混混組合』，多年來，經常使用威脅恐嚇，甚至暴力毆打的方式替人催收債務。聽海港支隊的人說，他們最慣用的手段，就是將債務人挾持至官亭灣旁邊的山崖上，把人鎖進他們藏在樹叢中的一個鐵籠裡，進行各種威逼恐嚇。」

伴隨著喬紹廷的描述，案發那天的景象逐漸呈現在蕭臻眼前。官亭灣水庫旁，王博和雷小坤把被捆住手腳、塞著嘴的朱宏從後車廂裡拖了出來，拉到懸崖旁的一個鐵籠子邊，鬆開了朱宏的綁縛，把他推進鐵籠子，然後鎖上籠門。

「然而這次，也許是因為朱宏不為所動，也許是因為王博和雷小坤想殺人立威，甚至有可能是比較年輕的雷小坤一時衝動……」蕭臻聽喬紹廷回溯著案情，彷彿看見水庫的懸崖邊，王博和雷小坤在籠子外對朱宏威逼恐嚇，而朱宏的情緒也十分激動，搖著鐵柵欄破口大罵。雷小坤氣急敗壞之下，上前一腳踹在鐵籠子上，鐵籠子從山崖墜落。

「當時在山腳下，還有一名水庫管理員目擊到了這個過程。有了人證，王博、雷小坤很快被捕。第二天，這個鐵籠在入海口附近被打撈出來，籠體經水流衝擊與岩石碰撞已經變形，在籠子內發現了朱宏的衣物殘留，並找到了ＤＮＡ證據。朱宏的屍體雖然沒有立刻被找到，但可以做出死亡的合理推測。王博和雷小坤對殺害朱宏的事實供認不諱，甚至在一審判處死刑後都沒有上訴。」

蕭臻向後靠了靠：「可是既然上訴不加刑，為什麼他們都沒上訴呢？」

「搞不好是兩個敢作敢當、講原則的漢子，之後我們去會見的時候可以問問他們。但最重要的問題還是始終沒有找到朱宏的屍體。」公寓裡，喬紹廷從蕭臻手裡接過一審判決書。

「如果鐵籠是在入海口被發現的，他的屍體很可能被沖進大海了，被害人已經死亡的推測非常合理。更何況都這麼久了，朱宏如果沒死，為什麼不現身呢？」

喬紹廷沒有直接回答蕭臻的問題。他想了想，說起更為關鍵的部分——案情的延伸，也就是導致他被抓進看守所的那部分。這些事情他還沒有跟其他人說起過。

「我的小學同學鄒亮，在津港銀行信用貸款部門工作，辦案期間，我託他去調查被害人朱宏及其家屬的財產狀況。但我們按約定交接調查資料的時候，鄒亮被發現死在了自己車裡。而我因為涉嫌為他提供毒品或殺人滅口，被拘留。」

蕭臻第一次聽喬紹廷聊起鄒亮，沒有忽略喬紹廷神色中的悲傷和黯然。

「他是被謀殺的？」她小心翼翼地問道。

「他死於毒品注射過量，實際情況我也不是很清楚。」喬紹廷發現，向蕭臻談起那件事，並沒有他想像中那麼艱難。

蕭臻想了想：「那海港支隊為什麼會懷疑到你身上？」

「除了現場到處都是我的指紋，海港支隊還發現了我和鄒亮之間一筆二十萬的轉帳紀錄。那筆錢是他向我借的，但我們一直當面聯繫，既沒打欠條，也沒留下關於這件事的任何文字通聯紀錄。」

「好吧，就算是沒什麼直接證據，但這也不算什麼事吧？總不能說你剛借了人錢，就把人家給殺了……」

「海港支隊在鄒亮的車裡發現了他準備給我的銀行財務單據——有關朱宏和他的家屬的。海港支隊拿著那些紀錄去津港銀行核對，發現所有單據都是偽造的。」

蕭臻看著喬紹廷，明白過來：「哦……也就是說，警察覺得，你出錢讓鄒亮製造偽證，而鄒亮有可能以此要脅，想再多要錢，邏輯是這樣嗎？」

見喬紹廷默認，蕭臻又繼續說道：「可是據我所知，這個案子德志所一共就收了十萬人民幣，您花二十萬去找人造假……」

喬紹廷沒有回答，蕭臻也明白，重點不是錢。自從參與到這個案子裡，喬紹廷的沉沒成本遠不止二十萬。事實上，她一直覺得，喬紹廷有點執念。

喬紹廷坐到床邊，聲音很輕：「我覺得王博和雷小坤不是故意殺人……」

蕭臻低頭，翻到判決主文部分遞給喬紹廷：「喬律師你仔細看一下，非法拘禁和故意殺人這兩個罪名很容易發生牽連或競合。但在這起案件中，被害人遇害，顯然不是非法拘禁導致的一種嚴重後果，而是被告人故意實施的行為，應當按故意殺人論處。」

喬紹廷看了一眼就闔上判決書：「就算是按故意殺人，也是未遂。」

喬紹廷篤定地說出他的結論。蕭臻吃驚地盯著他。

喬紹廷放低聲音，一字一句：「我認為，朱宏並沒有死。」

窗戶虛掩著，蕭臻聽到隔壁的冷氣外機嗡嗚，小小的公寓內一片寂靜。

此時的他們並不知道，同一時間的津港巡迴法庭辦公室裡，魯南和方媛也在討論著同一件事，並且得出了一樣的結論——喬紹廷如此執著，是因為他懷疑，朱宏活著。

5

四月十七日和十八日

1 章政和洪圖

決定與蕭臻合作時，喬紹廷想到兩件事。這兩件事分別有關章政和薛冬。

其一就是千盛閣開庭那天，他和蕭臻在法院跟薛冬偶遇。他清楚地記得蕭臻的不自在，也記得薛冬努力回避跟蕭臻對視，強調他們只是「一面之緣」。

其二就是他從看守所出來那天，蕭臻獨自來接他。如果沒有章政的安排，蕭臻不可能有機會單獨出現。

這兩件事讓他猜測過，或者說確定了蕭臻的來歷並不簡單。然而，蕭臻最初的動機和蕭臻究竟是什麼樣的人，這兩件事在喬紹廷看來毫不相關，正因如此，他還是選擇了跟蕭臻合作。

還有一件事情，喬紹廷想過，卻沒想到會來得這麼快——當他決定與蕭臻合作，也就意味著他決定回到戰場，與曠北平開戰。那麼他和他身邊的人，曠北平和曠北平身邊的人，就也都會行動起來。

而他沒想到的部分則是，在開始瞭解蕭臻之後，他選擇和蕭臻合作。而同樣是因為開始瞭解蕭臻，章政會對他們的合作警覺，還會拉洪圖一起「對付」他們。

同類之間的互相識別只需要幾個眼神；異類之間的互相確認同樣簡單，只需要看到對方的一兩次選擇。對章政而言，喬紹廷無疑是異類；而蕭臻的幾次選擇，顯然也讓「異類」的標籤貼得更加牢固。

當時是上午八點四十五分，德志所停車場的樹下，蕭臻正把火燒餅在塑膠袋裡撥碎，餵給那隻流浪狗吃，另一隻手則擺弄著她新買的手機。喬紹廷站在她身後，也啃著火燒餅。蕭臻每點兩下螢幕，就回過頭看喬紹廷一眼，面無表情。

「這個火燒餅，不是昨天買的那些了吧？」喬紹廷被盯得不安。

「我今天早上在地鐵站口剛買的。」蕭臻又一次回頭。

喬紹廷繼續啃著火燒餅，皺起眉頭：「你怎麼這麼愛吃火燒餅？」

蕭臻乾脆把火燒餅都餵給流浪狗，起身站到喬紹廷身旁：「因為……窮？」

喬紹廷看著蕭臻新買的手機，反應過來：「是因為警察把你的手機收走……」

蕭臻皮笑肉不笑，看著喬紹廷：「喬律師記住，你欠我一隻手機。」

「回頭直接從我那份佣金裡扣，你想換什麼手機都行。」

「我聽說有個牌子叫Vertu。」蕭臻眨眨眼。

「我向你推薦我們統治非洲通訊市場的民族品牌，四張卡配四核心，超長通話，而且還自帶獨特的拍照美顏功能。」喬紹廷的咀嚼停滯半秒。

而後，兩人手機同時響起，他們同時打開訊息查看。

蕭臻挑眉：「洪律師找我。」

喬紹廷笑著把手機塞回口袋：「巧了，章政也找我。」

兩人對視片刻，朝律所的方向走去，都沒再說話。

此時，德志所前臺的接待桌後，章政和洪圖各端一杯咖啡，看著門口。章政抱著雙臂，洪圖靠在牆邊摳指甲，又忽然停下動作。

兩人不約而同將目光投向顧盼，顧盼正戴著造型誇張的厚重耳機「荒野求生」，對著耳麥大呼小叫：「進來了，進來了！你從後面堵他，快點！小黑等等過來回收物資。」

話剛說完，她似乎感覺到洪圖和章政的視線，扭過頭，拉開一側耳機：「有事嗎？」

她好像絲毫不覺得自己在上班時間玩遊戲有任何不妥，章政哭笑不得，朝她擺手：「你……你加油。」

顧盼立刻戴上耳機，繼續指揮隊友。章政和洪圖兩人看著她的螢幕，又是好一陣沉默。

章政把洪圖往一旁拉了兩步：「等一下你對小蕭……」

「我知道，積極鼓勵，拉攏人心。主任，如果我們所的條件能開得好一點，把拉攏變成收買，我會更有信心。」

章政尷尬笑笑。

洪圖雙手抱胸：「喬律那邊，你能搞定吧？他可不怎麼吃這一套。」

「你有什麼建議？」

「你是想問我，喬律有什麼弱點？他很在乎家人，但可惜你不是黑手黨。更何況，主任，我怎麼覺得有些事情你自己得先想好。」

「你什麼意思？」

「我有點搞不清楚，你到底是要支持他，還是想要約束他。」

「我要的是能保住我們所。」章政說完，轉身往辦公室方向走去。洪圖深吸口氣，也轉身離開。之前他跟洪圖說過，他們兩人要對喬紹廷和蕭臻「各個擊破」。然而眼看著談話就要進行，究竟要「擊破」什麼，他反倒說不清楚了。

顧盼從桌上的化妝鏡裡看著兩人的背影，撥動耳機上的開關：「小黑你們怎麼都跑去橋頭了？……沒事沒事，剛才我沒聽見。」

九點整，喬紹廷走進主任辦公室。章政沒笑，沒倒水，沒有叫「兄弟」當開場白，只是擺弄著領帶。

喬紹廷走到沙發邊剛要坐下，就看見章政沒有朝他走來，而是直接坐在了辦公桌後。喬紹廷微微一愣，就也起身來到辦公桌對面。

章政開口時，語氣頗具主任的威嚴：「紹廷，不管是你進去之前，還是你出來以後，所裡一直對你全力支持，甚至百般容忍。但你要是總這樣，我這個主任可就很難做了。」

話到最後，章政眉頭緊鎖，看來走的是施壓路線。

喬紹廷不動聲色，語氣平靜：「我怎麼了？」

「你和小蕭是怎麼回事？」章政輕輕一敲桌子，直視喬紹廷。

喬紹廷愣了一下，明白了這次談話的重點，但還是繼續裝傻：「你指的是……哪回事？」

章政往老闆椅上靠了靠，揉了揉臉，故意做出一臉不耐煩的樣子：「之前你跟我說的時候，我還以為你就是發一點案子給小蕭，當個甩手掌櫃而已。現在倒好，一做起你的工作，先別提這個小蕭整天都不見人影，等到她辦所裡的案子，要麼是我們的當事人莫名其妙庭外和解，要麼是我們的常年客戶突然不再續約，你敢說這些跟你一點關係都沒有？」

聽到章政的前半截抱怨，喬紹廷還低垂目光，若有所思；等章政說到結尾，喬紹廷有點詫異，抬起了頭：「常年客戶不再續約，是舒購嗎？」

章政忽然意識到自己說得有點多了，他本來想把後果說得嚴重一些，勸誡喬紹廷收斂，但舒購的合約還有好幾個月，續約與否章政此刻不該知道，再說就要牽出薛冬了。

章政忙岔開話題：「我在律協遇到曠北平……你說得對，他不會放過你，也不會放過我們所。」

章政大概是希望曠北平的名字能讓喬紹廷忽略舒購。說話間他觀察著喬紹廷的表情，期待喬紹廷說點什麼，但喬紹廷只是點頭笑笑，沒有接話。

「我就是希望，能有個辦法保住我們所，讓大家全身而退。」章政表現得更為誠懇，語速卻過快了一點。

喬紹廷看著章政努力的樣子，低下頭，乾脆笑出聲來。

「這有什麼好笑的？你要是坐在我這個位置上，恐怕就笑不出來了。」章政頓時一陣心虛，有些不悅。

喬紹廷抬起頭：「沒有。我只是在想，我們不繼續說舒購的事了嗎？」

章政一時語塞。

喬紹廷又笑了笑，語氣輕鬆：「至於我和曠北平的事，根本不可能有好結果。我回不了頭，曠北平也一樣。」

章政愣了幾秒，這事大家都心知肚明，但他沒想到喬紹廷會開誠布公。他忘了自己原本要說什麼，站起身，在辦公桌後來回踱步：「那大概連帶著我們所都得賠進去。好吧，這個所當初就是曠北平的，也算是報應。」

章政一臉認命，話語間的絕望倒不像是假的。喬紹廷笑著嘆了口氣，章政和洪圖同時把他跟蕭臻叫回來談話，洪圖肯定想不到，章政在談的是這些。

「對了，我還沒問過你，蕭律師是你招進來的？」喬紹廷又把話題拉回到蕭臻身上。

「她自己投的履歷，怎麼了？」章政的注意力又被牽扯回來。他不動聲色，卻有了不祥的預感。今天本來應該是他跟洪圖「各個擊破」，但幾個回合聊下來，他反倒要回答喬紹廷的問題。

喬紹廷繼續問道：「所裡對她做過背景調查嗎？別跟我說沒有，自從趕走了曠北平，我們招任何人都會做詳盡背景調查的。」

「當時你正好出事，確實沒來得及做。她有什麼問題嗎？」章政有點招架不住，又困惑喬紹廷問這件事的用意，一直盯著喬紹廷看。

喬紹廷搖了搖頭。比起章政，他的狀態放鬆多了。

「那你問這個做什麼？」章政立刻追問。

「只是想搞清楚，到底是你聰明，還是我運氣好，能在我正好需要的時候找來這樣一個好搭檔。」

章政暗驚，喬紹廷顯然是話裡有話。他不知道喬紹廷看到了什麼，或者猜到了多少，但對於蕭臻的來歷，喬紹廷絕不是一無所知。他被喬紹廷反將了一軍。

章政沉默著，沒吭聲。喬紹廷站起身：「至於曠北平那邊，只要把王博和雷小坤的案子繼續做下去，我相信能找到突破口，而且我也掌握了一些證據。」

章政關切地問道：「是嗎？那需要我……需要所裡幫你做什麼？」

喬紹廷擺擺手：「離遠一點，別濺一身血。」

章政看著喬紹廷走出辦公室，回想著關於蕭臻的對話。他很清楚，他想要的「威懾」效果沒達到半分。

相比之下，洪圖的辦公室裡氣氛就緩和多了。蕭臻謹慎又略帶緊張，站在辦公桌對面。洪圖繞過桌子，走到蕭臻身後，拍拍她的背：「別站著呀，來，坐。」

洪圖語氣和藹，聲音輕柔，和之前幾次聲色俱厲的樣子判若兩人。蕭臻有點意外，小心地坐下來。

洪圖坐回自己的位置，向前探了探身，兩個手肘撐在辦公桌上：「小蕭，你想成為一個什麼樣的律師？」

洪圖的問題讓蕭臻意外，她想了想：「可能我還沒到有資格想這個的時候。目前，還是先看看我有能力成為什麼樣的律師吧。」

說話間，蕭臻看到洪圖瞥了一眼辦公室的角落，那裡堆放著喬紹廷的雜物。

「我剛來的時候，主任還是曠教授。我跟著喬律師實習，和他一起滿津港跑，調查、取證、會見、開庭。那時候影印既不方便、價格又貴，我曾經趴在法院的窗臺上抄卷抄了整整一天。晚上家裡停電了，為了準備第二天上午開庭，我坐在路燈底下寫了半宿的代理詞……那時我非常崇拜喬律師，我覺得他不僅是個優秀的律師，還是個好律師。」洪圖努力讓語調頓挫，努力顯得感性，更一臉感慨地搖了搖頭，目視遠方。

蕭臻明白了，這次談話的重心是喬紹廷，採取的政策是「懷柔」，她裝出肅然起敬的表情，看著洪圖，緩緩點頭。

「一晃好多年過去了，曠教授離開了德志所，章政做了主任，德志所從最開始的路邊小店般大小的律所，變成了擁有半層樓的知名大律所。你知道喬律師有什麼變化嗎？」

蕭臻搖頭。

「他一點都沒變。」

洪圖說著，給出友善的微笑，拿著一張溼紙巾擦拭著手機的觸控式螢幕：「我們這個行業對年輕人並不算友好，對年輕的女性更甚。現在的你就像當年的我一樣，在這種無助的狀態下面對諸多挑戰，會不自覺地把身邊一個崇拜的人作為目標去倚靠和追隨。甚至你現在跟著喬律師做事的樣子，也和我當初一模一樣。」

蕭臻點頭：「喬律師確實是個業務能力非常優秀的資深從業者。」

「但他過時了……」

說著，洪圖把擦乾淨的手機放到桌子上，向後靠了靠：「願意向誰學習，是你的自由。我只希望你能明白，女人，一定要開創自己的事業，而前提就是你不能跟在男人後面走。」

蕭臻頻頻點頭：「我懂了，洪律師。」

她看著辦公桌對面，洪圖似乎被自己的話感動了，繼續激昂地說著，核心不外乎「獨立」、「未來」，再點綴幾句喬紹廷的不可靠。蕭臻沒再繼續認真聽下去，卻仍然不時回應。洪圖看起來很滿意蕭臻的反應，她大概會覺得，自己這次談話的效果非常不錯。

半小時後，蕭臻和喬紹廷同時從洪圖和章政的辦公室裡走了出來，兩人對視片刻，蕭臻朝喬紹廷擠擠眼：「王明那案子的辯護詞還沒準備。」

喬紹廷領會了蕭臻的意思，伸手一指會議室。

會議室裡，蕭臻和喬紹廷最初沒聊章政和洪圖，反倒是真的把「王明販毒案」的案卷資料鋪滿一桌。喬紹廷站在白板前，寫下「辯護意見」四個大字。

蕭臻坐在會議桌旁，看了看白板上的字，拿起傳票看看又放下：「我還是認為，王明沒被認定的立功表現應當作為一個辯護觀點。」

「ＯＫ。」喬紹廷回身，在白板上寫下「一、王明舉報馬肖駿並起獲氯胺酮二點七公斤的行為，希望被納入量刑考慮」。

喬紹廷寫著板書，蕭臻問道：「主任把你叫去，是不是因為你帶我辦案的事？」

「他倒不是擔心我帶你辦案，他擔心的是我把你帶壞了。」

「洪律師大概也是這個意思。看來在他們心中，我有多純潔，被你洗腦的風險就有多大。」蕭臻沒遮掩語氣裡淡淡的嘲諷。不知道為什麼，在喬紹廷面前，她不再那麼想掩飾自己。

喬紹廷邊寫邊說：「洪圖怎麼跟你說的？『我其實看待你就像自己的妹妹一樣』，還是——『你現在就像當年的我』？」

蕭臻啞然失笑，喬紹廷太瞭解洪圖了：「她大概覺得第一種態度還不適用於我們的關係。」

喬紹廷寫完了第一條辯護意見，雙手叉腰看著白板上的字，隨後在第一條「辯護意見」平行的位置，又寫了個「一」，後面接著寫「喬紹廷這樣的律師已經過時了」。

蕭臻沒想到這個他也能猜到，哭笑不得，點點頭：「這話她或許沒說錯。」

喬紹廷又在這條下面寫了個「二、女人一定要開創自己的事業」。

「這話說得也很有道理啊。」蕭臻忍不住又點點頭。看來，洪圖的懷柔政策有一套固定流程，連喬紹廷這樣的獨行俠都能背誦全文。

喬紹廷又在下面寫了「三、不要跟著喬紹廷混」。

蕭臻往椅背上靠了靠：「她用的是『男人』，不要跟在男人後面。不過這點她恐怕猜錯了，喬律師，這兩天基本上都是你跟在我後面。」

喬紹廷背對著她，向著白板發了陣呆，默默地在「辯護意見」那半邊寫了個「二」。

兩人沉默片刻，喬紹廷回頭看著蕭臻：「你不會跟我說，明天開庭，就這麼一個辯護論點吧？這雞湯熬得還不如洪圖呢。」

蕭臻從桌上拿出幾頁資料，站起身，也來到白板前：「除了動之以情，當然還要曉之以理。」

她拿起馬克筆，在白板上邊寫邊說：「通過毒品檢驗報告可以看出來，王明販賣的搖頭丸成分主要有兩種，氯胺酮和甲基苯丙胺。」

「就是K粉和冰毒。」

蕭臻把寫了一半的「氯胺酮」用手抹掉，在白板上寫下「K粉、冰毒」，又在後面寫上「四十」。

她用筆敲著這個數字說：「這是一審判決確認的王明販毒數量。」

「這有什麼問題？」

「問題就在於，別忘了，占大比例成分的K粉，在案發時還沒有被納入毒品。所以，如果重新申請鑑定，檢驗出這四十克搖頭丸裡冰毒所占的比例……」蕭臻似乎對這個辯護論點充滿信心，抱起雙臂，看了喬紹廷一眼。

喬紹廷點頭：「正常情況下，搖頭丸裡冰毒所占的比例大概也就百分之五。」

蕭臻笑了：「我們假設這四十克搖頭丸是『超級良心貨』，冰毒占了百分之五十，那也只有二十克。根據最高院的司法解釋，這個數量的最低刑期沒有十四年這麼高，王明怎麼也不可能判到十四年。」

蕭臻看起來勝券在握，喬紹廷沒再說什麼，坐回會議桌旁。蕭臻拿起筆，在白板上「K粉」和「冰毒」下面各寫了一個「二十」，還畫了兩道加重線。隨即，她在「一、喬紹廷這樣的律師已經過時了」和「二、女人一定要開創自己的事業」後面各打了一個勾。

喬紹廷看著蕭臻略帶得意的表情，思量道：「我認為這個方案不一定行得通。做個最簡單的假設，如果明天合議庭不接受重新鑑定的申請，你還有其他陳詞嗎？」

蕭臻原本正拿著白板筆欣賞自己的「傑作」，還端詳著那條「不要跟著喬紹廷混」，想要寫點什麼。聽到喬紹廷的假設，她握筆的手一下停住，剛才還高高揚起的兩條眉毛慢慢垂拉下來。喬紹廷所說的情況很有可能發生，或者說，有很大機率會發生。這是她之前準備辯護論點時不願意深想的。借洪圖的說法嘲諷喬紹廷過時，不過是一時意氣的小聰明，喬紹廷的一兩句話就能把她打回原形。

蕭臻的得意一下子消失。她盯著白板，低聲問：「那……喬律師能不能給我一點提示？」

喬紹廷站起身：「提示？」

蕭臻轉頭：「對，提示，而且最好是明顯一點的那種，至少要比在千盛閣酒樓門口吃煎餅那次更明顯。」

喬紹廷走到她身後，看著白板上的東西，深吸口氣。

蕭臻打算在「三、不要跟著喬紹廷混」旁邊打個叉。她的叉剛畫到一半，喬紹廷從她身後伸過手來，用板擦把那條全部擦去，表情誠懇地搖了搖頭：「不用提示，我直接跟你說，我們是合作夥伴。」

喬紹廷說完放下板擦，走到桌邊坐下。「合作夥伴」四個字，對他而言不過是再平常不過的客觀事實，但對於蕭臻，「夥伴」二字石破天驚。她面朝白板又站了幾秒，深深地吸了口氣，維持住平常神色，走到桌邊坐下。

「一審判決你仔細看過了嗎？」喬紹廷翻著資料。

「看過了。」蕭臻也拿起離自己最近的幾頁檔案。

「全篇都看過了？還是只看了和王明有關的部分？」

「我……」蕭臻的注意力被這個問題拉回案情。她看向那疊厚厚的案卷，又心虛地垂下目光。

「我不是在質問你。事實上，這個案子的準備時間太短，換誰都有可能先找和自己當事人有關的內容看。如果把一審判決通篇讀下來，會發現這份判決在事實認定和法律適用上相當嚴謹，而我們可能替王明爭取的切入點，在於不同被告人判決結果橫向比較後的一個自由裁量空間上。」

蕭臻努力回想自己掃過的案卷中關於其他被告的內容，試探著問說：「同案的彭達？」

「對。彭達販賣毒品的數量高達四百七十多克，其中含苯丙胺類毒品三百五十克，理論上判死刑都夠了，但一審法院認定他有減輕處罰的立功情節，所以最終判他有期徒刑十四年。哦對，這個彭達還有前科，屬於累犯。」

「彭達的立功情節是什麼？」

「他舉報了王明。」

「也就是說，在同樣罪名甚至同案的情況下，彭達販毒四百七十克，累犯，有一次被認定的立功表現。而王明販毒四十克，初犯，立功表現沒有被認定，是因為他舉報起獲的K粉在五十四天後才被納入毒品歸類。兩者相比較的話，不是彭達判得太輕，就是王明判得太重。」

「辯護措辭上要講一點策略。首先，彭達和王明的判決，都在一個合理的自由裁量範圍內，談不上有失偏頗；其次，不要去說彭達判得太輕，我們要向合議庭明確表示，對彭達的量刑和判決是公正的——」喬紹廷說著，將案卷中有關彭達的部分指給蕭臻看。

蕭臻接過案卷，細細看過，眼睛變得閃亮：「——只有對彭達的量刑和判決是公正的，然後以此為量刑標準，王明的量刑才可能偏重，對嗎？」

喬紹廷點頭。

「喬律師，你明天會來旁聽嗎？」蕭臻抬起頭，對次日的二審顯然有信心多了。

「雷小坤的家正好離法院很近，趁你開庭的時候，我去一趟，看能不能拿到死刑覆核的委託代理權。」

「你的臉還沒消腫呢，萬一再……還是等我開完庭陪你一起去吧。」

「沒事，總不可能每次都挨揍吧。」喬紹廷摸了摸自己臉上的傷，「明天上庭，你要記住，你不是去對抗公訴機關，你也不是去對抗二審法院，你更不是去對抗其他被告人，你對抗的甚至不是一審法院。」

「那我要對抗的是什麼？」

「一審判決。」

2 魯南和方媛

一般來說，涉及死刑的案子，一審就在中級人民法院，王明的案子也不例外。但這起案子的二審開庭仍在中院——或許是因為高院的新大樓還沒蓋好，也或許是因為案子公開審判、可以旁聽，九名被告和各自的辯護律師加在一起也算人數眾多，就需要借中院的大法庭來用。總之，這個安排讓蕭臻見到了意想不到的人。

當時是十八日，上午十點，喬紹廷把富康車停在中級人民法院門口，蕭臻拎著包和案卷下車，繞到駕駛座跟喬紹廷打了個招呼，就關上車門走進法院。

喬紹廷目送她走上臺階，發現她的步速比以往慢，覺得有點有趣。來的這一路，蕭臻都語氣如常，跟喬紹廷打趣聊著天氣、路上看見的流浪貓狗以及律所八卦。她沒問喬紹廷任何有關開庭的事，也沒有臨時抱佛腳再翻開案卷，以至於喬紹廷都懷疑起她真的是一點都不緊張，儘管這是她獨自一人的第一次刑事法庭。

他看著蕭臻在法院門口停下，盯著中院的招牌看了七八秒鐘，看著她摘下手套，放進包裡。喬紹廷猜，她還是有點緊張的。如果是別的新人律師，他大概會有些不放心，但不知道為什麼，對於蕭臻，他就覺得沒事。

法院大樓門口，蕭臻向安全檢查通道的法警出示了律師證，然後打開包包給法警查看，此時的她看起來泰然自若。她一路走到法庭門口，手在包裡捏著案卷，其他被告人的律師三三兩兩站在走道裡，也在等候開庭。這幫人碰巧都是男性，各個西裝革履，菁英派頭。蕭臻置身其中，又緊張起來，她伸展手掌，做了個深呼吸。

而後，她看見王鐵軍坐在走廊的長椅上，乾瘦，戴著一副厚厚的眼鏡。這是王明的父親，蕭臻沒記錯的話，王鐵軍是鎮上的老師。此刻他正盯著自己的膝蓋，努力將褲子上的褶皺展平。他大概怎麼也想不明白，自己的兒子怎麼會走上這麼一條路。

距離開庭還有十分鐘。蕭臻在辯護席落座，合議庭的法官坐在審判席後。蕭臻對面是檢察機關的公訴人，她身邊坐了兩排辯護律師，十幾個人。

法警把九名被告人帶進法庭，讓他們坐在旁聽席第一排。他們身後的旁聽席上也坐滿了人。蕭臻一隻手放在桌子上，環視一圈後再次深呼吸。她抬起手時，發現桌上有個汗漬的掌印。等到真正開始庭審，蕭臻發現自己又不緊張了。輪到她陳述辯護意見時，她低頭看了一眼事先準備好的辯護詞，又闔上。

蕭臻表情鎮定，語速不快不慢，列舉王明舉報馬肖駿的立功行為、同案彭達的量刑、氯胺酮被納入毒品的時間……這些論點她都在會議室裡和喬紹廷演練過。旁聽席上，王鐵軍不自覺地點頭；公訴席上，公訴人低頭翻看一審判決；審判席後，審判長似乎也注意到蕭臻的辯詞，與身旁的合議庭成員低聲交換意見。

蕭臻感覺到一種奇怪的氛圍，她覺得自己不像第一次單打獨鬥出刑庭，她感覺自己屬於這裡。

在蕭臻為王明辯護的同時，幾條街外的巷子口，喬紹廷驅車停下，看了眼路標，又看了眼副駕駛座上攤開的案卷資料，下了車。雷小坤就住在這裡。

整條巷弄都是老舊的青瓦平房，幾乎每家門口都擺著些花草，窄窄的通道間是植物混合泥土的味道，街坊鄰居們大多數上了年紀。喬紹廷一路往裡面走，感受著周遭的安寧祥和，不禁又回憶起在夜總會挨揍的場面。

就像他告訴蕭臻的，人不可能每次都運氣不好，走到哪裡都挨揍。想到這裡，喬紹廷不由得抿嘴微笑。但還沒等他的笑容成型，一個琺瑯彩瓷臉盆迎面飛來，砸向喬紹廷的臉。

喬紹廷忙伸手一擋，忍著手腕的劇痛瞥向臉盆飛出的方向——一間低矮的平房，鐵門敞開，屋內卻暗不見光。

平房門口站著一個凶神惡煞、身材魁梧的中年男人，一隻手還維持著剛丟出臉盆的姿勢。他對面是個身材矮小的女人，五十來歲，一臉憔悴，穿著舊圍裙和髒拖鞋，乾枯的頭髮在腦後隨意紮起。這正是雷小坤的母親。

「這都欠兩個月了！不用廢話，趕緊搬東西滾蛋！」那個魁梧的男人看來是房東，他沒看到喬紹廷，正大聲呵斥對面的女人。

雷小坤的母親聲音嘶啞，苦苦哀求：「您再給我們一點時間吧……這孩子他爸現在都還下不了地，身邊也離不開人照顧，您給我幾天時間，好歹讓我去周轉一下。」

「你那個死老公這輩子都下不了地了，每次都拿這個來裝可憐！你那個混黑道的兒子是不是也快被槍斃了？今天沒有第二句話，現在就搬，你不搬我全都丟到街上去……」

喬紹廷看著雷小坤母親畏懼的樣子，又見房東一副跋扈的樣子，故意戳人痛處，心生厭惡。他看都不看房東，走上前去：「您好，您是雷小坤的母親對吧？我們見過面，我姓喬，之前您兒子的案子本來該由我做辯護的。」

雷小坤的母親眼神發直，茫然地點頭，心思顯然還在房東那邊。

「你是幹嘛的？」房東轉頭打量眼前的不速之客，語氣很不友善。

「我是他們的律師。」喬紹廷一指雷小坤家，說話間朝旁邊走了幾步，把房東剛才射出去的臉盆撿了回來，放在門邊，拍了拍手上的灰，直視房東。

房東顯然是蠻橫慣了，冷笑一聲，一扯喬紹廷的領口：「挺厲害啊，律師管不管交房租啊？」

喬紹廷拿出手機，語調仍然沒有起伏：「不管，但我可以幫她報警。」

「報他媽什麼警？！欠租還占著房子不搬，到哪裡我都不理虧！」房東說著，竟一把搶過喬紹廷的手機，和剛才的臉盆一樣，隨手扔了出去。

喬紹廷看了眼手機被扔出去的方向，回過頭，盯著房東，皮笑肉不笑：「你說得沒錯，我也從來不認為誰弱誰有理，報警是為了讓派出所過來調解一下，避免爭執升級。不是說他們不該交房租，或你不該讓他們搬走的意思……但你知道，我的手機值多少錢嗎？」

房東聽著前半截話還一臉的不耐煩，等到喬紹廷話鋒一轉，提起手機，他囂張的神情頓時凝固，剛才還高高揚起的下巴，不自覺地低了下來。

「造成任何私人財物損失五千元以上的，構成毀財罪，尤其是像我這種不缺錢的律師，肯定不會接受賠償和解，你認識幾把警察都沒有用。」喬紹廷平靜而不帶起伏的語調，格外有威懾力。

房東看看雷小坤的母親，又看看喬紹廷，肩膀慢慢垂拉下來，顯然有點畏懼：「你……別拿話唬我。我跟你說……」

喬紹廷虛指遠處：「把我手機撿回來，看看有沒有摔壞。」

房東如蒙大赦，乖順地應了一聲，一溜小跑去撿手機了，前後的反差看得喬紹廷想笑。但雷小坤的母親還是一臉木然，好像剛才的爭執都和自己無關。

喬紹廷見房東還在草叢裡翻翻找找，便轉向雷小坤的母親：「關於您兒子那個案子的死刑覆核，我想提個請求。」

「法院都判了，這殺人償命……我們也真是沒能力請律師了。」雷小坤的母親疲憊地嘆口氣。

「我理解，我這次為他做代理是不收費的……」

房東把喬紹廷的手機撿回來了，掀起T恤，擦了擦手機上的土：「您看看，它還能亮呢，是不是沒摔壞？」

喬紹廷沒在意稱謂的轉變，也沒看手機，直接接過手機塞進口袋，指著房東：「你站在這裡等著。房租的事，我等一下跟你聊。」

房東連忙點頭。喬紹廷和雷小坤的母親進了屋。

就在喬紹廷找雷小坤家屬商談代理權的時候，津港市中級人民法院檔案室內，魯南和方媛正在調取王博和雷小坤案的電子檔案。他們準備去提訊王博和雷小坤，想把功課做得扎實一點。兩人身穿秋冬款的長袖制服，剛送走中院的長官，檔案室的法官打開內部網域。

魯南坐在電腦前，查閱著原審提訊筆錄，方媛在一旁打起哈欠，問起魯南午飯的打算。魯南哭笑不得，看向電腦右下角的時間。十一點不到，中院的員工餐廳都還沒開門。

「我們跑來人家津港中院調卷，還蹭飯，不合適。」方媛像是識破魯南所想，說話間已經站了起來，準備外出覓食。

「好吧。我要肉燥酸豆角和番茄蛋的雙拼。」魯南深吸口氣，「從停車場過來的時候，就看你盯著對面那家紅燒肉便當店。」

方媛笑嘻嘻一點頭，轉身就往門外走：「我去去就回。」

在她出門的前後，蕭臻出庭的案子也剛好休庭。

審判庭的走道裡，方媛貼牆站立，習以為常地看著法警押著九名被告離開法庭。等他們通過之後，方媛沿著走道，大步走向電梯。

電梯門還沒關上，蕭臻急匆匆地小跑進電梯。方媛見有人要趕電梯，也沒多想，就按住了開門鍵。蕭臻進電梯後，朝方媛點頭致謝，緊接著，她又抬頭看了眼方媛，兩人同時認出了對方，又同時一愣。她們前一天剛在向陽看守所門口見過。

蕭臻和方媛微笑點頭，算是打了招呼。方媛站在蕭臻的斜後方，上下打量了她幾眼。而蕭臻似乎還在舒緩剛開完庭的壓力狀態，沒再回頭。

電梯來到一樓。方媛看著蕭臻急匆匆地跑出電梯打電話，她自己也走向停車場的方向。當時來看，兩人都將這次偶遇拋在了腦後。

蕭臻走出法院大門，就見喬紹廷站在馬路對面。她走到喬紹廷面前，長出口氣。

「看樣子，開庭狀況還可以？」喬紹廷朝她揮了揮手。

「反正該說的我都說了，跟公訴人還過招了兩個回合，主要是沒被認定的立功行為那部分，對結果大概也沒什麼影響。」蕭臻說著，揉了揉膝蓋，「一開始真的好緊張，一個人單獨參加刑庭，還是這麼大的案子。不過，慢慢就冷靜下來了。」

「你的自控力非常好，有點異於常人。等宣判，看看你的努力能不能有成果吧。」喬紹廷說著，隔著蕭臻看向法院門口的方向。蕭臻順著他的目光回過頭去，是王鐵軍從法院裡走了出來。跟開庭前一樣，王鐵軍表情憔悴，面容疲憊。

「這老先生也算老來得子。別看王明剛二十三歲，他父親已經六十多了。家境不寬裕，王明交了個女朋友，為了辦婚禮，跑去賣搖頭丸。人財兩空不說，害得自己父親從深圳到津港往返奔波。」喬紹廷說話間一直看著王鐵軍的方向。

蕭臻看著王鐵軍離開法院門口，回過頭：「喬律師會同情案件當事人，或當事人家屬嗎？」

「人活著，各有各的艱難。某種意義上，我們不比他更幸運，他也不比我們更不幸。」

蕭臻琢磨著喬紹廷的話，低頭想了想：「雷小坤那邊……」

喬紹廷舉起手裡的委託書：「拿到了。我們可以吃點好的慶祝一下。」說完，他看了看道路兩旁：「地鐵站在哪邊？」

蕭臻一愣：「你的車呢？」

喬紹廷看到路口的地鐵站，一聳肩，邁開腳步：「這屬於我不幸的那部分。」

另一邊，方媛提著兩盒便當走進檔案室。她把便當盒放在桌上，把發票遞給魯南。魯南思考著給死刑覆核案組合議庭的事情，剛說沒幾句，方媛就坐在電腦前，拆開了免洗餐具，輕描淡寫道：「剛才我在電梯裡碰上昨天那個女律師了，嗆你兄弟的那個。」

魯南扭過頭：「哦？」

「就是跟喬紹廷在一起的那個，好像是來開庭的。我去買飯的時候，還看見喬紹廷在院門口等她。」方媛邊說邊瞥著螢幕，手上的動作卻沒停，馬上就開始大口吃飯。

魯南若有所思：「那是蕭闖的妹妹，看來她跟喬紹廷現在屬於『結夥作案，就地分贓』。」

「老律師給年輕律師發案子做，很常見吧。」方媛吃著東西，頭都沒抬。

魯南打開便當盒，掰開筷子，來回刮著筷子上的毛刺：「一個被暫停執業的老律師。」

方媛停下咀嚼，盯著螢幕想了想，明白過來：「你的意思是，如果喬紹廷對王博和雷小坤案子不放手，頂在前面的，很可能會是蕭闖的妹妹？」

同一時間，喬紹廷和蕭臻乘坐著地鐵。

蕭臻瞪大眼睛：「你把車抵給了雷小坤家屬的房東？」

「那怎麼辦？不然那房東要把他們轟出去。我幫他們個忙，這委託書簽得也痛快一點。雷小坤大概也知道家裡的狀況，不想再拖累父母了。」

「但我怎麼記得，這車不是你的呀？」

喬紹廷一愣，顯然是剛想起來：「欸？說的是呢……沒事，我會贖回來的。」

蕭臻白了他一眼：「我看不行你還是回家休息休息吧。先當錶，再押車，然後把借的車也押了，我看你這塊錶贖回來沒幾天還得當出去。照我們這麼辦案子，你很快就會成為真正的窮光蛋，而且中間那個『光』，還會是字面意思。」

喬紹廷擺擺手：「窮歸窮，我們還是要吃飯慶祝。」

蕭臻嘆氣：「看這架勢，應該也吃不上什麼好的了。」

說著，蕭臻看了看周圍，地鐵車廂裡兩個有說有笑的年輕女孩都穿著裙子，她似乎想起什麼，扭頭問道：「喬律師，我看院裡的法官除了開庭要穿法官袍之外，基本上都穿短袖制服。」

「嗯，法院更換春夏和秋冬的制服基本上都由地方中院或省級高院統一通知。津港比較溫暖，院裡又有中央空調，所以現在還是穿著春夏制服。」

蕭臻思量道：「那這個月份，北方城市的法官還得穿長袖制服吧？」

喬紹廷眨眨眼：「應該是吧……怎麼了？」

蕭臻朝前面那兩個穿裙子的女孩輕輕一揚下巴：「沒什麼，看見漂亮女孩子了。」

北方法官，漂亮女孩……喬紹廷捕捉著蕭臻的關鍵字，看了一眼裙裝女孩，明白過來。

3 曠北平和薛冬

下午時分的指紋咖啡客人不多，喬紹廷面前放了一份蛋包飯，蕭臻面前放了一盤海鮮義大利麵。

韓彬站在桌邊：「蕭律師，要不要我幫你拿……」

蕭臻從包裡拿出那瓶「瘋狗357」辣醬，朝韓彬揚了揚。韓彬笑笑，走回吧臺。

喬紹廷哭笑不得，看著蕭臻：「我就不問你為什麼出門會帶半瓶辣醬在身上了，這東西怎麼通過法院安檢的？」

蕭臻擰開瓶蓋往義大利麵上倒：「我事先寄存了包包。」

說著，她放下瓶子，吃起義大利麵：「三個辯護觀點我今天都說了。但我其實不太明白，為什麼我申請重新鑑定的方案，你認為一定行不通？」

喬紹廷看著義大利麵上足足手掌大小的一攤辣醬，微微皺眉，過了好幾秒才回答：「對涉毒類案件的認定，在司法實踐中『數量最大說』或『品質最高說』是一貫原則。你在庭上提的那個司法解釋，很難作為你申請重新鑑定的依據。」

蕭臻想了想：「我能理解所有的毒品都是有純度的，尤其是化學毒品，有A級品還有AA+，但像搖頭丸這種以K粉作為原料且占了絕大多數比例的……」

「這是標準。法律就是標準。你能跟我解釋一個活了十七年三百六十四天二十三小時五十九分五十九秒的人，過了一秒鐘之後有什麼大的變化嗎？但前者就是未成年人。我們的生活是由無數標準組成的，我們可以去跟合議庭談一個標準是否合理，也可以去嘗試探討在同一標準下是否公平。」

「是不是我根本沒有必要從這個方向進行辯護？」

喬紹廷搖頭：「每個律師辦案的方式和風格都不一樣，同一起刑案切入點也不一樣。這個方案在我看來是不可行的，但我欣賞你的思考方式。不管做律師還是做其他任何事，或者哪怕你不做任何事，在生活裡，獨立思考都是一個再好不過的習慣。」

說著，他把王博、雷小坤的兩張委託書拿了出來，放到桌上：「沒想到這麼順利能拿到代理權，可以向最高院報備了。」

蕭臻看了眼委託書，又抬頭看著喬紹廷：「你挨了頓打，抵了輛車，這都算順利的話，拜託不順利的案子別介紹給我。」

喬紹廷苦笑，開始填寫委託書。

蕭臻吃著義大利麵，從桌子對面看，每個字倒過來就像含義不明的抽象畫。她靜靜地看著喬紹廷填完所有空白處，卻空出了「委託律師」那一行，她等了一會兒，只見喬紹廷把那張紙放在一旁，繼續吃飯。

蕭臻裝作漫不經心：「向最高院報備，得有律師在委託書上具名吧？」

喬紹廷「嗯」了一聲，沒有抬頭。

蕭臻笑了笑，有點尷尬：「看來，你現在連三萬塊錢的委託費都付不起了。」

喬紹廷停滯片刻，抬頭看著蕭臻：「錢我會付的，但不一定要把你的名字填在委託書上。蕭律師，你很願意為這個案子出面嗎？」

自己的名字出現在委託書上，或許代表喬紹廷信任她，這樣的想法蕭臻當然說不出來。她垂下目光，吃著義大利麵：「我無所謂，有案子就做嘛。」

喬紹廷放下湯匙，笑了：「雖然說有時候回避直視對方是種本能，但要做律師的話，這習慣你得改改。」

蕭臻抬起頭，直視喬紹廷：「我無所謂，有案子就做——這樣可以了吧？」

喬紹廷沒回答蕭臻的詰問，沉默了好一陣。蕭臻不是在乎那三萬塊的委託費，那麼他想不明白，她為什麼這麼想冒那個險。

「津港律師行業裡，除了德志所和金馥所之外，還有一個大所……」沉吟數秒之後，喬紹廷開口。

「我知道，樂棟所，去年破產解散了。」

「樂棟所的合夥人張樂棟是我的一個前輩，也是我們國家海商領域[17]中屈指可數的專家之一。三年前，他實名舉報曠北平學術造假。」

「然後呢？」

「沒有然後。很快就風平浪靜，不了了之，你甚至在網路上都搜不到什麼相關資訊。去年，樂棟所代理了一起國際貿易糾紛，跟單信用證裡的保證兌現條款[18]把他們搞死了。張樂棟認為是遇上了信用證詐騙，而我和章政託國外的朋友多方瞭解，發現是供應商下的圈套。而那家供應商的法務叫詹英，是曠北平〇七屆的碩士。」

聽到這裡，蕭臻懂了，喬紹廷不是不信任，而是擔心她。

蕭臻的表情輕鬆起來：「我知道你得罪了行業巨佬，但我就是個跑腿的小律師，人家曠教授不至於跟我計較吧。」

「這件事你得反過來想，你一個跑腿的小律師，怎麼敢得罪曠北平這種人物。」

蕭臻正想繼續說什麼，韓彬走到他們身旁：「要不要餐後咖啡？」

說著，韓彬瞥了眼放在桌上的委託書，看到王博、雷小坤的名字。

「來兩杯吧。哦對了，韓律師，今天是我們蕭律師第一次單獨出刑庭，開庭效果不錯。」

「恭喜。什麼案子？」

「販毒。」

「一審？」

「二審。」

「那就是高院的刑庭了，看來我得請蕭律師喝杯酒。」

「為什麼？」

喬紹廷笑了：「因為——有這碗老酒墊底，以後你開什麼刑庭都不在話下。」

蕭臻不好意思地笑了：「喬律師今天連旁聽席都沒坐，讓我一個人去的，我緊張得手心狂冒汗。」

「我相信這會是你職業生涯中印象深刻的一個案子——你永遠無法忘記自己的第一次。」韓彬說罷，用兩根手指輕輕敲了下桌子，「兩杯咖啡。」

就在喬紹廷和蕭臻討論著曠北平可能造成的威脅時，金馥所的主任辦公室內，曠北平正坐在辦公桌後，聽薛冬彙報。

「針對紀新律師的投訴，當事人那邊我已經擺平了。既然您說律協不會追究，那應該就是沒事了。」薛冬翻著手裡的筆記本，最開始談起的是樁小事。他說完就準備把這行「待確認事項」刪去，但黑色水筆在紙上剛行走到一半，曠北平開口。

「這個律師是跟著哪個合夥人？」曠北平眉頭微蹙，盯著薛冬。

---

17 編註：與海運、國際貿易、國際結算、保險等領域密切相關的法律部門。

18 編註：指銀行憑附帶貨運單據的匯票（或僅憑貨運單據）代申請人做出的付款承諾，於國際貿易結算中被廣泛使用。

「是付超的人，跟了他五六年了。」薛冬一愣。

曠北平繼續冷冷地盯著薛冬，薛冬畫線的手停滯片刻，隨即，他明白過來：「我讓付超立刻開除他。」

曠北平輕輕呼出口氣，端起桌上的茶杯喝水：「律協競選這種事，大家不一定用頭腦投票。只要聽說有人投訴，人家可不管紀律師是不是被冤枉的。」

自己人只是造成一點不確定因素，都要這麼趕盡殺絕，那喬紹廷和章政，曠北平恐怕恨不得挫骨揚灰。薛冬不禁捏了把汗：「明白。不過如果這麼看的話，這次律協競選章政可以說是毫無勝算，而且紹廷現在執業證被扣了，想轉所都不可能。章政肯定在煩惱怎麼才能甩掉這個累贅。」

他盡可能自然地將話題引向德志所，努力將對手說得孱弱，希望曠北平能不屑一顧，而後手下留情。

但曠北平笑笑，又喝了口水：「我看德志所沒打算甩掉他，還幫他配了能出庭的律師……」

當然，什麼都瞞不過他的眼睛。薛冬暗嘆口氣。

「現在跟他搭檔的那個女律師，我怎麼覺得有點眼熟？」曠北平又抬眼看向薛冬。

蕭臻來面試的時候的確跟曠北平打了個照面——絕對不超過十秒，薛冬沒想到，曠北平連這個都記得。他想了想，裝出隨意的樣子：「那個蕭律師來我們所面試過。」

「難道說德志所開出的待遇，比我們要好？」

薛冬笑了：「人各有志。何況面試的時候她就說，自己是喬紹廷的鐵粉。」

曠北平若有所思，點點頭：「因為有了她，喬紹廷就可以視投訴如無物了？德志所這不是在鑽規則的漏洞嗎？」

薛冬敏銳地感覺到曠北平話裡有話，試探道：「您要是覺得有必要，我可以去找她談談，看能不能讓她還是來我們所……」

曠北平一擺手：「不必，總不能說德志所幫喬紹廷招一個有執業證的、有能力的，我們就去挖一個吧。」

薛冬垂下目光：「是。」

曠北平在老闆椅上側過身，看著窗外：「新入行的律師免不了毛躁，又是跟著喬紹廷這種喜歡亂來的，去查查蕭律師有沒有什麼違規、違紀，甚至是違法的行為。」

薛冬心一沉：「您打算要……」

曠北平扭過頭，盯著薛冬：「我打算？」

薛冬不說話了。

「這個蕭律師要是做錯了事，受傷害的人自然會投訴，管理部門自然會處置，跟我有關係嗎？」

薛冬趕緊賠著笑臉：「當然。」

曠北平垂下目光：「盡快辦。」

蕭臻在光線昏暗的客廳，盯著一面鏡子。她不知道曠北平的吩咐，不知道戰爭會開始得這麼快。

上午的開庭，下午在咖啡館和喬紹廷交談，都讓她感覺自己活著。一直以來，都有一層屏障般的東西隔在她與世界之間，多年前的喬紹廷曾經刺穿過那層東西，而現在它又在變薄。蕭臻不知道要如何形容這種感受，周遭在變得清晰，她覺得自己比以前靈敏、有力，能處理和應對一切，包括眼前這樁新的案子。

她所在的房子面積一百四十五平方公尺，三室兩廳，也是這樁析產繼承[19]案的風暴中心。這間

19 編註：指財產繼承前，須先進行財產分割的動作。

主臥布置得古色古香，蕭臻的目光掃過牆上的書法橫幅、玻璃門書架以及床頭櫃上的家庭合照。合照正中央的老人年逾古稀，被兒女簇擁，這裡之前就是他的臥室。房間的另一頭，喬紹廷坐在單人沙發上，斜對面的床沿上坐著他們的三名委託人，兩男一女，看起來都是四五十歲。他們是三兄妹，基因在他們身上體現出驚人的影響力，三人有著一模一樣的坐姿，穿著質地和款式類似的棕色外套，還都戴著鏡片厚重的黑色樹脂框眼鏡。此刻，他們圍著喬紹廷，正七嘴八舌地講述情況。

蕭臻走過去，坐在離他們稍遠的另一張單人沙發上。

「我爸和吳老太太早就商量好了，要把房子留給小東。雖然一直是我和志華照顧二老的飲食、把屎把尿，但小東的生活境況最不好，也一直都住在這裡。這間房子要是沒有了，你讓他去住哪裡？！」三人裡的大哥龐志遠話到激動處，就身體往前探，敲擊茶几的玻璃檯面。

小弟龐志東呆呆愣愣地低著頭：「我爸死了。」

二姐龐志華拍著龐志東的肩膀，動作溫和，聲音卻亢奮激昂：「在那之前，是有說要把房子給老太太的大女兒，但她明明在外面也有房，還非說這裡是學區房，她孩子以後入學需要用。那也可以，你拿你的房子來換。這間房子大，差多少面積，你得折成錢補給小東……」

說到最後，龐志華也探身敲了敲茶几。一旁的龐志東還是低著頭重複：「我爸死了……」

「這老先生老太太商量得好好的，還把我們都叫到一起，當面立了遺囑。那時候也沒想到隔了一個多禮拜人就走了。」

「然後大家忙進忙出料理後事，我們以為結束了就留小東在這裡住，回頭我們帶他去辦個過戶什麼的。嘿！誰知道老太太那兩個孩子住下就不走了，還單拿出份遺囑來，說我們這份是假的。」

龐志遠和龐志華你一言我一語，說到後來，同時往後一仰，一拍巴掌，又齊刷刷扭頭，先看喬紹廷，再看蕭臻，最後兩人的目光還同時落於坐在中間的龐志東，又一齊嘆出口氣。

龐志東抬起頭，看著龐志遠：「哥，我爸死了……」

龐志遠拍拍龐志東的背：「我爸和老太太怎麼可能立兩份遺囑？他們那份遺囑肯定是偽造的。律師先生，我們是不是可以向員警報案……」

蕭臻認真又耐心，聽他們敘述情況，同時零星做一些紀錄。喬紹廷則顯得心事重重，甚至有點心不在焉。他站起身，晃出房間，來到走廊，想看看房屋格局。他正想往另一個房間走的時候，龐志華叫住了他。

「喬律師！」

喬紹廷一腳懸空，收住步伐，回過頭。

「您別再過門廳中間那條線了。」

喬紹廷低下頭，這才發現地面上用膠帶貼了一道分隔線。

「姓李的那兩人非說那一半是他們的，不准我們過去。您是我們這邊的，就別往那裡去了。前幾天因為我們邁錯一步，差一點打起來，派出所的都來了。」

喬紹廷聽完忙收回腳，退回這個房間。他走到床頭，看見床頭櫃上放著一大疊筆記本，他隨手拿起一本翻了翻，上面畫著一些速寫，有貓有鳥，有花草有街道，有些地方還題著抄錄的偉人詩詞。

龐志華看到喬紹廷在翻筆記本，說道：「我爸在美術學院做了半輩子多的行政工作，雖然不是專業學美術的，但總喜歡隨身帶著本子，走到哪看見什麼覺得有意思，就描兩筆。」

喬紹廷點頭，把筆記本放回床頭。

蕭臻抬手向下壓了壓，示意龐家三兄妹聽她說。

「我大概聽懂了，您幾位的父親龐國老先生在五十多歲的時候，也就是您幾位的母親過世後，和吳秀芝結婚，形成一個重組家庭。吳秀芝有兩個孩子，大女兒李琪和小兒子李賀。兩人婚後感情穩定，生活也過得不錯。他們兩人在臨終前寫下遺囑，將屬於他們共同財產的這套房子留給了龐志東。現在兩位老人先後故去，而李琪、李賀姐弟起訴你們，要求分家產，並且拿出另一份號稱是兩位老人訂立的遺囑，作為證據。是這樣嗎？」

龐志東低頭不語，而龐志遠和龐志華頻頻點頭。

「那好，傳票既然已經收到了，答辯期也剩沒幾天了，法院肯定給了你們對方提交的證據影本，把資料給我看一下吧。」

蕭臻的話音剛落，龐志遠和龐志華又爭前恐後地說：「沒問題，蕭律師，我跟您說，那家人特別氣人，還說什麼……」

蕭臻被龐氏兄妹東一嘴西一嘴說得插不上話，她看了眼喬紹廷，只見他豎起拇指，向門外方向指了指，示意她可以準備離開。

已近黃昏，夕陽照在那張家庭合照上，蕭臻注視著照片裡龐國的臉。一旁相框裡還有張黑白照片，那個穿軍裝的龐國看起來比全家福合照裡年輕好幾十歲，目視著遠方。

豪華飯店的洗手間裡，章政在鑲了金邊的鏡子前，焦急地來回踱步。

薛冬走了進來，他先是一言不發，逐一檢查廁所隔間，確認都沒有人，才向章政打個招呼。

章政看了眼錶，滿臉不耐煩：「別疑神疑鬼的了，沒人。這麼著急，是什麼事？我正跟客戶吃飯吃一半呢。」

薛冬繼續推著廁所隔間的門：「主任要我去找蕭臻的把柄。」

章政微微一怔，不以為然：「哦？哪方面的？」

「違規違紀，或者違法。」

章政笑了：「還是那套。這合法傷害權，曠老爺子玩得順手了……好，我琢磨琢磨，盡快回覆你。」

薛冬有點吃驚，走上前去，看著章政：「這是什麼意思？主任這次是玩真的，一旦被抓住小辮子，他真會廢了蕭臻。」

章政一副無所謂的樣子：「她不就是做這個用的嗎？你從一開始就告訴我說……」

「我說過她是可以犧牲的，但沒說她就是用來犧牲的。」薛冬感覺自己的語言系統變得不太靈敏。

章政笑著擺擺手，先前的焦躁不安已經消失殆盡。他走到洗手臺旁，邊洗手邊說：「不用摳這些字眼啦。」

「再說，她要是真的被廢了，後面誰替紹廷出面辦事？」薛冬從鏡面反射看著一臉輕鬆的章政，過了好久才擠出句話。

章政望著薛冬：「有韓律師啊。你的顧慮我早就想過了，我覺得一旦蕭臻出局，紹廷就只能去找韓律師，他們兩個會是非常完美的組合。更何況，韓松閣的兒子，不是曠北平想動就能動的。」

薛冬的表情近乎瞠目結舌：「但……要是這樣的話，蕭臻不就……」

章政甩著手上的水，抽出兩張紙巾擦手：「當然，紹廷和韓彬聯手，會徹底讓那老傢伙把矛頭指向德志所。不過這部分我也想開了，反正他怎麼樣都會針對我們所的。」

他把擦完手的紙巾丟進一旁的垃圾桶，拍拍薛冬的肩膀，徑直走出了洗手間。薛冬完全沒想到，章政會是如此反應。有那麼一瞬間，他好像不太認識眼前這個二十年的「兄弟」。

4 金義

夜晚，驢子酒吧卡座，喬紹廷和蕭臻圍坐桌旁，藉著酒吧昏暗的燈光看案卷材料。在章政憧憬著喬紹廷與韓彬聯手的美麗前景時，喬紹廷和蕭臻也聊到韓彬。

「我們為什麼不回所裡整理資料？」話題是從喬紹廷的發問開始。

「因為有一次我加班到晚上，主任吃完飯路過，看到所裡還亮著燈，就上樓來，看見我還在加班，跟我說這麼晚就別弄了，影印機也得休息。」

「那我們也可以找個別的亮一點、清靜一點的地方。」喬紹廷環視周遭，半醉的客人觥籌交錯，情侶在昏暗處卿卿我我，背景音樂正進行到副歌部分，酒保搖頭晃腦地跟著唱——怎麼看都不適合工作。

蕭臻抬眼看喬紹廷：「這個地方不是你選的嗎？」

喬紹廷想了想，攤手，實話實說：「我這是排除法。我不想一天之內見那個韓律師兩次。」

蕭臻明白過來，他排除的選項是「指紋咖啡」。她放下筆，來了興趣：「之前你說不清為什麼不跟洪律師合作，但你現在怎麼連韓律師都抵觸呢？」

喬紹廷低下頭，努力尋找合適的措辭，概括自己對韓彬的感覺。

對，就是那句。

「你永遠無法忘記自己的第一次。」喬紹廷壓低聲音，模仿韓彬平靜的語氣。

蕭臻有印象，這句話的確是韓彬說的，在幾小時前，祝賀她第一次開刑庭。

「就因為這句話？不至於吧。」

「他引用了傑佛瑞．萊昂內爾．丹墨的話。」

「那是誰？」

「二十世紀九十年代美國密爾瓦基的一個連環殺手。」

「那又怎樣？」

「一個律師，喜歡引用連環殺手的話……你不覺得這……怪怪的？」

蕭臻低下頭，沒立刻回答。她倒也覺得韓彬奇怪，但她的感覺更不好概括來由，更沒有論據，甚至沒有具體的某場對話或某個細節。她感知到的是瀰漫在韓彬本人以及整個指紋咖啡的一股空氣。她想了半天，也沒找到合適的方式描述自己的感受，所以她沒辦法回應喬紹廷的問話。

「他引用了一句鮮為人知的連環殺人犯的話，而你居然也知道這句話的出處，難道就不怪了？」思索了七八秒鐘，她乾脆不接喬紹廷的招。

與此同時，她有了一個更重要的發現。

「喬律師，你和洪律師的關係不怎麼好，她也確實有點針對你，但韓律師待人滿和藹的，你一樣抵觸他。那你和章主任的關係很好嗎？」

喬紹廷想了想：「一般。」

「和薛律師呢？我聽韓律師說，你們既是校友，還住過一個宿舍。」

「我不喜歡那傢伙。」

「那和你愛人呢？」

喬紹廷被問得發愣。他和唐初當然很親密，但目前他們的關係顯然也談不上很好。更重要的是，他憑什麼要回答蕭臻這些問題？

「你到底想說什麼？」喬紹廷直視蕭臻。

蕭臻抱起雙臂，饒有興趣：「喬律師，能告訴我，有誰是和你關係比較好的嗎？」

跟蕭臻搭檔這幾天，蕭臻幾乎見到了他生活裡所有重要的人，然而正如蕭臻說的，喬紹廷和誰都算不上關係好。他從來不回避這個，但也沒有這樣總結過全貌。蕭臻這麼一說，他愣住了。是他太多疑，還是這些人的確都非我族類？不管是哪種，都顯得他慘兮兮的。

他避開蕭臻的眼神，表情有些僵硬。

恰好此時有人進了酒吧，喬紹廷一抬頭，如蒙大赦，朝來人一拍巴掌，伸手招呼道：「哎，老金！」

艾靈頓紅酒花園電梯內，薛冬正走進電梯，打著電話：「我正上來呢，你們隨便點……哦對，我可接受不了新世界的紅酒。」

薛冬的語氣玩世不恭，和白天判若兩人。此時又有電話進來，他看了眼螢幕，連忙結束通話，接通了另一邊：「蕭律師，這麼有空？正好我在永清這邊的一家紅酒花園，一起來坐坐？」

「多餘。」蕭臻的聲音和往常一樣，冷冰冰的。

「什麼？」

「你明知道我不會去的。像這種多餘的客套，以後就省了吧。」

薛冬笑得尷尬：「誰說的。我是真心邀請你……」

「真心的話，折現給我也行。」

薛冬被駁得沒話說。

「王博和雷小坤的代理權拿到了。」

「哦？進展不錯啊。」

「然後，最高院的人應該來津港了。」

薛冬愣了一下：「你怎麼知道……」

「我應該是見到了。」

「但我們津港是有最高院的巡迴法庭，你見到的不一定是……」

「巡迴法庭哪來的刑庭？」

電話掛斷，薛冬若有所思地看著手機，走出電梯。

驢子酒吧內，金義坐在吧臺旁，沒戴墨鏡，啜著杯中酒，斜眼看著遠處座位裡放下手機的蕭臻。

「你整天跟個年輕漂亮的女律師到處亂晃，不怕小唐有意見啊？」

「我現在被暫停執業，身邊得有個能出庭的。」喬紹廷坐在他身旁，也看了一眼蕭臻。他還回味蕭臻那個不留情面的拷問，自己到底跟誰關係比較好，這個問題一點都不重要，但他就是忍不住想。

金義並不知道他的所想，摸摸自己的光頭：「你的臉怎麼搞的？不會是被女律師的男朋友打的吧？」

「是被前當事人老婆的新男朋友手下的小弟打的。」喬紹廷喝了口酒。

金義眨眨眼，沒太繞明白這裡面的關係，索性拿出個信封，從吧臺上推給喬紹廷：「這是你託付我的事，看看有用沒用。」

喬紹廷眼睛一亮，接過信封，開始翻看裡面的資料。

金義在一旁補充說明：「鄒亮吸毒不是一天兩天了。我問了一些人，他原來都是從姓齊的手下買貨。後來姓齊的被關進去了，他改在飛飛那裡拿貨。鄒亮生前還買過一份人身意外的商業保險，好像是在宏安保險公司投保的。不過，看他這個死法，大概也沒什麼理賠的事了。」

喬紹廷頭也不抬：「飛飛是誰？」

「宗飛。本地人，混外城的，具體在哪個區域我也不清楚。」

喬紹廷放下資料，嘆了口氣：「看來鄒亮的經濟狀況真的很不好，也難怪會跟我借錢。」

「吸毒的有幾個經濟狀況好的？而且在他出事之前，津港銀行做過內部審計，好像還查出他有點事情——這個部分我是瞎聽來的，津港銀行一個法務說的，沒什麼憑據。不過他後來還能跟你聯繫見面，看來不像真的有事。」

喬紹廷點點頭，朝酒保打了個響指：「紅標格蘭菲迪，整瓶的。」

他從身上掏了幾百塊錢放在吧臺上，把資料裝回檔案袋，拍拍金義的肩膀：「多謝了兄弟。」剛站起身，喬紹廷又想起什麼，回過頭：「你說是津港銀行的一個法務跟你說內部審計的事。那個法務自己沒有參與，對嗎？」

「既然是內部審計，肯定要從外面找人，不然自己查自己能查出個什麼東西來？」

「據我所知，津港銀行外聘的律所有好幾家，包括金馥所。查一查是誰。」

喬紹廷說完，朝金義點點頭，拿起資料朝蕭臻走去。

卡座裡，蕭臻正埋頭整理案件資料。喬紹廷在她對面坐下：「休息一下吧，要不要吃點東西？」

蕭臻頭也不抬：「這麼多資料得整理，我的全職助理又不工作，我哪裡還有時間吃東西啊？」

喬紹廷有點不好意思：「呃，那個朋友是幫我打聽點消息的。」

蕭臻抬起頭，斜眼看坐在吧臺旁的金義，對喬紹廷點點頭：「看到他，我就明白你為什麼不喜歡正常人了。」

喬紹廷也不自覺地回頭瞥了一眼：「我問你，有沒有覺得這傢伙長得很像日本漫畫裡的某個人？」

蕭臻盯著金義的光頭，想了想：「《一拳超人》？」

喬紹廷疲憊地抹了把臉：「唉……大概我真的老了。」

「這個『埼玉老師』是做什麼的？」

喬紹廷想了一下：「我以前幫過他點小忙，而他又是個很重情義的人——包括我今天抵掉的那輛富康車，這位兄弟就是苦主。」

「哦，那還真是關係不錯。你剛才把車的事跟他說了？」

喬紹廷搖頭：「如果說了，關係就要不好了……他幫我蒐集了一些跟鄒亮有關的資訊——就是我那個遇害的同學。」

「跟你做同學，不像是什麼好事。」蕭臻盯著手裡的中性筆，想起鄒亮的遭遇。直到現在，也沒人能說清楚，鄒亮的死和喬紹廷到底有多大關係。

提到那個名字，喬紹廷的神色也黯然了一些：「說起鄒亮，大概算是這些年我最瞧不起的人。現在想起來，不知道有什麼資格瞧不起人家。」

「怎麼這麼說？」

「因為我遠沒有他想像中那麼好。」

此時已是深夜。

同一時間的津港市中級人民法院檔案室，魯南推門進來，把一盒達美樂披薩塞給正在挑燈夜戰的方媛。隨後，他坐在椅子上，拿起桌上的幾頁紙，繼續來回查看。

方媛打開盒子，吃著披薩：「南哥，我這好歹忙的是將死之人的事，你盯著那個鄒亮的資料都大半天了。」

魯南看著資料沉吟道：「這個死了的鄒亮，總讓人覺得有點——」

方媛打斷魯南，用吃了一半的披薩隔空指著他：「我看你這是當偵查員時間太久的ＰＴＳＤ[20]。」

20 編註：ＰＴＳＤ為「創傷後壓力症候群（posttraumatic stress disorder）」之英文簡寫。

正說著，方媛似乎想起了什麼，停下咀嚼：「欸？」

魯南一臉期盼，以為她是發現了什麼線索。方媛拿起披薩盒：「這個是不是超過餐費標準了？」

魯南氣餒地塌下肩膀：「這是自費項目。你除了吃……」

方媛鬆了口氣，把剩下的披薩叼在嘴裡，又拿了一塊：「海港支隊和趙謦誠都說，鄒亮為喬紹廷準備的被害人一家財務明細是偽造的。」

魯南點頭：「對。調查物件包括朱巨集，還有他妻子嚴秋，以及朱宏的父母和嚴秋的父親。」

方媛嚼著披薩：「那我就搞不懂了，這東西給了喬紹廷，喬紹廷出庭辯護的時候如果作為證據使用，中院是一定會查核真偽的啊。」

魯南思考著：「也就是說……」

「也就是說，如果是喬紹廷讓鄒亮去製造這份偽證的話，除非他能篡改銀行的資料庫紀錄，否則這個偽證毫無意義。隨便一核對就被拆穿了。」

方媛還是吃得不亦樂乎，看起來大大咧咧的樣子，說出的話卻正中紅心。魯南笑著點頭，這也是他覺得不對勁的地方。不管喬紹廷原本打算拿這份財務單據做什麼，除了告知法庭「看，我偽造的單據多麼真實」之外，沒有任何意義。方媛說到了重點，這份偽造的財務單據，與其說是針對案子的，更像是針對喬紹廷本人的。

「不管真的假的，或有什麼用意，喬紹廷根本就沒機會拿到這份東西。你剛才說他都調查了哪些人？」方媛繼續問道。

「朱宏和他所有的近親屬。」

「我們能查到他們的資訊嗎？」

「這得上警政部內網，我們沒有許可權，而且我也沒辦法向上級申請，這超出了案件覆核審查的範圍。」

兩人都嘆了口氣，沉默下來。幾秒之後，方媛把披薩盒遞了過去：「你再不吃就沒了。」

5 喬紹廷和蕭臻

喬紹廷和蕭臻告別，各自回家，已經是深夜時分。他朝自己租的小公寓走去，回想著這兩天的種種。章政和洪圖的約談、雷小坤家屬的委託、王明的案子，還有金義的調查……齒輪轉動起來，所有人都主動或者被動地進入一個龐大的系統中。如果這些事能了結，或許他能再找唐初談談吧。或許不會太久，又或許他不會再有機會了。

想著唐初，他走過警衛室，就看見唐初真的從社區裡面走了出來，背著上班時背的大托特包，穿著在醫院穿的平底鞋。兩人見到對方，都是一愣。

喬紹廷看了看周圍。警衛在座位上打著瞌睡，樹叢裡有流浪貓跑過。喬紹廷感覺，今天晚上似乎比其他的夜晚都更安靜。

唐初上前一步：「看什麼呢？」

「沒事，確認一下這是我住的地方。我還以為自己一不留神，習慣性地直接回家了。」喬紹廷笑笑。

「我今天加班，回去有點晚，正好順路，就過來看看你臉上的傷怎麼樣了。」唐初沒笑。

「哦，多謝。你打電話跟我說一聲啊，我就早一點回來了。那我們一起……」

話沒說完，唐初就從包裡拿出強光手電筒：「閉眼。」

喬紹廷還沒來得及反應，手電筒亮了，他條件反射，閉上雙眼。他瞬間感覺周遭的聲音都離自己很遠，只有唐初的呼吸聲很近。唐初拿著手電筒，在他臉上照了又照。喬紹廷屏氣，感覺唐初的袖口拂過自己的鼻尖。

「應該再過兩天就能消腫了。拍的X光片我看了，沒有骨折或骨裂的地方，其他拍不出來的軟組織挫傷，你只能慢慢養著。」

她關上手電筒，從包裡翻出一管藥，塞給喬紹廷：「晚上覺得痛，就塗一點這個。」

唐初說完就要走，喬紹廷一把拉住她：「等等。」

「幹嘛？」

「你……幫我塗一點……」喬紹廷也不知道自己怎麼會有點結巴，還有點臉紅。

唐初白了他一眼，拿過藥膏幫他上藥。喬紹廷垂眼看著唐初，唐初卻只顧塗藥。

「欸，要不要上去……來都來了……」

唐初塗完藥，擰上藥膏蓋子，遞給喬紹廷，哭笑不得地看著他，神情像在看一個小孩。

「喬大律師，我小孩還小，我想在他睡覺前回去，就不跟您上樓再續前緣了。而且我今天是因為加班回去晚，臨時路過，離婚協議沒帶在身上。」

「就覺得……很謝謝你。你這麼關心我，我很感動。」

唐初抬頭仰望天空，笑了。她對著一臉莫名其妙的喬紹廷指了指天上：「今晚的月色真美。」

喬紹廷完全不明白唐初在說什麼，但他知道，自己很久沒看見唐初笑了。

他抬頭看著天空：「今天……哪裡有月亮啊？」

他再低頭時，唐初已經走遠了。

十幾公里外，一套高檔精緻的公寓門口，洪圖放下手提包，脫掉外套，摘下手錶和首飾，顯然是剛回來。蕭臻規規矩矩地站在門邊。

蕭臻正向洪圖彙報這一天的行蹤：「……晚上我跟喬律師去了阜南街的驢子酒吧，在那裡整理了龐國析產案的相關資料，然後我們就分開了。」

洪圖站在窗前朝外面看，沉聲問道：「那就是說，雷小坤的死刑覆核代理權，他也拿到了？」

「是。」

「但他現在不能把自己的名字寫在上面。」

「喬律師似乎向我暗示過……」

洪圖不等她說完，立刻回頭看著她：「你以為他會把這麼重要的死刑覆核交給你？」

蕭臻發現洪圖聲調變高，面帶冷笑，不明白她突然的情緒轉變從何而來：「我不知道，他還沒把我的名字寫上去，案件的具體情況也沒跟我說。」

「蕭律師，你是不是覺得跟喬紹廷合作過兩個案子，就已經是他的心腹了？傻孩子，喬律師是老江湖，他現在一時不便，只好利用你。」洪圖上前一步，又拿出上午循循善誘的語氣。

大概是怕她倒戈，蕭臻想著，笑了：「當然，我明白。洪律師才是真心為我好。」

洪圖冷著臉點點頭：「你可以走了。明天有什麼情況，繼續跟我彙報。」

蕭臻朝洪圖微微點頭，離開。

她走出公寓樓，深深地呼出口氣，回想著洪圖的話。「你以為他會把這麼重要的死刑覆核交給你？」她的確是這麼以為過，或者說，是這麼期待著。洪圖或許比她自己以為的要更在意喬紹廷不信任她，她卻很在意他信任誰，會讓誰為那起死刑覆核出面。

蕭臻走到社區花園邊，呼吸著新鮮空氣，抬頭望著空無一物的夜空。

公寓樓頂，喬紹廷也仰望著天空。

他在尋找月亮，但不管哪個角度都看不到。手機響了，喬紹廷接通電話。

「看你這麼早就回去，我還以為你睡了。」電話那頭是金義。

「沒有，我在找月亮。」

「什麼？」

「沒什麼，你說吧。」

「我問了那個法務，她說她們銀行參加內部審計的常年法律顧問是金馥律師事務所，開會時到場的是個很有名的專家，叫曠北平。」

喬紹廷一驚，和金義寒暄幾句便掛斷電話，暗自思忖片刻後，撥通了薛冬的手機。

6 薛冬

艾靈頓紅酒花園內，薛冬正看著面前的酒杯被倒上酒，對面坐著付超和劉浩天。

手機響了，薛冬看到來電顯示，一愣，站起身走開一段距離，壓低聲音，接通電話：「喂，紹廷，怎麼今晚有閒心打電話給我？」

「有件事，我可能得找你幫幫忙。」

薛冬抿緊嘴唇，顯然在飛速思考著什麼，聲音卻帶著笑意：「難得你向我開口，說吧，只要是我能做到的……哎？你現在在哪裡？一起坐坐嘛？永清路這邊開了個紅酒花園，等級不輸上海的和平飯店頂樓。」

喬紹廷聽著電話那邊喧囂的聲音：「我還是跟你直接說事情吧。」

「你這個傢伙呀，就不能活得放鬆一點嗎？」喬紹廷和蕭臻都是一口拒絕他的邀約，薛冬不知道說什麼好，只好打哈哈。

「對了，我先問你一件事。在你那裡，能看見月亮嗎？」

薛冬接完電話，回到座位上，顯得有些心事。他打開手機網頁，搜索著什麼，皺起眉頭，還不時地抬頭去看天空。

付超和劉浩天交換眼神。付超試探著問道：「薛律，今天我們出來坐，也是我們兄弟倆有點事想找你參詳。」

薛冬也不抬頭：「說。」

付超和劉浩天對薛冬的態度都有點不爽，但又無可奈何。

「你知道這段時間以來，主任吩咐我們去做了不少事，基本上都是針對喬紹廷的……」

薛冬拿起桌上的紅酒啜了一口：「拆遷公司那個姓曹的，還有仁宣所馬律師。」

兩人沒想到薛冬如此瞭解內情，都很驚訝。

薛冬抬頭看著劉浩天：「你從馬律師手裡撬過來的那個案子，我知道被性騷擾的女孩手裡證據不足，案子你贏定了，就是有點缺德。」

劉浩天笑得尷尬：「薛律，男女這種事，很難說清楚……」

薛冬盯著他：「你的當事人做過什麼，你心裡一清二楚。沒錯，我也很喜歡風流，但我討厭下流。我認為這件事你們多少應該做出賠償。」

說著，薛冬把手機放到桌上，從桌上的木盒裡拿出一支雪茄，剪著雪茄頭：「不過，你們肯定不是找我參詳案子的事。」

劉浩天明顯很不忿薛冬的態度，勉強地笑笑，沒再說話。

一旁，付超小心翼翼地開了口：「薛律，除了你剛才說的，我們現在手上還有好幾個需要主動出擊的工作，目標都是喬紹廷。雖然他跟主任之間的恩怨我們多少有所瞭解，但最近這段時間……有點太頻繁了。」劉浩天適時地接過話：「我們是覺得奇怪，主任為什麼近來如此集中地針對那個姓喬的。」

薛冬拿起點菸器，撚著雪茄調侃道：「主任把心腹事都派給你們了，你們反而來問我有什麼內情？」

對面兩人互相遞了個眼色。

「瞧你這話說的，樊總那個醉駕的兒子不是你弄出來的嗎？」在薛冬面前，付超不敢接「心腹」這個稱號。

薛冬噴了口煙，瞟著雪茄燃燒的那端：「你們到底想說什麼？」

付超橫下心，把話挑明：「主任是不是……有什麼把柄在別人手裡？」

薛冬笑了：「你們不是擔心主任有什麼把柄在喬紹廷手上，你們擔心的是自己的把柄在主任手上吧。」

劉浩天更不高興了：「薛律，我們有的，你可也都有。主任如果真的出了什麼狀況，我們三個誰都好不了。」

薛冬放下雪茄，拿起酒杯：「不用擔心這些，主任搞得定。再說了，一天到晚除了做牛做馬，也得學著點。主任把這些事情交代給我們，就是為了自己能撇清關係，但你們沒必要親力親為啊。你看，樊總的兒子怎麼出來的，就跟我無關。」

薛冬一臉輕鬆，付超和劉浩天似有所悟，又一臉震驚。

「別瞎操心了，就算主任真的有什麼事，我們能怎樣，離開金馥嗎？這些年來所有資源都掌控在主任手上，沒有他，我們什麼都不是。」說著，薛冬一舉酒杯。

付超和劉浩天拿起酒杯和薛冬碰杯，兩人還是心事重重。

薛冬喝著酒抬頭看天：「哎，你們來的路上，有沒有注意到……今晚有月亮嗎？」

薛冬忘不了月亮的事，直到隔天清晨，西裝革履的薛冬提著公事包急匆匆地走進金馥所的地下停車場，見喬紹廷就站在他車旁，他還一邊走向喬紹廷一邊問：「我上天文網站查了，昨天是這個月的農曆初一，晚上很難看到月亮。而且我還查了氣象局發布的預報，從昨天到今天，一直是多雲——多雲！還不是多雲轉晴！根本不可能看得到月亮。你問我能不能看到月亮，到底是什麼意思？」

喬紹廷被薛冬劈頭蓋臉一通質問搞得瞠目結舌：「我……就是隨口一問，主要還是找你今天幫我一起查查……」

薛冬快步走到喬紹廷面前，伸手指著對方的鼻尖：「不可能！住一個宿舍這麼多年，我太瞭解你了，你絕不可能就隨口一問。到底是什麼意思？你告訴我，紹廷，你到底有什麼用意？」

喬紹廷攤手：「我真的沒什麼別的意思。就隨口……我當時在我家的樓頂天臺，沒看見月亮，覺得有點奇怪，所以就隨口問問你。」

薛冬走向汽車駕駛座，還不忘用手指隔空戳著喬紹廷：「不對。你別想蒙混過去，你是在暗示我，但你又不肯明說。」

薛冬剛坐上車，緊接著發現喬紹廷也拉開車門，坐進副駕。

薛冬一愣：「欸，你沒開車嗎？」

喬紹廷面露尷尬：「我的車也……一言難盡。」

薛冬盯著他看了幾秒，面色嚴肅，搖了搖頭：「你這傢伙現在什麼都不肯跟我說了。」

說完，他發動了車，駛離停車場。

此時的津港市中級人民法院檔案室裡，魯南睡眼惺忪地醒來，就發現自己躺在辦公椅上，身上蓋著件制服外套，方媛還在電腦前查閱資料。

魯南站起身伸展手臂，走到方媛身旁，剛要開口說什麼，方媛扭頭指著魯南：「昨晚的披薩是你掏錢買的。」

魯南莫名其妙地點點頭。

「再吃垃圾食物我要瘋掉了，今天我要吃頓好的，也是你請。」

魯南轉了轉眼珠，茫然地緩緩點頭：「你是找到什麼可以邀功的重要資料了？」

「你昨天說了，我們無權進入警政部內網查詢資訊。」

魯南眉毛一挑：「別告訴我你駭進去了。」

方媛白了他一眼：「還沒做到那個地步，但我可以進我們法院的內網。」

「廢話，我也能進。」

「我查了朱宏和他近親有沒有過涉訟的紀錄，結果查到兩年多以前，朱宏的岳父嚴裴旭有過一起民事訴訟。」

說著，方媛點擊滑鼠，在電腦上打開了一張民事判決書。

魯南低頭掃了一眼：「樓上鄰居的廚房滲水？相鄰關係的損害賠償嗎？」

「訴訟標的一共六百多塊錢，應該主要是為了一口氣……你看看他的代理律師是誰。」

魯南往下掃了兩眼，瞳孔縮小：「曠北平？！是那個……」

「金馥律師事務所主任。」

「曠北平不是個主攻刑法的專家嗎？」魯南簡直不敢相信，盯著螢幕上的名字一看再看。

方媛笑了：「對啊。什麼關係能讓曠教授心甘情願為一個幾百塊訴訟標的的民事案件親自出庭呢？」

魯南有點緊張又興奮地穿上外套：「說吧，你想吃什麼？」

「別著急。你再看看這個。」

說著，她點擊滑鼠：「我又查了一下曠北平這些年在津港的案件代理情況，發現他不只一次為津港銀行的貸款案件出庭，或至少掛過名。」

魯南低頭看著螢幕，明白過來：「金馥所是津港銀行的常年法律顧問……那個鄒亮，不就是津港銀行的嗎……」

嚴家和曠北平的關聯，鄒亮和曠北平的關聯，方媛用一晚的時間挖掘出來。終於，方媛和魯南也將王博和雷小坤的案子，聯繫到了曠北平身上。

津港銀行門口，喬紹廷靠著薛冬的車站著，見薛冬從銀行裡走出來，手上還拿著一疊資料。

喬紹廷連忙上前，想去接那疊材料。薛冬把拿著資料的手往身後一閃：「紹廷，我仔細想了，你昨天是不是假裝問我看沒看到月亮，其實是想提醒我那是個特別的日子？」

喬紹廷一臉驚訝，看薛冬表情陰沉，繼續分析：「我記得六年前，你們造反成功，曠主任離開德志所，帶著我和付超成立了金馥所，那就是五月份的事，但我不記得具體是哪一天了。其實就是昨天，對吧？」

喬紹廷一臉抓狂：「我也不記得那是哪一天！我甚至不記得那是哪一年！我真的真的只是隨口一問，拜託你不要再追問了好嗎！」

薛冬盯著喬紹廷看了好幾秒，嘆了口氣，明顯不信這個說法。他把手裡的資料遞給喬紹廷：「具體的情況你自己看，大概就是，當時審查發現，作為信貸經理的鄒亮可能存在協助借款人偽造擔保材料，並收受回扣的情況。曠主任參與了討論分析，並和鄒亮進行談話後，認為並沒有構成違規或違法的情節。所以鄒亮沒受什麼影響，連內部處分都沒有。」

喬紹廷接過資料，一邊翻閱一邊說：「曠北平和鄒亮單獨談過話？」

薛冬聳聳肩。

喬紹廷翻到資料的其中一頁：「二月二十八號？」

他抬起頭看著薛冬：「那是鄒亮死的前一天。」

「那又怎麼樣？紹廷，你總不會認為是曠主任殺了你這個同學吧？」

喬紹廷把資料收進檔案袋裡，對薛冬說：「你知道我們當年為什麼會在德志所造反，把曠北平從主任的位置上擠下去，甚至逼他離開嗎？」

薛冬滿不在乎地笑了：「這需要什麼特別的理由嗎？獅群裡的幼獅長大了，自然會把頭領趕走。更何況你和章政找來了韓松閣的兒子當靠山，不想再位居人下了。」

喬紹廷搖搖頭：「不，是跟著曠北平辦案這麼多年，我和章政都逐漸發現，他打著代理和辯護的名義，利用在行業內的資源和影響力做了太多見不得人的勾當。」

「違法嗎？」

「違法，而且昧良心。」

薛冬翻了翻白眼：「別跟我說良心。如果能用這種道德綁架的方式佔領制高點，那你可以批判所有律師。你能說所有律師都沒良心嗎？別忘了我們是做什麼的。我們是第三產業，是服務行業，我們提供的是法律技術支持。在行業標準當中，我們要看的是合法還是違法。不光是我們這行，你去開庭的時候是對著合議庭談道德嗎？是對著公訴人談良心嗎？」

「我知道你很難接受這個。」

「對，我就是沒良心的那一款。」

「不，你是真小人，但你有良心。某種意義上，你比我和章政都更有良心。」

薛冬不知道自己該為「真小人」生氣，還是為「有良心」高興。他抬起雙手，仰望天空，咬牙切齒：「感謝喬大律師對我的認可！」

「你的意思我懂，我也不想裝什麼聖人。冬子，你讀了曠北平的在職碩士，又跟他共事這麼多年，就一點沒發覺嗎？」

薛冬來回走了幾步，啼笑皆非，攤開雙手：「發覺什麼？發覺他其實是個非常邪惡的人？」

喬紹廷搖頭：「不，是比邪惡更邪惡的邪惡。」

「那是什麼？」

「偽善。」

6

四月十九日和二十日

1 三年前

喬紹廷從來都不知道，自己跟蕭臻的第一次相遇並不是在看守所門口，而是三年前在法律援助中心。

當時的法律援助中心剛搬到新址，正在擴建，招了不少實習生，蕭臻就是其中之一。比起在律所待個一年半載、經手數個案子，蕭臻認為能看到大量一線卷宗的援助中心是更好的選擇。除此之外，大概也有些關於「律師究竟該做什麼」之類矯情的思索吧，不過蕭臻懶得跟自己承認。至於來這邊辦案的律師，蕭臻對於能從他們身上學到什麼倒是不抱期待。資深律師很少參與法律援助案件，這點她很早就知道。

如她所願，這大半年的實習，除了接待來諮詢的群眾，當志願者做法律知識宣導，大部分時間都在檔案室裡分類案件、整理卷宗。

喬紹廷出現在夏季的一個下午。當時蕭臻拿了一疊剛影印好的資料，正從辦公區往檔案室走，天氣很熱，冷氣嗡嗚，屋外蟬鳴聲聲，辦公室裡傳來的爭吵就格外引人注意。

「你不能把他留下！這是他自己在工作時間喝醉，誤操作設備導致的傷殘。」援助中心律師氣勢洶洶。

而後是一個平靜的男聲：「沒錯，但現在公司不管他，你讓他一個連字都不認識的人怎麼去打官司？」

「這是標準，我們這裡是法律援助中心，不是慈善機構。提供法律援助是有標準的，像他這種顯然由於自身過錯引發的民事訴訟，不歸這裡管，何況他還無法提供涉案的相關證據。我這麼說吧，他就不在法定的援助範圍內。」

援助中心律師這套拿制度辦事的說辭，蕭臻這幾個月聽得耳朵長繭，她推想男律師也說不出什麼有力的反駁，歸整檔案就打算去檔案室。

但剛邁開腳步，她就聽見那個男律師輕聲問：「但我們就這樣不管他了嗎？」

蕭臻微微一愣，站在原地。顧名思義，法律援助中心就是該幫助需要援助的人，但來到這裡的大多數律師，通常不是接了律所委派的任務，就是新人要累積一點經驗，不然就乾脆是沒案子接來碰碰運氣。她在這裡見了各種各樣的律師，唯獨沒有人問過當事人是不是的確需要幫助。

她還想聽下去，就看見一個穿著員警制服的高大身影氣勢洶洶地朝她走來，朝她擺了擺手，示意她跟自己走。

那是蕭闖。

蕭臻的臉色不太好看，透過虛掩的門，她沒看清那個男律師的樣子，只看見逆光的背影。不久之後她會知道，那就是喬紹廷。

至於之後跟蕭闖的談話，她也記得。蕭闖是來興師問罪，為了他介紹給蕭臻的「相親對象」。

「我偵查系那個學弟，額頭上縫了四針！」蕭闖不想談話被別人聽見，壓低了嗓音，卻沒壓住怒氣。

蕭臻則一臉滿不在乎：「只縫了四針？我看那個傷口好像滿大的。」

「你拿什麼打他的？」

「我拿肩包砸的，可能是上面那個裝飾用的掛鎖砸到。」

蕭闖氣得來回踱步：「那個學弟人挺好的，家裡條件也不錯，就算你覺得我介紹得不適合，見一面回絕人家或者不聯繫就是了，為什麼要動手打人？」

蕭臻嘆口氣，她不喜歡那個人說話的方式——他不明白蕭臻為什麼要來法律援助中心實習，說一個女孩子不要碰司法類的工作，踏踏實實找個公司上班就好。這種話在蕭闖看來可能沒什麼問題，可是蕭臻不喜歡有人告訴她應該做什麼、不該做什麼。她也不喜歡他第一次見面就說那些他自以為很幽默的黃色笑話，或是他上學的時候打過什麼架、在同學聚會上喝過多少瓶酒這種無聊的自吹自擂。

蕭闖的火氣越燒越旺：「就算你清高……那揮揮手說拜拜總會吧？有需要打人嗎？人家也是看我的面子，真的要還手，你是他對手嗎？要是去報案的話，你這已經構成故意傷害了。」

「我揮手說拜拜了。我走，他尾隨我，我質問他為什麼跟著我，他糾纏我，還抓著我的手臂不放，我的手腕都被他握出痕跡了。」蕭臻盡量讓語氣輕鬆。她沒告訴蕭闖，被那個人高馬大的「相親對象」糾纏時，其實她很害怕。正是因為害怕，才會有近乎過於激烈的反抗。

但蕭闖不知道這些，他脫口而出道：「握出痕跡怎麼了？你又不會感覺到……」

這下，蕭臻也生氣了，惡狠狠地盯著自己的哥哥：「我不覺得痛，就不應該認為自己受到侵害了是嗎？我就不應該反抗，應該乖乖地任由他抓著我，把我抓到任何他想帶我去的地方？」

蕭闖自知失言，垂下目光，嘆了口氣：「我不是這個意思。我希望你能明白，我這也是……為了你好。爸媽跟我說，你性子倔，大學快畢業了，戀愛都沒有談，怕你……他們就是希望你能找個好人家，幸福平安地過一輩子。我不知道你剛才說的這些情況，那個學弟可能是有點不懂事，我也是欠斟酌——」

蕭臻打斷他：「哥，你和爸媽什麼時候才能明白，幸福平安地過一輩子，和要不要找個好人家，並沒有什麼必然聯繫。」

辦公室裡據理力爭的那個律師，也會被家人要求「幸福平安地過一輩子」嗎？不知怎麼地，蕭臻冒出這個念頭。當時的她並不知道，三年之後，她會跟那個律師成為搭檔，探討案件，上同一條船。

2　蕭臻的困境

三年之後的現在，四月十九日，蕭臻站在白板前，看著一左一右貼著的兩張遺囑。

喬紹廷坐在會議桌旁，翻閱薛冬之前給他的資料，暫時顧不上蕭臻，還沉浸在新資訊所帶來的震驚中——鄒亮和曠北平有交集，這是他之前沒想到的。

「龐家子女提供的這份遺囑，是一份代書遺囑，兩個見證人都是龐國生前在美術學院的同事，與繼承人並無任何利害關係，形式上倒是沒有問題。兩份遺囑都有簽名和手印。手印我看不太出來，但簽名的字體很像，如果要提筆跡鑑定的話……我走訪譚老太太，感覺她說的都是實話，龐家的子女應該也不至於偽造一份遺囑出來吧。」只要在喬紹廷身邊，蕭臻的思路似乎就更靈活一點，不過她自己還沒有發現。

喬紹廷「嗯」了一聲，暗想，曠北平介入得比他想像的深。

蕭臻繼續說道：「但問題是，我們手裡的這份遺囑，落款竟然沒有寫日期。而吳家子女提供的那份遺囑，不但是自書遺囑，落款也是有日期的。」

喬紹廷收回注意力，抬起頭：「那就比較麻煩了。理論上，沒有寫明日期的遺囑，很可能會被對方主張無效。」

「對方出示的那份遺囑訂立時間是去年的六月二十六號。龐家的子女說，我們這份遺囑是老人過世前不到兩週前變更的，和譚昕確認這份遺囑的訂立時間吻合。不管怎麼說，只要我們手上的這份遺囑是真的，那顯然就是龐國和吳秀芝兩個人生前最終的真實意願。」

喬紹廷翻閱著手中的資料：「意願真實不真實得看證據。在證據的形式要件存在重大瑕疵的情況下，光憑代書人或見證人以及被繼承人的證言，無法讓合議庭相信我們這份遺囑是有效的。」

「那怎麼辦？」

喬紹廷放下資料，走到白板前，來回看看兩份遺囑：「這份遺囑裡也沒有提到之前訂立過其他遺囑或要撤銷其他遺囑？」

「沒有。」

「你有問過當事人或代書人為什麼這份遺囑當時沒有寫日期嗎？」

「據那個譚老太太回憶，代書遺囑的時候，寫完內容，讓二老看了一下，他們覺得沒有問題，就簽了字按了手印。她本來打算拿回手裡再把日期補上去，結果打翻了床頭的茶杯，茶水把紙泡溼了。於是，譚老太太重新照抄一份，再給龐國和吳秀芝過目，他們看完後，重新簽字按手印。因為原來那份上面沒寫日期，她抄的時候也沒抄上日期，這來回一折騰，最後反而把日期給忘了。」

喬紹廷想了想：「聽起來是有這個可能，之前那份被茶水泡壞的遺囑是不是已經銷毀了？」

蕭臻點頭：「撕了扔掉了。」

其實也無所謂，就算找回來，那份一樣沒有日期。

蕭臻看向喬紹廷，他又低頭看起手裡的資料，似乎有點心不在焉。

聊完龐國的案子，蕭臻和喬紹廷走出律所，到了停車場。

蕭臻從包裡拿出狗飼料，又從停車場的樹下拿出藏著的小碗，把飼料倒在裡面。聽到飼料倒進碗裡的聲音，那隻流浪狗不知從什麼地方跑了出來，繞著蕭臻搖尾巴。

蕭臻看著流浪狗吃東西，頭也不回，問喬紹廷道：「我整理整理證據目錄，這個案子就算準備得差不多了吧？」

「另一名見證人馬連，你還是去走訪一下，辦案子務必窮盡手段。」

蕭臻回過頭，有點詫異，她以為喬紹廷會跟她一起去。

喬紹廷虛指了一個方向：「我要去海港看守所找王博和雷小坤簽委託書。」

嗎？

蕭臻愣了愣，站起身，直視喬紹廷：「你沒有執業證怎麼去會見？」

「我……想想辦法。」喬紹廷很明白蕭臻的意思，但沒有多說的打算。

蕭臻有點不解，王博和雷小坤案的事務性工作也該由她出面，喬紹廷是不想讓她碰這個案子

喬紹廷明白她的所想：「別誤會，我只是有點不安。老實說，以我對曠北平的瞭解，我們兩人一合作，對我的打擊應該接踵而至，但是到現在什麼都還沒發生……」

蕭臻笑了：「我沒聽錯吧，是說出門就被人追著砍，反倒會讓你更安心嗎？」

喬紹廷也笑了：「曠北平不是暴徒，也不是黑社會老大，他一向都是用某種看似合法的方式，或通過制度來打壓對手，包括對待我。他除了利用制度暫停了我的執業資格，剩下的就是盡可能孤立我，直到讓我在行業裡……死亡。」

蕭臻想了想，明白過來：「就是說，你已經成了孤島，而我目前是你最緊密的行業連接。你是擔心曠北平會為了針對你，來破壞我們的合作。」

喬紹廷點點頭。

蕭臻笑了：「好不容易搭上個有案源的老律師，還想把我從財神身邊趕走，看來曠北平真是個壞人。」

「很難講在你的評價體系裡他算不算壞人，只是王博和雷小坤這個案子牽扯到朱宏的失蹤和鄒亮的死，顯然這兩件事都和他有關，不然他這段時間何必如此關照我。」

蕭臻徹底懂了。喬紹廷擔心的，不僅僅是曠北平針對他們的合作，還擔心曠北平針對她本人。成為喬紹廷的夥伴，就自然而然地成了曠北平的眼中釘，而王博與雷小坤的案子，又是曠北平的「重點關照對象」，喬紹廷擔心蕭臻再為這案子出面，會進一步引火燒身。

聽喬紹廷這麼說，蕭臻反倒不怕了：「喬律，你有沒有想過，他這樣針對你，是他在害怕。」

喬紹廷點頭。他知道，他一定是做對了什麼，而他「對」的那部分，很可能正是曠北平犯的「錯」。他恐怕有一些他自己都不知道的「好牌」，才會被拉上牌桌，成為曠北平的對家。但即便如此，也不意味著他能讓蕭臻一再為自己冒險。

喬紹廷走開兩步，又回頭問道：「蕭律師，你一開始考量過風險成本嗎？」

「你是說來德志所的時候，還是我們開始合作的時候？」

喬紹廷笑笑：「沒什麼差別吧。」

蕭臻愣了。喬紹廷說沒什麼差別，也就是說他早就知道，蕭臻來德志所的時候就打定了主意要與他合作。他大概知道，她的目的並不單純……即便是這樣，喬紹廷也只是擔憂她的安危，卻沒有懷疑過她的立場……

蕭臻的神情複雜，目送著喬紹廷離開，卻不知道哪怕喬紹廷處處小心，避免讓她為王博與雷小坤的案子出頭，她也已經成了槍靶。

就在蕭臻和喬紹廷商議著分頭行動的時候，德志所大樓對面咖啡廳裡，薛冬正坐在落地窗旁，啜著咖啡，心事重重。他來這裡是為討論蕭臻的事。現在他預感不祥。

章政推門進來，一路東張西望，來到薛冬旁邊。他警惕的神態讓薛冬覺得可笑，光天化日的，兩個大男人，還是同行，在單位旁邊一起喝個下午茶，再正常不過，再說是章政主動叫他來的。

明明四下無人，角落的位置也不引人矚目，章政還是惴惴不安。他坐到薛冬對面，又看著服務生走遠，才免去了寒暄，斟酌著開口。

「昨天你跟我說的那件事，有辦法了。」章政壓低聲音，搓了把臉，聲音鎮定，略帶疲憊。

薛冬張了張嘴，想說什麼，但還是沒打斷他。

「蕭律師前不久承辦過一起交通事故的損失賠償案，我們的客戶是被告千盛閣酒樓。剛開過一次庭，有一個叫李彩霞的私下找到原告律師孫志英，透露了一些千盛閣酒樓在安全和勞動保障上的紕漏。孫志英以此威脅千盛閣酒樓，和原告在庭外達成賠償和解。這個李彩霞是個法學大學生，據說也在準備參加司法考試。她有個一起租房子的室友，叫蕭臻。」

章政的聲音從疲憊，到昂揚，再到後來乾脆徹底散去了惶恐，甚至得意起來。他兩手一拍，眉毛一揚：「惡意串通對方，損害委託人權益。怎麼樣，這個可以吧？」

薛冬心一沉，他擔心的事情成真了——章政一心自保，從未想過蕭臻的死活。他勉強笑笑，忽略內心的不適：「蕭律師為什麼要這麼做？」

章政滿不在乎地一擺手：「搞不好收了對面的好處，或者只是單純的同情心氾濫，誰知道。」

「那你又是怎麼知道內情的？」

章政笑了：「這個……更不重要吧。」

「有證據嗎？」

「只要你告訴曠北平，他變也能變出證據來。剩下的問題交給《律師法》就行。」

《律師法》第四十九條：「律師與對方當事人或者第三人惡意串通，侵害委託人權益，停止執業六個月以上一年以下……情節嚴重的，直接吊銷其律師執業證書。」

薛冬低下頭，看著桌面。木頭桌上空無一物，只有一杯喝了一半的咖啡。

「那接下來就看你們主任的手黑不黑了。」章政說著，又扯起了嘴角，如釋重負。但薛冬沒接話，也沒笑，頭都不抬。章政盯著薛冬看了幾秒，也收起笑容。

數十秒的沉默之後，薛冬還是低著頭：「蕭律師才剛剛入行，你這樣會斷送她的前途。」

章政嘆了口氣，沉下臉：「那還能怎麼辦？不給出把柄，曠北平那邊你交代不過去。蕭律師的前途要是毀了，我也覺得很遺憾，但在保住她還是保住你之間，我肯定選自己兄弟。」

或者說是選保住自己。薛冬抬起頭，幾乎脫口而出。

廢掉了蕭臻，曠北平也不會放過德志所，放過章政，可是至少能緩和一下局面。章政著急將蕭臻放上砧板，為的無非就是這個。

章政端詳著薛冬。他知道薛冬在想什麼，他討厭薛冬這種看似「善良」的猶豫。當初一起布局的是他們兩人，如今卻只有他一個壞人似的。

思考片刻之後，章政冷笑一聲，懶得再給薛冬留情面：「當然，惡意串通這種事，蕭律師不是第一次幹了。但我總不能讓你跟曠北平說，是你們兩個合謀撬走了我們所的顧問單位吧。」

章政說完，起身準備要走。薛冬見狀，從身邊拿起個鼓鼓的牛皮紙袋，一把塞進他懷裡。

章政抱著牛皮紙袋，愣了。

「舒購的常年法律顧問，錢都在這裡。」

章政愣了好一陣，笑了，作勢把牛皮紙袋往回塞：「你看你！怎麼，連玩笑都開不起了？都是……」

薛冬站起身，一拍章政的肩膀，把那句「都是兄弟」堵在半空，扣上西裝，露出笑容：「開得起，這不是都把我逗樂了嗎？難得你費心想得這麼周到，曠主任那邊，我去說。」

說完，薛冬走出咖啡廳，腳步輕快。

章政望著薛冬的背影，又看看手上的牛皮紙袋，若有所思。

此時，喬紹廷上了樓梯，剛要進德志所，碰到了洪圖。

洪圖正開門從所裡出來，看見喬紹廷，驚訝的表情一掠而過，瞬間切換成微笑：「喬律師，你不是剛和蕭律師出去了嗎？」

「蕭律師去取證了。我還得去看守所。」喬紹廷笑笑，擺擺手，拉開德志所大門。

看守所就意味著探望王博和雷小坤……門正要關上，洪圖突然一閃念，回過身，一把拉住門：

「有什麼我能幫忙的嗎？」

喬紹廷盯著洪圖看了幾秒：「你什麼都不做，就是幫我。」

看著喬紹廷走進德志所大廳的背影，洪圖愣愣地站了好一陣。之前，她跟曠北平在醫院「偶遇」，曠北平對她說的話，和如今的喬紹廷幾乎一模一樣。她長出口氣，說不上是悵然若失，還是如釋重負。

與此同時，章政回了德志所，路過會議室，走進自己辦公室。喬紹廷拿了資料，夾著檔案袋從會議室出來，同時低頭看著手機通訊錄。

喬紹廷點開「韓律師」的電話號碼，盯著看了幾秒，猶豫著要不要撥，但還是收起了手機。走出樓門，他就看見薛冬正走出樓對面的咖啡廳，走向自己的轎車。他怎麼會在這裡？

薛冬站在車旁，似乎在想著什麼，拿出手機，撥打電話。

這個電話是打給蕭臻的。

3 曠北平的威嚴

此時，蕭臻正在津港政法大學門口，和李彩霞並肩坐在花壇旁的長椅上。李彩霞捧著一盒蔬菜沙拉，蕭臻拿著塑膠袋，裡面是個火燒餅。

倘若真的如喬紹廷所料，曠北平會對她出手，那她最大的破綻，恐怕就是千盛閣那個案子。看到薛冬來電，蕭臻一手拿著塑膠袋，另一手舉著火燒餅，伸出小指，直接把電話掛斷。

李彩霞眼巴巴地望著蕭臻的火燒餅：「找我什麼事，不能晚上回家說嗎？」

「之前你和孫律師見面，沒有透露過我的身分資訊吧？」蕭臻啃了口火燒餅，語氣輕鬆。

「當然沒有。」李彩霞瞪大了眼，她又不傻。

「那她怎麼會跟你說，讓你謝謝我？」

「拜託，人家也不傻……怎麼了？」

蕭臻思忖著，繼續啃火燒餅：「沒事。」

孫律師不傻，那曠北平更不傻，他會猜到的。喬紹廷的擔憂恐怕不是空穴來風。

李彩霞斜眼看她：「哎，你這個火燒餅是椒鹽的還是麻醬的？」

蕭臻把塑膠袋朝她一扔：「都有，你來一個？」

「呃……」

李彩霞還猶豫著要不要伸手，蕭臻就整理好心情，把塑膠袋裡剩下的火燒餅包好放進包裡，拍拍身上的食物殘渣，站起了身：「我得去走訪證人了。這都幾點了，你還不趕緊去司法考試補習班上課！」

李彩霞把沙拉放在一旁，坐在長椅上沒動：「上什麼課啊，我聽課證不見了。簽到只認證不認人，死都不讓我進去。」

「太扯了吧。聽課證不見不能補辦嗎？」

「可以補辦啊，拿身分證去培訓中心就可以，但我的身分證寄回老家調檔案用了，明後天才寄回來。」

蕭臻翻了翻白眼，站起身：「真夠孬的你！」

蕭臻走向校門的方向，李彩霞在後面追著喊道：「哎，你幹嘛去啊？」

剛走出沒兩步，蕭臻手機又響，她看都不看，便掛斷了。

薛冬望著無法接通的電話嘆出口氣，蕭臻連個通風報信的機會都不給他，這該如何是好？難道直接跟喬紹廷說？他正這樣東想西想，喬紹廷的聲音就從他身後傳來：「冬子，又見面了。」

喬紹廷一拍薛冬的肩膀，薛冬嚇得魂飛天外，差一點把手機丟出去：「啊！你……紹廷……」

他匆匆把手機塞回口袋，臉上的表情多少有點不自然。喬紹廷卻彷彿完全沒注意到薛冬的異樣，淡淡寒暄：「才剛分開不到兩個小時，沒想到你在我們所樓下。」

薛冬支吾著，說著恰巧路過之類的話，連自己都不太相信。喬紹廷卻沒追問，繞到車的副駕一側：「恰巧路過都能讓我碰上，那太巧了，我也正好有事得找你幫忙。」

說著，他拉了下車門，沒拉開，抬眼去看薛冬。

薛冬愣了愣，心虛間沒多問什麼，直接拿出車鑰匙解鎖，隨喬紹廷上車。

之後的一路，薛冬照著喬紹廷的指揮開，不到二十分鐘，就發現自己到了海港看守所門口。

薛冬把轎車停在路旁，扭頭剛要說話，喬紹廷就搶先把文件塞給他：「你需要分別會見王博和雷小坤，讓他們簽名，可能需要一段時間。正好車借我用一下，我去附近辦點事。」

薛冬愣了愣。他一路都擔心喬紹廷問他去德志所的原因，卻沒想到喬紹廷為會見的事情找他幫忙。他鬆了口氣，看看手裡的檔案，卻還是有點猶豫：「蕭律師怎麼沒陪你來？」

喬紹廷攤手：「她去辦其他案子了。怎麼，你們主任是打算對她下手了嗎？」

難怪喬紹廷什麼都不問，原來是猜到了。薛冬想著，笑著敷衍：「你說什麼呢？這都什麼奇怪的想法……」

喬紹廷也笑笑：「可能是姓曠的這兩天沒怎麼挑釁我，我有點不習慣。」

薛冬暗嘆喬紹廷直覺的準確，嘴上卻繼續開著玩笑：「怎麼，你要是皮癢，這事我還真幫得上忙。」

喬紹廷推開車門，沒再看薛冬：「那好，讓他有什麼事衝我來就好。」

薛冬不知道說什麼好，見喬紹廷已經下車往駕駛座一側走來，他便也下車朝看守所走去。

蕭臻從來沒上過司法考試補習班，看著黑壓壓的人群神色肅穆地走向階梯教室，有的還面帶焦慮，一路低聲背誦法條，她頗覺震撼。

簽到處的負責人不到三十歲，一身筆挺的西裝彷彿隨時都能去開庭，頭髮用髮膠打得硬邦邦的，一絲不亂。蕭臻看向他胸牌上的名字，他叫戴文。

戴文正在簽到桌旁收拾東西，看到蕭臻朝自己走來，又看到她身後的李彩霞，沒等兩人開口，就有點不耐煩了：「我跟你那姐妹解釋過很多遍了，規則就是規則。如果可以破例的話，是不是每個人都可以不帶聽課證了？不是我針對誰，來這裡上課的，恐怕大多數未來都會從事司法相關工作。律師到法院能說自己沒帶律師證嗎？警察去抓人能說自己拘留證不見了嗎？在這麼重要的事情上粗心，我看她上不上這個課也無所謂。」

李彩霞臉一紅，隨即尷尬笑笑，朝蕭臻搖了搖頭，朝教學樓外走去。

蕭臻沒跟出去，她沒想到這點小事能如此無限上綱，還能扯出這樣一套官腔，也有點不高興了：「你說的那些，都是很正式的場合。這裡就是一個收費培訓班，而且她也是不湊巧，屋漏偏逢連夜雨。日常生活裡我們誰沒弄丟過東西啊。」

戴文停下手裡收拾的東西，嚴肅地看著蕭臻：「我就沒有。從大學四年，到實習律師，再到正式執業四年多，我從沒弄丟過任何證照。」

蕭臻掏出律師證：「我從上學到工作，經常弄丟東西，一樣做律師。」

戴文看到蕭臻拿著的律師證，有點驚訝，似乎沒想到蕭臻這麼年輕就是正式執業律師，無奈地笑了：「好好好，你厲害，我也不和你爭，我收回之前的話。但沒帶聽課證，我沒辦法放她進去。」

戴文聳聳肩，繼續埋頭收拾東西。

蕭臻看他不像能被說動的樣子，嘆了口氣，準備離開。剛走出沒兩步，蕭臻突然想到了什麼。如果道理講不通，那說不定某些別的東西會有效果——比如某個名字。

想到這裡，蕭臻回過頭去，換了語氣：「不好意思，我剛才的話也是衝了一點……」

戴文很有風度，笑著朝蕭臻擺擺手。

「您是律師，怎麼在這裡幫忙簽到啊？你是政法畢業的？」

「對啊。這個班就是原來的同學搞的，我就過來幫幫忙……」

「哦，原來是學長啊，那真是更不好意思了。」

戴文一愣，重新打量蕭臻：「你也是政法畢業的？」

蕭臻搖頭：「不是，但我正在讀這裡的在職碩士。」

「碩士？哪方面的？」

「曠教授的刑事訴訟。」

戴文立刻睜大眼睛：「原來是曠教授的碩士，哎呀你說這事……」

話到一半，他似乎又有所懷疑，試探著說：「他的碩士可不好上。學妹啊，在那老爺子面前，可別再丟三落四了。」

「曠教授現在很少收碩士了，我也是託了一個朋友引薦才能有機會。哦對，你應該也認識。」

「誰啊？」

海港看守所會見室內，工作人員正把王博簽好名的委託書交給薛冬。隔著一層玻璃，薛冬對面是穿著號碼背心、剃了頭的王博。

薛冬看了眼委託書，手機響了，他拿起通話器讓王博稍等，隨後接通電話：「蕭律師，你怎麼都不接電話……學長？誰是你學長……我？給誰……哦，小戴啊，你怎麼跟蕭律師在一起？啊——是是是，這不是小學妹嘛，總得幫幫忙……」

薛冬站起身走開幾步，繼續講著電話，嘴裡咿咿呀呀敷衍著，笑著，臉上的表情卻越來越難看。

此時的他還不知道，不遠處的看守所辦公室裡，魯南和方媛穿著制服，也來提訊王博和雷小坤了。他們聽警員說王博正在和律師會見，便在辦公室裡等著。

魯南雙手插在口袋裡來回踱步，問道：「正在會見王博和雷小坤的是哪位律師？」

警員點了兩下滑鼠，看著螢幕：「叫薛冬，金馥律師事務所的。」

魯南微微皺眉：「金馥所？」

方媛在一旁小聲提醒道：「曠北平的所。」

兩人對視片刻。方媛心想這喬紹廷的確有兩下子，居然能指使金馥所的律師出面替他辦事。魯南則在想，喬紹廷身分尷尬，不能直接參與任何階段的代理工作，找人出面恐怕也是不得已而為之。

不過，既然在名義上，喬紹廷和王博、雷小坤的案子不存在任何關聯，那麼，如果需要溝通的話，他們和喬紹廷之間也不存在任何需要回避的情形。

喬紹廷的處境，也許對他們來說反倒變成了好事。

不知道以後跟喬紹廷正面接觸，會是什麼樣的光景。魯南想到這個，不知怎麼地，有了些期待。

而此時的喬紹廷心思不在王博和雷小坤的事情上，他正在司法鑑定中心，向工作人員詢問兩份間隔半年左右的書證，有沒有可能通過筆跡鑑定區分出時間。

「這很難講，要看書寫用的是什麼墨水，並且找到與這兩份書證書寫時間相同的檢驗材料做比對……那結果也不好說。不管是硫酸鹽擴散法，還是熱分析法，在時間檢測上對樣本和對比檢材的要求都非常高。」工作人員的答案似乎不太樂觀。

「這麼說吧，如果我把這兩份檔送到你這裡進行鑑定，你有多大把握能給出結果？」

那人想了想，笑了：「不是我有多大把握的問題，這樣的申請我們很可能不會接受。」

喬紹廷面露失落。蕭臻盼著把每個案子都辦好，窮盡一切手段，但事情並不總如他們所願。

在簽到處，蕭臻還不知道筆跡鑑定會遭遇挫敗，正享受著她小小的「成功」。戴文正拿著蕭臻的手機，笑著跟對面告別：「好的，學長，那回頭代我向曠教授問好。」

說完，他把電話還給蕭臻，變得十分熱情：「搞了半天，大水沖了龍王廟，你早說呀，都是自家人。快讓你姐妹來上課吧，都過了十多分鐘了。」

蕭臻也笑著：「那謝謝學長，給你添麻煩了。」

戴文擺手：「沒什麼。」

蕭臻正要走，戴文拿起簽到處旁邊單獨銷售的習題教材，每種各拿了一本：「學妹！」

蕭臻回過頭，戴文把那疊教材塞給蕭臻：「讓她多做題目，爭取一次考過。」

蕭臻看了一眼，發現這些是單獨販售的題庫，邊接到手裡邊詢問價格。戴文還是一臉熱情，連連擺手：「不用不用。曠老師的高徒過來還得花錢，我這不是討罵嗎？」

蕭臻看著戴文友好的微笑，只覺得諷刺。她走出教學樓，朝等在門口的李彩霞點點頭，把厚厚一疊題庫塞了過去。

李彩霞只以為這是蕭臻說動了負責人，張大了嘴：「當了律師就是不一樣啊，無照駕駛還有贈品！」

蕭臻勉強地笑笑：「快去上課吧，我還得取證呢。」

李彩霞臨走不忘推蕭臻一把：「別憋著啦，心裡得意就笑出來吧。」

蕭臻笑笑，但朋友剛轉身離開，她的笑容就維持不住了。她低下頭思索著，表情有點沉重。剛才她想幫李彩霞，也想搞個小小的惡作劇，卻又一次證實了曠北平的影響力。

洪圖打來電話，讓她晚一點過去彙報喬紹廷的動向。掛上電話，蕭臻嘆了口氣，掃了一輛共享單車離開。

德志所內，洪圖剛掛上電話，就被章政叫住，顧盼正在門口的影印機旁彎腰裝訂資料。

章政靠在影印機上：「小蕭是不是又跟紹廷跑出去了？」

「他們兩個今天好像不在一起。怎麼了？我們德志所的新星又惹什麼事了？」洪圖抱著雙臂站定，微微皺眉，一臉警惕，卻沒注意到章政飛速瞟了一眼顧盼，才繼續說話。

「千盛閣那個案子，小蕭應該是私下串通了對方律師，逼迫吳總他們庭外和解。這事可能要出事。」

洪圖先是一愣，不明白章政怎麼沒頭沒腦說起這件事。隨即，她看到了不遠處的顧盼，再看看章政吸著牙縫，一臉誇張過度的憂心忡忡，她徹底搞懂了怎麼回事。

洪圖冷笑一聲：「我就猜沒那麼簡單……喬律教她的？」

章政搖頭，確保自己口齒清楚：「這件事恐怕還真的跟紹廷沒什麼關係。」

「那怎麼辦？」洪圖饒有興致，看著章政的表演。

「我想想辦法……」

章政低下頭，還想再說什麼，洪圖打斷了他：「好了，我還約了人吃飯，先走了。」

「哎，這事你別往外說啊。」章政不忘叮囑。

洪圖點頭：「明白。」

顧盼站起身，抱著資料，看著章政和洪圖分別離開。剛才的對話，她一字不漏地聽清楚了，或許，這也正是章政所期盼的。

此時的海港看守所門口，薛冬不耐煩地等待著喬紹廷，不時看眼手錶。喬紹廷駕車停在他身旁，下車，接過薛冬遞給他的文件，繞到副駕駛座一側。

薛冬坐上駕駛座，調整車輛座椅的位置：「辦完了，還有什麼吩咐？」

喬紹廷想了想：「開車，我帶你去個地方。」

4 喬紹廷的反擊

薛冬沒有想到，喬紹廷帶他去的是官亭灣水庫案發地。

薛冬走到山崖旁，往下看了看。王博和雷小坤就是從這裡把籠子踢下去的。他回過頭問喬紹廷：「帶我來這裡幹嘛？」

喬紹廷舉著手機拍照，冷冷地說：「我想把你踹下去，測試一下水流多長時間會把你捲到入海口附近。」

薛冬看著喬紹廷冷酷的表情，臉色逐漸僵硬，直到喬紹廷笑了，他才明白過來。

「別亂開這種玩笑！我剛才真的緊張了。」

喬紹廷笑著走到薛冬身旁，腳尖幾乎探出懸崖外：「緊張什麼？如果你這麼說，我就不會怕，所以你看，還是我信任你多一點。」

薛冬瞟了他一眼：「把你推下去對我沒什麼好處，如果有人給我一億……不行，怎麼樣也得三億，我肯定把你推下去。」

喬紹廷低頭看著水面：「雖然沒錢拿，但你現在把我推下去，一定會有人感激你。那份感激，能讓你在這個行業裡受用很久。」

薛冬不去看喬紹廷，也低下頭，後退兩步，聲音悶悶的：「這話說得……」

「王博和雷小坤把囚禁朱宏的鐵籠從這裡踢下去之後，籠子在入海口附近被打撈上來，朱宏不在裡面。員警搜索了很久，沒有找到屍體，也沒有找到他的其他遺物。我懷疑朱宏沒有死，所以我做了一些假設。」

「假設？」薛冬不解，看向喬紹廷。他不明白喬紹廷為什麼忽然跟他說這些，卻又忍不住好奇喬紹廷接下來要說什麼。

「對，就是如果朱宏還活著，或是他想詐死，他會聯絡誰。」

薛冬想了想：「家裡人？」

喬紹廷點點頭：「所以我找在津港銀行工作的鄒亮去查朱宏家人的財務狀況，結果鄒亮死了，他當時帶在車上的那份資料還是偽造的，我也被抓進去了。」

薛冬隱隱明白了些什麼，但他不願意深想：「這……說明什麼問題嗎？」

「鄒亮之前因為涉嫌瀆職，被內部調查，最後銀行開會的結果，是讓事情小事化了。與會提供專家意見，或者說確定鄒亮罪與非罪界限的專家，就是曠北平。鄒亮在出事之前，單獨往我家寄了一份資料，那裡面是朱宏家屬的真實財務狀況，可以說部分印證了我的假設。朱宏的家屬之一，也就是他的岳父嚴裴旭，是曠北平當年的兵團戰友……」

「你是想說，曠主任通過瀆職的事挾制鄒亮，提供假資訊給你，然後又把鄒亮殺了？」薛冬想笑，這套推論太瘋狂了。曠北平做事的確不擇手段，但他沒辦法想像曠北平動手殺人。

喬紹廷依然一臉平靜：「這裡面確實有我沒搞懂的事情。也許鄒亮的死只是個意外，或是另有什麼原因……我們不妨再做一個假設，如果鄒亮沒死，而我又相信了鄒亮提供給我的資料……這次，薛冬馬上弄懂了：「那你等於是在向司法機關提供偽造的證據，誣陷被害人家屬。」

喬紹廷笑了：「對，這就是事情大概的來龍去脈，我覺得你最好瞭解一下。」

薛冬啼笑皆非：「這裡面太多假設了，再說，我知道這些幹嘛？」

因為薛冬需要知道自己捲入了何種局面，又將蕭臻扯進了何種局面。喬紹廷在心中默默回答。他看著遠處的天邊，深吸口氣，沉聲問道：「蕭律師到底是誰安排的？你，還是章政，或者你們兩個都有？」

薛冬愣了一下，擠出個笑容，剛準備再說點場面話糊弄過去，喬紹廷扭頭看他：「再想唬我，我們就真得出海口見了。」

薛冬垂下目光，想了想，抬眼看著喬紹廷：「就算是我吧。」

喬紹廷點頭：「你安排她到我們所，是想私下幫忙我？」

薛冬笑了，攤開雙手：「當然不是。我是為了派人和你一起扳倒那個人，好做金馥的主任。」

喬紹廷笑了，搖搖頭：「你應該不會是這麼想的。」

薛冬反唇相譏：「你應該也不會真的把我踹下去。」

喬紹廷收起笑容：「那你知不知道，這樣做會把這個剛入行的年輕律師職業前途置於危險境地？」

薛冬避開喬紹廷的目光，裝出無所謂的樣子：「她自願的。這裡面有什麼風險，她很清楚。」

喬紹廷走到薛冬身旁：「在我和曠北平的較量中，很多人都在觀望。有的人發現自己沒有資格袖手旁觀，因為如果曠北平幹倒我，那下一個就將輪到他。你本來可以觀望的，但無論出於什麼動機，你還是選擇幫我，謝謝你。」

薛冬抬起頭，動了動嘴巴，卻沒說出什麼。

喬紹廷直視薛冬：「我只希望不要犧牲蕭律師。她很優秀，而且潛力無窮。她這樣的人是我們這個行業的未來。」

或許是心虛，或許是愧疚，薛冬急了，抬高嗓音：「那你從一開始就不應該和她搭檔。現在人在你身邊，我說了不算。而且喬紹廷，別說我或者蕭律師，你比誰都更清楚和你搭檔的人會有什麼風險，在這裡裝什麼好人？」

薛冬整張臉都漲紅了，好像聲音再高一點，情緒再激動一點，就能把所有的錯都推到喬紹廷身上。喬紹廷看著他，想了想，點點頭：「你說得對，這件事我確實後悔了……總之，你想辦法讓曠北平不要針對她。」

「我怎麼可能……」薛冬一時語塞，喬紹廷明知道這不是他能控制的事情，這個要求也太可笑了。

喬紹廷回過頭：「在津港銀行幫我查資料的事，你搞不好能糊弄過去。但今天看守所有你會見王博和雷小坤的紀錄，只要曠北平想查，他一定查得到。你保護蕭律師，我就不會出賣你。」

薛冬剛才的激動，此刻全化作了震驚：「紹廷，你……」

「你說得對，我不是什麼好人。」

章政想把蕭臻犧牲掉，喬紹廷想阻止其他人對蕭臻下手，薛冬則是左右搖擺，舉棋不定。對於這三個人的角力，蕭臻作為當事人一無所知，卻隱隱地感覺到有什麼事情即將發生。拜訪完證人之後，若隱若現的不安仍然揮之不去。

在這種心情之下，蕭臻去了指紋咖啡。她也不明白，自己為什麼會想到那個地方。跟往常一樣，韓彬穿深色衣服，站在吧臺後面為客人調酒。蕭臻放下包，去洗手間，然後就接到了薛冬的電話。

「你什麼時候成了曠主任的在職碩士？」

「既然我們兩人是互相利用，我就能用則用囉。」蕭臻聲音輕鬆，沒讓薛冬察覺自己的心情。

薛冬似乎被噎了一下：「今天我在做本來該你做的工作。」

蕭臻一驚，隨即失落感襲來——看來會見王博和雷小坤的事情，喬紹廷真的不打算讓她參與。可是對薛冬，她還是什麼都沒表現出來：「原來喬律是找了你。你是打電話來訴委屈的嗎？」

薛冬嘆了口氣：「顧問費那個錢，我已經提領了，怎麼交接？」

蕭臻無精打采地嘆了口氣：「我今天很累，改天再說吧。」

說完，她正要掛電話，薛冬急切地說：「等等，等等。」

「還有什麼事啊？」

「你跟喬紹廷之間最近有沒有什麼……異常？」

「什麼算異常？」

「呃……比如……比如說，哦對，最近你們辦的什麼案子，是跟月亮或星象有關的？」

「你說什麼？」

「就是，他有沒有問過你……看到月亮之類的話？」

蕭臻翻了翻白眼，深吸了口氣：「沒有。如果你再不掛電話的話，我就會有很多跟太陽有關的話想對你說。」

「啊？」

蕭臻直接掛斷電話，走出洗手間。

蕭臻來到吧臺旁，韓彬把一盤義大利麵端到蕭臻面前，上面滿滿地蓋著很多辣醬。蕭臻抬頭看了眼韓彬，笑了：「謝謝韓律師。」

「看你的樣子，這一天過得很辛苦。」

蕭臻正要說話，手機響了，是通知她開庭時間的法官。蕭臻確認好了次日開庭的時間，掛上電話，更覺得疲憊，又嘆出口氣，強撐著笑臉對韓彬說：「看來明天也會很辛苦。」

韓彬盯著蕭臻：「你似乎不光是辛苦，還有些煩惱。」

蕭臻把辣醬在麵條裡拌開，頭也不抬：「韓律師，您所瞭解的喬律師，是個什麼樣的人？」

問出口時，蕭臻才知道，自己來這裡恐怕就是為了找個人聊聊喬紹廷，只要是和他有關的事情，最無關緊要的也行。她的直覺告訴她，韓彬或許比章政和薛冬還要危險，但她想不到其他的人。

服務生把客人新點的單子送到吧臺，韓彬看了眼單子，點點頭，開始操作咖啡機：「我對他談不上瞭解，不過我聽章主任跟我講過他們學生時代的一件事……」

蕭臻饒有興趣，邊吃麵邊看韓彬。

「章政、薛冬和喬紹廷，那時候在一個宿舍。據說有天晚上他們嘴饞，想吃宵夜，恰好章政不知從哪裡弄了幾盒羊肉片，於是他們從別的宿舍借了個加熱棒，弄了鍋開水，卻沒有醬料。章政很講究，沒有芝麻醬、韭菜花和醬豆腐的傳統組合，他寧可不吃，也不想破壞自己對銅鍋涮肉儀式感的美好嚮往……」

說著，韓彬把做好的兩杯咖啡放到一個托盤裡，一拍桌鈴，讓服務生拿走。

「薛冬就不一樣，他因地制宜，拿辣椒油拌上兩塊豆腐乳，大概是吃到嘴裡就是真理。」

蕭臻好奇地問道：「那喬律師呢？」

「章政告訴我，喬律讓他們不要急著吃，等他去找醬料。那時候還沒有二十四小時便利商店，也沒有通宵營業的火鍋店。他離開宿舍，騎車往返了將近二十公里，從家裡拿來了芝麻醬和其他醬料。等他們三個吃完，天都快亮了。」

蕭臻想了想：「我能感覺到他是個很執著的人，那照這麼說，他是不是也很會為他人著想？」

韓彬盯著蕭臻看了幾秒：「如果指的是他沒有把你的名字寫在那兩份委託書上這件事，應該是為你著想的意思。」

蕭臻停下了咀嚼，拿起餐巾擦嘴，抬頭看著韓彬：「但我又真的有點想辦這個案子。」

韓彬和她對視片刻，笑了：「讓你煩惱的並不是你能不能辦這個案子，而是喬律會不會答應你。」

蕭臻被戳中心事，臉色變了。整點的鐘聲響起，兩人都沒說話。

片刻的沉默後，韓彬還是一臉放鬆：「如果他來找我，我會拒絕他。喬律既不想傷害德志所的同僚，又找不到對曠北平無所謂的人，那他剩下的選擇就很少了。」
蕭臻又沉默片刻，沒再追問，換了話題：「韓律師，能不能請教您一個技術上的問題？」
「請教不敢當，你說。」
「兩份書寫時間相近的書證，有辦法通過筆跡鑑定區分出先後時間嗎？」
韓彬想了想，掏出手機：「這個……我幫你問一下司法鑑定中心的朋友。」

此時，喬紹廷正坐在公寓床邊的地上，翻看著王博和雷小坤的案件資料，拿手機比照著自己今天在官亭灣水庫拍的地形地勢照片，同時在紙上寫著什麼。
似乎有人用鑰匙開門，隨後，傳來「咚咚」的砸門聲。
喬紹廷嚇了一跳，打開門一看，是氣勢洶洶的唐初。
哪怕是千頭萬緒的現在，唐初忽然造訪，對喬紹廷也是意外之喜，他不由得笑了。
喬紹廷剛要說些什麼，唐初劈頭蓋臉就問：「你是不是教阿祖打架了？」
「打架？」
「今天阿祖打了他們班一個叫九九的男生，把人家鼻子都打出血了。我問他，他說是你教的。」
喬紹廷愣了愣，明白過來：「你先進來。」
唐初站著不動，抱起雙臂，瞪著喬紹廷。
喬紹廷無奈：「那他是怎麼打那個同學的？是正面出擊還是偷襲？」
「有差嗎？」
「有啊……沒錯，是我教他的。那個叫九九的孩子老是欺負人，我是希望孩子懂得面對侵犯一定要反抗。」

「反抗有很多種方式，而且他也可以去跟老師說，或者回來跟我說。我去找那個九九的家長溝通……」

「小孩子之間出現這種霸凌……好吧，也許還沒有到霸凌的程度，但至少是欺負人的狀況，在肢體上的傷害發生當下，我覺得孩子應該做出合理的回應。這麼小的孩子，該還手還是得還手，總不能讓他去以德服人吧？」

「我不想聽你詭辯，明天下午三點幼稚園見，我們得跟九九的家長道歉，你正好順便把離婚協議拿走。」

唐初轉身準備走，又轉過頭來：「你換鎖了？」

「啊？咳，不是我，是房東！前段時間我不是進去了嗎，然後……」

喬紹廷神態有點狼狽，語無倫次地解釋著，內心某個小小角落，又似乎有些竊喜——唐初還會在意他換鎖的事情。

但唐初不等他說完就準備離開，喬紹廷急得連連叫她的名字。他先是急匆匆返回房間找鑰匙，又跑去門口張望，生怕唐初走了，顧此失彼。

等喬紹廷找到鑰匙，出了門，走道裡早就空無一人。喬紹廷站在門邊，手機響了，他立刻關上門，翻找出手機，看都不看就接通電話。

「欸，你聽我解釋……」

電話那頭是個男聲：「別解釋了，雖然你是受害人，但也是案件的證人，你說會來做筆錄，現在都過去多久了，你是被打到住院了嗎？」

喬紹廷反應過來，是蕭闖：「哦……咳，是你呀。不好意思，我這一忙，不小心忘了。而且我傷得也不重……」

「所以你就放了向陽刑偵支隊的鴿子？喬律師，你是有多不願意配合警察機關？」

喬紹廷一下坐直了身子：「我可沒有這個意思！這樣，明天！我明天一定去！」

「我只是善意地提醒，隨你。」

「對了蕭闖，稍等一下。」

「怎麼了？」

「王博和雷小坤那個案子，如果我總結出了一些案件疑點……我知道海港支隊的很多人都是你小兄弟，你看能不能提醒他們一下……」

電話那頭，蕭闖笑了：「喬律師啊喬律師，你知道規矩的。這案子都到最高院了，你讓我私下去找偵辦人員是什麼意思？既然你還死咬著不放，我建議你把覺得有疑點的地方準備一份書面材料，按正式流程向你認為合適的司法機關呈報，肯定會有人接收的。」

喬紹廷想了想，似有所悟：「你的意思是說，海港刑偵支隊其實還在……」

「我什麼意思都沒有。記得明天來做筆錄。」

蕭闖掛斷電話。

5 他者的立場

官亭灣水庫案發地，魯南把車停在水庫附近，和方媛下了車，用手電筒照著路，尋找王博和雷小坤的案發現場。

「南哥，我們說好了還可以順便看一看夕陽，現在都幾點了？你別把責任都推給導航。」

「當然，還有一半責任可以推給你吃米線吃太久了。」

「既然沒夕陽可看了，那我們撤吧。」

「好歹是案發現場，走一圈總是應該的。」

魯南說著，拿手電筒照了照地上的腳印，還很明顯。是喬紹廷和薛冬的，不過他們並不知道。

方媛低頭查看腳印，挑眉：「這個地方還挺熱鬧。」

兩人一前一後走到懸崖邊。方媛舉起手電筒，胡亂照射懸崖下的水面：「可能是我笨，跑來這裡能對查案有什麼啟發？」

魯南思索著：「我們換個視角，如果你是律師的話，沒有國家強制力的保障，也沒有司法系統的資源，你的調查許可權和一般民眾沒什麼差別。像這種案子，能從哪個角度入手？」

方媛想了想，跟上了魯南的思路，不再戲謔：「我會假設，如果朱宏沒死，或是他藏起來了，他需要找誰幫忙。」

魯南點頭：「第一選擇永遠是家人。」

方媛似有所悟：「所以喬紹廷會找人去查被害人家屬的財務狀況……」

「然後就出事了。有意思……」

「比起這個，我覺得他能指使對家律所的人替他會見，才更有意思。話說這個委託書總得交到我們這邊，那上面總不可能寫的是金馥所的律師吧。」

「我感覺，在這個案子上，喬紹廷似乎在盡力撇清德志所其他人的關係。」

「執業證被扣了，他遲早得找個律師頂上來。」

「我們查德志所資料的時候，你有沒有注意到，他們還有一個合夥人？」

「誰？」方媛收了手電筒，看向魯南。

指紋咖啡裡，韓彬掛斷電話，走到蕭臻對面，收走她的義大利麵盤：「我問了一下，司法鑑定中心說，類似這樣的鑑定，對物證本身和比對用的檢材要求非常高，一般情況下很難識別，中心也不太願意接受這類申請。」

韓彬把餐盤送去廚房的窗口，回頭見蕭臻滿臉失望的神色，便拿出酒和糖漿，調著雞尾酒：「不過，今天還有一個男律師親自跑到司法鑑定中心諮詢了同樣的事。」

蕭臻抬起頭：「喬律師？」

「我那個朋友也是聽她同事說的，沒有問具體是誰，不過聽著挺像一個騎車往返二十公里去拿芝麻醬的人會幹得出來的事情。」韓彬似笑非笑，看著蕭臻眼睛發亮、疲憊和沮喪一掃而空的樣子，把調好的雞尾酒放到蕭臻面前，「這麼晚就不要喝咖啡了，這杯酒算點餐附贈。」

蕭臻的興奮只持續幾秒，很快，她又回到了現實，苦笑著握住酒杯：「看來雖然我們都想到了這個突破口，但此路不通。剛才另一個案子的法官通知我，明天早上還要去聽一個錄音證據，說是原告剛提交的。不知道是搞什麼飛機……」

「證據突襲是吧。沒關係，如果當庭對質證意見沒把握的話，就說要回去和當事人核實。」

蕭臻抓著頭髮：「不想那麼遜啊，第一次突襲就被打得不能還手……」

「那你可以讓喬律師一起去，他是反突襲老手了。質證的時候，還可以隱晦地向合議庭提議確認證據關門的時限。」

蕭臻勉強地笑著點點頭。喬紹廷現在一門心思都在王博和雷小坤那個案子上，還抽身跑到鑑定中心詢問情況，她已經十分感激了，不想再給他添麻煩。再說，喬紹廷就算去了，也只能坐在旁聽席上，真有什麼需要臨時應變的，他幫不上忙。

韓彬盯著蕭臻看了會兒：「蕭律師，你信任喬律師嗎？」

蕭臻愣了愣，不知該如何回答。

「我覺得他應該也很想信任你。」

蕭臻垂下目光，沒接話。

「有時候，要嘗試著去相信自己的夥伴。」

「韓律師覺得什麼樣的人稱得上是夥伴？」

「每個人不一樣。可能是讓你覺得有安全感的人，這個你總能辨別出來。」

「是嗎……」蕭臻努力確認自己的感受。從小到大，從來沒有什麼人或者事物讓她覺得安全。安全感是什麼樣的？跟喬紹廷在一起，她覺得自己似乎在受到保護，又似乎能自由地選擇。千盛閣、舒購，還有剛才鑑定中心的人說喬紹廷剛剛去過……蕭臻無法概括這些時刻的感受。

「就好像你剛吃完的義大利麵，也許你不覺得辣，但你能吃出來是剛出鍋的，是熱的。暖食總會讓人覺得更安心一點。」韓彬的解釋聽著也玄之又玄。

蕭臻看著韓彬，低頭看看自己戴著手套的手。她摘下手套，看來，無痛症的事情韓彬也早就注意到了。

韓彬解下圍裙：「明天的質證，是上午還是下午？」

「上午十點。」

「你還來得及去當事人那裡多要一份委託書嗎？」

蕭臻沒搞懂韓彬的意思，懵懂答道：「可以啊。」

「九點半拿著委託書去所裡，蓋一張出庭函，我陪你去質證。」

蕭臻呆住了。

韓彬笑著朝她聳聳肩：「怎麼了？我也是律師啊，你真的當我只是個知名富二代嗎？」

蕭臻笑了，把喝完的空酒杯向前推了推：「韓律師，我能不能再要一杯？」

韓彬想了想，轉身打開木盒，從剩下的五瓶酒裡又拿出一瓶「與魔鬼交易」，刮去蠟封，打開瓶蓋，替蕭臻倒了一杯：「和你分享一下我的個人收藏。」

蕭臻看著酒杯裡棕黑色的酒體，聞了聞，味道很重，但聞起來甜甜的。

韓彬替自己也倒了一杯，朝蕭臻舉杯：「十七度的酒，慢一點喝。」

韓彬把酒杯舉到嘴邊，似笑非笑地看著蕭臻喝下那杯「與魔鬼交易」。

已是深夜，蕭臻走出咖啡廳，似乎放鬆了一點。她深吸了口氣，掏出手機撥通電話。

「關於那筆顧問費，我跟你說一下怎麼交接。」電話那頭，薛冬還沒來得及答話。蕭臻抬頭看著天空，見明月高懸，脫口而出：「今晚的月色真美啊……」

電話那頭，薛冬的聲音急切起來：「你說什麼？！月色真美？你是說喬紹廷……」

蕭臻自知失言，忙說道：「這句話不是對你說的！我跟你說明天怎麼交接，你聽好……」

「等等！你剛才是不是說今晚的月色很美？這句話是喬紹廷說過的嗎？他問我的那些話是不是就是這個意思？」

蕭臻邊走邊對著電話說：「我都說了，這句話不是對你說的！跟喬律師也沒有任何關係。那錢你到底給不給我……」

蕭臻舉著電話邊說邊走，沒注意到在她身後停下一輛轎車。曠北平走出車門，瞟了眼蕭臻的背影，便認出了她。他看看指紋咖啡的招牌，又看看走遠的蕭臻，思量片刻，走向咖啡廳。

指紋咖啡臨近打烊，服務生在收拾桌椅，打掃地面，韓彬在收拾吧臺。門開了，曠北平和韓彬對視一眼，便徑直走向吧臺。

韓彬朝他笑笑：「伯父您好。」

曠北平也笑著點頭，環視周遭：「老韓身體還好吧。」

「挺好。」說著，韓彬把一個水杯放在曠北平面前，幫他倒了檸檬水。

「有金馥所你不來，去和章政、喬紹廷那些人一起胡搞……怎麼？是我有什麼事得罪過老韓嗎，還是只是你小子對我有意見？」曠北平打趣著，接過水，頗有長輩的威嚴。

韓彬虛指了一下吧臺周圍，笑道：「您看我一天到晚搞這些花樣，去您那邊，還不夠丟人嗎？在德志，章政也不管我，我偷個清閒自在。」

曠北平盯著韓彬，還是面帶笑意，語氣平靜，像是在話家常：「有些事，不是你藏在吧臺後面就能躲得開的。」

韓彬苦笑。在曠北平看來，他跟德志，跟喬紹廷，恐怕都已經是水火不容。

曠北平收起笑容，盯著韓彬，像是想將他的立場看透：「喬紹廷常來你這裡？」

韓彬笑了：「前兩天他還坐在這個位置，問了我一句很有意思的話。」

「他說什麼？」

「他問我，到底是因為我們是這種人，才從事了這個行業，還是這個行業讓我們變成了這種人。」

「哪種人？」

「囚徒。或者說，在囚徒困境[21]裡的人。自私、不安，就算存在最佳解方，互相傷害也會是第一選擇。」

曠北平愣了片刻，神情變得相當不悅。這幾乎是直接說他反應過度，才總是想下狠手先發制人。他直視韓彬，語氣嚴厲：「我跟德志所的過節，你不可能不知道。」

韓彬打開木盒，從剩下的四瓶「與魔鬼交易」中拿出一瓶，替自己倒酒：「我知道。而且我猜，德志所的確面臨困境，而您也遇到了問題。恕我直言，解決喬紹廷，不一定能解決您的問題。」

「誰告訴你我要解決喬紹廷？」曠北平微微後仰，瞇眼看向韓彬。

韓彬放下瓶子，端起酒杯，微微皺眉：「那如果這麼說，我更不知道怎麼才能解決……」

曠北平打斷他，更加咄咄逼人：「你說我遇到問題，我有什麼問題？」

韓彬喝了口酒，放下酒杯，望著曠北平：「喬紹廷有一個叫鄒亮的同學死了，這是一條人命。伯父，在津港，這種事不可能不了了之。」

整點鐘聲再次響起，十點。曠北平回頭看著掛鐘，面色陰沉，拿起水杯，卻沒有喝：「我聽說老韓和他那屆的同學想成立一個什麼律師學院，正在和法學院談合作。這件事，需要院長點頭吧？」

韓彬一愣，馬上明白過來。他拿過另一個酒杯，放在曠北平面前，替曠北平倒酒：「我知道那件事，是不是您能幫忙說得上話？」

感覺到韓彬緊張了一些，曠北平終於滿意，放鬆下來。他笑笑，指節敲擊桌面：「你父親不需要我幫忙。他們幾個兄弟的事我不插手……喬紹廷和我的事，你也別插手。」

韓彬想了想：「他好像沒什麼事會找到我，而且他現在有一個工作夥伴是……」

曠北平打斷他：「放心，他很快就會來找你。」

韓彬低頭思考，品味著曠北平語氣中的篤定——看來曠北平很確定，蕭臻很快會被他處理掉。

「所裡好幾十人，他可以找任何一個律師繼續合作。」韓彬繼續低垂目光。

「那些人沒這個膽。」

「您的意思是……需要我幫忙做什麼？」

曠北平端起酒杯：「不用你做什麼，跟我一樣，你別幫倒忙就行。」

韓彬聽罷，舉杯隔空向曠北平敬了一下。

兩人對飲。

此時，蕭臻已經到了洪圖家中。洪圖疲憊地陷進沙發，替自己倒了杯酒：「你今天沒陪他去看守所？」

「沒有。他說他找別人陪他去了。」

洪圖笑了：「你不在身邊，喬律還真是沒了依託。今天在樓梯那裡碰上他，他還問過我。」

蕭臻露出疑惑和探詢的表情。韓彬說過，喬紹廷不想讓德志所的人參與進來，她相信這個判斷，但喬紹廷問了洪圖？

洪圖瀟灑地擺擺手：「我當時有事，實在是抽不開身陪他去。」

「那您如果有時間，會替喬律師去看守所會見嗎？」蕭臻沒提自己的疑惑，看向洪圖。

洪圖身體緊繃片刻，隨即又猛地放鬆下來：「當然了。大家都是同事，舉手之勞的事。」

蕭臻沒說話，盯著洪圖的手，洪圖的食指又在不自覺地摳拇指的指甲。

21 編註：為賽局理論中中最具代表性的例子，主旨為分開審訊的多名囚犯，在資訊不留通的情情境下難以堅守共同的最大利益，最終傾向選擇出賣同伴。

蕭臻笑笑：「那沒什麼事我先回去了。洪律師再見。」

洪圖叫住她，斟酌著措辭：「喬律辦案總喜歡摻雜一些個人價值評判，你盡量不要被他帶偏。否則如果出了事，能救你的人不會救你，想救你的人救不了你。」

洪圖身體微微前傾，盯著酒杯，說不上是警告蕭臻，還是在關心她。

蕭臻琢磨幾秒，點頭：「您放心，無論是經手的案件，還是對於喬律師，我都會自己做出判斷。」

直到蕭臻離開，洪圖才意識到自己的手指在刮擦指甲。她抹了抹指甲，喝掉杯中酒，放下酒杯，又拿起酒瓶。

6 危機來襲

四月二十日清晨時，喬紹廷的心情還相當不錯。根據蕭闖的暗示，海港支隊還在繼續調查王博和雷小坤的案子，於是喬紹廷連夜匯總了手頭的資料，約趙馨誠見面，說的是「有公事」。

七點多的海港支隊門口還沒什麼人，趙馨誠穿著便裝從辦公樓裡出來，跟喬紹廷打了個招呼，看起來有些疑惑。

喬紹廷和他握手之後，遞過一個檔案袋，趙馨誠從裡面抽出張紙看了看，笑了：「這就是你說的公事？」

喬紹廷有點不好意思：「我只是想把案件有疑點的地方向我們警察機關反映一下。這應該是合法的吧？」

趙馨誠拍拍喬紹廷的肩膀：「瞧你說的，這也是我們分內的工作。」

「那你們會根據我提的建議……」

「只要是分內的事，我們肯定該做什麼就做什麼。」見喬紹廷還欲言又止，趙馨誠補充道，「如果不是我分內的事，該誰負責，我就會把這東西轉給誰。放心吧。」

剛說到這裡，兩人的手機都響了。

趙馨誠接起電話，說了兩句，似乎是隊裡有事找他。他朝喬紹廷比畫了個告辭的手勢，返回刑偵支隊。喬紹廷的電話那頭則是個陌生的聲音：「您好，您現在在哪裡？」

喬紹廷看了眼周圍：「我現在在……您是誰啊？」

「我是代駕。這輛富康是不是你的？」

喬紹廷愣了愣：「是我的。」

「那你現在在哪裡啊？」

「我在海港區這邊，海港刑偵支隊門口。」

「我知道那邊，離得也不遠。你別動啊，我很快就到。」

不等喬紹廷回答，對方已經把電話掛斷了。

喬紹廷盯著被掛斷的電話，一臉莫名其妙。

不到十分鐘，那輛富康就被開到了海港刑偵支隊門口，開車的是個穿制服的代駕司機。司機停好了車，就走到後車廂去拿他的折疊電動小車。喬紹廷跟到後車廂旁，追問道：「你從哪裡開來的？」

「劉家堡東路的二條胡同，車鑰匙是穿黃背心的大哥給我的。」

「那是誰下單找你把這個車開來的？」

「我不知道啊，公司派的單，我這邊看不見名字和電話。」

「姓氏總有吧？」

代駕司機把折疊車架好，掏出手機點了兩下：「姓……姓蕭。」

喬紹廷愣了愣，笑了。

蕭臻正在德志所的停車場樹下，餵那隻流浪狗吃火燒餅：「我知道這個火燒餅隔夜之後不好吃，所以我還買了一根小熱狗補償你。」

說著，她又剝開一根小熱狗。

韓彬從德志所樓門走出來，把簽了字的函件遞給蕭臻，看著流浪狗面前的食物：「看來你是特意準備了食物給牠，有沒有考慮乾脆帶回家去養？」

「我有想過，但現在我跟一個朋友合住，房子很小，工作又沒日沒夜的……」蕭臻像是要說服自己，一連串理由說得飛快。

「明白，任何選擇都有代價。」韓彬說完，走向自己的車。

蕭臻看了看流浪狗，有點糾結。隨後，她隨韓彬上了車，駛離停車場。

一小時後，兩人便並排坐在了西關法院第七法庭的被告席上。

原告律師打開筆記型電腦：「之前被告律師一直說他們賣的都是進口車，原告現在整理出來一份錄音，是原告當事人和被告公司的經理交涉時錄下來的。我們認為，這份錄音證據可以證明被告相當於承認了他們銷售的汽車是組裝車。」

說完，他開始用筆電播放錄音，又補充道：「原始載體是原告手機，為了方便播放，我們拷貝了一份在電腦上。」

隨著錄音播放，蕭臻的臉色越來越難看。這是原告帶著律師去找汽車原廠主管談話時的錄音。律師處處挖坑，先是問進口車的零配件問題，然後又問起做四輪定位用的生產線。那個周主管大概以為這就是一次普通的協商談話，大剌剌地承認了生產線當然不是來自原廠。隨後那個律師就窮追不捨，說很多合資車[22]也是這樣組裝生產。那個主管最後直接說道：「你要這麼理解也可以……但正是因為拆開進口，價格才能壓得下來。你自己說是不是？同樣的車型，原廠的價格能貴上十幾萬……」

聽到這裡，蕭臻強裝鎮定地扭頭去看韓彬，但韓彬低垂目光，什麼反應都沒有。

法官問：「被告律師，剛才原告出示的錄音證據，你們聽清楚了嗎？」

---

22 編註：此處指的是進口車商與國產車商共同投資、生產和銷售的車輛。

蕭臻略一猶豫：「聽清楚了。」
「對於證據的真實性認可嗎？」
蕭臻遲疑著，韓彬突然開口：「不認可。」
蕭臻一驚。就聽韓彬坦然地繼續說道：「剛才的錄音聽起來不是很清晰，而且錄音當中被稱作周總的那個人，聲音也不像是被告公司的主管……」
韓彬的話還沒說完，對面原告當事人就憤怒地指向了被告席：「這就是那姓周的經理！他現在還天天在他們公司上班呢！」
法官提醒道：「原告注意法庭紀律。被告發言結束後，你們可以繼續發表意見。」
「今天早上我和蕭律師去原告公司拿委託書的時候，還有跟周總見過面。我對他的聲音有印象，和錄音中的聲音不符。如果原告堅持的話，可以就這份錄音證據申請聲紋鑑定。」韓彬不緊不慢地陳述完畢。別提原告和原告律師，連蕭臻都措手不及，庭上一時間沒人說話。
開庭一結束，蕭臻和韓彬走出法院，蕭臻就急切地問道：「今天早上委託書是我去當事人公司取的，您並沒有去啊。」
韓彬一副無所謂的樣子：「哦，就當我也去了唄。」
「但那確實是周總經理的聲音。」
「你的聽覺系統又不具備聲紋鑑定功能，怎麼就確定是周總的聲音呢？」
「但如果原告申請聲紋鑑定……」
「那他們需要有足夠的檢材才行，這個姓周的總經理又不是公眾人物，在網路上應該找不到什麼他的音訊或影片。」
說著，韓彬站定扭頭：「聲紋鑑定是非常複雜的技術，不但要有檢材，檢材還必須相當充分。

換句話說，就剛才那段幾分鐘的對話，鑑定機構恐怕要找這個周總錄上一個小時的音。」

「所以呢？」蕭臻感覺自己之前根本不認識韓彬。

「所以你可以通知被告公司，給這個周總放個長假，讓他去環遊世界吧。不管他是不是要在外面閒晃八十天，民事案件總是有審限的。」韓彬朝蕭臻微笑。

蕭臻微微皺眉：「我們這不是……」

「我們這是履行律師的正常工作職責。對方律師也一樣，從他開始偷錄這段對話，試圖蒐集錄音證據時就該做好準備。他應該預見到我們可能對這份錄音證據不予認可的回饋，也應該準備好其他相關佐證，用以證實這份錄音證據的真實性。作為有舉證責任的一方，如果沒有做到這些，就要承擔舉證不能的後果。」

「您對合議庭說的不是真話。」蕭臻也知道韓彬的做法很有效，她根本沒辦法反駁，只能站定，盯著韓彬看。

韓彬笑了：「這就不是一個說真話的工作，蕭律師。而且，這是你的案子，不是我對合議庭，而是我們對合議庭。」

蕭臻沒再說什麼，但表情有些悵然。如果是喬紹廷，他會做一樣的事嗎？喬紹廷一定有別的辦法……

韓彬看著蕭臻：「這就是選擇。客戶權益和你自身的道德評判，有時候你不能什麼都想要。」

蕭臻望著韓彬走向車的背影，還在回味剛才的事情。

他上了車，搖下車窗：「蕭律師，你要回所裡，還是去別的地方辦事？」

蕭臻想了想：「我想聯繫一下喬律師，看看他那邊有沒有什麼工作安排……」

「是那個死刑覆核的案子？」

蕭臻苦笑：「那案子我連卷都還沒看過，我覺得喬律師應該還在猶豫。」

韓彬低頭笑了：「算我多嘴，喬律師猶豫的，可能是你該堅定的。」

蕭臻若有所思，她也不知道自己還有什麼能幫上喬紹廷的，從認識到現在，好像一直是喬紹廷在幫助她。

「記得環遊世界。」韓彬又笑了笑，開車離開。

蕭臻想著韓彬的話，拿出手機正要撥號，就有電話打了進來，是個陌生號碼。蕭臻面帶疑惑，接通電話。

「蕭律師，我姓孫，是葛平的代理人，我們開庭時見過。」電話那頭是個中年女人的聲音。

「孫律師？你好。」蕭臻更困惑了，葛平的代理人打電話給她做什麼？

「方便的話……我需要盡快和你見個面。」孫律師停頓片刻，「律協很快就會收到針對你的投訴，而我必須出面作證。」

蕭臻的臉色變了。倘若如韓彬所說，喬紹廷猶豫的就是她該堅持的，那麼現在，她還有堅持的資格嗎？

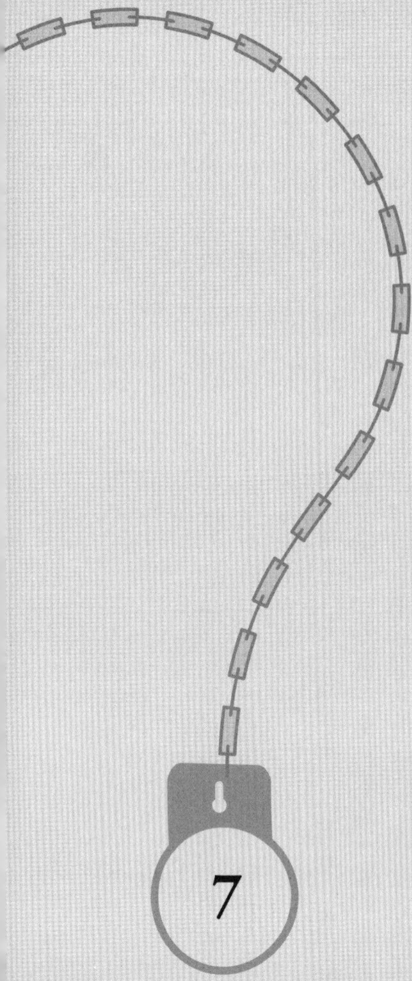

四月二十一日

1 落水

商業廣場的水池附近十分空曠，連鴿子都不見幾隻。蕭臻蹲在水池邊的石臺上，手提包放在腿上，四周空無一人。她的右手拿著手套，左臂直直地伸出，懸在水面上方。她手腕上的傷口雖然不長，卻很深，正在流血，血滴在水面，立刻暈開。

蕭臻收回手臂，若無其事地翻轉手腕，觀察傷口，輕嘆一聲。能使正常人感到痛苦的生理創傷，她沒有感覺；那些不見血的打擊，卻能真正傷害到她，譬如當下的「律協投訴」。

她幾乎可以確定曠北平在此事中居功至偉，也確定一旦投訴成立，自己的律師證被吊銷，喬紹廷會更受牽制。但她無能為力。

她隨手把手套塞進包裡，翻找ＯＫ繃。律師證從包裡掉出來，落進水池。蕭臻微微一驚，一手夾緊包口，另一隻手去撿律師證。律師證在水裡一墜，又漂向遠處，碰不到了。

蕭臻眼看著律師證一點點漂向水池中心，索性把包放在石臺上，連鞋都沒有脫，直接走進水池，蹚了幾步水，撈起律師證。她右手拿著律師證甩了兩下，打開，看著上面自己的照片，有點出神。

身後傳來孫律師的聲音：「蕭律師？」

蕭臻在水池中站定回身，望著站在岸邊的孫律師。這個開庭時一板一眼的對手，此刻面露擔憂。蕭臻扯動嘴角，算是笑了一下。孫律師看著她的樣子，欲言又止。

兩人到露天咖啡廳坐下，蕭臻擰著褲管上的水：「鞋可以晾，褲子可以洗，這吃飯的傢伙要是泡壞了，可就麻煩了。」

說著，她想起眼下的處境，站起身，端起咖啡杯，朝孫律師笑笑：「至少現在還能用。」

因為端起了杯子，蕭臻露出手腕流血的傷口。孫律師倒抽一口氣：「蕭律師，你的手腕……」

蕭臻看了眼手腕，放下咖啡杯，波瀾不驚：「來的路上也不知道在哪裡刮破的。」

傷口或許是來自轉彎處的老舊鐵欄杆，或許是過馬路時那輛速度過快的摩托車，蕭臻真的記不起來。她邊說邊從包裡翻出酒精液體ＯＫ繃，捲起袖口，像塗指甲油一樣若無其事地往傷口上塗抹。一般來說，酒精接觸傷口所帶來的疼痛應該非常難以忍耐才對，蕭臻卻面無表情。

孫律師看得觸目驚心，過了好一陣才想起原本的來意——她是想告訴蕭臻，千盛閣變卦了。

千盛閣和葛平家屬達成庭外和解之後，本來應該在明天給賠償金。但就在剛才，千盛閣那邊打來電話，說之前他們被迫和解，都是因為蕭臻的暗箱操作。他們不知從哪裡聽說蕭臻向對方律師洩露了不利於千盛閣的資訊，所以他們要投訴她。

不僅如此，他們還威脅說，如果孫律師不協助他們出具證言，他們就不會繼續履行和解協議，讓葛平打官司要錢。同時，他們也會投訴孫律師。

蕭臻塗完ＯＫ繃，把東西收回包裡：「謝謝你提前告訴我。」

「我知道，跟我見面的那個女孩子背後是你，但我沒有向任何人透露。」

蕭臻笑了：「我相信你，孫律師。願意為葛平做代理，你絕不是那種人。我也不怨千盛閣。沒錯，這後面就是我，現在事情敗露了，有什麼不敢承認的？」

手機響了。蕭臻看了眼來電顯示，對孫律師低聲道歉，便接通電話。

「我知道是你幹的。」喬紹廷的聲音從那頭傳來。

蕭臻先是一愣，隨即反應過來：「由奢入儉難，我只是不想再繼續忍受有司機沒車的日子了。」

「本來我打電話是想跟你說謝謝，聽你這麼一說……」

蕭臻笑笑：「喬律師可以改請我吃飯。」

「你在哪裡？我去接你。」

「商業廣場這邊，我正好也想找你。我們去一下龐國家裡，我知道該如何證明那份遺囑的時間了。」

「呃……你恐怕得先陪我去趟幼稚園。不過沒問題，我現在過去接你，離得很近，十分鐘就到。」

「那就廣場東門，等一下見。」

蕭臻掛上電話，孫律師探詢地問道：「喬律師？喬紹廷？」

蕭臻笑著撇撇嘴：「我司機。」

孫律師苦笑著搖搖頭。眼前這個女孩跟喬紹廷果然關係匪淺，也難怪有人要對她趕盡殺絕。

「我想過了，不會幫千盛閣出庭作證。」孫律師正色道。

這就是她打算告訴蕭臻的第二件事。

蕭臻想都沒想就搖頭拒絕：「千盛閣無論如何都會投訴我，而等到聽證的時候，律協會傳你，那時候你怎麼辦？不配合律協工作？還是在聽證會上對律協撒謊？」

「我不需要撒謊，你我確實不曾有過直接聯繫。」

「想讓這起投訴成立的人，一定會找出證據，你不配合也沒有用。更何況千盛閣不付錢了，葛平的後續治療怎麼辦？」

「我和葛平的家屬商量過了，他們接受和千盛閣繼續訴訟。」

蕭臻沉默著。代價太大了，這起訴訟很可能曠日持久，千盛閣會再找個律師，提管轄異議，再要答辯期，加上一審、二審、強制執行……

孫律師像是看透了蕭臻的所想：「最起碼，我不能對有勇氣這麼做的人落井下石。」

蕭臻拿手機看了眼時間，簡單收拾了包：「那就別讓我白忙一場。去幫千盛閣出證，讓賠償落實，讓葛平拿到全部賠償。我確實壞了這個行業的規矩，只是沒想到報應來得這麼快。」

說著，蕭臻站起身：「謝謝你請我喝咖啡。」

走向廣場東門的一路，蕭臻都在想著等一下要以什麼樣的狀態面對喬紹廷，傷感的告別庸俗又黏膩，但是裝出興高采烈的樣子又不免虛偽。直到上了喬紹廷的車，繫上安全帶，看著喬紹廷鬆手煞、換檔、打方向盤，她才找到恰當的態度：「有贖回這輛破車的錢，還不如隨便買輛什麼二手車。」

喬紹廷被嫌棄得哭笑不得：「你看你，人情和嘲諷還總得搭配著來。」

「沒有，我只是以為專職律師是可以調侃助理的。」即將告別的時候，唇槍舌劍反倒自在多了。

「當然當然。你有執業證，你說了算。」

「對啊，趁著你還沒拿回執業證，我得抓緊機會……去幼稚園幹嘛？新接了那裡的案子？」

「是我兒子打了別的小朋友，但由於未到刑事責任年齡，情節顯著輕微，社會危害性不大，姑且不認為是犯罪。」

「哦，是不是唐姐提到過的那個阿祖？」

喬紹廷瞟了她一眼：「唐姐？才見過一面，有必要叫得這麼親暱嗎？」

「對呀，說到唐姐，你們兩個離婚離得怎麼樣了？」

「你……你今天這是怎麼了？吃錯藥了吧！」喬紹廷終於忍無可忍。

蕭臻怕自己被看穿，做了個鬼臉，望向車窗外：「偶爾放飛一下，不也挺好……」

話音未落，她就聽見喬紹廷好巧不巧地打開音響，播起了「今天我要離開，熟悉的地方和你」。

蕭臻回過頭：「你放這什麼爛歌啊，能不能換個不太像哀樂的？」

「好啊，給你來個嗨的。」喬紹廷感覺到今天的蕭臻有哪裡不對勁，但蕭臻不說，他索性不想，直接伸手去操作中控臺，小理察[23]的〈Long Tall Sally〉立刻在車內響起。

就在他們開車時，一輛帶側掛座椅的邊三輪重機也正駛向幼稚園的方向，摩托車駕駛員身著皮衣，白髮蒼蒼，一臺老式錄音機放在側掛座椅上，伴隨著發動機的噪音，播放著同一首歌。

喬紹廷進了幼稚園，蕭臻靠在車旁，等在門口。她翻看著自己的律師證，把手提包放在車的引擎蓋上拍照留念。手機相冊往前一滑，就是她和喬紹廷第一次見面時，她在看守所門口拍的照片。快樂的時光太短暫了。

幼稚園的方向傳出人聲，蕭臻連忙收起手機，整理情緒，轉過身去。喬紹廷一家三口和另外一家人正往外走，蕭臻迎著他們走了過去。

唐初壓低聲音，語氣嚴厲地問喬紹廷：「阿祖和九九變成好朋友了？！你怎麼洗腦九九家長的啊？是要他們兩個以後聯手欺負別的孩子嗎？」

喬紹廷小聲說：「我的洗腦嘗試很失敗，所以我最後跟他們說，準備起訴這家幼稚園未盡到教育和管理責任。」

轉移重點，跳出框架，這的確是喬紹廷的風格。蕭臻有點想笑，唐初卻雙目圓瞪，眼看著就要翻臉。九九的家長和幼稚園園長過來告別，唐初又趕忙換上笑臉，和他們寒暄，把他們送走。

隨後，唐初牽著阿祖的手，沉下臉來：「告幼稚園？你是希望阿祖換幼稚園嗎？！」

喬紹廷連忙解釋：「不是真的啦！找出一個共同的敵人，我們兩家自然就結盟了，就是種策略……」

唐初懶得再理會喬紹廷，直接打開肩包，拿出離婚協議書。

喬紹廷的表情和身體明顯僵住：「阿祖還在這裡。」

「有擔當一點，不要拿孩子當擋箭牌。」

兩人僵持著，站在他們兩個中間的阿祖朝人招手：「大姐姐。」

像是要跟心愛的美劇告別——本來以為是試播集，沒想到竟然是最終季，蕭臻藏起心事，笑著朝阿祖招了招手。

當視線轉向喬紹廷和唐初，蕭臻笑得就有些尷尬：「不然……我先去周圍轉轉……」

正在這時，隨著喧囂的搖滾樂，那輛疾馳而來的邊三輪重機停在幼稚園門口，駕駛摩托的「白髮騎士」正是喬紹廷的父親喬鏞。

喬鏞停下車，摘下墨鏡，朝他們一行人揮手喊道：「阿祖！」

唐初收回手，把離婚協議放回包裡。阿祖喊了聲「爺爺」，興沖沖地跑了過去。喬鏞下車一把抱起阿祖，走向喬紹廷和唐初。喬紹廷愣愣地看著喬鏞和那輛摩托車，扭頭再去看唐初時，發現她警覺地瞇起了眼睛，盯著那輛摩托，似乎比剛才更生氣了：「你不是跟我說……」

「我怎麼知道他又把它弄好了……」喬紹廷壓低嗓音，眼見喬鏞抱著阿祖越走越近，只好擠出個笑臉，迎上前去。

「爸，你怎麼來了？我都跟你說多少次了，不要再騎這個破銅爛鐵，多危險啊。」

喬鏞把阿祖放下來：「我修了好幾個月，終於發現原來是離合器彈簧不見了，我還想說怎麼總是換不了檔。」

喬紹廷偷偷瞟了眼唐初：「這個零件您還能再換到，也挺不容易的……」

「昨天我打電話給小唐，她說幼稚園有孩子欺負阿祖，我今天過來看看哪個小子敢欺負我們喬三代！」

23　編註：小理察（Little Richard）為一九六〇年代以來極具影響力的搖滾歌手，其歌曲風格充滿活力，為美國搖滾樂的奠基者。

蕭臻在一旁看著喬鏞和喬紹廷等人的互動，徹底驚呆了。最終季的最後一集，竟然還有個番外篇的高潮。

「我們已經都解決了，爸，你不要來惹事好不好？」喬紹廷哭笑不得，只希望自己的表態能讓唐初滿意。

喬鏞擺擺手：「你們做爸媽的這麼沒用！阿祖，以後誰敢欺負你，就告訴我，看爺爺怎麼收拾他！」

阿祖搖頭：「爺爺你不要打架，打架不好。媽媽說，人家也有爸爸媽媽……」

「有爸爸媽媽怎麼了！他敢碰我們家三代，我就鏟平他們家三代！」

喬鏞的激昂架勢和那身皮衣相得益彰，喬紹廷差點笑出聲來。他看了一眼唐初，連忙擺出嚴肅的樣子：「可以了可以了！別跟小孩說這些可以嗎……」

唐初白了喬紹廷一眼：「爸，我今天下午還得上班，先帶阿祖回去了。」

「哎等一下。阿祖，想不想坐爺爺的碰碰車啊？」

阿祖看向那輛摩托，頓時歡呼雀躍。喬鏞領著阿祖就往摩托車走，唐初一驚，看向喬紹廷。

喬紹廷忙上前攔：「不行不行！爸，這太危險了！」

「有什麼危險的？我帶著阿祖呢！又不是他自己開。」

唐初也忙上前勸：「爸，阿祖還小，不安分，在側座裡面亂動的話，您控制不住。」

喬鏞想了想，點頭：「也是……那這樣，小唐你抱著阿祖坐到側座裡，我送你回去。」

喬紹廷仰天長嘆，一臉絕望。唐初嘆了口氣，勉強地朝喬鏞笑了笑，抱起阿祖朝摩托車走過去，邊走邊回頭狠狠地瞪了喬紹廷一眼。

喬鏞騎上摩托，帶走了唐初和阿祖。喬紹廷看向留在原地的蕭臻，攤手聳肩，一臉無奈。

「這位是……喬律師您的父親？」蕭臻小心地問道。

喬紹廷沮喪地點點頭。

蕭臻的笑容也有些勉強：「老先生……超酷的。我一看他，就想起了……」

「終極戰士？」

蕭臻眨眨眼：「呃……《瘋狂麥斯》裡的某個反派……」

喬紹廷擺擺手：「走走走，去工作！」

此時，魯南和方媛正開車去找趙馨誠。方媛邊操作方向盤邊不解地問道：「你是打算利用喬紹廷？拜託，就算他現在還沒有恢復執業資格，但也算為被告人辯護那一邊的吧。」

「我不是要利用誰，只是那傢伙對案件真相很執著，會是個助力。」

「執著？當然，他乍一看比那些光為了賺錢的律師強，但他的最終目的無非是替被告人減刑或脫罪。」方媛冷笑一聲。直來直往的她，看大多數律師都不順眼。

「為了賺錢有什麼不好？又沒有機關發薪水給他們，不賺錢你讓律師用愛發電？」魯南哭笑不得。

「好了好了……但你確定這個喬紹廷可信嗎？」

魯南明顯愣了一下，又似乎是受了啟發，他望著窗外想了想：「靠邊停車。」

車停在路旁，魯南下車，脫下法官的制服外套，又從後座拿了另一件外套：「趙馨誠那邊你去就可以了，我去辦點別的事。等你從海港支隊出來，告訴我一聲。」

「你要幹嘛？」

「摸摸這個喬紹廷的底。」

2 被傳遞的消息

富康車內，喬紹廷還不知道自己要迎來「摸底」，正繼續和蕭臻聊著那輛讓他頭痛的邊三輪摩托。蕭臻一臉震驚：「你把離合器彈簧拆了！」

「為了這件事，我認真研究了好一陣機械常識，得是讓他一開始就開不了這輛車，不能是開到半路出狀況；還得不容易被發現，不能是點火器那種會第一時間想到的；最後，這個零件還得不好找。像這種邊車的離合器彈簧，想再配一個，除非去古董市場那種……」

「不是不是！我的意思是說，如果覺得伯父開車太危險，不能通過正當的勸阻……」

喬紹廷苦笑一聲，扭頭看著蕭臻：「勸阻？你看他那個樣子，像是會聽勸的人嗎？現在看來，只能盼著他趕緊到七十歲，駕駛權人道毀滅了[24]。」

蕭臻看著喬紹廷的一臉愁容，一時間也不知道說什麼來安慰他。

「哎？你說知道如何證明那份遺囑的時間了？」喬紹廷忽然轉移了話題。

「哦，我今天聽韓律師說，要進行聲紋鑑定，對檢材的要求非常高，而這類書證的書寫時間鑑定對檢材要求同樣很高。喬律師，你不是也去諮詢過了嗎？鑑定機構雖然比較不願意接這類申請，但拒絕的原因往往是因為得不到足夠的檢材……」

喬紹廷嘴裡還在默默地念叨著：「不行，今天晚上我還得去拆個什麼零件下來……」

「喂喂！喬律師！專注一點可以嗎？」

「放心，我一直在聽你說。你怎麼知道我也諮詢過？」

「韓律師幫我找鑑定機構的朋友諮詢時，人家說有個男律師問過同樣的問題。應該就是你吧。」

喬紹廷嘆了口氣：「我現在更確定有多不喜歡那個姓韓的了。」

兩人一路說著，停車，上樓，進了龐國家的臥室。蕭臻把一大疊筆記本搬到茶几上，遞了一本給喬紹廷。

充分的檢材要包括同樣的書寫顏料、相近或相同的書寫時間，甚至最好是書寫了相同的字。龐國習慣隨手書寫繪畫，留下了這些筆記，這就是蕭臻想到的突破口。

喬紹廷隨手翻著筆記：「這都是畫也不行啊，鑑定機構需要用文字來比對。」

蕭臻翻到其中一頁，展示給喬紹廷：「老人家生前還經常喜歡抄寫名人詩詞。你看，這首是《滿江紅》。」

喬紹廷低頭翻了翻，眉毛一挑，竟然還有「剗襪步香階，手提金縷鞋」呢。

指紋咖啡白天的客人很少，韓彬把一盤炸魚薯條和一盤海鮮披薩放到魯南面前，不動聲色打量著來人。

魯南伸展伸展手臂，捲起襯衫的袖子：「有辣醬嗎？」

韓彬遞給他一瓶「瘋狗357」：「這個辣醬稍微有點……」

魯南滿不在乎地一擺手，把薯條和炸魚上都倒滿了辣醬：「無所謂，我要放縱一下。」

韓彬沒再說什麼，只是倒了大半杯檸檬水放在魯南面前，又拿起冰錐，開始在旁邊的冰盒裡鑿冰。

手機鈴聲響起，魯南看了眼吧臺上的手機，發現沒有來電提醒，又從身上掏出另一支手機，起身走開幾步，接通電話。是上級來問覆核的進展，魯南彙報了狀況便掛斷電話，默默盤算著下一步

24 編註：至二〇二〇年十月之前，中華人民共和國的申請駕照年齡上限為七十歲。

的行動。

回到吧臺旁，魯南又往薯條上倒了些辣醬：「這地方不錯啊，聽說老闆是個律師。」

韓彬笑了：「律師開咖啡廳的好處就在於，偶爾能吸引到高級官員來就餐。」

魯南停下了手裡的動作，抬頭，望著他。

「你是哪裡的？」韓彬直接問道。

「東交民巷那邊的。」

「我記得南門斜對面好像有家雲南館子，那裡的春捲很好吃。」

魯南笑了：「價格對我而言稍高了一點，而且我們早就搬去北花市大街辦公了。」

「第二辦公區？那你是審判庭的。」韓彬點點頭，肯定自己的判斷。

魯南看看自己的便服外套、褲子、鞋，好像沒有什麼特徵能和最高法院掛鉤。

「你剛拿出來的那個老三星，是以前最高院統一配發的工作手機，還沒換新的嗎？」

「現在已經改成每個月幾十塊錢的通訊補貼了。」魯南明白過來。

「那你怎麼知道我是律師？」韓彬問道。

魯南想了想：「我本來想說評論網站上寫了，現在看來，不如直接告訴你我是衝著你來的，更方便一點。」

韓彬友善地笑了：「好吧，我也得實話告訴你，那晚趙馨誠跟我說了你是誰。」

魯南繼續往另外一盤海鮮披薩上倒辣醬：「那就開宗明義吧……」

「你是想聊聊喬紹廷嗎？」韓彬自然地接話道。

魯南先是一愣，隨即覺得這樣直截了當地聊天很有眼前這人的風格。他微微一點頭，手拿餐叉，聚精會神，準備聽韓彬講述。

「我第一次辦刑事案子，就是喬律師陪我去會見的。是個故意傷害致死的，被告人跟我同月出生，就比我小整整一歲。我還記得當時我們在會見室裡等，突然聽到走道裡有鐵門打開的聲音，然後是嘩啦嘩啦的鎖鏈聲，一直到門口。」

魯南點頭，重刑犯腳上的確得戴戒具。

「當時我就傻了……就是那種第一次直面國家公權力的衝擊。」

魯南再次點頭，第一次跟師父去看守所提訊的時候，他也是這種感覺。

「當時喬律師問我什麼感覺，我說覺得心情有點沉重。他說沉重就對了，因為這個委託人未來的命運有一部分可能就把握在我手上。」

「所以你務必要全力以赴。」

「總之，那時候我就感覺到喬律師是個執念很重的人。」

魯南低頭用叉子把辣醬在炸魚和薯條上抹勻：「他雖然被暫停執業，但還在繼續跟我手裡這個案子，你們所對這件事怎麼看？」

「這恐怕得去問我們主任。」

「章政，他和喬紹廷原來都是曠北平的手下。」

韓彬一怔，笑了：「你連這個都知道。」

「就因為我之前一直不知道，現在才會好奇這個案子與曠北平有什麼關係。」

韓彬做了個不置可否的表情，似乎沒明白魯南為什麼有此一問。

魯南盯著他：「喬紹廷自從接了這個案子就開始走霉運，而我後來碰巧查到了曠北平這個名字。換句話說，如果喬紹廷目前的處境不是玄學問題的話，有能力把他打壓到如此地步的，絕不是什麼泛泛之輩。」

韓彬還是沒表態，他打開吧臺裡的那一箱「與魔鬼同行」，朝魯南笑笑：「要不要喝一杯？我請客。」

魯南擺手：「出差從不喝酒。」

韓彬見他態度堅決，笑了笑便關上木盒：「因為那個案子，他們兩人的關係異常敵對，似乎都覺得只要解決了對方，就解決了問題。」

「那看來我猜得八九不離十……」

「喬律師的方向也大致不差。」

「那曠北平呢？」

韓彬微微搖頭：「他恐怕錯了。他的問題，不是剷除一個喬紹廷就能解決的，那只是他自欺欺人。」

魯南又起一根薯條：「那他可太絕望了。」

韓彬看著薯條上厚厚的那層辣醬，皺起眉頭，笑著嘀咕：「你也快了。」

此時，曠北平正在金馥所的辦公室裡，聽取付超的彙報。

「聽吳總說，葛平的律師似乎並不願意配合。」

「涉及這種違規違紀行為，是她說不配合就能不配合的嗎？那個律師叫什麼？」

付超似乎早就料到曠北平會有此一問，把一張紙遞到曠北平面前：「孫志英律師。這是她的資料。」

薛冬出現在門口，見門也沒關，作勢想敲門。曠北平朝他點了下頭，薛冬便直接進了辦公室，站在付超身後。付超低頭放資料，沒注意到後面有人，薛冬順勢聽他繼續彙報。

「主任，看那個孫律師的態度，顯然是真的和蕭臻有串通，而且不排除她已經把千盛閣酒樓要投訴的事情通知蕭臻了。」

曠北平淡淡地一點頭：「我知道了。」

付超頷首致意，準備離開，一轉身就被薛冬嚇了一跳。

薛冬上前兩步：「主任，您找我？」

「高副行長跟我說，昨天你去津港銀行了？」

薛冬冷靜答道：「是。關於南玻那筆政策性貸款展期的事，我們之前出了法律意見書。銀行法務部發現展期複利的計算方式和國家目前的金融政策有衝突，找我過去幫他們參詳一下。」

曠北平將孫律師的資料遞給薛冬：「千盛閣酒樓那案子的事，你打聽到了嗎？」

薛冬看了眼那張紙，面色如常：「我知道。只是跟這個孫律師直接聯繫的並不是蕭臻本人，沒有能坐實的證據，就沒繼續跟進。」

「這個孫志英是蔚星所的一個老專職，沒什麼出息。他們主任是誰你知道嗎？」

「楊國晨。我認識，他是黃偉教授的博士。」

曠北平點點頭，輕描淡寫：「打電話給黃偉，讓他帶著這個學生來見我。」

「是。」

薛冬剛轉身要走，曠北平又叫住了他：「對了，千盛閣那個案子，蕭臻有可能和對方律師串通，你是從哪裡得知的？」

薛冬身體一僵，隨口答道：「喬紹廷告訴我的。」

曠北平抬眼盯著他：「喬紹廷？」

「為了打聽蕭臻的事，我隨便編了個藉口，跟他出去轉了一圈，路上聊天他不小心說漏嘴了。」

曠北平緩緩點了下頭，薛冬出了辦公室。剛一出門，他的冷汗就滲了出來。

薛冬先將電話打給了黃偉，傳達了一番曠北平「很不高興」之類的事宜。如他所料，電話那頭誠惶誠恐，連忙要前來覲見。掛上電話，薛冬心事重重地滑著手機螢幕。曠北平已經動手了，比他預料的速度更快，也比他預料的程度更徹底。他找出蕭臻的電話號碼，打開訊息編輯欄，輸入幾個字，又刪掉了。隨後，他又找出喬紹廷的號碼，猶豫了好一陣子，連高唯走到他身旁都沒察覺。

高唯輕聲問道：「薛律師，你怎麼了？」

薛冬回過神，想了想：「有件事……能不能幫我跑一趟？」

3 偶遇

邊三輪摩托車停在劃定的車位，正對一樓的窗戶，喬紹廷和蕭臻躡手躡腳地走到一旁，都蹲下身。

蕭臻壓低聲音：「李煜跟他小姨子偷情得『剗襪步香階，手提金縷鞋』，喬律師回父母家也這麼心虛的嗎？」

喬紹廷指指旁邊的窗臺：「我爸最寶貝的就是這臺車，但凡有個風吹草動，出現得比閃電俠還快。」

正說著，他聽到蕭臻那邊傳來「喀嚓」一聲，扭頭一看，見蕭臻拿著手機幫兩人自拍了張合照。

「幹嘛？」喬紹廷一扯蕭臻的袖口，生怕她動靜太大，所以他也沒注意到，就在他回頭的時候，喬鏞出現在窗臺，打開了窗戶。

蕭臻笑得開心：「和喬律師一起做賊的曼妙時刻，多有紀念意義。」

「誰做賊了？」喬紹廷連連擺手。

「你不是打算偷偷把老爺子好不容易換上的離合器彈簧再拆走嗎？」

「故技重施是沒用的。我想好了，這次三管齊下——擰死他的火星塞，再剪斷保險絲，最後放空蓄電池的電解液。這樣一來，檢查、找零件、修理，怎麼也能讓他忙上三五個月。」

蕭臻皺著眉頭：「呃……喬律師，之前你拆根彈簧，老爺子可能還沒多想，這次搞這麼大規模破壞，一看就知道是人為的啊。」

喬紹廷擺擺手：「沒事，你放心吧，我們家老頭頭腦簡單得很……」

話沒說完，趴在窗臺上的喬鏞俯視著兩人：「也是，我頭腦簡單，真想不通怎麼生出你這麼個滿肚子壞水的小畜生來！」

數分鐘後，喬紹廷一開家門，疾風驟雨就朝他襲來：「你以為之前我不知道？那離合器彈簧會自己不見？不跟你小子計較而已。我對你寬宏大量，你還得寸進尺！」

喬鏞說著順手拿起旁邊架子上的唱片擲向喬紹廷：「故技重施啊！三管齊下啊！頭腦簡單啊！」

喬紹廷護著腦袋：「爸別丟了！我同事還在呢！」

在他身後，蕭臻笑著把唱片都接在手裡，放到進門的桌上。

喬鏞這才看到蕭臻，愣了愣，努力找回長輩威嚴：「妹妹，坐，別見怪。今天在幼稚園門口，這臭小子也沒跟我介紹你。」

蕭臻欠身：「我叫蕭臻，是喬律師的同事。」

喬鏞點點頭，看看蕭臻，又看看喬紹廷：「你和小唐要離婚是因為她？」

蕭臻和喬紹廷爭先恐後地擺手。

喬鏞一臉失望：「不是為了這個姑娘，那你們離什麼婚？」

喬紹廷以手掩面：「爸，不會聊天就不要硬聊了。」

「我不會聊天？哼！你不想聊天，吃飯總會吧？上禮拜回家，一共待了不到二十分鐘你就跑了。今天和你同事一起在家把飯吃了！我讓你媽去超市買海鮮回來，做你最愛吃的麻辣花蟹。」

他正說著，保姆楊媽從走廊走向門口，說要去買菜。蕭臻以為這就是喬紹廷的母親，忙上前說：「阿姨，我陪您一起去。」

等到蕭臻和楊媽離開，喬鏞和喬紹廷話起家常來。

「我聽小唐說你的執業證被暫扣了，怎麼回事？」

「之前辦的一個案子出了差錯，我的一個同學死了。」

喬鏞的臉沉了下來：「是你害死的？」

「不是，但跟我有關。」

「那就是這案子現在還跟你有關。」

「是。」

這時，喬紹廷的手機響了。他拿起來看了眼號碼，不認識，就關掉了聲音。

喬鏞指了指他的臉：「你挨打也是因為這件事？」

「呃……勉強也算吧。」喬紹廷回想起娛樂城那幫打手，不由苦笑。

喬鏞不屑地哼了一聲：「教阿祖還手，自己不知道還手。自小我就覺得你這孩子懦弱，你媽還總跟我說這樣挺好，不惹事，保平安……」

「我還手了，這不是沒打贏嗎……」

喬鏞搖頭嘆氣：「哎，你這身手不行啊……回頭別跟你媽說挨打了啊，她又要念了。」

喬紹廷輕輕嘆了口氣，點點頭，拿起桌上剛才被喬鏞丟出去的唱片，重新排放回書架。書架上方是個小小的龕位，喬紹廷的母親在照片裡對父子倆笑得慈祥。

「爸，拆零件是我不對，但您一把年紀了，還騎輛歲數不見得比您小的邊車上街，就算是您老當益壯，是不是也該顧及一下其他行人的安全？」看著照片，喬紹廷忍不住又說教起來。他看看父親，又看看母親的照片。

果然，面對照片，喬鏞心虛地避開了眼神：「好了好了，你怎麼跟你媽一樣，一天到晚就嘮叨這點事！我又不是天天騎，而且這車它本身跑不快，能有什麼危險？我昨天還跟你媽說——」

喬紹廷坐到喬鏞身旁，輕聲打斷他：「爸，媽已經過世很久了，您不會剛好忘了吧？」

喬鏞愣了幾秒，隨即神色黯淡下來：「我記得呢，就是偶爾想起她，跟你念叨念叨。」

喬紹廷伸手扶在喬鏞的肩膀上：「我明白……爸，我也想她。」

喬鏞垂下了頭。喬紹廷的手機又響，他掏出手機，閱讀訊息，眉頭一皺，情不自禁地望向窗外。

生鮮超市裡，蕭臻幫楊媽推著購物車。來的這一路，她知道了喬紹廷的母親已經去世，也知道了楊媽是照顧喬鏞多年的保姆。楊媽挑選蔬菜往推車裡放，和蕭臻聊著家常：「別看他們兩人來回折騰，紹廷和小唐分不了。現在的年輕人就是觀念開放，合不來就離，分不開就復合啦。」

「我看喬爸爸對他們要離婚這件事好像也挺無所謂的。」

「那老頭更想得開。兒子和兒媳婦分分合合，他不管；大女兒嫁到江州就沒消息了，也不問。」楊媽說著，拿起幾個番茄，端詳一番又放回原位。

蕭臻一愣，她從不知道，喬紹廷還有個姐姐。

「但這個大女兒，我也沒見過，聽說連老太太過世都沒露面。」

楊媽說著，把蕭臻推著的購物車往蔬菜貨架旁挪了挪：「生鮮區那邊太擠，你幫我看著車，我去拿點絞肉。」

蕭臻看著蔬菜貨架上的商品，拿起了一個南瓜，用手指在上面比畫幾下，好像是想切個南瓜燈的樣子。就在這時，另一輛購物車停到一旁，曠北平出現在蕭臻身側。

曠北平一身休閒裝，頭髮比照片資料裡花白，所以蕭臻花了幾秒才認出他來。蕭臻微微一驚，除了在金馥所面試那次匆匆的擦肩，這是他們第一次見面。

曠北平沒看蕭臻，挑選著眼前的綠葉菜，聲音和藹：「不用緊張，喬紹廷父親的保姆都在這裡買菜，偶爾會碰上。」

蕭臻看著曠北平，笑了：「您這輩子閱人無數，您正眼看看我，我像是緊張的樣子嗎？」

曠北平扭頭盯著蕭臻。的確，蕭臻面帶笑意，身體放鬆，全身上下都看不出半點緊張。一貫令人噤若寒蟬的威嚴氣度此時竟然失去效用，曠北平頓時有些不悅：「你不要以為孫志英不配合千盛閣，你就能沒事……」

「拜託您幫我個忙，不管是威逼還是利誘，明天千盛閣投訴前，您務必想辦法讓孫律師配合。我雖然反覆叮囑過她，但總不如您這樣德高望重的老前輩說句話有用。」

曠北平原本是想提醒蕭臻，她的命運就掌握在自己手中，但聽她的語氣，竟像是在盼著千盛閣的投訴趕緊成立。曠北平愣了片刻，隨即不屑地笑了：「真是初生牛犢……你這樣的膽識和個性，挺適合這個行業。只是有時候，選擇比努力更重要。」

「聽您這麼說，我真幸運。我還有選擇，而您只剩下努力了。」蕭臻直視曠北平，和他對視，依舊是一臉平靜。

蕭臻說完就推著購物車離開了。曠北平望著她的背影，竟然覺得有點捉摸不透。

在蕭臻與曠北平偶遇時，喬紹廷也迎來了兩名意想不到的來訪者。他站在喬鏞家的社區門口，拿著手機，等著剛才傳來簡訊的人。

馬路對面一輛黑色轎車按了兩聲喇叭，從車裡出來的是魯南和方媛。他們做了自我介紹，喬紹廷看著他們，始終覺得有點眼熟。

「我們在向陽看守所見過，後來方媛和你的搭檔在中院也見過一面。」

喬紹廷略一回憶，就想起蕭臻那句「漂亮的女孩子」，不由笑了。

「兩位是哪個庭的？」

「刑五的。」

這是死刑覆核庭，喬紹廷立刻反應過來，他們兩個應該是在對王博和雷小坤的案子進行覆核。

「那我們這個時候見面，合適嗎？」喬紹廷問。

「有什麼不合適的？」方媛大剌剌地直視著他。

「等等，我們所是拿到了王博和雷小坤死刑覆核的代理權，但委託書還沒有往最高院送，甚至具體承辦的律師也沒做出指派……您二位是怎麼知道……」

「我們知道這案子一審就是德志所代理的，原來的代理律師是你，後來因為牽扯刑事案件調查，換成洪圖律師。現在你們所又拿到了王博和雷小坤在死刑覆核階段的代理權，而且昨天去看守所找兩名被告人簽名是薛冬律師。」

魯南對答如流，喬紹廷不由苦笑，他們什麼都知道。

「反正，你不是這個案子的代理律師，我們見面完全沒有任何問題。」魯南做了個總結陳詞，就看方媛指著街道的另一邊：「南哥，那裡有家『開封菜』。」

魯南看著肯德基的招牌，朝喬紹廷一擺手：「喬律，我們走兩步？」

三人走出餐廳，魯南和方媛都拿著漢堡，喬紹廷則兩手空空。

魯南朝喬紹廷讓了一下：「你真的不吃嗎？」

「不了，我晚一點回去和家人一起吃。」

「這個案子的證據鏈沒什麼問題，也符合先證後供，只是被害人的屍體一直沒找到。」魯南啃了一口漢堡，說回正題。

喬紹廷琢磨著：「我還是希望這部分能夠有個清晰明確的結果，而且……」

方媛掏出一張紙，朝喬紹廷晃了晃：「這是你交給海港刑偵支隊的吧？上面都寫得挺清楚的。」

喬紹廷似有所悟，點點頭，看來他所在意的那些疑點，這兩人也心知肚明。

「那我就沒什麼別的可說了。您二位來找我見面，是不是院裡覺得這個案子有可商榷之處？」

魯南繼續啃著漢堡：「從偵查到公訴到審判，這個案子都沒有問題。不是我想替任何一個階段遮羞，而是實實在在的，程序和實體都很乾淨。只不過死刑覆核是另外一個階段的程序，而我們做出考量的原則立場有所不同。」

「據我所知，自二〇〇七年最高院收回所有的死刑覆核權後，慎殺應該是一貫原則。」喬紹廷說。

魯南笑了：「瞧你這話說的，二〇〇七年以前對死刑覆核也一樣很謹慎。我們自己私下裡經常說，做死刑覆核最怕兩種情況——」

「真凶出現，或是亡者歸來。」方媛接過話。

喬紹廷明白了，他們所擔心的，也恰恰是自己所懷疑的。

「朱宏的屍體一直沒有找到，我不確定偵查機關是不是還在繼續調查這個證據鏈當中有些模糊的環節。」

「我看過你寫的資料，你還認為雷小坤並沒有力量將那個鐵籠踹下山崖，而更有可能是由於案發當天下雨，地面溼滑，雷小坤一腳踹在鐵籠上，在懸崖邊製造出一個相當於局部山崩的效果。同時，鑑於王博和雷小坤一貫是用這種方式來恐嚇債務人，所以推斷他們在主觀上並非故意，而是過失。」

喬紹廷點頭：「我知道這種推測很難對抗本案中雷小坤一腳踹在鐵籠上，導致朱宏落水並推斷死亡的直接因果關係，只是作為辯護律師的立場，該說的總要爭取一下。」

魯南也點點頭：「主觀動機這種事，有時候很模糊。被告人的供述不可盡信，而你提出的那些推測和參照，確實不如檢控機關給出的證據鏈有力，因為我們誰都無從得知實施侵害那一刻雷小坤到底是怎麼想的。既然這種推測沒有足夠的證據支持，檢控和審判機關必然傾向於依託更為確鑿的證明事實。」

喬紹廷低頭，默默想著，果然，對他們而言，模糊的環節只有朱宏的屍體。

魯南他們走到車旁，停下腳步。魯南把自己和方媛手裡的漢堡包裝紙丟進路旁的垃圾桶：「再怎麼說，人命關天，被害人的命是命，被告人的命也是命。」

說著，魯南拉開車門：「雖然之前對你有所耳聞，不過還是親眼見後更確定。」

「確定什麼？」

「你好像是個不怎麼可靠的傢伙。」魯南笑笑，上了車。

喬紹廷聽得一頭霧水：「等等！那最高院到底是什麼意思啊？」

方媛拉開副駕一側的車門，拍了拍車頂：「你與其追著我們問，不如去仔細讀一下『兩個規定』，一個是死刑案件證據審查的，一個是排除非法證據的。」

喬紹廷皺著眉頭想了想：「都是最高院發的？」

魯南搖下車窗：「兩高三部[25]聯合發布的。拜託，你是這一行的，認真學習學習業務。」

魯南說完，朝喬紹廷擺擺手告別，駕車離開。喬紹廷若有所思，看著他們離去的方向。還沒等他回過神來，另一輛車貼在喬紹廷身邊停下，車窗搖下：「喬律師。」

喬紹廷低頭一看，車內竟是薛冬的助理高唯。

高唯把一張摺了好幾摺的便條紙遞給喬紹廷：「這兩天有點敏感。」

喬紹廷打開便條，瞄了一眼，抬頭去看高唯，還想問些什麼，高唯已經迅速駕車離開。

「蕭臻將被投訴，可能吊銷執照。」喬紹廷讀著便條上的內容，臉色越發沉重。

隨即，他回想起蕭臻今天的種種反常，所有事情都串聯在一起。看來，蕭臻自己已經知道了。

喬紹廷掏出手機，撥通洪圖的電話：「蕭律師有可能被千盛閣投訴，這件事你知道嗎？」

「昨晚下班那時候，我在門口碰到主任，他提了一句。真的會出事啊？他也告訴你了？真是的，還讓我不要往外說……」

洪圖後面的話，喬紹廷已經聽不太清楚。他抬起頭，就看到馬路斜對面，蕭臻正提著菜和楊媽往回走。蕭臻也看到了喬紹廷，遠遠就笑著朝他歡快地招手。

喬紹廷把便條紙惡狠狠地揉成一團，他感覺到心跳加快，手指尖微微顫抖。被暫停執業資格、挨揍乃至被拘留，他也都沒有此刻這般生氣。

他很確定，出賣蕭臻的那個人，就是他的「好兄弟」章政。

25 編註：「兩高」指的是中華人民共和國最高人民法院與最高人民檢察院；「三部」則是公安部、國家安全部、司法部。

4 見血

喬紹廷殺上門的時候，章政正在豪華餐廳的包廂，與一群客戶推杯換盞。突然，包廂的門被踹開，喬紹廷黑著臉衝了進來。包廂裡所有人都呆住了，章政更是有點不知所措。

喬紹廷三兩步就跨到章政身旁，撞翻了靠門的椅子，席上眾人迅速起身躲閃。章政的助理忙起身去攔，喬紹廷一把將他推了個踉蹌。

章政從席間站起身，剛要問些什麼，喬紹廷上前就是一拳，正中章政的正臉，把章政連人帶椅子打翻在地。在眾人的驚呼聲中，喬紹廷抓住章政的一側腳踝，像拖死狗一樣拖著他就往外走。

包廂內上前試圖勸阻和攔擋的人，都遭到喬紹廷連打帶踹地逼退，餐廳經理嚇得拿出手機就要撥打一一〇報警，章政的助理又趕忙去攔：「實在抱歉！我們都是同事，有點小誤會。晚點您清點一下，弄壞的東西我們賠償……」

包廂門口的走道上，章政終於掙脫了喬紹廷，滿身狼狽，半直起身，嘴裡還質問著喬紹廷是不是瘋了。喬紹廷懶得理他，又是一拳上來，被章政抬手擋下。

「你要再胡鬧我就還手了！」

喬紹廷繼續揮拳而上，章政連挨數拳後，終於一腳把喬紹廷踹開。喬紹廷隨手抱起走廊茶几上的一盆植栽，就要往章政腦袋上砸。章政攔腰抱住花盆，摔在地上，頓時也失去了理智，和喬紹廷廝打起來。

章政胡亂地拳打腳踢，喬紹廷則雙眼通紅，一拳接著一拳，灌向章政的臉、胸口和下巴。四五名服務員一擁而上，把兩人拉開。章政還朝喬紹廷喊著：「就你他媽一肚子苦水，就你委屈……」

章政被打得滿臉是血，襯衫都染紅了。喬紹廷襯衣上同樣染著血，臉上也掛彩，正靠牆喘著氣，餘怒未消。

章政跌跌撞撞地站起身，沒理會喬紹廷，朝洗手間走去，想收拾自己的一身狼狽。喬紹廷沉默著跟了過去。

洗手間裡，章政剛俯身到洗手池前打開水龍頭，喬紹廷就走進洗手間，一把扯起他的後領，把他向後一甩，關上水龍頭：「不用急，洗了也白洗。」

章政踉蹌幾步，勉強扶住牆才沒摔倒，忍無可忍：「你鬧夠了沒有！」

「你為什麼把蕭律師出賣給曠北平？」喬紹廷逼近一步，質問道。

「你說什麼呢？！」

「別他媽跟我裝傻！千盛閣的案子，他們要投訴蕭律師串通對方代理人！你別裝了，我打過電話給洪圖，而且你有辦法把消息透露給曠北平，那個辦法，只有你和我知道。」

章政先是愣了幾秒，隨即冷笑一聲，面色陰沉，逼視著喬紹廷：「那要這麼說，蕭律師真的串通了對方代理人？」

喬紹廷愣住了。

章政走回洗手池前，打開水龍頭，清洗著血跡，步履比剛才從容許多，語調間是扭轉局面後勝券在握的從容：「如果她真的串通過對方律師，被投訴很冤枉嗎？沒錯，蕭律師會被投訴，但你別忘了，她被投訴，就是德志所被投訴，你以為我能放任不管嗎？曠北平無論如何都會找到把柄，而我相信蕭律師跟著你，絕對不只幹過這一件出格的事。」

「不管我們跟曠北平最後打成什麼樣子，你不能犧牲蕭律師，她跟這些恩怨沒關係。」喬紹廷的氣勢弱了下來，怒火慢慢退潮。章政是對的，不管是誰出賣了蕭臻，讓曠北平有縫隙能夠下手，真正的罪魁禍首都不是別人，而是他自己。如果蕭臻不是他的搭檔，沒人會找她麻煩。

章政回過頭，毫不留情地冷笑道：「沒關係？」

「我知道，她是薛冬找來幫我的——」

章政厲聲打斷：「你去問問薛冬那個王八蛋，是誰讓他這麼幹的！」

喬紹廷又愣了。

章政上前兩步，來到喬紹廷面前：「是我！是我讓冬子去找一個能幫你出庭的人，這個人要有能力，而且不能是德志所的老職員，因為他要敢去面對曠北平。是我！是你兄弟我！我為你做了這麼多，我為你扛了這麼多雷——」

章政指著自己的臉：「這就是你給我的回報！」

此刻的章政青筋爆出，血跡未乾，面容可怖。喬紹廷閉上眼睛，不去看那張因憤怒而扭曲的臉：「對。她要有能力，她要有膽量，而且對你和薛冬而言，她還得是隨時可以被捨棄掉的。」

章政慘笑著後退幾步：「我為了保全兄弟找了個棄子，我兄弟現在卻來跟我逞英雄……」

章政從牆上的抽紙盒裡抽出紙巾，一邊擦臉一邊說：「對，她確實是炮灰，但棄車保帥這個道理你要明白。況且我不會平白無故就把她拋出去，一定是在她和我兄弟之間讓我選擇的時候，我才不得不這麼做！難道你覺得我應該出賣你？還是說在你看來，跟蕭臻比，冬子才是可以犧牲的？」

喬紹廷低頭想了想，也說不出話來。

「沒錯，你比我有同情心，你比我有人情味，但你不在我的位置上。你換到我的位置上試試？上面有個曠北平隨時想要滅了你，底下有幾十號人指望著你吃飯，身邊還有個說揍你就揍你的兄弟！對，我他媽說的就是你！喬紹廷！你真是好兄弟！」

喬紹廷猛地抬頭，上前兩步：「扯兄弟這段是吧。那好，章政，還記得當年你對兄弟的承諾嗎？」

章政沒說話。漫長的沉默後，喬紹廷一字一句，緩緩說道：「你向我保證過，你不會成為另一個曠北平。」

章政和喬紹廷對視片刻，笑了：「你憑什麼控制別人成為你想要的人？你是什麼？國際刑警？還是上帝？我要成為一個什麼樣的人我心裡有數，不需要你來教我。」

「你最好說到做到。」喬紹廷伸手一戳章政的胸口，轉身就往外走。

章政抬起頭：「不然呢？」

「不然的話，別怪我說到做到。」

5 隱情

華燈初上，津港銀行會議室裡，分行行長將一份資料遞給魯南：「鄒亮當時以津港銀行的名義，向一些客戶推銷不屬於我們行的社會理財產品，這裡面有可能關係到一些非法集資，甚至詐騙……我們也不太懂，但是法務部門和專家研討之後，一致認為鄒亮的行為不構成犯罪。事前和事後，我們行的特聘專家都和鄒亮面談過。我的理解，大概就是一種類似於審訊式的當面對質。這是當時的會議紀要。」

魯南聽著行長的介紹，將紀要遞給方媛。方媛看了看，抬頭問道：「這個主持會議的曠北平，就是你們行特聘的法律專家嗎？」

「是。曠教授水準非常高，我們行和他合作很多年了。」

「你們的法務和專家就這件事情開的研討會……」

「會議紀要上都有。」

「那有沒有影像或錄音資料？」

「有。」行長立刻答道，「吳經理，把談話錄影調出來給法院的同仁看一下。」

但那個吳經理沒有立刻答話，笑得有點尷尬，沉默了幾秒，低聲說：「行長，這個是內部保密資料吧。」

見行長向他使眼色，那名經理點頭：「您二位稍等。」

他說著便離開了會議室。

此時，曠北平正在西平港的海鮮熱炒店，坐著一張塑膠凳，面前放著免洗紙杯。他身旁的人，正是朱宏的岳父、嚴秋的父親嚴裴旭。曠北平身後不遠處，是個剃寸頭的精幹青年，這是他的司機孟鷗。

整個露天熱炒店被一截裸露的節能燈管照亮，周遭都鬧哄哄的，旁邊有人喝酒划拳。見曠北平坐定，嚴裴旭拿起酒瓶，替他也倒了杯酒。

曠北平端起酒杯抿了一小口，又放下。

嚴裴旭笑著瞥了他一眼：「喝不慣？」

「在兵團那時候，我們喝的是什麼來著？我記得就叫糧食白酒？」曠北平說著，拿起酒瓶端詳。

嚴裴旭把杯中酒一飲而盡，乾笑兩聲，又替自己倒了一杯：「六十度的兵團白。那時候都是純糧食酒，不像現在這些調和勾兌的鬼東西，你喝不到半斤[26]，人就滾到床底下了。」

曠北平笑著點點頭：「喝完這杯，送你回去吧，孩子都在擔心你。而且，我之前不是叮囑過，你別總在這附近……」

嚴裴旭把這杯酒也一飲而盡，再一次拿起酒瓶。曠北平伸手想攔，嚴裴旭一拉他，繼續倒酒：「北平啊，當初在雲山的時候，我跟你們這些人的心態不一樣。你們有爸有媽，有家可回。我沒父沒母，賤命一條，沒想到最後還能回到津港，娶了老婆，生了孩子，最後都有外孫子了。」

曠北平嘆了口氣，的確，很多戰友都留在了那裡。

嚴裴旭抬頭，盯著曠北平：「我特別知足。我從沒想到這輩子能完完整整過下來。」

嚴裴旭說著，又要舉杯痛飲。曠北平按住他拿酒杯的那隻手，又低頭看了看他手背上的傷疤，

26 編註：中國語境中的「半斤」等同於二百五十毫升。

不由嘆氣：「我懂。我都懂。」

「我這都是為了孩子……」嚴裴旭說著，緩緩閉上眼睛，再睜開時，他眼底已經有了淚光。

曠北平輕輕拍著嚴裴旭的肩膀：「要不是你，我也留在那裡了。老哥，你相信我，當初你替我擋過，今天，我什麼都替你擋。」

這時，坐在一旁的孟鷗接了個電話，走到曠北平身旁，伏身耳語幾句。曠北平瞟他一眼，接過手機。

津港銀行的會議室裡，方媛和魯南正看著研討會的影片。魯南還在問分行行長，能不能調出曠北平和鄒亮單獨談話的那兩次影片紀錄。但是數分鐘後，分行行長就接到了來自總行的電話，然後隨秘書走出會議室。

吳經理有意無意地往魯南他們的方向看了一眼，卻沒說什麼。魯南看著分行行長離開，若有所思。

另一邊，喬紹廷剛進喬鏞家的門，就看見蕭臻從走廊走來，手裡還拿著龐國的筆記本。

喬紹廷看到蕭臻，低頭說了句「不好意思」，脫下外套，往門口的架子上掛。

蕭臻一眼就看到喬紹廷的襯衫上有血跡，但喬紹廷沒有解釋，她也沒多問，只是說：「電話也不接，幸虧伯父說不用等你，要是真的等到這時間，餓都餓死了。你回來得也太晚了。」

喬紹廷掛好衣服，苦笑一聲，剛要開口，蕭臻比畫了一個「噓」的手勢，又一指臥室方向，示意他喬鏞已經睡了。

喬紹廷點點頭，走向廚房：「你們吃了就好，我隨便吃點剩菜墊一下……」

話到一半，他站在廚房門口愣住了，只見蕭闖大馬金刀坐在小餐桌旁，正就著幾盤剩菜吃飯。他這才明白蕭臻說他「太晚回來」的真正意思。

還沒等他開口詢問，蕭闖一抬頭，便看到了他：「終於把你等回來了。」

喬紹廷收起錯愕，緩步走進廚房，沒好氣地問：「你怎麼會在這裡？」

「你昨天答應我什麼了？」

喬紹廷疲憊地抹了把臉：「哦對，做筆錄。」

蕭闖端詳著他臉上的傷痕：「你這麼大尾，就是不配合我，好，那我配合你。來，坐坐坐，我馬上就吃完。別說，這麻辣花蟹燒得真不錯。」

蕭闖說著，夾起盤子裡最後一個花蟹鉗子。

蕭闖吃完之後，喬紹廷將餐桌收拾乾淨，在流理臺洗碗。蕭臻靠著櫥櫃，翻看龐國的筆記本。

蕭闖攤開筆錄紙，還拿了個iPod touch放在一旁，點開了語音備忘錄，準備錄音：「你能不能先別洗碗了，你這樣我錄不清楚。」

喬紹廷頭也不回：「那你拿筆記清楚一點。」

蕭闖翻了翻白眼，邊寫筆錄邊抬頭說：「你襯衫上是血嗎？」

「關你什麼事。」

「你把律師這行當極限運動來玩都不關我的事，但現在我妹跟你搭檔辦案，我不想她有什麼危險……」

蕭臻在一旁繼續翻著筆記本，頭也不抬：「蕭闖，你是當我不存在嗎？」

「我是怕你出意外，再說哪有人有像他這樣辦案的……」

「關你什麼事？」

蕭闖看看喬紹廷，又看看蕭臻，無奈地搖搖頭：「好，喬律，說一下那天在不夜娛樂城的事發經過吧。」

喬紹廷把刷好的盤子放在瀝水架上，甩了甩手上的水，轉身剛要說話，蕭臻忽然驚呼道：「找到了！」

喬紹廷一愣，抓了條毛巾，邊擦手邊走到蕭臻身旁。

蕭臻把手裡的筆記本最後幾頁展示給喬紹廷：「你看這是什麼？」

最後幾頁上密密麻麻寫滿了字，喬紹廷左翻右翻，嘴裡念叨著：「九月十七號，九月二十一號，二十二號，二十六號……」

蕭臻拿起櫥櫃上的另外幾本筆記本，依次從後往前翻：「這本也有，每本都有。」

喬紹廷抬起頭：「是日記。從前往後是龐國用來速寫和摘抄的，從後往前是他寫的日記。」

「那份遺囑是哪天立的？」

喬紹廷想了想：「去年十一月十九號。」

兩人對視一眼，各自拿著筆記本從後往前翻。

蕭闖坐在餐桌旁，又忍不住翻起白眼：「哎，我說二位……」

蕭臻朝蕭闖搖了搖手指，示意他先別說話。蕭闖張了張嘴，但還真沒再開口。眼前這個蕭臻，和他印象裡那個需要保護的小女孩好像真的判若兩人。蕭闖沉默著，看蕭臻一臉專注地翻閱著筆記，不時和喬紹廷交換個眼神。

「找到了！沒有十九號的日記，但是有二十一號的，這裡面提到了。」

「提到立遺囑的事了？」喬紹廷忙湊過來看。

「不只提到了遺囑。」

6 轉機

孟鷗架著不勝酒力的嚴裴旭，把他送進熱炒店正門旁邊的車裡。曠北平跟在一旁，叮囑著務必把嚴裴旭送到家門口。說完，他轉身就要返回熱炒店坐下，孟鷗提醒道：「主任，薛律師說那個黃偉和楊國晨還在等您的時間。」

「告訴薛冬，讓那兩人直接來這裡見我。」

曠北平回到熱炒店，坐了下來，拿起嚴裴旭喝剩的小半瓶酒，將自己的酒杯倒滿，喝了一口。的確是酒精勾兌的，很難下嚥。他盯著酒杯看了看，咬著牙把剩下的酒一飲而盡。

此時，分行行長和吳經理正把魯南和方媛送出銀行。

「真是抱歉，讓你們忙到這麼晚。」

「應該的應該的，我這也是不好意思，總行那邊特別提醒我，等您二位把法院的手續拿過來，我們一定繼續配合。」

他們告了別，魯南和方媛走向停車場。

「這戛然而止，曠北平真是不白送。」魯南回想著那通突然的電話，以及突然無法查看的影片。

「現在怎麼辦？院裡能出手續給我們嗎？」

「你看我們的涉案當事人，有哪個是叫鄒亮或曠北平的嗎？」

方媛想了想：「我們一來查，這麼快就遇到阻力，裡面肯定有事。」

魯南打了個響指：「八九不離十，看來喬紹廷的方向是對的。」

喬紹廷把蕭臻送到門口，回頭看了眼不遠不近跟在後面的蕭闖：「你跟過來幹嘛？」

蕭闖還沒說話，蕭臻就笑道：「他肯定是擔心你又消失了。趕快把筆錄做完吧，我看他都快落下心病了。」

「那我做完筆錄去找你。」

「不用，證據都找到了，代理意見和鑑定申請我自己都能搞定。」蕭臻笑著朝喬紹廷揮揮手，轉身要走。

喬紹廷叫住她：「蕭律師。」

蕭臻回過頭，看著他。

喬紹廷有些欲言又止：「都這個時候了，你還要回所裡弄案子的事嗎？」

蕭臻一挑眉，低頭看了眼手機螢幕上的時鐘，還沒明白喬紹廷要說什麼：「受人之托，忠人之事。這是我們的工作啊。」

「你哥的擔心不是沒道理，有時候這份工作不但艱辛，而且……」喬紹廷不知道要如何再說下去，他幾乎要嘆出口氣。這回，蕭臻搞懂了他的意思。

「放心，我一開始就考量過。」

「考量什麼？」

「你問過我的，風險成本。我一開始就知道，從第一次見到你那天，我就想好了。」

蕭臻朝喬紹廷笑笑，轉身離開。

蕭闖把蕭臻的笑容看在眼裡，和喬紹廷往回走。

「我記得你愛人姓唐，是醫院的，對吧？」走出沒幾步，蕭闖沒頭沒腦地問道。

喬紹廷愣了幾秒，隨後領會了他的意思，哭笑不得：「神經病。」

「你明白就好。剛才錄到哪裡了……」

「聽蕭律師說，你們並不是親兄妹。」

蕭闖瞪著喬紹廷：「她就是我妹。怎麼了？」

「沒什麼，就是覺得你真的很愛護她。」

蕭闖垂下目光：「少來……反正你別打我妹的主意。」

喬紹廷笑了：「她為什麼想做律師？」

「小說，電影，電視劇……肯定是被什麼東西迷惑了嘛，以為律師都很酷。」蕭闖說著，抬頭想了想，「不過那傢伙愛錢……也搞不好是覺得當律師能賺大錢。」

喬紹廷有點懶得理他了：「我們還是趕快把筆錄做完吧。」

蕭闖沉默了片刻，說道：「大概是三年前，她說她想做律師。我見過太多律師了，尤其是那些混得不好的。我勸她，當然，一如既往地失敗了。」

喬紹廷微笑：「蕭律師不是能被輕易說服的人。」

蕭闖點點頭：「她當時跟我說，做律師會讓她成為自己想成為的那種人。」

蕭闖說著，低頭去看筆錄，準備繼續提問。他並沒有注意到，聽完他剛才的話，喬紹廷的臉色變了，似乎篤定地下了什麼決心。

喬紹廷將iPod touch調轉方向，拿到自己面前：「你都記這麼仔細了，這東西用不到了吧。」

地下道裡空無一人，牆邊有個小小的卜卦攤。算命先生靠牆坐在地上，手邊放了半瓶喝剩的酒，已經快睡著了。一雙腳在他攤前停住。算命的很快意識到面前站了人，睜眼一看，職業性地招呼道：「先生要卜一卦嗎？感情，姻緣，事業，健康，十卦九靈，不靈不收錢……」

吆喝的話還沒說完，他注意到來人一臉陰沉，兩手的指節上都有新傷，衣服上還沾著血跡。

算命的仰頭望著他，呆住了。

喬紹廷緩緩蹲下身，拿起算命先生身邊那半瓶酒，拿出紙巾，沾了一點酒，仔細地擦拭掉襯衫上的血跡，又擦了擦手錶。最後，他把剩下的酒分別倒在左右手指節的傷口上。酒精帶來的劇痛讓他的身體不由自主地抽搐了幾下，但他一聲沒吭。他把幾乎倒空的酒瓶放回算命先生腳邊，站起身，甩了甩兩隻手。剛準備走開，又從口袋裡翻出十塊錢放在算命的面前。

眼看喬紹廷走開，算命先生撿起錢，慌慌張張收起卦攤，走出地下道。

喬紹廷繼續向前走，對面，孫律師走來。

她上前正要伸手去和喬紹廷握手，隨即注意到喬紹廷手上的傷，又把手縮了回去：「您好。」

「您好。我叫喬紹廷，是蕭律師的同事。」

蕭臻手腕那個傷口的樣子，在孫律師腦海中一閃而過。不知道為什麼，這兩個人給她的感覺有點像。

「我知道您是誰，在津港，您太有名了。而且，我好像應該慶幸，千盛閣的案子坐在對面的不是您。」孫律師說。

喬紹廷盯著孫律師：「你更應該慶幸坐在你對面的是蕭律師。」

「是的。蕭律師是個好人……」

「也是個好律師。」

喬紹廷說著，從口袋裡掏出了iPod touch，打開語音備忘錄，播放錄音。

「千盛閣酒樓本應在溼滑的地面設置警示牌，酒樓的消防通道被貨箱都堵死了，門口的停車規劃嚴重違法，再加上你的當事人是被千盛閣酒樓強制要求在法定節假日超時工作，未按規定支付加班費和百分之三百的薪水……總之，你去千盛閣走訪一圈，能取到他們很多違規違法的證據。給他們看這些證據，讓他們跟你的當事人和解，把錢賠了，否則你可以向警局、交通部門、城市管理部門和勞動局舉報……當然，在你們拿到和解賠償後，我要提百分之二十……」

這段話的前半部分，正是蕭臻托人帶給孫律師的資訊，但什麼百分之二十的提成，根本是空穴來風的事情。更讓孫律師不明就裡的是，這段錄音中，說話的人並不是蕭臻，而是喬紹廷。

喬紹廷關掉錄音，把iPod touch遞了過去：「我作為千盛閣的原代理人私下和你聯絡，提供了大量對千盛閣不利的資訊，迫使他們不得不與你的當事人庭外和解。這是錄音證據。」

孫律師明白過來，目瞪口呆。她看了看iPod touch，又看了看喬紹廷：「你是要我把這個交給千盛閣……」

「既然我是和你串通，千盛閣有可能連你一併投訴。不用給他們，你拿這個直接去向律協投訴。」

孫律師一臉震驚，不知道該說什麼好。她猶豫著，似乎不知道該不該接過那個iPod touch。

「千盛閣那邊要是還想投訴蕭律師的話，無論他們找到什麼證據，都不可能覆蓋這段錄音的證據效力。」喬紹廷說著，把東西往孫律師手裡一塞，轉身就要走開。

孫律師上前兩步：「喬律師，我知道您目前正遭遇困難，我不清楚那起事件到底是怎麼回事，但如果我拿著這段錄音去投訴你的話……喬律師，在職業生涯裡，你這和自殺沒差別。」

喬紹廷回過頭：「那就拜託孫律師，務必讓我死。」

此時，嚴裴旭剛剛到家，一臉醉意，扶著門口的鞋櫃，躡手躡腳地換鞋。臥室門開了，嚴秋走了出來。

嚴裴旭一愣，小聲說：「是不是吵到你和佳佳了？」

嚴秋搖搖頭：「爸，您去哪裡了？這麼晚才回來。」

她上前幫嚴裴旭脫下外套，聞到了酒氣：「您還喝酒了？」

「就喝了一杯，就一杯。」嚴裴旭說著，還搖搖晃晃伸出一根指頭。

嚴秋苦笑，掛起嚴裴旭的外套：「是曠叔叔送您回來的吧？」

嚴裴旭應了一聲，似乎不想多談。嚴秋上前兩步：「能不能讓曠叔叔不要再為難喬紹廷了？」

聽到這個名字，嚴裴旭酒醒了一些，有些惱怒：「你怎麼還替他說話？」

「我知道在曠叔叔面前，喬紹廷跟螞蟻沒有分別，但他不是壞人。」

「那照你這麼說，我和你曠叔叔才是壞人了？」

嚴秋低頭不語。嚴裴旭憤憤不平地擺擺手，回屋關門。

昏暗的客廳中，嚴秋的背影立在嚴裴旭房門前。她長呼口氣，雙手環抱在胸前，思索著什麼。

8

四月二十二日

1 逢生

凌晨一點時，德志所開放辦公區所有的燈都亮了起來。蕭臻抱著龐國的筆記本，走進空無一人的律所，深吸一口氣，捲起袖子，在工位上坐了好一陣子。

這恐怕是她在德志所的最後一夜，明天早上投訴就該來了——但那又怎麼樣呢？她把筆記本放在桌上，長出一口氣，捲起袖子，去茶水間給自己泡了一大壺咖啡，開始工作。

今天的代理意見寫起來格外順手，影印機也比往日好用，就連茶水間冰箱裡的點心，似乎都比之前來得香甜。在替自己續了兩杯咖啡之後，她伸了個懶腰，打開音樂播放器，開始播放〈Long Tall Sally〉那整張精選輯。她現在很確信，如果穿越進末日電影，自己一定是會上街狂歡的那種人。

這樣特殊的日子，工位的那張小轉椅就太不應景了，於是蕭臻進了章政的辦公室，坐在那張寬大的老闆椅上，把自己一路滑進茶水間。她用牛奶打了奶泡，又小心翼翼地拉了個花，端起咖啡，一踢茶水間的櫃子，滑向辦公區。

工位上，蕭臻貼著椅背，一手捧著咖啡杯，一手舉著列印好的代理意見，邊喝邊看，頻頻點頭。看到末頁，她把代理意見放在桌上，在「委託代理律師」後面大筆一揮，簽下自己的名字，又把筆往旁邊一丟，心滿意足。

牆邊影印機傳來影印結束的提示音，蕭臻放下咖啡杯，直接跳上辦公桌，本著「兩點之間直線最近」的原則，一路踩著桌子跨向影印機，拿起資料又原路返回。

但沒走出兩步，她就看到辦公區的走廊口多了個人——洪圖不知什麼時候來了，正抱著雙臂，抿緊嘴唇，冷冷盯著她。

蕭臻愣了，一臉尷尬地站在桌上。她感覺自己繼續走也不是，下去也不是，只好先微微點頭，禮貌地打招呼：「洪律師……晚上好。」

洪圖懶得回應這樣荒唐的問好，走到蕭臻的辦公桌前，放下包，往老闆椅上一靠，關掉音樂播放器，滾動滑鼠轉輪，開始看蕭臻電腦上的代理詞文檔。蕭臻連忙趁機跳下桌子，走到洪圖身邊。

「你請假說今天晚上不能去找我彙報，就是為了這個案子？」

「是，明天要開庭。」

洪圖微微側身，望著蕭臻：「你確定明天還能去開庭嗎？看這末日狂歡的架勢，你恐怕知道明天會發生什麼。」

蕭臻苦笑：「就算被投訴，也不會立刻停止執業。我查了一下相關規定，還是有機會通過聽證向懲戒委員會申辯的。喬律師那種，屬於特殊情況……」

「在懲戒委員會做出決定前，所裡會先停止你執業，這是規章制度。更何況今年章政要在律協參選，對這種事更要做出立場鮮明的表態。」

蕭臻看看手裡的影印材料和代理意見：「那我要是……停止執業，手上的案子怎麼辦？」

「放心，喬律會找到另一個你。」洪圖笑笑，她不吝於把話說得直白，在她看來，這是在幫蕭臻。

「那希望喬律師能盡快找到合適的人和我交接，不要耽誤當事人的案子。」蕭臻低垂腦袋。

洪圖不確定她是否聽懂了自己的弦外之音，也沒想到蕭臻此刻在意的會是這個，垂下目光嘆了口氣：「我早就提醒過你……是否立刻停止執業的事，作為合夥人，我可以嘗試去找主任說情，但在事情結束前，你暫時先不要和喬律合作。」

「會被投訴是我自己的原因，並不是喬律師導致的。」

「他身上的是非太多。再說，你們一個被停止執業的律師，和一個正被投訴的律師合作辦案，讓外面怎麼看？如果你擔心失去鍛煉機會的話，我手裡有很多案子都可以交給你去辦。」洪圖自認算得上語重心長、仁至義盡。她面無表情地站起身，「只有我和喬律會保護你。現在，他自身難保，我是在幫你。」

「那今後，我也不用每天晚上和您彙報喬律師的行蹤了？」蕭臻忽然抬眼，看向洪圖。

此刻忽然的心虛代表著什麼，洪圖懶得去想，她瞪了蕭臻一眼，提起包就往外走，快到門口時又回過頭：「你好像並不知道今晚都發生了什麼。」

蕭臻的確不知道，愣愣地看著她。

果然，章政挨打，蕭臻一無所知。畢竟還是小孩。洪圖不屑地一笑，走出辦公室。

洪圖剛出樓門，就迎面碰上了喬紹廷。看著喬紹廷行色匆匆想要上樓，洪圖面露不悅。先前急匆匆掛了她的電話，如今卻這麼晚跑來找蕭臻。她剛才那句「很快找到另一個你」，好像頓時有點可笑。

「喬律，你今天怎麼話說一半就把我電話掛了？而且晚上我聽客戶說……」

話到一半，她看到喬紹廷伸手整理襯衫領口，指關節上有傷，便沒再往下說。

「電話的事，我很抱歉，而且你聽說得沒錯，我掛你電話，就是急著去辦你聽說的那件事。」

洪圖略一思索就明白過來，不管喬紹廷用了什麼手段，蕭臻恐怕不會被投訴了——以喬紹廷現在的處境，那個手段的代價一定不小。

「蕭律師值得你做到這個地步嗎？」

「你也值得。」

洪圖冷笑。這種安慰獎似的回答，太過冠冕堂皇。

「為了我身邊任何一個去追求和實現公平的人，都值得，而且，不僅到這個地步。」

像是認定了洪圖不會明白，也不會相信，喬紹廷沒再停留，快步走向德志所。

蕭臻收拾好東西正往外走，就看見喬紹廷迎面走來，不禁一愣：「喬律師，怎麼這麼晚你還來了？」

「我說了，結束就過來。更何況……你哥吃了我的晚餐，雖然我已經用某種方式找回一點補償，但肚子還是空的。」

「問題是，我並不太餓啊……」

十分鐘後，「不太餓」的蕭臻在熱炒店裡，摘了手套，捲起袖子，狼吞虎嚥地吃著小海鮮。對面，喬紹廷夾著半筷子沙茶麵瞠目結舌。

「龐國二十一號身體狀況恢復後，在日記中記下了十九號訂立遺囑的全過程，甚至把遺囑內容都寫在裡面了。這篇日記既可以作為筆跡鑑定最有針對性的檢材，同時也是對十九號那份遺囑的有力佐證。不過我在寫完代理詞後，也想到對方律師很有可能會提出……」

喬紹廷吃著麵接話道：「為什麼二十一號可以自書日記，十九號卻要代書遺囑？邏輯存疑。」

蕭臻點頭：「十九號的代書遺囑缺乏一個有效要件——日期。遺囑本身無效的情況下，可以主張無視其他間接證據。」

「就算日記裡記錄了遺囑內容，但那只是龐國自己寫的，涉及處置吳秀芝那部分財產的，對方還是可以不認。更別提他們很大概會先行質疑日記的真實性。」

「所以，我想在形成證據均勢的情況下，引導雙方進行調解或庭外和解。」

「好主意。雖然我認為雙方很難接受和解。」

「房產具有不可分割的屬性，我們是站在龐家子女的立場上沒錯，但考慮到被告一方……這個案子總要有一個讓雙方都能勉強接受的……嗯，怎麼說呢……」蕭臻努力想找出恰當的詞彙，停止了咀嚼。

喬紹廷笑了：「也許你還沒意識到，從剛開始辦案，你就在追求這種目標——相對公平。」

「相對公平？」

「對。在我們接觸到的絕大多數案件裡，民事案件往往既有經濟利益，又摻雜了道德或情感。商事案件中，雙方互負違約責任屢見不鮮。甚至連刑事案件，都會有很多酌定或法定的從輕、減輕、從重、加重情節，會有最低到最高刑期的自由裁量空間。這是因為在現實生活中往往沒有絕對的好壞或對錯，那麼公平的實現，往往也是相對的。」

蕭臻久久不語。從做律師的那一天起，她就明確知道自己不要什麼；而想要的那個東西，她一直模模糊糊地感受著，卻無法概括清楚。她要的不是發家致富，儘管許多律師的確賺得盆滿缽滿，而她也的確愛財；不是「社會能量」，儘管不少律師的確能夠呼風喚雨，她也嚮往；她要的甚至不僅僅是維護當事人的利益，儘管這是律師最為基礎的職責，她也一直竭力做到。但她始終知道，最為核心的不是那些。而喬紹廷說的「相對公平」，讓那個原本晦暗不明的指向忽然變得清晰可見。

「喬律師一直信奉這種相對的公平嗎？」

「六年前我和章政將曠北平從德志所趕走，就是因為在我看來，他破壞了這種哪怕僅僅是相對的公平——是的，你說得沒錯，我信奉這種相對的公平。」

喬紹廷從座位下拿出王博和雷小坤的案卷，放在蕭臻面前：「蕭律師，如果對待每一個案件都這樣竭盡全力的話，對你而言，律師將是個很辛苦的職業。值得嗎？」

蕭臻低頭看著王博和雷小坤的案卷，莫名地激動。「他終於把你當作同類了。」她聽到自己心裡有個小小的聲音說。為了來到喬紹廷身邊，她在付出代價，可是此刻她明白了，這些代價從來都微不足道。

她再抬頭去看喬紹廷，平靜而篤定：「值得。」

喬紹廷點頭：「我也覺得值得。」

蕭臻抽出兩張紙巾擦了擦手，拿起案卷就翻，情不自禁地念叨著：「沒想到，到了最後，我終於還是看到……」

喬紹廷盯著她：「沒到最後。」

蕭臻抬頭看喬紹廷。

「不管你當初來到德志所的目的是什麼，也不管派你來這裡的人想如何利用你，但現在對我而言，你是我共進退的夥伴……」喬紹廷說著，遞去一支筆，「所以相信我，這絕不是最後。」

蕭臻思索著這番話，接過筆，注意到喬紹廷指關節上的傷。她從案卷中拿出委託書，再去看喬紹廷，他已經從座位上站起來了。

蕭臻在委託書上簽下自己的名字。

「今晚的月色真美。」喬紹廷在夜色中仰面朝天，伸著手臂。

蕭臻一愣，便發現喬紹廷並沒有望向自己。顯然，他這句話也不是朝自己說的。

「喬律師是很喜歡日本近代文學嗎？還是只是單純欣賞夏目老師這句話？」

喬紹廷一臉茫然：「什麼？」

「你剛才不會是隨口亂念的吧？」

「不是啊，前兩天唐初去找我，走的時候她抬頭望天說了這麼一句，結果我跑去頂樓上找了半宿的月亮。」

蕭臻哭笑不得：「喬律師，打開手機上網搜一下……沒知識不可怕，別跟時代太脫節。」

喬紹廷聽完愣了愣，拿出手機搜索，隨即，夜空中響起他「杠鈴」般的笑聲。

「主任，律協的投訴受理通知書列印出來了！」清晨時分，蕭臻剛走進事務所，就聽顧盼拿著一份剛列印出來的檔案朝辦公區喊道。

章政風風火火地跑出來看通知書，蕭臻長嘆一口氣，一臉釋然，準備好了承擔一切。

章政邊看通知書邊念叨：「這……紹廷怎麼又被投訴了？！千盛閣的案子？」

蕭臻的大義只凜然到一半，頓時戛然而止，剛剛放空的視線立刻對焦，震驚地看向章政。

章政一抬眼，也正好看到蕭臻：「小蕭，這個案子不是你辦的嗎？怎麼是喬律師被投訴了？」

蕭臻比章政還要茫然，上前兩步，先注意到章政臉上的傷：「主任，您的臉……」

「不小心摔的……這個案子，喬律師插手了嗎？怎麼受理通知還說有什麼錄音證據啊？」章政故意不去看她。蕭臻從他手上拿過通知書，仔細查看。

洪圖也走進了事務所。她看到章政一臉的傷，心照不宣地和章政對視片刻，便來到蕭臻身旁，和她一起看通知。

洪圖看了幾行，便明白過來，別開目光，冷笑一聲：「嘁，還真是債多不愁還。」

蕭臻看完通知，也慢慢回過神來。原來，喬紹廷昨天說的「沒到最後」，是這個含義。

她把通知書還給章政，說不上來自己此刻是什麼情緒。劫後餘生的慶幸？對喬紹廷的感激？為喬紹廷擔憂？好像都沒有。該波動的情緒，好像昨晚都波動完了，雖然昨晚她似乎只是吃了一頓豐盛的宵夜。

「主任，那我拿所函先去開庭了。」

章政沒看她，點點頭，問顧盼道：「喬律師呢？通知他了嗎？」

「電話沒人接。」

蕭臻走向辦公區，從桌上拿了空白出庭函，又拿了蓋章登記表，敲開洪圖的辦公室，把登記表遞過去：「洪律師，龐國家析產的那個案子，我得去開庭，麻煩您批一下出庭函蓋章。」

洪圖接過登記表，低頭簽字：「看來，他還是有能力保護你……」

簽完名，她把登記表遞還給蕭臻：「或者，這件事本來他也有份。」

蕭臻接過登記表，想了想：「相對公平。」

洪圖一臉疑惑。蕭臻沒再說什麼，笑了笑，離開辦公室。

2 反擊

薛冬快步走到曠北平辦公室門前，就見付超和劉浩天都站在門外，噤若寒蟬。辦公室內傳出曠北平的咆哮。

很快，咆哮聲結束了，曠北平隔著門沉聲喝令：「進來！」

另外二人都不自覺地後退半步，把薛冬往前推了推，薛冬只好硬著頭皮敲門。

「我說『進來』！」

三人只好開門，都進了辦公室。

曠北平顯然餘怒未消，嘴裡還在念叨：「黃偉這個廢物……」

薛冬左右看看，付超和劉浩天都在朝他遞眼色，示意他上前說話。

「主任，往好處想的話，喬紹廷可以說是自絕後路。在這一行裡，他算是廢了。」薛冬觀察著曠北平的臉色。

「那往壞處想呢？」

「他身邊恐怕有了個死心塌地的同伴。」薛冬努力說得輕描淡寫，雖然在他看來，這並不是一件小事。

沒想到曠北平一臉不屑，冷笑一聲：「無名小輩罷了……問題在於，這件事喬紹廷是怎麼提前知道的。」

薛冬哭笑不得。果然，曠北平的腦迴路別人是怎麼都猜不透的：「既然孫律師有可能私下和蕭臻聯繫過，喬紹廷知道也就不奇怪了。」

曠北平突然又怒不可遏：「什麼時候聯繫的？怎麼聯繫的？他跟那個姓孫的見過面嗎？」

曠北平說著，乾脆站起身，數落著面前的三個人：「昨天晚上到底發生了什麼，你們沒有一個人能告訴我！」

三人都低頭不語。

曠北平在窗前來回踱步，平息怒火。

他背著身說道：「從現在開始，這個喬紹廷和他搭檔的一舉一動，我隨時都要知道。」

「主任，您的意思是讓我們……」付超小心翼翼地開口道。

「我不管你們做什麼，也不管你們怎麼做。」曠北平猛地回過身，瞪著眼前的三人。薛冬領著另外兩個人點頭答應，連忙離開。

一進自己的辦公室，薛冬誠惶誠恐的神態就揮發得乾乾淨淨，甚至差點笑出聲來。喬紹廷那近乎耍賴的手段，任誰提前知道，恐怕都只會說句「胡鬧」，再補上一句「何苦」。可是現在，一無所有的喬紹廷往深淵再走一步，反倒把那個翻手為雲覆手為雨的曠北平逼瘋了。這個世界上，就是有人寧願騎二十公里的自行車，也非要拿到那幾罐醬料。

薛冬還是沒能忍住。他坐在辦公桌前，把腦袋埋進手臂，痛痛快快地笑了好一陣。

他邊笑邊盤算著自己應該打個電話給誰。就在此時，章政要求見面的簡訊傳了過來。兩人約在德志所的後門見面。

半小時後，章政一臉警惕地來到薛冬身旁。薛冬靠著柵欄，遠遠地就看見章政臉上的五彩斑斕。他表情有點誇張，明知故問道：「呦！這是怎麼了？」

「紹廷昨天晚上發神經，非把曠北平操縱千盛閣投訴蕭臻的事遷怒於我。」章政沒好氣地說。

薛冬實在難掩壓抑在心中的狂喜：「哦？怎麼打成這樣啊……那你有沒有還手？這看起來可不是打了一兩拳……你鼻子不是被腳踹的吧？在哪裡打你啊？旁邊還有人看見嗎？嘿！都沒人幫忙攔

一下？你的司機呢？哎呀，紹廷也真是，下手也太重了！差不多就得了……」

章政深呼吸，擺擺手：「你有完沒完！曠北平那邊什麼反應？」

「你什麼時候看過他站起來罵人？」

章政倒吸一口涼氣，愣了半晌，說不出話來。

「所以我當初就跟你說，要治他，就得是紹廷這樣的。」章政點了點頭。

「紹廷固然是回擊得漂亮，但他也把老爺子惹急了。」

「以我對他的瞭解……靠，我好像不太瞭解他。」

「我本來想像不出來紹廷會怎麼反擊，不過你今天這張臉，好像也給了我新的啟發。」薛冬還是憋不住笑。

章政瞪著他：「別光顧著幸災樂禍。出了這種事，曠北平會認為自己的控制力和影響力受到直接挑戰。他一定會使出更多的手段，而且也會更不相信身邊的任何人，尤其是你。」

「那我是得小心……哎，打完你之後，紹廷有沒有跟你和解？帶你去醫院了嗎？」

「你給我滾！」

薛冬笑著拉開車門，章政又說道：「無論紹廷現在想做什麼，你最好能主動幫幫他，不然大家都危險。」

薛冬一臉玩味地看著章政。兩天前催他出賣蕭臻的人，現在又來催他幫喬紹廷：「主動幫他？我怎麼主動幫他？」

章政冷冷地看著他，毫不覺得自己的轉變有任何突兀之處：「你最好趕快想出來。」

斷定喬紹廷需要幫助的人，還不只章政一個。魯南被上級要求去南津述職，彙報王博和雷小坤案的死刑覆核進展。在機場的出發口，他也對方媛說，讓她想辦法幫一幫所有想要找到朱宏的人。

需要幫助的喬紹廷剛把銀色富康停在一家餐館門口，金義和幾個手下正圍坐在露天的桌旁吃喝。

金義走到車旁，喬紹廷搖下副駕的純手搖車窗：「你這……才幾點就開始喝了？」

金義有點不好意思，撓撓頭：「我也沒耽誤事情。」

金義帶些歉意，扭捏地說起自己尚未找到宗飛的下落，畢竟他和他的兄弟不過是些混社會的，而宗飛他們屬於犯罪集團，要是那麼好找早就該蹲大牢了。喬紹廷看了他一眼，按照金義的性格，不可能光為了說這一通解釋，主動把他叫來。

「你之前給過我朱宏的照片，還有一個姓嚴的老頭的……」果然，漫長的鋪墊之後，金義切入正題。

「嚴裴旭？那是朱宏的岳父。」喬紹廷一驚。

金義掏出手機，翻出一張照片，把螢幕轉向喬紹廷。昨晚，他有幾個兄弟在西平港喝酒，正好看見一個老頭，覺得有點眼熟，就拍了照片。照片裡的老人頗顯疲態，雙眼放空，端著免洗紙杯。雖然比印象中蒼老不少，喬紹廷還是一眼就認出來，這的確是嚴裴旭。

「西平港？離他們家有二三十公里吧，他怎麼跑那裡去喝酒了？」

金義一滑螢幕：「後來還有個老頭來找他……」

這次，看到照片的喬紹廷忘記了言語。有一根細細的線，把所有的東西都穿成了一串。偽造的財務報告、鄒亮的死、這十幾天來密不透風的圍追堵截，好像都有了更合理的解釋。

照片上的那人是曠北平。

喬紹廷想了想，把手機還給金義：「這個人很可能是我目前最大的對頭。幹得好，我現在方向更明確了。」

喬紹廷的下一個目的地是向陽區人民法院的門口，按照約定，他來這裡跟蕭臻會合。

蕭臻開完龐國案的庭，見他過來，首先嘆了口氣：「你沒猜錯，他們既不同意調解，也不願意庭外和解。」

「是對面不同意？」

「所有人都不同意。大家寧願接受訴訟帶來的高昂時間成本，也不願意各退半步……說起來，喬律，你又被投訴了。」

喬紹廷正分心想著金義給他的照片，意外的表情很沒有誠意：「我說所裡怎麼一直給我打電話。」

蕭臻白了他一眼：「而且主任那臉是怎麼回事？」

「他臉怎麼了？」喬紹廷繼續偽裝懵懂。

「傷痕累累，據他說是不小心摔的，我猜他摔倒的時候，臉下面可能壓了個拳頭。說起來，喬律師，我昨晚忘了問你，你的手怎麼受傷了？」

喬紹廷看了看自己指關節上的傷：「我也不小心摔了。」

蕭臻品味著喬紹廷毫不遮掩的敷衍：「你的誠懇真讓我感動。」

「鄒亮出事之前，私下寄給我這些，更讓我感動。」喬紹廷換上正色，把一個檔案袋塞給蕭臻。

蕭臻接過來，拿出裡面的文件看了看，微微皺眉：「房屋抵押貸款？」

「就在朱宏失蹤的第三天，嚴裴旭把他、他女兒嚴秋以及他外孫朱佳共同居住的那套房子抵押出去了，申請到兩百萬的商業貸款。而且就在之後的一兩天……」

「嚴裴旭幾乎從銀行各個帳戶取走了所有存款。」蕭臻抬起頭，開玩笑道，「搞不好是老先生講究，去替女婿還債了？」

喬紹廷笑笑：「那我們就一起證實一下他是不是真的很講究……」

他正要把照片的事情告訴蕭臻，手機響了，電話那頭是薛冬：「紹廷，我現在在巴博斯，就那個網紅餐廳。」

「關我什麼事。」喬紹廷朝蕭臻遞了個眼色，打開擴音。

「上次，你找我去津港銀行查鄒亮的事，今天我正好又去那邊辦事，聽說昨天晚上有法院的人要查鄒亮和主任談話的相關資料。」

「法院的人？」

他和蕭臻互換了個眼神，都猜可能是魯南和方媛。

「然後呢？」

「因為他們缺手續，銀行沒把這部分資料給他們。在這方面，那些守規矩的司法部門反倒沒什麼優勢可言。」

喬紹廷想了想，說：「就是說，你拿到了？」

「來求我吧。」電話那頭，薛冬的聲音十分欠打。

喬紹廷看看被掛斷的電話，又看看自己手上的傷：「我是不是應該帶根棍子什麼的過去？」

蕭臻笑了：「滅口之前，先看看他拿到什麼有用的資料了。我這邊嘗試追查一下嚴裴旭這筆貸款的流向。」

「這部分的客戶資訊銀行是保密的，律師證派不上用場。」

「明白，我想想辦法。」

喬紹廷剛駕車離開，方媛的車就停在蕭臻身旁。

方媛搖下副駕的車窗，朝蕭臻招了招手。

蕭臻愣了一下，上前躬身對方媛說：「該不會我在哪個法院開庭都能遇到你吧？」

「不，我是專門來找你的。那個析產的案子順利嗎？」

蕭臻翻著白眼嘆了口氣：「哦對，你能在系統裡查到所有我代理的案子……但連通知開庭的時間也能查到嗎？」

方媛眨眨眼：「不用什麼內部系統，你們這個案子是公開審理，我看今天的開庭公告就可以了。上車吧。」

飲料店裡，蕭臻把手裡的兩杯奶茶遞給方媛一杯。蕭臻手裡的那杯是純奶茶，而方媛那杯裡，珍珠、蒟蒻、龜苓膏、椰果堆成一座小山。

方媛接過奶茶，草草翻了翻王博和雷小坤的案卷，遞還給蕭臻。案卷內容和魯南背給她的幾乎一字不差，看來，魯南的記憶力真的很厲害。

「方法官特意把我從法院門口截下來，是有什麼事嗎？」

「你和那個喬律師一直都沒放棄查這個案子？」

「不僅我和喬律師，他還有個叫金義的好基友，他現在開的車也是向金義借的。」

「有進展嗎？」

蕭臻猶豫片刻便打開筆記型電腦：「被害人朱宏的岳父嚴裴旭，在案發後第三天跟銀行申請了一筆抵押貸款，用途是商業經營中的債務清償。」

「這很可疑嗎？」

「不好說，但我和喬律師打算追蹤一下這筆貸款的資金流向。」

方媛笑了，且不問他們如何得知這個資訊，單就下一步來講，他們需要追查的資訊都在銀行，銀行昨天甚至讓她和魯南都吃了閉門羹。

「我想通過天眼系統查詢。」蕭臻喝了一口奶茶。

方媛懂了，既然嚴裴旭申請了經營貸款，那麼有經營債務需要清償的那家公司，一定得是嚴裴旭任職或有股份的關聯企業，銀行才能放款。

「很合理，然後呢？」

「然後再想辦法吧，車到山前必有路。」說完，蕭臻開始用筆記型電腦上網查詢。

方媛把桌上鄒亮提供的資料拿過來掃了一眼，嘆了口氣。她還以為蕭臻和喬紹廷有什麼驚人進展，現在看，也是費事耗力，未必有結果的調查方向。

「謝謝你的奶茶。」方媛站起身，舉了舉手裡的杯子，離開了。

蕭臻打開天眼查詢系統，輸入嚴裴旭的名字，很快就搜索出數家與嚴裴旭有關聯的企業。她在紙上一一記錄下每家企業的名稱和基本資訊情況，隨後查詢這些與嚴裴旭有關的企業是否存在經營風險。通過這個方式，蕭臻篩掉一部分企業，並在紙上把那些企業打了叉。

剩下的企業中，蕭臻逐一查詢是否有「法律訴訟」和「開庭公告」，查到其中三家有相關資訊。她又打開津港市人民法院的資訊查詢網站，查詢這幾起訴訟，並沒有任何一起訴訟涉及企業負債。

蕭臻咬著筆，盯著電腦螢幕，又去看自己記錄下那些公司的紙，琢磨了好一陣子，隨後扔下筆，拿起手機，逐家公司撥打電話。

「喂您好，我是津港銀行信貸部，貴公司的股東嚴裴旭先生在我們這裡申請了一筆抵押貸款，請問這筆貸款已經到帳了嗎？……什麼？嚴先生沒有為公司申請經營貸款？……哦，那可能是他填錯了……」

「喂，您好，津港銀行信貸部……哦，好的，那您能幫我轉一下財務嗎？」蕭臻在那家公司的名字後面畫了個叉，又換了一家公司。

「財務出差了？您方便把財務的手機號碼給我嗎？

「哦……嚴裴旭先生已經退股了？

「沒有申請這筆貸款？那嚴先生最近在公司有沒有增資？」

蕭臻把手機扔回桌上，愁眉不展地看著那張紙，所有公司後面全打了叉。

這時，方媛又出現了。

她坐在蕭臻對面，看了看蕭臻的表情，又看了眼蕭臻面前的那張紙：「看來，我離開這段時間，你不像是有什麼突破的樣子。」

「方法官去而復返，就為了嘲笑我？」

「不，我是覺得這家的奶茶味道很不錯。」說著，她把一張紙隔著桌子丟給蕭臻。

蕭臻接過一看：「錦林園藝有限公司？」

嚴裴旭的確是這家公司的股東之一，但公司並沒有涉嫌訴訟的風險資訊。這是蕭臻第一批排除掉的公司之一。

「沒有訴訟，但是他們欠下一筆一百七十九萬的物流費用。對方沒有起訴，而嚴裴旭正是向銀行提供了雙方的物流合約，才申請到這筆貸款。」方媛說著把另一張紙遞給蕭臻，「這是那家物流公司。」

蕭臻有點驚訝，看著紙上的資訊：「你不是說昨天還吃了閉門羹嗎？」

「對啊，所以我剛才去找了巡迴法庭的同事。津港銀行是大行，在我們那裡總會有案子。我讓同事打電話過去，詢問某一時段的經營貸款資訊，只要裡面包含嚴裴旭的這筆申請，就搞定了。」

蕭臻盯著她，愣了片刻：「你還要跟上一杯一樣的？」

才幾十分鐘後，方媛調查的事情就傳到了曠北平那裡。辦公室裡的付超放下電話，急匆匆地追出來：「主任，主任！」

他上前在曠北平耳旁小聲說道：「津港銀行的吳經理剛才打電話給我，說最高院巡迴法庭因為他們行的一個案子，打電話詢問了某幾天申請抵押貸款的申請人和相關事由。他也不好說有什麼奇怪的地方，只是時間上……正好是那個案子發生之後的一週內。」

曠北平微微一驚，略一思忖，轉身返回辦公室，同時對付超說：「把孟鷗叫來，然後馬上幫我向銀行預約大宗提領。」

曠北平一路往辦公室走，掏出手機，撥通電話：「老哥，是我。方便說話嗎……」

付超跟上兩步，曠北平用手掩住話筒，回頭看著付超。

「大宗是？」付超請示道。

「兩百萬。」曠北平說完，把聽筒放回耳邊，返回辦公室。

3 追查

巴博斯餐廳所有的陳設都是粉色，桌椅、牆壁、服務生的工作制服，乃至洗手間的紙巾。薛冬面前精緻的茶具和茶點，不用說也是粉色。喬紹廷坐在薛冬對面，環顧一圈，顯然，這是個網紅打卡地，甚至還有個漂亮的網紅臉女孩在用手機直播。他和薛冬出現在這種地方，怎麼看怎麼突兀。

喬紹廷闔上菜單遞給服務生：「給我杯水就好。」

薛冬笑了：「不至於吧，兄弟。我請客。」

喬紹廷看著薛冬前所未有的燦爛笑容，想著章政挨揍大概也讓薛冬暗爽：「少廢話，你到底有什麼發現？」

薛冬抿了口紅茶，賣起關子：「我好像還沒聽到有人求我呢。」

喬紹廷向後一推凳子，起身就要走。薛冬又忙攔下他，怪他沒幽默感。

「我看你也皮癢。」喬紹廷坐回薛冬對面。

「聽我慢慢說。你之前讓我查鄒亮和曠主任談話的相關資訊，我今天去走了點關係，調到了他們兩人談話那天銀行門口的監視器畫面。」薛冬說著，拿出手機點了幾下，給喬紹廷看他拍下的監視畫面。

果然，曠北平和鄒亮私下有接觸。喬紹廷點了點頭，並不意外。比起這個，猝不及防地看到鄒亮走動、與人交談的畫面，對他反倒衝擊更大。

九點多的監視畫面裡，曠北平走進津港銀行的正門。十點多將近十一點，他從銀行出來，之後，有個人追了出來，就是鄒亮。

畫面中看不清鄒亮的臉，但他微微駝背、邁著大步的樣子，和喬紹廷記憶中一模一樣。鄒亮叫住曠北平，兩人一起走到銀行門外的吸菸區。鄒亮抽著菸，和曠北平聊了好一陣子。
喬紹廷抬起頭：「他們聊了多久？」
「將近半個小時。」
喬紹廷又低頭看著翻拍的監控畫面：「通過這個能看出來，在談話之後，曠北平和鄒亮還有私下接觸，但也沒什麼用。你是覺得可以找唇語專家來辨別他們都說了什麼嗎？」
薛冬拿叉子挑著茶點吃：「你再往後看，還有第三段。」
喬紹廷點開第三段影片。那是中午十二點左右，鄒亮走出銀行，上了一輛停在門口的粉色奧迪TT。
喬紹廷一驚，抬頭看薛冬。
薛冬面露得意：「這臺車不是你同學他老婆的吧？」
喬紹廷想了想，鄒亮的戀情，他的確毫無察覺，但他又不是要找鄒亮婚內出軌的黑料，何況這不過是輛粉色跑車，車裡坐的是男是女都不一定。
「這個監視器畫面的清晰度想讀唇語沒戲，但還是能看清楚車牌的。我循著車牌，發現車主是個二十一歲的KOL。」薛冬瞇起眼睛，說出他的「重大發現」。
「KOL？」
「關鍵意見領袖，俗稱網紅。」薛冬一臉嫌棄地向喬紹廷科普流行詞彙。看他得意的樣子，喬紹廷很懷疑他也是現學現賣。
「你這位老同學啃的嫩草叫陶晴，網名叫黃油果凍。」說到這裡，薛冬總算雙手一攤，表示來到了關鍵部分。
喬紹廷更不懂了：「我不問你怎麼通過一個車牌查到車主，我也不想知道。就說你發現的這個甜品小姐，對我要查的事有什麼幫助？」

「那不好說。不過你也是成了家的人，應該知道有些不會跟自己老婆說的事，是需要其他傾訴對象的。」薛冬一臉嚴肅，緩緩點頭，似乎對這種事頗有發言權的樣子。

喬紹廷白了他一眼：「去哪裡找這個果凍？」

「你走路目不斜視嗎？你進來一共也就十幾分鐘，不會一點印象都沒有了吧？」薛冬又拿出故弄玄虛的那套。喬紹廷眨眨眼，突然想起什麼，扭頭望向窗外。果然，路旁正停著一輛粉紅色的奧迪TT。他把頭扭向另一側，很快就注意到了那名在餐廳裡直播的網紅。

喬紹廷看向薛冬。薛冬篤定地點點頭，評頭論足：「好像開過眼角，不過其他都像是原裝，至少八分。你這個同學眼光還行。」

喬紹廷發現，自己確實欠了薛冬一個人情，而薛冬也確實是欠一頓揍。

蕭臻和方媛走出飲料店，蕭臻正舉著手機和喬紹廷通話。

「太好了，正好我這邊很可能也有新的進展。等結束我跟你聯繫，我們一起往下跟進。」兩人同步了進度，掛斷電話。蕭臻扭頭對方媛說：「喬律師那邊好像也有突破，晚一點我們會再碰面。」

「那正好，我也有個方向，你要不要投桃報李？」

「最高院法官辦不了的事，我能辦？」

「我和南哥仔細看過筆錄，王博和雷小坤這對討債組合一直都是由王博來接案子，提訊的時候，他所說的也跟筆錄一致。他常年和一些伺服器架設在境外的賭博集團合作，津港的那些網路賭棍只要欠了債，都由他們負責催收，報酬是催收回款的三成。海港支隊大致確認了他們的說法，也發現朱宏生前——」

蕭臻打斷她：「朱宏也許還沒死呢。」

方媛不耐煩地擺擺手：「先按生效判決上的說法來，朱宏生前曾經在一個伺服器架設在菲律賓的賭博網站上輸了四百多萬。筆錄裡沒有更多的資訊了，警方那邊要麼是在另案偵辦，要麼就是通報給市級警局，透過外交途徑尋求合作調查。」

蕭臻似乎明白了方媛在意的部分：「一個朱宏就四百多萬，按照王博和雷小坤的說法，類似的任務他們接過十幾件，就照三成來算，也該賺了不少錢才對。但那個雷小坤家裡連租金都交不起，而拿大比例分成的王博也是存摺比臉都乾淨。這是不是說不通？」

「我也覺得奇怪，所以當我得知在你們喬律師的協助下，王博的老婆被抓進去之後，就一直想去找她聊聊。」

「王博的老婆？你不能提訊嗎？」

「先不說她那個案子我們是否有權提訊，就算有，我也不能一個人去，法院辦案是要嚴格遵守程序的。」

「沈蓉羈押在向陽看守所，我去會見也需要兩個律師。」

方媛一臉頹笑：「搞了半天，南哥不在，我一個人辦不了的事，你這邊的喬紹廷也幫不上啊。」

「你不能找巡迴法庭的同事嗎？」

方媛臭著臉：「你是說讓民事法庭的法官去看守所提訊？」

蕭臻拿出手機撥號：「那還是我投桃報李吧。」

巴博斯餐廳內，薛冬笑容可掬，看著對面的喬紹廷。喬紹廷正微微皺眉，盯著手機，認真鑽研。

「你看，我查了啊，她如果是狗牙平臺的探店主播，想結識她的話，需要先關注，再加入粉絲團，然後在直播中盡可能給她高額打賞。我看這裡有棒棒糖、油炸零食……嘁，日用品、奢侈品、交通工具，連不動產都有。『真愛永遠』又是什麼鬼……」

薛冬笑笑：「那可能是個打賞的直播特效。好了，你別查了。」

喬紹廷繼續盯著手機，縝密地推理著：「你看，打賞是有排行榜的，如果能夠進入當月排行榜的前十名，我們就有機會在月底的粉絲見面會結束後跟她一起吃飯，這樣才能當面溝通，並且……」

正在這時，薛冬的手機響了，他一看是蕭臻來電，微微一驚，忙起身離席，走開一段距離才接通電話，壓低聲音：「喂，蕭律師，不管是作為金馥所的合夥人，還是你的合作夥伴，我每天也是很忙的，總會有不方便的時候，拜託你能不能……啊？你怎麼知道我跟他在一起？他知道了？你別嚇我啊，他現在連章政都敢揍……」

薛冬打電話的當下，喬紹廷也接到了魯南的電話，問什麼走私港口、逃避海關監察，甚至問他是不是有個姐姐。這些都與朱宏的下落無關，所以這個電話喬紹廷沒放在心上。

薛冬那邊，蕭臻要他陪著會見被羈押的嫌疑人。薛冬回想起上次陪喬紹廷會見，又被喬紹廷威脅，頓時頭大。

「我現在走不開，會見的話，律師或實習律師都可以，我通知高唯陪你去……好，你把時間地點傳給我，我馬上安排。」掛了電話，薛冬一邊念叨著「我這是造了什麼孽」，一邊跟助理高唯交代好。再回到座位時，薛冬整理好了心情，換回之前揚揚得意的模樣。

「不好意思，剛才說到哪裡了？哦對，這個小女孩雖然不是什麼高級主播，但想進月排行榜前十，你打賞得起嗎？」

這話明顯說到了喬紹廷的痛處，他抬起頭，愣住了：「那……你能不能先借我一點……」

薛冬更開心了：「兄弟這麼多年，我也不會讓你真求我。說個『請』字總會吧。」

喬紹廷運了運氣：「薛律師，請你……」

薛冬沒想到喬紹廷真的開口，趕緊伸手攔住他的話：「好了好了好了，我就那麼一說，你這個人真沒幽默感。再說我們兄弟之間什麼借不借的，你要用錢跟我說，更何況這次你也用不著借錢。」

「事情是我在查，有什麼開銷就該我自己出。」

薛冬拿起餐巾擦手，笑了：「什麼粉絲團、粉絲會、棒棒糖的，太麻煩了，也難怪，這不是你擅長的領域。」

說著，他把餐巾往桌上一丟，繫起西裝扣，站起身：「你在這坐一下，我來搞定。」

喬紹廷瞠目結舌地看著薛冬走向陶晴，熟練地搭訕起來，幾句話之後薛冬坐了下來，甚至跟陶晴一起並肩對著鏡頭直播。到最後，陶晴乾脆關掉了直播器材，專心和薛冬說話。

喬紹廷完全看傻了。

飲料店門口，方媛發動著車，扭頭問道：「你打給薛冬了？」

「他現在和喬律師正在接洽另一條線索，他會替我安排一個實習律師。」

「這個薛冬不是第一次幫喬紹廷了，而他居然是曠北平事務所的合夥人，真有趣。」

「你們也注意到曠北平了？」蕭臻眼睛一亮。

方媛調轉車頭，微微一笑：「何止是我們。」

一小時後，向陽看守所辦公室裡，蕭闖和方媛盯著螢幕。監視畫面中，蕭臻和高唯已經結束了和沈蓉的談話，正收拾東西，準備離開。

蕭闖將目光轉向方媛：「雖然那天在現場聽喬紹廷提過一句，但我猜，她應該不是來為沈蓉做辯護人的。你們兩人醉翁之意不在酒。」

「在九在十都無所謂，也說不定她順便把沈蓉的案子接了。」

蕭闖撇撇嘴：「哼，如果說你們跑來會見是九，她會給沈蓉做辯護是十，那她的真實目的一定是十一——」

蕭闖說著，扭過頭去看方媛：「或者應該說，是你們兩個的目的。你們是為了王博和雷小坤的案子而來。」

方媛笑了：「這個沈蓉……我只聽說她的手下揍了喬紹廷一頓，她都犯什麼法了？」

「這個大姐罪名可多了，非法拘禁、組織賣淫、故意傷害、尋釁滋事、非法經營……這還不包括有可能涉黑的部分，以及治安管理處罰法上的那些輕罪。預審在匯總她和她那幫手下的口供，回頭看看哪些能吸收，哪些得並罰。」蕭闖說著一指門口的方向，和方媛一起往外走。

路上，蕭闖接到了魯南的電話，問他關於走私的事。這個問題和朱宏的案子全然無關，更接近朋友之間互相出主意的範疇。蕭闖有點哭笑不得，這起案子似乎讓他和魯南的關係回到了十幾年之前。他並不知道，喬紹廷在不久之前也接到了相同的電話，他們這些為了同一件事而努力的人，正在產生他們自己都不知道的連結。

向陽看守所門口，方媛坐在駕駛座上，和蕭臻交換資訊：「你哥說沈蓉那個營業執照的經營範圍裡根本不能賣菸酒，但是從查帳的情況來看，雖然這夜總會是另有賣點，但菸酒的收入真不低啊，每個月都有各種土豪在她那裡一個晚上消費幾十萬。」

「幾十萬？！」

「聽說一晚上三萬多的路易十三能開個七、八瓶，軒尼詩百樂廷能開個十幾瓶，二十一響的皇家禮炮和一九四六年的雪利酒都一打起跳。就這個收入水準，我都懷疑王博去幹催收搞不好純粹是業餘愛好。」

蕭臻吐了吐舌頭：「好吧，貧窮限制了我的想像……你能喝酒嗎？」

「南哥有規矩，出差期間不許喝酒。」

「我是問你的酒量。」

「一般吧。上大學那時候在女生裡面不知道算不算能喝的，反正我們班男生沒一個喝得過我。」

方媛的「一般」聽起來也不太一般，蕭臻哭笑不得：「給個起步的量吧。」

「四十度左右的，一瓶？」

看著方媛難得一臉謙遜，蕭臻滿臉黑線：「好吧，我明白了。那麼問題來了，什麼土豪一個晚上能找十個八個你這種酒量的人陪他喝酒？」

方媛發動了車，點頭：「這個沈蓉嘴很嚴，但還是露出了馬腳。她的客人也太能喝了……話說回來，你們會見的時候，我一直在看監視器。她在撒謊。」

「你怎麼知道？」

「你以為我一個刑庭的，跑來巡迴法庭幹嘛？」

蕭臻明白過來：「那你可是我見過胃口最好的抓謊專家。」

4　一些真話

夜幕降臨，蕭臻已經與方媛分別，此刻站在洪圖家門外。電梯門打開，洪圖急匆匆地進屋，放下手裡的包，脫掉高跟鞋，也沒和蕭臻打招呼。

她從包裡拿出幾份文件放在茶几上，隨後掏出手機撥打電話，跟所裡的律師聊了半天其他案件。掛斷電話，她似乎才發現蕭臻站在門口：「說吧。」

「今天您幫我簽了手續後，我就去開那個繼承案子的庭。開完庭之後，見到喬律師，沒說兩句話，他就有事先走了。」

這時，洪圖的手機又響了。她朝蕭臻擺擺手，示意她停下，接通電話，又說幾句，扭頭朝蕭臻一揚下巴，示意她繼續說。

「沒了，就這些。」

洪圖想了想：「他這樣捨己為人，英雄救美，你們沒有激動擁抱一下？」

蕭臻忽略了洪圖酸溜溜的調侃，一臉平靜：「沒有。而且他似乎並不知道自己又被投訴了，我跟他說了之後，他倒也不太在意。」

洪圖冷笑：「看來你們現在是徹底穿一條褲子了。蕭律師，不要以為躲過初一，就天下太平了，十五之前都算年。你大概知道背後是誰操縱這次投訴的吧，他不會善罷甘休的。」

蕭臻有些同情地嘆了口氣，經過這幾天，她確定了洪圖在意的究竟是什麼，也決定挑明。

「洪律師，你有沒有覺得你一直很酸？」蕭臻的語氣依然平靜。

洪圖臉色變了：「你說什麼？」

「要我猜，一直讓你不爽的，是喬律師為什麼在繼續追查案件的過程中，沒有拉上他本來應該最信任的你，卻找上我。一開始，他應該是出於對你的關心和愛護，不想讓你冒險；但是到了現在，為什麼他沒有選擇你，你應該問問自己。」

洪圖站起身，正要開口反駁，蕭臻繼續說道：「你總在暗示我，對於喬律師而言，我是隨時可以被替換的工具人，但你心裡清楚，這不可能。既然喬律師一開始想保護你，他今後就不可能會出賣我。」

洪圖繃緊了肩膀：「你到底想說什麼？」

「如果我和喬律師最後徹底被曠北平打壓下去了，我們德志所也岌岌可危了。喬律師是好律師，你也是，大家現在面臨共同的敵人，不應該再內耗了。」

蕭臻說完自己想說的，便轉身往外走。

洪圖愣住了。

「蕭律師，我們這個行業，本來就是到處都充滿惡意的。」洪圖似乎想為自己辯解。

蕭臻點頭：「就算是這樣，也不妨礙某些人釋放善意……洪律師再見。」

喬紹廷剛回到那家網紅餐廳就接到了蕭臻的電話。在過去幾個小時裡，他幫魯南做了一件事。他疲憊地舒展了一下腿腳，看薛冬正拉著陶晴的手幫她看手相，他猜，自己錯過了他們共進晚餐的畫面。

蕭臻對喬紹廷這邊的動向並不知情：「從上次我們通話到現在，薩諾斯[27]的手套都滿鑽了，你們還沒談完？」

喬紹廷苦笑：「要照你這麼說，在剛度過的有趣的幾個小時裡，我差一點以為他要彈指。」

「你說什麼？」

「一言難盡。我現在還說不準要到幾點。一小時內，我沒再跟你聯繫的話，我們就明天再碰。」

喬紹廷又看向薛冬那桌，現在，他倆在一起喝飲料。

電話那頭，蕭臻似乎也愣住了：「你們的約會，是要過夜嗎？」

「約會是不假，但那是薛冬在和一個女孩約會。」

「那你在幹嘛？」

「我在旁邊看著。」

那頭，蕭臻沉默片刻，直接把電話掛了。

此時，蕭臻已經到了指紋咖啡和李彩霞見面。而蕭臻掛上電話，回到吧臺時，李彩霞正兩眼放光，看著韓彬的背影：「傳說中的韓律師啊，韓松閣的兒子，在幫我上菜。」

蕭臻白了她一眼：「這就是人家的店好嗎？」

李彩霞一隻手胡亂比畫著：「你們所還徵不徵人？」

「吃你的麵吧！」

韓彬把辣醬拿來給蕭臻。蕭臻往盤子裡倒了一些：「韓律師，上次您陪我去質證，我都忘了說謝謝。」

「應該是我感謝你能信任我一同出庭。聽說喬律師又被投訴了，涉及的案子是你辦的？」

蕭臻點頭。

「那我是不是可以推測，你逃過一劫？」

蕭臻笑笑：「真要在劫，就難逃。」

---

27 編註：美國漫威漫畫創造的虛構超級反派角色。當薩諾斯匯集六顆無限寶石，一彈指就能帶走所有宇宙的一半生靈。

韓彬點頭：「做好心理準備。今後所有針對喬律師的，也會針對你。」

「那個曠北平越針對我們，越說明我們走對了方向，而且離目標越來越近了。」經歷了昨天和今天的事情，蕭臻比以往更為自信、篤定。

韓彬看著她堅定的樣子，想了想，點頭：「不過未來你們需要擔心的不只是曠北平。」

「為什麼？」

沒等韓彬回答，蕭臻身後響起唐初的聲音：「因為曠北平只是最招搖的那個，是行業容不下喬紹廷。」

蕭臻扭頭，看見唐初將外套搭在椅背，倚在吧臺旁，朝韓彬晃了晃手裡的空酒杯：「這次不要加冰。」

蕭臻忙從吧凳上站起來，跟唐初打招呼，又把李彩霞介紹給唐初。李彩霞上前跟唐初握著手：「哇，喬大嫂！久仰久仰。」

她還扭頭對蕭臻擠了擠眼：「喬律師愛人這麼漂亮，你肯定沒戲了。」

蕭臻愣了一下，手足無措：「你別亂說！」

唐初笑著擺擺手：「慌什麼，我雖然今天下班有點晚，也喝了杯酒，但還分得出來什麼是玩笑。」

李彩霞回到吧臺，一臉熱情，看向正在調酒的韓彬：「韓律師，我們互相留個電話吧？以後有什麼不懂的，我多向您請教。」

韓彬敷衍道：「我平時不怎麼用手機，你要找我還不如直接打這裡的電話更方便……」

在吧臺的另一端，唐初抿了口杯中酒，扭頭對蕭臻說：「我跟你賭五塊錢，她絕對要不到韓律師的電話。」

「韓律師為人挺和善的。」

「他跟紹廷都知道如何有教養地和人保持距離。」

蕭臻念頭一動，她忽然很想知道，認識喬紹廷十幾年的人會如何看待如今發生的一切。

蕭臻喝了口酒，自然地把話題過渡到喬紹廷的身上：「這個行業容不下喬律師，總不會是因為他社恐吧？」

唐初笑了：「很多行業就像一個江湖，講資歷、講出身、講門派，所以章政會拉來韓松閣的兒子做合夥人，薛冬也知道去讀曠北平的在職碩士。紹廷和他們不一樣，橫空出世的一個毛頭小子，既不是什麼學院派的，也不投靠什麼業內大咖，關鍵在於，他還被評上過『全國十佳律師』。分走了人家的蛋糕不說，甚至搶了人家的風頭，這還得了？」

蕭臻想了想：「他和章主任、薛律師不是同學嗎？」

「他們三個是同宿舍的室友，至於同學，就有點誇大其詞了。章政和薛冬雖然不是同一屆的，但都是正經的法學大學學位。紹廷就是個法學大專生，在學院派體系看來根本不入流。」

唐初喝掉杯中酒，從旁邊拿起酒瓶往杯裡倒：「那又怎樣？他越是有本事，越應該把這些出風頭的機會讓給成名的大俠們，否則他就是旁門左道、奇技淫巧，是靠偷師和暗算成名的宵小之輩。大家會想盡辦法往他身上潑髒水，把他拉下馬。」

唐初說著，放下杯子：「這不就又被投訴了嗎？其實我覺得他要是最後被吊銷執業資格也挺好。何苦呢？就算撼動一個曠北平，他也撼動不了這個江湖的利益格局。」

「唐姐，我才剛入行，給一點信心好不好……」唐初說得字字在理，蕭臻心知肚明，只能苦笑一聲。

唐初略帶醉意：「親愛的，我們都是女人，對這個性別不友善的不僅僅是某個江湖。」

「那唐姐，你當初會選擇喬律師，是不是因為他很尊重女性？」

唐初白了她一眼：「拜託，不要拿底線當優點好嗎？」

唐初輕輕搖著杯子，盯著裡面的冰塊：「可能是從我認識他那天到現在，他好像都沒長大。不是那種巨嬰，是個大男孩。」

喬紹廷開著薛冬的車，載著醉醺醺的薛冬，邊開車邊問：「興華路口是不是向北？是不是向北！」

「向西……一路向西……」薛冬幾乎要唱起來。

「我問你住的別墅，是不是興華路向北！」

「嗯……要不是為了你，我就和陶陶去她家一起看片了……夠仗義吧？」

喬紹廷翻了個白眼，實在懶得告訴他，在他跟那小網紅纏綿的時候，自己被魯南叫出去一趟，從津港機場跟著陳曼一直到嘉華中心，差點把命都搭上，所以他現在心情不怎麼好。

薛冬突然間挺起身子：「你慢一點，紹廷，我要吐……能不能找個袋子……」

喬紹廷瞟了他一眼：「沒事，就往腳底下吐吧。」

說著，他打開了駕駛座一側的車窗，嘴裡念叨著：「反正這不是我的車。」

半小時後，薛冬終於到了家，癱倒在沙發上，對喬紹廷說：「陶陶跟你那個同學……她不是小三。」

喬紹廷無動於衷：「哦，那就是單純的炮友。」

薛冬手在空中胡亂比畫著：「他們是有真感情的！」

「再說不出人話，我走了啊。」

薛冬朝他伸手：「你拉我起來，我洗把臉。」

喬紹廷轉身走去洗手間，拿個臉盆接了一點水，把毛巾放進去打溼，然後回到客廳，把毛巾擰乾，遞給薛冬。

薛冬把溼毛巾往臉上一捂，沒動靜了。

喬紹廷盯著他看了看，端起水盆走到冰箱旁，從冷凍庫鏟了兩勺冰塊倒進水盆裡，走到沙發邊，連冰帶水澆在薛冬腦袋上。

薛冬一下跳了起來：「哎喲！你……」

喬紹廷把掉在一旁的那條毛巾撿起來遞給薛冬，命令道：「擦擦。」

薛冬深吸了口氣，擦乾頭上的水，揉著腦袋：「喝多了喝多了……真的喝多了……」

喬紹廷盯著他看了幾秒：「你先休息吧，等明天酒醒了我再問你。」

喬紹廷說著就轉身往外走。

「陶晴說，鄒亮那天中午告訴她，曠北平讓他偽造一份銀行單據。」

喬紹廷震驚地站住了，回過身：「偽造銀行單據？」

薛冬抬眼望著他，似乎酒醒了不少：「是的，就是你讓鄒亮去查的朱宏及其親屬的銀行資金往來紀錄，是曠北平讓他偽造的。」

「韓律師，像路易十三這種酒，多少人才能一個晚上喝掉七八瓶？」吧臺前，蕭臻又想起白天的事情。

韓彬調著酒，想了想：「至少得十幾個人吧？還得是酒量好的。」

「那要是十幾瓶軒尼詩呢？」

「恐怕人數得翻倍……哎，白蘭地不是這種喝法啊。」

蕭臻笑了：「好吧，那我就不問一打二十一響皇家禮炮和一九四六年的雪利酒了……」

「皇家禮炮和那些酒的度數都差不多。雪利一九四六是紅酒，度數低，一人一瓶還是有可能的，酒量好的搞不好一人能喝兩瓶，不過這種可能性就更離譜了。雪利一九四六也叫二戰酒，是西班牙一個酒莊的陳釀，我記得一共就發售了八百多瓶，誰有本事一個晚上就找十瓶來喝？」

蕭臻若有所思，愣了會神。她突然意識到毛毛沒坐在吧臺，回頭在店裡尋找，看到李彩霞和兩個剛認識的年輕小夥子圍坐在一張桌旁，推杯換盞，相談甚歡。

蕭臻皺著眉頭，唐初在一旁笑道：「別那麼緊張。怎麼，擔心她被撿屍？」

蕭臻尷尬地笑笑，沒說什麼。

唐初替蕭臻倒上酒：「放心吧，那孩子聰明得很，心裡有數。」

蕭臻聳聳肩：「那傢伙才真的是個孩子呢……對了，你和喬律師還要離婚嗎？」

「該離離啊。怎麼了？」

「但你們的孩子……你不會擔心對孩子有什麼不好的影響嗎？」

唐初想了想：「如果讓阿祖長大以後覺得我是在拿交配權和生育權去向一個男性效忠，對他的影響才是真的不好。」

蕭臻點頭：「很前衛的想法。」

「這只是選擇。我沒有犯罪，沒有去傷害他人。我尊重別人的選擇，我也不想別人對我指手畫腳——當然，指手畫腳無所謂，我不在乎。紹廷知道一個男人的自信應該從何而來，我知道一個女人的獨立從何而來。而且，別跟我提『三觀』這種詞，或者什麼『為了孩子』、『大是大非』……我不喜歡戴帽子，別人扣給我的，更討厭。」

蕭臻擺擺手：「你們這對夫妻真有意思。」

唐初抬頭看了看天花板，眨眨眼：「上次也是，就算離了婚，我還是覺得他很迷人。」

「因為才華？」

唐初晃了晃酒杯裡的酒：「這年頭，有些東西比才華更稀缺。」

蕭臻眨眨眼：「努力？執著？」

唐初喝了口酒，挽著蕭臻的手臂：「不是，那東西你身上也有，每個人身上都有。有時候你需要拿它去交換一些別的，換著換著，就所剩無幾了。」

薛冬家門口，喬紹廷和薛冬兩人並肩站著。薛冬酒似乎醒得差不多了，正在點菸。

「有錄音？」喬紹廷問道。

薛冬吐出嘴裡的菸：「她說，鄒亮不知道是為了保險起見，還是想日後訛曠北平，所以把兩人的談話偷偷錄了音。那天中午，他把那支錄音筆交給陶晴保管。」

喬紹廷愣了愣，不由提高音量：「你是說，曠北平要脅鄒亮，讓他偽造銀行單據，而鄒亮把他們的這段交談錄了下來，錄音筆在陶晴手上？」

薛冬點點頭。

「那你還回來幹嘛？去跟她看片啊！」

薛冬嘆了口氣：「這不是看看片能解決的問題。這個女孩特別倔，她說鄒亮當初答應離婚，兩人一起建立了一個幸福生活基金。簡單來說就是每人每年都會買五根一百克的金條，這些金條都存在鄒亮那裡，大概是要等他們結婚旅行度蜜月的時候用。三年一共十五根金條。陶晴說了，讓我把那十五根金條找回來，她就把錄音給我。」

喬紹廷驚呆了：「這要去哪裡找！」

薛冬擺擺手：「大哥，這就不是我的事情了，鄒亮是你同學……」

「對，我現在要去找鄒亮的愛人，跟她說：『看，你老公死了，我被懷疑有關聯。現在我被放出來了，警方覺得應該不是我殺的。你現在能不能幫我找一找鄒亮生前留下的金條，其中十五根我要拿走還給他的婚外情對象。』」

薛冬抽了口菸：「換作是我肯定不會這麼直白，但大概就是這個意思。」

喬紹廷翻了翻白眼，來回踱了幾步：「那這樣，十五根金條，一千五百克，市值多少？三四十萬？給她錢行不行？」

薛冬搖搖頭。

「那拿三四十萬去買十五根金條給她總可以吧？」

薛冬狠狠地吸了口菸：「所以我跟你說這個女孩倔嘛。她手裡有那十五根金條的證書，每張都有編號，她就要那十五根——照她的話來講，這見證了生命中一段美好的回憶。」

喬紹廷仰天長嘆：「去死吧！」

隨著他抬頭望天，薛冬也抬頭看了看天空。見明月高懸，他似乎想起了什麼，冷冷地盯著喬紹廷：「今晚的月色真美。」

喬紹廷呆住了。

薛冬笑了：「其實，那天晚上，你想暗示我的是這個吧？這句話到底是什麼意思？是不是當初你們從德志所把曠北平擠走的那天晚上，曾經……」

喬紹廷伸手一指薛冬：「閉嘴！你再多說一個字，我現在就宰了你！」

薛冬愣在原地，喬紹廷扭頭就走，走了沒兩步，又轉過身來：「不知道什麼意思，就打開搜尋引擎查一下！幾秒鐘的事情，什麼都不懂就胡說八道！」

薛冬孤零零地站在門口，愣了好一會兒，從口袋裡掏出手機，打開搜尋引擎。突然，喬紹廷又出現在他面前，指著他罵道：「多讀點書！」

這回，喬紹廷真的走了。

薛冬被罵得目光呆滯，見喬紹廷已經走遠，顧不上去看手機上的搜索結果，大聲朝喬紹廷喊道：「你才沒讀書呢！我法學學士！雙學位！經濟法碩士！你就是一個大專生！連個學店的學士都沒續上……」

薛冬聲嘶力竭的罵聲回蕩在夜空裡。

5 故事的另一半

官亭灣水庫如果不是案發現場，會是個很好的觀景點。喬紹廷衣著散亂，一臉疲憊地站在山崖旁遙望朝陽，顯然一夜沒睡。他佇立半晌，深深地嘆了口氣。

他的身後突然傳來蕭臻的聲音：「喬律師，看招！」

喬紹廷一驚，轉身就看到蕭臻助跑著朝他衝來，作勢像是要飛腿踹他。

「哎哎哎！」

跑到跟前，蕭臻的步伐緩了下來，笑了：「真是什麼人什麼本能。」

「什麼？」

「你隨便往左右跨一步就能躲開，但你又怕我衝太猛，所以呆站在這裡不動。」

喬紹廷摸摸腦袋：「你想多了，我只是一夜沒睡，腦子轉不動了。你怎麼跑到這裡來了？」

「我在看王博和雷小坤的卷，就想一早來現場看一看，別光在腦子裡勾勒案發現場。」

喬紹廷看了一圈周圍，點頭：「據說只要對一個現場看的次數足夠多，就有可能發現以前忽略的某個細節。」

蕭臻翻了翻白眼。她倒沒抱那麼大期待：「時間越長，現場被破壞得越嚴重，再發現什麼細節都沒用了。」

喬紹廷嘆了口氣：「也對。我就算在這裡站成望夫石，朱宏的屍體或活人也不會突然從水裡冒出來。」

兩人並肩而站，看著朝陽升起，天色一點點變亮，水面反射陽光。

「喬律師，昨天那個姓方的女法官主動幫忙，我們大致確認了那筆貸款的流向。」

「我比你更深入一點，我應該是摸到曠北平了。」喬紹廷張開食指和拇指，比出「一點點」的手勢。

「太好了！這次一定要揉圓了打回去。」

「是說他倒下的時候，臉和地面間也印個拳頭那種？」

兩人都笑了。

蕭臻看著水天的交接處，忽然問道：「喬律師，你為什麼要做律師呢？」

喬紹廷想了想：「從一九五四年開始，就說要恢復律師職業，但實際上直到八十年代初，才剛開始有系統性的制度出臺。最早的律師還是申請、推薦、考核的，直到一九八六年有了律師考試，二〇〇二年首次司法考試，律師的從業人員才逐漸多了起來。但即便到了今天，你知道民眾打官司的成本有多高嗎——我指的不光是錢。」

蕭臻點點頭：「我能感覺到……」

「時間、精力、財物、人際關係、對心理狀態的負面影響……這些高昂且繁多的成本，讓很多人不得不把法律途徑作為最後的選擇。所以當一個案子送到我們手上，那都是這個事情已經糟得不能再糟、難得不能再難的狀態。那些當事人，就像掉進水裡一樣拚命掙扎，在絕望的時候伸手亂抓。而他們往往會發現，最後他們還能試圖抓到的，是法律。」

「法律是……救命稻草？」

「當然不是。我們的工作就是為了確保每一個落水的人最後一刻抓到手裡的，不是稻草。」

蕭臻沉默片刻：「喬律師，律師也許還會是我的工作，但你不一定還有機會重新執業了。」

喬紹廷微笑：「嗯，相對公平。」

「有個律師曾經託人帶話，向我致謝。」

「怎麼說？」

蕭臻直視著喬紹廷：「沒有人知道你做過什麼，但是我知道。我會記得。」

喬紹廷有些感動地回望著蕭臻，之後雙手指天打岔道：「曠北平也會記得！」

兩人轉身往回走。

喬紹廷問道：「對了，那你為什麼要做律師？」

「嗯……生計。」

「哈！你的誠懇真讓我感動……」

三年前，法律援助中心的故事，其實還有另外一半。

當時，蕭臻在門口目送蕭闖上車，一臉不爽。她回到援助中心，跑去角落處的影印機旁，開始影印資料。

一個男人拄著拐從辦公室裡出來，手腿都有殘疾，還做著包紮。他步速很慢，一瘸一拐，緊緊握著裝資料的檔案袋。

「許先生，稍等一下！」一名律師從辦公室追出來，「你把資料留下吧，我看看能有什麼辦法。」

「剛才那長官不是說，這不歸他們管……」那個男人囁嚅著，看起來還有些猶豫。

「我可以單獨替你做代理，跟援助中心沒關係。你等一下幫我簽一份委託書就好。」

「我……我出不起請律師的錢……」

「我知道。別擔心，這個案子我幫你。」

蕭臻轉過頭去，就看見那個律師笑著拍拍男人的肩膀，兩人一起緩步走向門外。

那是蕭臻決定做一名律師的開始，也是蕭臻和喬紹廷的第一次見面。在她看來，喬紹廷一定不記得了，但她沒注意到，喬紹廷在出門的瞬間，也回頭望了她一眼。

9

四月二十三日

1 退選

那天清晨，曠北平醒得很早。天剛濛濛亮時，他就坐在社區樓下的花園，看著樹上品種不明的鳥。春夏交接之際的樹木彌漫溼漉漉的香氣，他想起當年和嚴裴旭在建設兵團，周遭都是松樹和白蠟樹。後來去了深圳，深圳有木錦花和芭蕉，都是熱帶品種。當年剛到津港時，是什麼樹最多？他已經忘了。幾十年來，他好像總有更重要的事情需要關注，有更棘手的情況需要處理。回望過去的念頭如此冗餘，以致顯得軟弱、蒼老。於是他站起來，將這些念頭驅散。他戰勝過更難應付的敵人，所以這次也不會輸吧。但意料之外的狀況未免太多了一點。等到走進金馥所時，他已經恢復強硬的態度，並且忽略了嘴裡微微發苦的感覺。

辦公室內，曠北平背對其他人，坐在老闆椅上。劉浩天、薛冬、付超三名合夥人一字排開，站在辦公桌前。三人在為曠北平的律協選舉出謀劃策，高唯在一旁用筆記型電腦記錄。有那麼一個瞬間，曠北平很想把這些人都趕出辦公室，但他什麼也沒說，只是靜靜地聽著。

「主任最大的優勢，就是經驗和資源，一定要著重突出這兩點。換句話說，憑藉主任在業內的影響力，有可能爭取到體制最大程度的扶持。而且主任從業幾十年，光這個資歷就站得住腳。」付超跟往常一樣，出主意為輔，拍馬屁為主。

「管律師這種事，說白了就是管一群人精，我覺得要在勤政和廉政上有點表示。比如做一個全職會長，並且讓我們所接受所有律師的監督，以避免出現律師協會被我們所控制或為我們所辦事這類非議。」接著開口的是劉浩天，凡事步步為營、小心翼翼，都是些說了跟沒說一樣的建議。

沒開口的只剩薛冬。曠北平回過頭，就看薛冬低頭微笑著，撫平西裝的皺褶：「手腕也好，廉政也罷，說穿了大家都是自私鬼。最好是你當官，不撈錢，還能為他們謀福利。所以說資歷啊，資源啊，主任的背景有多大，誰不知道？廉政啊，勤政啊，換作是你們，很在乎嗎？」

曠北平提起了一些興致，把椅子轉回來，等著薛冬往下說。付超和劉浩天卻都是一愣。薛冬指了下高唯：「你很在乎現任會長是不是勤政，是不是廉政嗎？」

高唯表情茫然，搖了搖頭。

薛冬又向付超和劉浩天攤手：「老劉老付，你們有閒工夫一天到晚去律協監督會長嗎？」

劉浩天和付超對視，似乎覺得薛冬的話有點道理。

「主任的資歷可以曬，但不能過分，否則反而有可能招致妒恨；勤政或廉政可以提一下，但我不認為有多少律師會因為這個投票。我們需要給出實際的好處。」

付超樂了：「好處？是說去撒錢拉票嗎？」

劉浩天也笑了，調侃道：「這主意聽著倒像是冬子你能想出來的。」

薛冬大度地笑笑：「好處是什麼？好處是能減免專職律師的會費，是能提高法律援助案件的補助標準，這樣會取得金字塔底層的支援；和政府爭取稅負減免，就能得到金字塔中層的支持；扶植本土尤其是本市的律所，將律師維護權益的形象打造成城市名片，塔尖也會挺我們。」

付超和劉浩天都沒想到這一層，劉浩天訕笑道：「別的我不懂，降低會費肯定是受歡迎的。」

付超半開玩笑道：「我支持減稅。好吧，為了這個我投我們主任一票。」

薛冬這一通發言若在平時恐怕會得到曠北平的讚賞，可是現在，他擔心的其實並不是競選策略。曠北平在心中暗嘆口氣，努力找回一點狀態，站起身，威嚴十足：「我們都是津港人，是看著這個城市一天天發展起來的。到了今天，這裡是海運中心、電商基地、綠色津港……作為從事了一輩子法律工作的人，我希望能把法治之城的標籤加進去。法治，是需要協力合作才能實現的。在警、檢、法、司之外，律師也應該成為法治的強力依託。」

他回過身，看著三人：「如果能實現這一點，受益的不只是你們這一代律師，也不僅僅是這個行業。一個有法治保障的城市，是每個津港人的福祉。」

薛冬等三人同時凝神。

「主任這次當選是眾望所歸，我們也一定會全力以赴！」付超再次表忠心道。

曠北平擺擺手，讓其他人都離開，唯獨留下了薛冬。等到門關上，曠北平盯著薛冬：「你說，我要不要考慮退選？」

薛冬有點吃驚，琢磨片刻，謹慎地說：「最近那幾件事是有些煩擾，但我不覺得德志所那幫人會對您構成任何威脅……」

曠北平坐了下來：「是不是到了這個程度，我也身不由己了？」

薛冬忙搖頭：「沒有沒有。參選退選，都聽您一句話。」

「倒也沒有什麼具體的理由，只是越來越覺得這似乎不是個好時機。」曠北平又一次看向窗外，完全沒有期待薛冬的反應。

薛冬依然低著頭，沒接話，卻瞥見曠北平罕見地露出疲態，宛如忽然察覺自己已然是頭年邁的獅子。

「樊總的兒子好像昨晚又惹出點事來，倒不是他有什麼事，說是跟他一起的小兄弟惹了麻煩。你去瞭解一下，看看樊總有什麼需要幫忙的。」再開口時，曠北平又恢復了往日的樣子。

「是。」薛冬轉身往外走。

曠北平聲音不大：「冬子，你有過身不由己的時候嗎？」

薛冬自嘲地笑了：「我們那些身不由己，基本都是無病呻吟。」

曠北平盯著他看了一陣：「有石頭，就找鐵鍬翻了它；有樹，就拿斧頭砍了它。只要路平坦了，就不會再覺得為難。」

這番話，不知道是給薛冬的，還是在替他自己打氣。薛冬垂下目光，不知該如何回應。

同一時間的德志所，洪圖走進章政的辦公室，就看見章政成大字型癱在沙發上，領帶也鬆開了，兩眼直直地看著天花板。

洪圖疑惑片刻，關上門，放下包，打量著他：「你這是被喬律打殘了，還是單純的聖人模式？」

章政繼續直視著天花板：「你說，我是不是應該考慮退選？」

洪圖一挑眉毛：「看來不是聖人模式……跟你表個態，我不同意。」

章政稍微坐直身體，看向洪圖：「你這麼堅定地支持我？」

「廢話。等你當上律協會長，這所裡才能我說了算。」

章政氣餒地塌下肩膀：「倒是直白。但就算我堅持參選，機會也不大了。」

「為什麼？你怕曠北平了？還是因為我們所接連被投訴？總不會是你跟喬律真撕破臉了吧？」

洪圖一連串的質問很有她的個人風格，章政不由苦笑：「曠北平算歷史遺留問題，紹廷是我的現世報……但這裡還有飛來橫禍呢。」

章政說著，把手邊一張紙遞給洪圖，洪圖看了兩眼，一臉震驚：「韓律師？！」

「現在參不參選都不重要了，都是小事，如何保住德志所才是我最傷腦筋的。」

章政又躺回沙發上。洪圖還是回不過神來。喬紹廷和蕭臻總在她和章政的意料之外，這幾乎已經約定俗成，成了一種意料之內。如今，韓彬卻也出了狀況，她幾乎覺得自己也需要一張沙發。

比起章政和曠北平的緊張，此時的蕭臻和喬紹廷稱得上舒適愜意。蕭臻正在一個舊社區的樓下閒晃，等著金義，同時享受著晨曦。沒幾分鐘，金義從樓裡走出來，禿頭上裹著白毛巾，背心和褲子上全是斑駁的油漆痕跡，連墨鏡上都沾了油漆。

金義摘下墨鏡，熱情地朝蕭臻打了個招呼。

蕭臻見他一身臭汗，皺起眉頭：「找個施工隊粉刷房子也花不了多少錢，你這……」

「施工隊？我就是施工隊啊。」金義一揚下巴，頗為自豪。

「你到底做什麼的啊？」

「討生活嘛，什麼賺錢做什麼，哪還能挑三揀四。喬律呢？」金義還是樂呵呵的樣子。

「他停車呢。」

金義擺擺手：「那破車隨便停，都不用鎖，沒人偷。」

正說著，喬紹廷走了過來，朝金義揮揮手：「沒帶酒給你，下次補上。長話短說，上次你給我看的那張照片，就是嚴裴旭和曠北平見面的那個地方，我再跟你確認一下，是西平港？」

「對啊。那邊好多海鮮熱炒，具體是哪家，我可以立刻問。」

「不用，讓你的那些弟兄們別再到處找了，集中盯著西平港。」

「盯著誰？這個老頭？還是那個曠北平？」

「如果他們出現也告訴我。重點是盯著宗飛，他一定在那裡。」

金義一愣：「我這就把消息散出去。」

喬紹廷拍拍金義的肩膀，和蕭臻一併離開。

蕭臻問道：「宗飛？是路上你跟我說提供毒品給鄒亮的那個人嗎？」

喬紹廷點點頭。

「你怎麼確定他就在西平港？」

喬紹廷琢磨了一下措辭：「昨天我從特殊管道得到的可靠情報。」

「哦，就薩諾斯集滿寶石那段時間？你一直閃爍其詞，到底去幹嘛了？誰告訴你的？你怎麼就確定可靠呢？」

「呃……我昨天因為看著薛冬撩妹很不爽，所以就去見了個女人……」

「喬紹廷，你這心理補償的方法太缺德了吧，唐姐跟你可沒離婚呢！」

「不是，不是只有我們兩個！旁邊還有一個男的盯著。」

「你在旁邊看別人撩妹不爽，於是你就去撩妹然後找了一個人看著你。你這不只是缺德，你這是變態。」

「你沒搞懂，那男的不是我找的，那男的是跟那女的一起的。」

「那你更噁心了！看薛冬撩小三，心裡癢癢，就自己跑去當小三，被人捉姦了吧！」

「你誤會了！事情不是這樣的！」

「你不說清楚，反而怪我聽不明白。」

「我那個事，它沒辦法說清楚……」

兩人一路拌著嘴，上了車，開車到了錦林園藝有限公司門外。按照昨天蕭臻和方媛的調查，嚴裴旭那筆貸款就是用這家公司的名義申請的。兩人下了車，往辦公樓走。

喬紹廷回頭看著停車的地方，嘴裡嘀咕：「這裡可以停嗎……」

「你那破車沒人偷。真的不放心，你回車裡等我，反正這戲就我一個人演。」

「資料準備好了嗎？」

「不需要太多道具，有保全申請就行。」

「那蓋章呢？」

「個人債務糾紛，不用蓋章。」

喬紹廷忍不住笑了：「看你機靈的……」

2 窮寇

嚴裴旭在客廳的角落站著，壓低聲音，表情焦慮，接聽著電話。電話那頭，正是喬紹廷苦苦尋找的宗飛。

「好在那小子現在開不了口，員警也沒轍，但要是他們繼續追查，難保不會有麻煩。你趕快想想辦法。」宗飛的聲音透著凶狠，宛如催命。

嚴裴旭欲哭無淚：「我能有什麼辦法？」

「你不是認識什麼法律行的大佬嗎？靠關係找人。老嚴，你的事我罩著，我的事你就不管了？」

嚴裴旭幾乎是在哀鳴：「我都給過你錢了，我給了你那麼多錢……」

「你可要想清楚，員警真的要繼續追，等我出了事，就只能拿你那點事去檢舉立功了。」宗飛丟下威脅，直接掛斷電話。

嚴裴旭看著手機，六神無主。嚴秋從臥室出來，一臉擔憂地看著嚴裴旭。嚴裴旭擠出個笑容：「沒事，有家公司那邊的物流出了一點問題，能解決。」

嚴秋將信將疑地點點頭，出門上班。家門剛一關上，嚴裴旭立刻撥通了曠北平的電話，約他見面。

然而此刻，除了宗飛的威脅，蕭臻和喬紹廷也正在朝嚴裴旭逼近。他們正要進錦林園藝公司，調查那筆貸款的去向。就在這時，蕭臻手機響了，是李彩霞。

蕭臻走開幾步，接通電話：「你不會又忘帶聽課證了吧？」

李彩霞站在向陽刑偵支隊門口，忐忑不安：「我現在在警察局，他們叫我來做個詢問，我有什麼要注意的？」

蕭臻皺眉：「警察局？你惹什麼事了？」

「我沒有惹事，說好像是昨晚我們回去以後，韓律師那邊出了什麼事……」

沒等蕭臻細問，一旁，喬紹廷的手機也響了。電話那頭是章政，與以往不同的是，章政的語氣帶上了討好：「紹廷，在忙嗎？」

章政的態度讓喬紹廷意外，他詫異了片刻：「我在外面。什麼事？」

「你可能還不知道，韓律師昨晚被向陽支隊拘留了。」

喬紹廷更詫異了，幾乎以為章政在開玩笑：「韓律師？出什麼事了？」

「昨晚韓律師在離咖啡店不遠的地方跟一個客人起了衝突，把人家給打了，傷得還挺重，據說到現在都昏迷不醒。」

「打人了？」喬紹廷忍不住抬高音量，這不像他認識的韓彬。

一旁的蕭臻也一樣驚訝：「毒品？你是說，有人在他的咖啡館裡賣毒品？」

「我看著是像，也不是很確定。我還有跟韓律師說。」電話那頭，李彩霞的語速越來越快，「員警在旁邊等我呢，我先進去了，回頭再跟你細講。你快告訴我需要注意什麼。」

「不用注意什麼，實話實說就行。有什麼情況隨時打電話給我。」

蕭臻掛上電話，就聽喬紹廷念叨道：「向陽支隊？」

德志所辦公室內，章政領帶依然鬆垮，頭髮有些散亂，形容頹然：「我大概打聽了一下，說是昨晚有人在他店裡兜售毒品。後來他出去和那個人理論，並且要報警。雙方發生了衝突……大概是這個意思。」

「那是正當防衛嗎？」喬紹廷皺著眉頭。

章政一手拿著手機，一手下意識地擺弄著打火機：「不好說，反正人到現在還沒出來。」

「需要我做什麼？」

「沒什麼，就是告訴你一聲，畢竟是所裡的事。」

章政跟喬紹廷寒暄幾句，掛上電話，把手機往旁邊一扔，往後一倒，賴在沙發上，一臉倦意讓他看上去老了好幾歲。

喬紹廷剛掛斷電話，轉身回頭，蕭臻便上前對他說：「李彩霞被叫去我哥他們支隊做詢問。」喬紹廷點頭，看來跟章政說的是同一件事。蕭臻想了想，昨晚她和李彩霞、唐初都在指紋咖啡喝酒，她和唐初先走，沒過多久李彩霞也回住處了，應該是那之後出了事。

喬紹廷則在想，聽章政的意思，韓彬可能是正當防衛，以韓彬的性格，怎麼都不會平白無故就跟人動手。

「主任想讓你做什麼？或是說，你是不是需要……」蕭臻問喬紹廷道。

喬紹廷聳肩：「韓律師那家境，就算需要做什麼，也輪不到我。再說了，不管因為什麼，他打人了，關我屁事。你那邊呢？」

「她明確告訴我是詢問，不是訊問，應該沒什麼事。」

「那我們繼續？」

「就差臨門一腳了，走！」

兩人走進辦公樓。蕭臻獨自進入錦林園藝有限公司財務辦公室，和財務寒暄後，面對面坐下。

蕭臻用職業的口吻說道：「您好，我是德志所律師，姓蕭。」

她把律師證遞給財務，隨後又掏出了一張財產保全申請書。

「給您添麻煩了。是這樣的，我的當事人和貴司的股東之一嚴裴旭先生存在一筆個人債務糾紛。我的當事人已經向法院提起訴訟，為了確保訴訟標的的最終給付，向法院申請了訴訟保全，要求查封嚴裴旭先生名下的房產。但在查封過程中，我們從建設委員會那裡得知，這套房產上已經設置了他項權利，嚴先生用這套房作抵押申請了商業貸款。由於不知道會不會涉及輪候問題，法院要求我們對每一個環節進行確認。我們去過津港銀行，確認了這筆抵押貸款的存在，而用途則是貴司的一筆經營債務。」

財務看過律師證，又看了看財產保全申請書：「我們……也不知道嚴老先生和你們之間……」

「當然，嚴先生和我當事人的債務糾紛與貴司沒有任何關係，也和嚴先生以股東身分為貴司申請的這筆貸款毫無關聯。我們就是來單純地確認一下是不是有這麼一件事。」

蕭臻說著，輕鬆地一攤手：「說白了，我也不想跑這一趟，但這不是要求我們必須走個過場嘛。」

財務還有些猶豫：「真的不會牽扯我們？」

蕭臻笑了：「如果會牽扯到貴司，就不會只打發我一個律師過來了，法院會直接發傳票的。放心，法院不會傳喚您，也不會把貴公司納入任何訴訟，更不會查封你們的帳戶。就像我剛才說的，我們的案子和您這邊一點關係都沒有。」

「哦，那就行……其實查封帳戶也沒用，那筆錢嚴老先生第二天就提走了。」

蕭臻暗自一驚，這個資訊很有用。她神態自如地點頭道：「轉帳還款還是現金還款無所謂，反正對方總會開發票給你們的。」

財務聽到「發票」二字，皺皺眉頭，欲言又止。蕭臻敏銳地捕捉到這個變化，站起身：「確認了就行，謝謝您配合。」

蕭臻和財務握手，道別離開後，到了一樓大廳。她一出電梯，喬紹廷就迎上前問：「貸款是真實存在的？」

「沒錯，嚴裴旭肯定是以這家公司股東的身分申請的經營貸款。貸款到帳後，立刻就被他以現金方式提走了。」

喬紹廷皺起眉頭：「這是怎麼做到的？」

「應該是財務上耍了手段。不過當我問起是否收到對方開具的發票時，那個財務閃爍其詞。」

按蕭臻的推測，現在很多經濟來往都是先票後款，可是，如果還款前就收到了發票，那個財務就沒什麼不能跟她說的，因此園藝公司應該是根本沒有收到過發票。

「或是說，根本就沒還款。」喬紹廷補充道，兩人往外走，「要想徹底弄清這部分，我們只能去債主那邊繼續演戲。」

「嚴裴旭是這裡股東的情況下，我還能憑著律師身分唬騙人家，債主那邊光靠演戲大概不太容易。」

喬紹廷一愣：「那怎麼辦？」

「我覺得冒充銀行的信貸監管，可能更有把握。」

「那不一樣是演戲嗎？」

「你不懂，這叫角色扮演。」

喬紹廷哭笑不得，正要開口，電話響了。

「紹廷，向陽刑偵支隊要我去配合他們詢問，說是昨天晚上韓律師的咖啡廳出事了。有沒有什麼要叮囑我的？」

聽到唐初的聲音，喬紹廷一愣：「你已經到了嗎？」

「在路上。」

「你到了等等我。我馬上過去。」

喬紹廷掛上電話，對蕭臻說：「唐初也被你哥那邊叫去詢問了，我得先去趟向陽支隊。」

蕭臻看著手機上剛發來的訊息，頭也不抬：「一起去吧，蕭闖剛傳訊息過來，說作為唐姐昨晚的酒友，我也要配合調查。」

此時，方媛正在津港火車站的出站口靠在車旁站著，等著魯南。

魯南過了馬路，朝她走來：「都說了你不用特意來接我。」

「我只是想確認一下你真的沒用任意門……高鐵是不是比飛機舒服多了？」

魯南拉開後車門，把手提包扔了進去：「商務艙還是很不錯的。」

「院裡還讓你報銷商務艙？」

「做夢吧你，當然是自費，最近的班次只剩商務艙了。我開車吧。」

「一天之內來回，庭長那邊你過關了？」

魯南繞過車頭走向駕駛座一側：「我在回去的路上寫了一份二十多頁的書面報告，不但交給了庭長，院裡也拿到了。」

「這麼看來，他們都願意挺你？」

「我可不敢自作多情，他們挺的是這個案子。」

方媛坐到副駕駛的位置上：「對了，昨天下午你在南津折騰半天，到底是什麼事？」

魯南坐進駕駛座，換檔開車，駛離路旁：「張弢和焦志那邊的案子有點變故，傅庭讓我過去幫幫忙。」

「有變故？嚴重嗎？」

「小事一樁。」

魯南如此輕描淡寫，所以方媛並不知道魯南度過了如何驚心動魄的二十四小時。她說起自己在過去的一天內和蕭臻調查到的資訊，魯南邊開車邊說：「和涉案代理律師搞鄰里互助的事，以後不要再做了。」

方媛爭辯道：「那個蕭臻還沒交委託書，不算正式代理律師。關於這個案子，我們的調查方向，你書面報告裡有寫嗎？」

「寫了。」

「上級沒說我們的調查方向早就越界了？」

魯南瞥了她一眼：「為了把案子做扎實，有些事情上級可以睜一隻眼閉一隻眼，我們也不要讓上面太為難。」

方媛攤手：「我們也就做到這裡。你把情況通知趙馨誠了嗎？」

「連人名都沒有，我跟趙馨誠說什麼？」

「看，這就是我們為什麼需要蕭臻。想繼續往下查，就得提訊沈蓉。沈蓉不是我們覆核案件的涉案人員，我們沒這個權力。哦對，我忘了，你可以找蕭闖是吧？」

「對，而且我們現在就去找他。」

方媛一愣，明明剛才魯南還在提醒自己「別讓上面太為難」，現在，他也想提訊沈蓉？

魯南搖頭，他想提訊的人不是沈蓉，而是王博。

金馥所樓下，薛冬把車停在路旁，下車後發現曠北平的車也停在那裡，司機孟鷗站在車旁，還跟薛冬打了個招呼。

薛冬朝他點點頭，注意到那輛車的後車窗搖了下來，一隻手伸出車窗，在往外撣菸灰。那隻手的手背上有燙傷的痕跡。

薛冬看見曠北平急匆匆地走出樓門，便迎了上去：「我陪樊總的兒子接受了警方的詢問調查，事情跟他沒什麼關係，您放心。不過聽說，好像是韓律師出了點事——」

「情況我大概知道。」曠北平一揮手，打斷他，就忙著往車的方向走。走出沒兩步，他又想起什麼，回頭叫住薛冬叮囑道：「你這幾天讓樊總他們有任何情況都第一時間通知你。然後盯緊那小子，除了讓他最近不要惹事以外，別讓他對外透露昨晚的情況。千萬記住。」

曠北平說完就趕到路旁，上車離開。

薛冬從沒見過曠北平這樣焦慮而忙碌。他目送著曠北平的車駛離，感到懷疑而又困惑。

3 插曲

李彩霞和唐初站在向陽刑偵支隊門口的馬路對面，正在交談。銀色富康車在他們面前停下，喬紹廷朝唐初一路小跑：「怎麼樣，沒事吧？」

唐初直翻白眼：「我還沒進去呢，能有什麼事？拜託你想句不那麼俗套的開場白好不好？」

喬紹廷有點尷尬，噎住了。

蕭臻走過來，朝唐初和李彩霞打了招呼，又問起李彩霞筆錄的情況。

「照你說的那樣，實話實說唄，反正跟我也沒什麼關係……不對，多少跟我有一點關係。總之你們得幫幫韓律師。」李彩霞看起來狀態不錯，之前的忐忑一掃而空，只剩下對韓彬的擔憂。

「路上蕭律師大概跟我講了講昨晚的情況。你們約在指紋咖啡，恰巧遇到唐初，一起喝酒聊天，大概從八點多待到了十點半。她們兩人先走了，而你還留在那裡，跟兩個剛認識的男生繼續喝酒，直到十一點多才回去。我們想知道在那段時間裡發生的事情。」

「昨天晚上一起喝酒的兩人其中一個姓樊，我也不知道叫什麼名字，反正另一個人一直叫他樊哥，可能是個什麼二代。他不太會聊天，甚至有點煩人。另一個叫阿嗚，應該是個外號，他還滿有趣的。」

按照李彩霞的說法，他們也沒有聊什麼具體的內容，就是閒聊，走的時候甚至沒有互留聯繫方式，就只是遇到兩個純粹的日拋型酒友。十一點左右，她覺得比較晚了，喝得又有點多，就打算回家。在那之前，她去了洗手間，卻看見門虛掩著，那個「阿嗚」站在洗手池前，不知道正鼓搗什麼東西。看到有人進來，他先是被嚇了一跳，把洗手臺上的東西往身上藏，回頭一看是李彩霞，就笑了。

李彩霞注意到阿嗚手上拿著一個小口袋，裡面是一些五顏六色的藥片。他還邀請李彩霞來「嘗一點好玩的」，說「特別帶勁」，李彩霞就大致明白了怎麼回事，直接跑出了洗手間。

「彩色的藥片？」蕭臻重複道。

唐初和喬紹廷對視一眼，聽起來很像搖頭丸。

「那你當時沒報警？」蕭臻追問。

「好歹一起喝了半天酒，哪裡好意思報警，再說我又不確定那是什麼。」

蕭臻看著李彩霞一副搞不清狀況的樣子，恨鐵不成鋼：「看來沒試吃成，還挺遺憾。」

「但我跟韓律師說了。」李彩霞辯解道。另外三人都望向她，喬紹廷更是心裡一驚。

「然後呢？」蕭臻的語氣急切起來。

「那個阿嗚從洗手間出來，看見我跟韓律師都朝他看，就又回了洗手間。之後，韓律師說沒事，讓我別擔心，趕緊回家，我就拿包走了。」

「昨晚我和唐姐走了之後，韓律師有什麼異常嗎？」

「沒有吧……他可能喝了兩杯酒，手有點不穩，中間幫我們收沙拉盤的時候，還不小心碰掉了我的酒杯，弄了一地的碎玻璃。」

喬紹廷等三人互相看了看。

「大概能明白是怎麼回事了，不過我們還是不知道韓律師到底打了誰。那個姓樊的，還是這個阿嗚？」

這時，蕭臻的手機響了，她把來電顯示拿給喬紹廷看，上面顯示是「薛律師」。

蕭臻接通電話。

「終於一打就有人接，我太感動了！我這邊有些情況，電話裡不方便說，我們兩個見個面。你是不是在向陽刑偵支隊？」

蕭臻皺起眉頭：「你怎麼知道？」

她再一抬頭，就看到薛冬的車在十幾公尺外停著。蕭臻乾脆舉著電話，來到車旁，敲了敲駕駛座的車窗。

薛冬下了車，掛上電話。原來，那個和李彩霞一起喝酒的「樊哥」，就是曠北平叮囑薛冬陪同照顧的客戶家公子，而被韓彬打的是那個阿嗚。

蕭臻點了點頭：「那這個阿嗚真名叫什麼？」

「李梁。」

「他跟這個姓樊的富二代是什麼關係？」

「夜店認識的，不算很熟，喝過兩次酒。」

「是買過幾次搖頭丸吧。」

薛冬一愣，隨即笑了：「喝酒，只是喝過酒。他們昨晚也是臨時約的，走都不是一起走的，所以小樊並不知道發生了什麼。」

「他不知道的那部分，你知道嗎？」

「連聽帶猜地知道個大概。昨晚十一點半樊以沫就走了，李梁離開的時候已經接近十二點。結果你們韓律師追出來，在咖啡廳往西不到兩百公尺的地方截住李梁，問他是不是在店裡試圖兜售毒品。李梁應該是否認了，韓律師要報警。李梁上前攻擊他，拉扯間腳絆了一下，後腦撞到路旁店鋪的石頭臺階，當場就昏迷了。韓律師立刻叫了救護車，又報了警。然後李梁被送去醫院，韓律師留在了向陽支隊。」薛冬說話間吊兒郎當，不時穿插幾個手勢，一副事不關己的樣子，讓蕭臻忍不住皺眉。

「傷得重嗎？」蕭臻追問道。

「枕骨碎裂，做了開顱手術。命是保住了，但一直昏迷，而且有可能醒不過來了。」

「韓律師是遇到毒販襲擊才還手，不管他摔倒是韓律師推的還是自己絆的，怎麼說韓律師的舉動都是正當防衛行為。」

「人家不一定是毒販。」

「毛毛看到他帶了一包類似搖頭丸的東西。」

「警察在他身上並沒有搜到，你那個室友在哪裡看見的？」

「洗手間。」

「那裡應該沒有監視器吧。」

蕭臻想了想：「那他們動手的地方……」

「真不湊巧，也沒有監視器。」

蕭臻聽完，沒吭聲。來龍去脈已經大致清楚，但是事發地點和洗手間都沒有監視器……蕭臻盤算著下一步的計畫，就看薛冬上前一步，神色認真，壓低嗓音：「但這些都不是我找你要說的重點。」

十分鐘後，蕭臻將剛才薛冬告訴她的資訊轉述給喬紹廷，喬紹廷忍不住皺眉問道：「這事跟曠北平有什麼關係？」

「他說，曠北平似乎格外關注這件事。而且他今天回所裡的時候，看到曠北平的車裡坐著一個六十多歲的老人，左手手背有大面積燙傷的疤痕。」

喬紹廷馬上反應過來：「嚴裴旭？薛冬是不是搞混了？讓他倆坐不住的，恐怕是我們去調查資金流向的事吧。」

「也有可能……不過喬律師，津港有很多毒販嗎？」

喬紹廷想了想，點點頭。他明白蕭臻的意思，他們在找的宗飛，同樣是個毒販。

「也許只是我對毒品或毒品相關的詞彙太敏感了。」蕭臻見喬紹廷不語，補充道。

「等你和唐初都做完筆錄，要是沒什麼特別的情況，我們還是把資金流向的事查清楚。韓律師是不是正當防衛，就算沒有監視畫面，警察也會有辦法查明事實，我們幫不上什麼忙。」

蕭臻點頭，卻感覺有點不對勁。喬紹廷的話道理上當然沒錯，查清資金流向也的確更為緊迫，但他的態度與其說是「放心韓彬不會出事」，不如說是「有所保留，不願涉入太深」。但這個直覺也未必靠得住，也許喬紹廷的確是覺得沒什麼能做的……不等蕭臻想清楚，不遠處的李彩霞看著手機，突然發出一聲驚呼：「現在網路上到處都傳開了！」

蕭臻接過手機，滑著螢幕念出標題：「『知名律所合夥人無故將人打至昏迷，疑是毒癮發作？』、『知情人爆料，韓彬律師為何有恃無恐？原來背後是法學世家撐腰……』、『青年攜女友深夜買醉，竟被酒吧老闆施暴。』、『這屆網友不幹了，不管韓律師背後是誰，都大不過法律……』、『細數律師韓某的七宗罪，坑你錢，要你命……』這都什麼呀？！」

李彩霞小聲嘀咕：「我不是那個人的女朋友……」

喬紹廷看看唐初，又看看蕭臻：「你們都還沒接受詢問呢，怎麼流言蜚語已經鋪天蓋地了？」

「雖然隊形不太整齊，但開炮的方向高度一致，有點奇怪。」蕭臻補充道。

李彩霞在一旁問：「那等警察調查清楚了，發一個官方案情通告，是不是就可以打臉這些造謠者？」

唐初冷笑：「案情通告裡，韓律師要是有問題，那就罵對了；如果認定他正當防衛，就是法律世家果然不一般，真的能夠隻手遮天。」

蕭臻接過手機查看評論，不由嘆氣。不知道是水軍的引領還是民意的激憤，每條新聞底下都在排著隊罵人。說來也奇怪，新聞事件反轉之後，從來不會有人排著隊道歉。

「但沒道理，韓律師威脅不到曠北平，他沒必要趁這個機會故意抹黑韓律師。」喬紹廷說。

那難道是為了抹黑德志所？蕭臻想著，拿手機同時搜索「韓彬」和「喬紹廷」，卻發現搜索內容中竟然沒有昨晚的新聞事件。

蕭臻把手機給喬紹廷看：「有意思。這明明是一個連你帶我們所一併拉下水的事，居然沒提你。」

喬紹廷笑了：「看來，這些媒體，精神領會得不夠透徹。」

「或者是……」

「是什麼？」

蕭臻概括不出，卻總覺得事情好像沒那麼簡單。

就在蕭臻和喬紹廷為新聞的導向困惑不解時，章政和洪圖也討論著同一件事。

「這才半天時間，顯然是有人在帶風向，助推輿論，而且是衝著我們來的！」洪圖正一臉憤怒地站在章政身旁，看著網頁上的熱門新聞。

章政向後靠在老闆椅上，反倒比洪圖沉著：「我看了半天，提到我們所名字的很少，重點是沒有任何一篇文章提到了紹廷。以他目前的光輝形象，稍加渲染，我們所就成了個賊窩。」

洪圖愣了：「為什麼沒提？」

「你也覺得不合理吧？明明舉著個燃燒瓶，油庫就在眼前你不點，非往身後的水泥地上丟。」

「是有人在試圖保護我們所和喬律師？」

章政搖頭：「我不知道推動這件事的人為什麼如此針對韓律師，但他肯定不想引起紹廷的注意。」

4 奇襲

在接下來的一個小時裡，蕭臻和唐初分別進了談話室，接受警察的詢問。魯南開車到了向陽看守所，向蕭闖提出想要提訊王博。蕭闖覺得此事難辦，卻又沒徹底拒絕他。喬紹廷和李彩霞一起待在車上，等著蕭臻出來。他在網路上搜索了「李梁」的名字，以及「吸毒」等關鍵字，確定了李梁曾經因為引誘、教唆、誘騙他人販毒，被判過一年半的刑。

德志所內，洪圖則將兩名媒體平臺的高級主管迎進事務所，和章政開始計畫他們的「危機公關」。薛冬不情不願，但還是接了陶晴一通電話。而曠北平則在一條偏僻的路上，看著嚴裴旭一個接一個地打電話，打給宗飛、給公司、給銀行……

在這段期間，魯南和喬紹廷還打了個照面。當時蕭臻剛接受完詢問出來，而魯南殷勤的態度則讓方媛和蕭臻都一頭霧水。最後，蕭臻從資料夾裡掏出一張紙給方媛看，解釋她和喬紹廷接下來的行動。那張紙上依次寫著「嚴裴旭↓津港銀行信貸↓錦林園藝有限公司↓維安車輛租賃有限公司」。

蕭臻拿筆在最後這個公司名稱上，畫了個圈。

富康車的副駕上，蕭臻在手機導航軟體裡輸入「維安車輛租賃有限公司」，把導航路線給正在開車的喬紹廷看：「真的不等唐姐嗎？」

喬紹廷理直氣壯：「事情處理完了就各忙各的去吧。怎麼，難道要在向陽支隊門口吻別啊？」

蕭臻嘆息，搖頭，她終於有點明白唐初為什麼要跟這個人離婚了。辦完事連個招呼都不打就跑了，實在太不像夫妻。

「那韓律師這事我們也不管了？」

喬紹廷有點反感：「為什麼加個『也』字？警察能做到的事，輪不到我們管。我聽說現在事情的關鍵在於，李梁到底是不是從事販毒的犯罪分子。如果他是，韓律師往不好說也是正當防衛，往好了說，甚至是見義勇為。」

喬紹廷說得理直氣壯，但他和蕭臻都很清楚，說販毒得講證據。李梁早就刑滿釋放，也不能光靠翻舊帳就認定他還在販毒，畢竟他被發現的時候身上並沒有毒品。之前李彩霞說，李梁從洗手間出來，看見她和韓彬說話就又退了回去。那時候他恐怕就察覺到情形不妙，把那包搖頭丸丟進馬桶沖走了。就算對李梁進行毒檢，檢測到他吸毒的證據，那也只是治安拘留的範圍，和販毒是兩回事。而就算他給樊以沫提供過毒品，樊以沫也不會承認。

「那看來我是沒辦法了。韓律師啊，不是我想對不起你送我的辣醬，我還是很想幫忙的，不像喬律師張嘴就關他屁事那種……」思前想後一大通，蕭臻往椅背上一靠，有點氣餒。

喬紹廷白她一眼：「那個樊以沫，薛冬是不是能幫著牽個線？我們可以和他談。」

蕭臻頓時坐直身體：「他敢嗎？那是金馥所重要客戶老總的兒子。不管你還是我去跟他談，曠北平知道了怎麼辦？」

「那薛冬就死定了。」

蕭臻眨眨眼：「那這個代價還可以承受。」

「除非我們做通薛冬的工作，但談話不由我們兩個出面。」

蕭臻一愣，他們都不出面，那誰去談？

喬紹廷往後方遞了個眼色，蕭臻一回頭，就看到了後座上的李彩霞。李彩霞正一臉困惑，看著前排的兩人。

薛冬的車和喬紹廷的車一前一後停在一個高級社區的門口，蕭臻在喬紹廷的車旁，叮囑李彩霞各類注意事項。

薛冬在自己的車旁，看著那兩個人，一臉焦慮：「樊以沫現在被禁足了，一旦我把這女孩帶進去跟他談，很有可能被樊總看到。你確定主任不知道這個女孩是誰嗎？」

「不確定。事實上，如果就是曠北平操縱了千盛閣那個案子的投訴，他很可能知道李彩霞的身分。」

薛冬苦著臉，喬紹廷一點都不避諱地告訴他，這件事有可能會搞死他。

「之前把蕭律師賣給曠北平這件事，你也有份？」眼看著薛冬還在猶豫，喬紹廷開啟了另一個話題。

薛冬愣了，支支吾吾，尷尬地看向蕭臻。

「章政承認了，但我猜那件事跟你沒有關係。」喬紹廷又送上一劑猛藥，薛冬頓時垂頭不語。

「章政是想拿我當槍打擊曠北平，但又不想牽扯到自己和德志所。他既有利益目標，也算是存在生存困境。但你不一樣，你本來可以不管的，為什麼要摻和進來？」

薛冬沉默片刻，訕訕地說：「我也有利益，畢竟要是你們贏了……」

「金馥所能落到你手上？大客戶都認你嗎？曠北平的社會關係你能接手嗎？另外兩個合夥人你搞得定嗎？相比之下，老老實實做他手下的頭號人物，明明要踏實得多。你為什麼幫我？」

薛冬左看右看，就是不看喬紹廷：「我也看不慣主任做事的方式，再說了，有他在上面壓著，我在金馥怎麼出頭啊——」

喬紹廷打斷他：「除了這個。」

薛冬兩手插在口袋，看了看腳底下，又環顧周圍，總之還是不看喬紹廷：「除了這個……就沒什麼了。」

喬紹廷笑笑：「我猜你大概是很感激我當初拿回了涮肉醬料。」

薛冬愣了愣，眼神飄忽：「啊？你說住宿舍那時候啊？真正感激你拿醬料的應該不是我吧！我是吃什麼都可以的。不過，當時你拿回來的醬料還真的挺齊全……」

如果真的不記得醬料，哪會說得這麼具體？喬紹廷暗嘆一聲，拍著薛冬的肩膀：「你呀你呀……徒有其表。想做壞人不容易，我知道這件事有多冒險。相信我，你的冒險是值得的。」

「你好像更認我這個兄弟。章政其實也不容易，參選律協會長沒什麼不對，就好像我想當金馥的主任一樣。只不過在你這裡，我算落著好處了，他卻挨了頓打……別忘了，六年前跟你一起把曠北平扳倒的人是他，如今替你找幫手的人也是他。」說話間薛冬笑了，整個人放鬆下來，對李彩霞的事情，好像也做出了決定。

「對，扳倒曠北平，他就是德志所的主任，也許還會成為律協會長，而其他人對章政來講，都可以成為代價。」

對於這些尖銳的真相，薛冬選擇直接忽略。他朝喬紹廷擠擠眼睛，走到車旁，跟李彩霞打了個招呼。

喬紹廷招呼蕭臻，兩人開車離開。

十分鐘後，樊以沫穿著一件帽T，整個人一副委靡的樣子，跟著薛冬走出電梯。他一臉慌張，一路走還一路解釋：「我沒有摸她的手！從頭到尾我連一句曖昧的話都沒說過！」

薛冬心中暗笑，臉上卻十分嚴肅，還帶了幾分同情：「我也相信你沒有，但是現在人家非說你喝酒的時候有過肢體騷擾，總得想辦法澄清一下。要是你覺得為難，我可以跟樊總商量……」

「別別別！千萬別讓我爸知道。因為李粱的事，他已經罵了我半天。這女孩到底想怎麼樣？是想要錢嗎？」樊以沫嚇了一跳，停住腳步。

「不像是。」薛冬更誠懇了，「這麼說吧，以我的經驗，經歷昨晚的事和今天的警察詢問，這個女孩子有點處於被驚嚇到的狀態。你好歹是當事人之一，跟她好好聊聊，安撫一下她的情緒，應該就沒事了。」

「真的嗎？」

「既然你確實沒做什麼，她也不是真的想訛你，那這就純粹是個情緒問題。解決了情緒，就解決了問題。」

兩人說著來到薛冬車旁，薛冬拉開車門，李彩霞顯然已經入戲，氣哼哼地坐在後排。樊以沫有點心虛，看了薛冬一眼。

薛冬壓低聲音，叮囑道：「安撫情緒。」

樊以沫尷尬地笑著，朝李彩霞打了個招呼，上了車。

5 聚焦

海港看守所會見室裡，王博一臉的不耐煩：「殺人不過頭點地。判死刑我認了，還沒完沒了地走過場。你們真有這工夫，看能不能把小雷保下來。」

他的對面坐著魯南和方媛。魯南似笑非笑，打量著這個「殺人犯」：「先聊聊你。」

「我？我都交代了。這東西能有什麼假？反正都是死，要是真的還殺過十個人，又有什麼不敢認的？」

「交代任務給你的那個人……」

「我不是都說過了嘛，一個姓張的，名字叫什麼我也不清楚，每次都是見面談，給現金。」王博似乎更不耐煩了，一副死豬不怕開水燙的樣子，對於接頭人的住址、聯繫方式、身分資訊，也是一問三不知。

「二位，我是真的不知道。我沒什麼理由護著這個姓張的，他指派目標，我要帳，要過來大家就分錢，各顧各的，不是一起的。但凡我知道他的事，肯定如實交代，搞不好還多個墊背的呢。」

說到最後，王博甚至得意地撥弄頭髮，似乎對自己的「義氣」感到滿意。

「你老婆可不是這麼說的。」方媛慢悠悠地說道，盯著王博。

王博愣了幾秒，隨即裝作沒聽清楚，但明顯有點焦慮。

「你透過你老婆開的夜總會交接討債的酬金，還順便能把錢洗乾淨，一舉兩得。」方媛邊說邊端詳著王博的神情。這些都不是來自沈蓉的交代，只是她的猜測，但從王博的表情看，她猜對了。

「她……那婆娘亂說，你們別聽她……」王博結結巴巴地申辯道。

「她什麼都說了，而且我們根據她說的情況查到了相應的證據。不說別的，光帳本我們就對了好幾天。每個月你們交接的時間、方式和數額，我們都掌握了。」

王博呆了，垂下目光，沒吭聲。

魯南向前一靠，湊近王博：「協助警察機關找到你的上家，說不定算立功表現。當然，比這個更重要的是，找到上家，你們整個犯罪行為的分工就能完整連接在一起。否則的話，根據你愛人沈蓉的供述，她的行為非常接近於你的共犯。」

這下，王博的臉色變了。魯南和方媛偷偷互相遞了個眼色：「這麼跟你說吧，你上家是誰，我們已經知道了，現在只是想給你一個機會。」

王博思量片刻，恨恨罵道：「操！我他媽白叮囑那婆娘了。二位，我不是故意瞞報什麼，真的是怕連累我老婆。這一人做事一人當……」

魯南打斷他：「幹非法催收的，規矩都是五五拆，你這倒好，三成。雖然說比放高利貸賺得多，但也不太符合行規吧。」

「唉，他這些帳都是從國外那些莊家手裡買的。他說不管是三折兩折，他是花了錢的，刨去成本，剩下的跟我對半分，也就只有三成了。誰知道他說的是不是實話。」王博大概是想通了，說話又流利起來。

方媛假裝在紙上寫寫畫畫：「他的聯繫方式你有嗎？」

「這個我真的沒有，都是他底下的人來找我，然後帶我去見他，有時候就是他們去場子裡跟媽咪什麼的留個話。」

「那他住在哪裡？」

「這個我也確實不知道，但他應該不是混城區的，不然我肯定能從別的管道聽到風聲。」

魯南朝方媛擺擺手：「你別這麼記，把前面按順序和格式補上。」

方媛會意，邊寫邊說：「王博，最高人民法院刑事審判庭指派魯南法官和我——方媛法官，就你和雷小坤涉嫌故意殺人一案的死刑覆核，對你依法進行訊問，你對我們的身分有異議嗎？」

「沒有。」

「是否申請回避？」

「不申請。」

「你是否自願向司法機關提供為你介紹非法清收業務的人的身分資訊？」

王博撓了撓頭：「願意。」

「他的姓名？」

「宗飛。」

蕭臻和喬紹廷一路走進維安公司的停車場。對於喬紹廷的計畫，蕭臻依然沒有看透全貌：「我們讓李彩霞和那個姓樊的小子聊，到底是為了打聽什麼？」

「我們不妨把昨晚的情況分為三個階段：李梁來到咖啡廳之前，他們三個在咖啡廳喝酒，以及李彩霞離開之後。李彩霞只能向我們講述第二個階段，第三個階段恐怕只有韓律師知道，而我們還有可能去間接瞭解到的，只剩下第一個階段了。」

「也就是說李彩霞有可能從樊以沫那裡打聽出來，他跟李梁來咖啡館之前發生過什麼，而其中最好有能指向或證實李梁有販毒行徑的線索。這個機率也太低了。」

「嗯，希望渺茫。」喬紹廷點頭。

「我是不是可以理解為，你本來不想管這件事，去找薛律師更多是為了照顧我的感受？」蕭臻回想起喬紹廷幾次都想置身事外，忽然念頭一動。

「我們既然是一條船上的，你的事就是我的事。」喬紹廷不以為意地擺擺手，整了整西裝，正了正領帶，還把津港銀行的胸牌別在了胸口，問蕭臻道，「我看上去怎麼樣？」

蕭臻把喬紹廷從頭到腳打量一番，點了點頭：「你的演技我不太指望，但角色扮演應該沒問題。」

喬紹廷頓時被激發了勝負欲：「讓你見識一下什麼是津港馬龍．白蘭度[28]！」

喬紹廷昂首闊步，走進維安車輛租賃公司的辦公室，向坐在前臺的秘書打招呼：「您好，津港銀行信貸經理，請問你們的財務在嗎？」

數分鐘後，「津港馬龍．白蘭度」就已經問出了他想要的，不過跟他之前預料的不太一樣。

「錢已經還了？錦林園藝的公帳上並沒有轉帳紀錄，而且跟據我們核查，這筆資金被現金提領了。」

財務不疑有他，繼續證實道：「沒錯，他們就是拿現金還的。」

「足額？」

「一百七十九萬，還有十幾萬的延遲付款違約金，都結清了。」

「那你們開具發票了嗎？」

「開了，昨天正好發票用完了，上午一買發票就開出來叫快遞送去了。」

喬紹廷一愣：「昨天？」

「對啊，他們昨天過來還款的。」

喬紹廷大腦飛速運轉：「昨天他們提著快兩百萬現金來還錢？嚴先生歲數不小了，這麼多錢他怎麼提得動？」

財務搖頭：「嚴先生沒來，他派一個年輕人送來的，還開著輛凱迪拉克。」

---

28 編註：馬龍．白蘭度（Marlon Brando）為美國知名電影男演員、第二十七屆奧斯卡影帝。

聽到這裡，喬紹廷明白了。

晚上，蕭臻和喬紹廷坐在之前吃海鮮的那家熱炒店。蕭臻吃著烤肉串，一隻耳朵戴著耳機，聽李彩霞和樊以沫的談話錄音，另一隻耳朵聽喬紹廷講在維安公司的經歷。「照他們財務的說法，很可能是曠北平讓他的司機帶了筆現金過來平帳。當然，這無從查證，只是個合理推測，我更搞不懂的是，他怎麼這麼快就知道我們在跟進這筆資金的流向？」

「他既然有辦法讓銀行不配合最高院法官，那麼法官找同事去查信貸紀錄，恐怕一樣瞞不過他。不過他急著把這個洞堵上，很說明問題。」

「嚴裴旭提走那筆錢，必然有什麼不能見光的用處……她和那姓樊的聊了多久？還沒聽完？」

蕭臻拿起耳機的另一頭：「你要不要聽？」

喬紹廷擺手，他沒蕭臻那左右互搏的功夫。

這時，蕭臻的動作忽然停頓，她操作手機，把錄音內容往回倒了一段，重新再聽。喬紹廷也注意到她的動作，等著她說些什麼。蕭臻拔掉耳機，直接把那段錄音放了出來。

樊以沫的聲音傳來：「他說他在北極猴吃飯，我就去那裡找他，到的時候他都吃完出來了，在停車場我們商量著去哪裡喝一杯。他說找個ＤＪ酒吧之類的，我說好啊，他就說等他拿包菸就走。然後我們就開車走了……」

蕭臻關上錄音，看著喬紹廷。

「北極猴又貴又難吃。」

蕭臻作勢要拿烤肉串籤子丟過去，喬紹廷作勢要躲。兩人都明白，那段錄音的重點在於，李梁說他要「拿包菸」。

「李梁會不會把自己的車留在北極猴的停車場了？」蕭臻問道。

「要是真的有，警察會沒發現嗎？而且李梁身上應該有車鑰匙。」

「萬一那輛車不是登記在李梁名下的呢？光憑一把車鑰匙，警察去哪裡找？」

「警察也詢問過樊以沫。」喬紹廷繼續唱著反調。

「你聽剛才的對話，樊以沫很可能根本沒意識到李梁之前是開車過來的。」

喬紹廷點頭：「如果那輛車真的存在，而且沒被警察找到，車上又真的有見不得光的事物，那李梁的同夥和老大肯定也在找這輛車，搞不好都已經找到然後開走了。」

「那喬律師還要不要辛苦陪我去證實一下？」

喬紹廷胡亂把剩下的幾串塞進嘴裡：「上路！」

6 危機或轉機

晚上十點多的「北極猴」餐廳停車場車輛雲集，喬紹廷和蕭臻走走停停，四下尋覓。

「薛冬當初答應你什麼好處？」喬紹廷問。

蕭臻左右張望，尋找李梁的車：「隱名合夥人之類的吧，我也沒聽得太仔細。」

「真行，好處都還沒拿到手，你就叛變革命。」

「我就是覺得有趣，否則像我這樣的小律師，有什麼機會能參加各位大神的高級戰場？」

喬紹廷忍不住想笑：「除了現在把你也納入眼中釘的曠北平，這戰局裡的其他大咖基本都是泥菩薩。不管怎麼說，你挺特別的。我是說，你有異乎常人的膽識與自主性。」

「算是誇我嗎？怎麼突然想起聊這個？」

「沒什麼，你讓我想起幾年前在法律援助中心，好像有個實習的小女孩……不知道她現在怎麼樣了。」

蕭臻一愣，隨即白他一眼：「人家怎麼樣不勞你費心。這茫茫車海，怎麼找啊？」

「用餐高峰期，實在不行我們可以等一等，等晚一點車少了，就能縮小範圍……」

「你先繼續找，我想想別的辦法。」蕭臻說完，走向停車場入口。

轎車停在曠北平家樓下，孟鷗從倒車鏡裡看向後座，發現曠北平沒動，正望著窗外發呆。他推開車門，打算過去幫曠北平開門。

曠北平立刻回過神來：「不用，我在車裡待一下。」

孟鷗點頭：「那我在外面。」

「我記得你抽菸，身上有帶嗎？」

孟鷗從身上掏出菸和打火機，遞過去：「我這個菸不算很好。」

曠北平接過菸，點了一根。孟鷗把後車窗打開條縫：「您實在是太累了。不光是今天，這麼多年，我都沒見過您像這一週來這麼忙。」

曠北平朝窗外吐著煙：「當輿論都指向一邊的時候，公眾對案情的預設立場就會明顯傾斜。警察不會受這種影響，但輿情不容忽視。剩下的只能是盼著調查重心在韓彬身上的情況下，對另一邊能有緩解效果。」

孟鷗似懂非懂地點頭：「我不太懂這些，不過主任的辦法一定是好的。」

曠北平苦笑：「好不好不一定，得罪人是一定的。」

孟鷗低頭想了想：「主任，我就是一個開車的，有句不該說的，您對那個嚴老先生真是仁至義盡……當然我知道，您是全津港最罩的那個，我就是有點擔心……」

曠北平點點頭：「別看你小子書讀得少，可能人越單純，直覺越準。被抓進去的那個韓彬，確實算半個法律世家子弟。」

「我聽說了。他們家那老頭比您可差遠了。」

曠北平搖搖頭：「他曾經跟我說，我遇到問題了，而這個問題很可能無法解決……囚徒，對，身不由己。」

孟鷗也不知道該如何回應，沒說話。

曠北平在車載菸灰缸裡撚熄了菸：「我這輩子有過不少後悔事，因為貪心，因為自負，或者乾脆就是缺德。老嚴對我有恩，該報要報。更重要的是，就在現在，在我發現自己回不了頭的時候，我竟然不覺得後悔。」

「主任，您關照過太多人了，天底下就是強者說了算，絕沒有您拔不掉的刺。」

曠北平沉吟不語。

「您要是還不想回去，要不要我開車，您看找個茶樓，或是什麼地方……」

曠北平笑了：「不必，去買包好一點的菸吧。」

孟鷗領命下車，曠北平叫住他：「記住，你什麼都不知道。」

半個多小時之後，停車場的車比剛才少了一些，喬紹廷注意到一輛黑色的福斯汽車。這輛車有點髒，還停得歪歪斜斜。他上前伸手摸了把引擎蓋，有一層浮灰，又圍著車走了一圈，最後注意到車輛牌照框架的螺絲。喬紹廷蹲下身，用手機的手電筒照著螺絲。

「哇！你找到啦！厲害！」蕭臻從停車場的收費亭走來。

「這個牌照架的防拆螺絲上為什麼沒有港字標[29]？是假車牌嗎？」喬紹廷小心翼翼地圍著車查看，注意不觸碰到車身。

蕭臻卻不管那麼多，仗著自己戴了手套，上前大剌剌地就去拉車門：「喬律師，你會撬車嗎？」

喬紹廷差點跳起來：「你幹嘛？還不確定是不是……」

「就是這輛車。我剛才去收費亭和警衛聊了聊，他幫我查了監視器和入場時間，只有這輛車從昨晚停到現在。」

喬紹廷直翻白眼：「你直接說不好嗎？」

「某些人非喜歡夾雜什麼『北極猴貴又難吃』之類的廢話，還有臉說我？」

喬紹廷投降求饒：「如果能確定是這輛車，就直接報警吧。且不說我們打不開車，就算能打開，我們也不能干擾警察取證。」

蕭臻想了想，掏出手機：「那我告訴蕭闖。」

蕭臻邊撥打電話，邊圍著這輛車轉圈，繞到了車尾方向，喬紹廷則站在車頭旁等待。就在此時，車子的定位小燈突然亮了。喬紹廷愣住。

車尾處的蕭臻正向蕭闖通報位置，聽到車門「喀啦」的解鎖聲，也愣了，望向車頭旁一臉錯愕的喬紹廷。

蕭臻指著他：「我以為你不會撬車呢！」

喬紹廷連忙擺手，示意根本不是他。

兩人心領神會，都四下張望，很快，他們注意到一個三十歲上下的男子一路東張西望地走來。那人戴著大金鍊，手臂還有刺青，一副幫派分子的打扮，但也不算特別顯眼。他雙手插在口袋，正不停按動口袋裡的車鑰匙。

此時蕭臻和喬紹廷還不知道，這個名叫劉鄉的男人的確是宗飛的手下——正如他們所猜測的那樣。

蕭臻走到車頭處，和喬紹廷直愣愣地看著他。劉鄉發現福斯車解了鎖，但又發現車頭站著一男一女正盯著他，他心裡沒把握，繼續裝作左顧右盼，走了過去。

喬紹廷和蕭臻看他繞了大半圈，走出停車場。

「喬律師你看著車，我去跟蹤他。」

喬紹廷嚇了一跳：「蛤？你跟蹤他幹嘛？」

「這個人明顯有問題啊，車就是他解鎖的，他跟李梁肯定是一夥的。」

「先不說我們並沒親眼看到，就算看到了，也不能說明這和違法犯罪行為有關，更不是你可以

29　編註：中國民用汽車的牌照架防拆螺絲上會有各省的特定字符標記。

去跟蹤人家的理由……還是等你哥他們到了……」

不等喬紹廷說完，蕭臻已經跑了出去。

蕭臻一路跟蹤著劉鄉走到一條夜市街。她既沒有保持很遠的距離，也沒有刻意隱蔽行蹤，所以，劉鄉很快就發現自己被跟蹤了。他走著走著，閃進街邊的一條小巷。蕭臻懷疑有詐，撥通喬紹廷的電話，把手機放在口袋裡，跟進小巷。她剛一轉進來，劉鄉就從暗處衝出來，一把將蕭臻頂在牆邊，用刀抵住了她的脖子。

10

四月二十四日

1 反制

小巷裡，蕭臻被掐著脖子頂在牆邊，一把刀抵在她脖頸處。劉鄉惡狠狠地問道：「你是什麼人？為什麼跟著我？！」

街道上，喬紹廷焦急地奔跑，聽著手機裡的聲音。

刀刃抵住蕭臻脖子時，蕭臻心裡竟閃過一絲恐懼，但她很快鎮定下來，看著面前的男人：「公共道路，你可以走我也可以走，憑什麼說我跟著你？再說了，我一個女生，你一個大漢，就算我跟著你，你怕什麼？」

劉鄉對蕭臻的冷靜感到意外：「看清楚，刀尖都頂脖子上了，你他媽還那麼多廢話！」

蕭臻笑了：「你搞清楚是誰在威脅誰，我往前探一公分，你就是三到十年的大獄。」

劉鄉愣了：「你說什麼？」

「兩公分，那就是十年起刑。再捅深一點，你就只能自求多福了。不出意外的話，我會在那頭等你。」

刀尖和皮膚的距離，微妙地拉開了一點，但劉鄉嘴上還是沒有服輸：「你、你到底是什麼人！」

蕭臻有點失望，嘆了口氣：「別慌啊兄弟……」

「你不是員警？」

「對，你顯然也不是什麼大哥。」

劉鄉不知所措，目光遊移，蕭臻更不耐煩了：「想好沒有？別光亮刀子耍狠，到底捅不捅？」

劉鄉張著嘴，完全不知道該說什麼。正在這時，喬紹廷終於跑到了巷口，他一眼看到蕭臻，忙高喊著「住手」，衝了過來。

劉鄉大驚失色，匆匆警告蕭臻別繼續跟著他，隨後就落荒而逃。蕭臻看著他的背影消失，又看見喬紹廷一路飛奔，來到自己面前，一臉關切：「你怎麼樣？」

「剛才，我好像害怕了。」看到喬紹廷，蕭臻慢慢回過神來，摸著脖頸處剛才被掐住的地方，她感覺這一切都不太真實。

「正常，誰被刀頂著脖子都會害怕。」喬紹廷說著，把蕭臻拉到路燈下，查看她有沒有受傷。

蕭臻異常配合，仰著脖子：「我很少害怕。」

「我現在比你還害怕。」喬紹廷瞪了蕭臻一眼，又放緩語氣，「沒事就好。」

「我從沒覺得刀那麼冰。」蕭臻輕聲說。

不到半小時，蕭闖就帶著刑偵支隊的警察到了「北極猴」停車場，圍著李梁的那輛福斯汽車調查取證。喬紹廷站在不遠處觀望著，心有餘悸。

蕭闖走了過來，語氣不善：「我妹呢？」

「她說還有事，做完筆錄就先走了。」

蕭闖頗感不爽，上下打量他：「那你怎麼還在這裡？」

喬紹廷有點尷尬，試圖轉移話題：「那輛車上有沒有發現能證明李梁是——」

蕭闖伸手一指，打斷了他：「非禮勿言，喬律，別總讓我提醒你。」

喬紹廷嘆了口氣：「在巷子裡持刀威脅蕭律師的那個人大概不到三十歲，中等身材……」

蕭闖舉起手機螢幕在他面前一晃，上面是蕭臻偷拍的照片：「別描述了，我妹比你可靠。」

喬紹廷看到照片，不吭聲了。蕭闖似乎覺得自己太過強硬，反應過度，有點不好意思：「但總之還是謝謝你，這輛車是很關鍵的物證，我們也一直在找。」

喬紹廷點點頭，沒再說什麼，轉身要走，又被蕭闖叫住。

「喬律，我妹那個人我知道……這次，也不能怪你。她不怎麼怕痛，也就不知道什麼是害怕。所以拜託，再出現類似情況，千萬不要讓她一個人冒險。」

喬紹廷愣了好一陣，回想起蕭臻說的「剛才好像害怕了」，逐漸明白過來：「她是不是有無痛症？」

蕭闖點頭：「她有某種遺傳性感覺自律神經障礙，感覺不到痛。」

喬紹廷點頭：「不會再有下次了。」

「這件事你不要跟她說，她一定又覺得我在干涉……喬律，雖然她沒怎麼叫過我『哥』，但我就這麼一個妹妹。」

從停車場出來，蕭臻已經到了洪圖家門口。她本來以為上次自己說得那麼清楚，洪圖不會再要求她彙報，沒想到新的一天依舊如故。

「我就是不太懂，為什麼每天晚上我都要穿城來這裡，向您當面彙報喬律師的行蹤。讓一個律師每天和主管彙報另一個律師的行蹤，不是這個職業的合理工作要求。而且我逐漸發現，這並不是一個能讓你靠得更近的好方法。」蕭臻比上次更為直接。

洪圖面帶惱怒：「你什麼意思？」

「沒什麼意思。洪律師，其實在這個行業的專業領域裡，我真的非常敬佩和尊重您。您是那種把自己逼到極限的人，為了能迅速成長，一刻都不懈怠，沒有時間運動，沒有時間散心，沒有時間戀愛，甚至沒有時間幫自己做一頓像樣的飯，每天披星戴月，回到家只能叫外送果腹。您能做到的，我做不到，所以您能得到的，我也不眼紅。」

洪圖慢慢平靜下來，若有所思：「你做不到……但喬律師反倒更信任你。」

「我們都和喬律師共事過，也都從他身上學到了一些東西。喬律師從沒希望任何人成為他，哪怕我們向他詢問方向的時候，他都一再提醒，要我們自己做選擇。」

「你想說什麼？」

「我想說，您既不需要成為喬律師，也不需要喬律師的認可來證明自己。」

蕭臻說完，轉身關門離開。洪圖看著關上的門，出神片刻，走進飯廳，從酒櫃裡拿出酒瓶給自己倒了杯酒。在她身後的餐桌上，放著一個外送的塑膠袋。

魯南和方媛在酒店大廳的咖啡廳門口下車，魯南獨自走進酒店，讓方媛稍等片刻。隨即，他看見馬秉前面前的桌子上放了壺茶，正在自斟自飲。馬秉前五十來歲，腰帶和手錶一看就價格不菲，完全是一副儒商打扮。當年魯南剛入行的時候，馬秉前是刑庭的法官，也是魯南的師父。再後來馬秉前下海做擔保生意，還幾次邀請魯南辭職，魯南都含混過去。那之後兩人都能感覺到對方不是同類，聯繫漸少。在這個節點，馬秉前卻又來主動聯繫他，魯南感覺有點微妙。更讓魯南覺得奇怪的是，他接到電話之後推託數次，說自己不在北京，馬秉前竟然找了個理由，說自己剛好要來津港辦事。

「師父，您不是特意跑津港來找我喝酒的吧？」魯南一坐下就單刀直入。

「說來也巧，昨天我們剛聯繫完，我這邊就有個單子出了點狀況，擔保公司是津港的。這是註定我們得聚聚。」馬秉前說著，幫魯南倒上茶。

魯南似笑非笑，還真是「巧」：「津港哪個擔保公司？需要我幫忙嗎？」

果然，馬秉前擺擺手：「小事小事，不需要。你這邊提訊弄得怎麼樣了？我聽說津港有個不小的案子，是兩個小混混為了討債把一個人關籠子裡踹水庫了，是不是這件事？」

魯南立刻明白，這才是正題，他不好意思地笑了：「這個……師父，您要知道……」

「知道知道。我已經不在院裡了，你什麼都不能說。你小子呀，還真謹慎，我要是中央直屬機關事務管理局，現在就分房子給你。好了，不說這些，你今天還有別的事嗎？我們喝個茶，找地方吃個飯。」

「別說，我今天還真的有事。而且，師父您知道的，我出差期間從不喝酒。我們還是回北京再聚。」

馬秉前做出有點不高興的樣子：「需要這麼拚嗎？你這是急著立功還是升遷？連我說話都沒分量了？」

魯南點點頭：「要是真的有立功和升遷也不錯。不過就算沒有，我們辦案子不就應該全力以赴嗎？」

說著，魯南拿起茶杯，朝馬秉前敬了一下，喝了一口：「我記得這還是您教我的。」

魯南說完，放下茶杯，站起身。馬秉前向後靠了靠，臉上掛著譏諷的冷笑：「真是人走茶涼。從什麼時候開始，你小子學會這麼跟我說話了？」

魯南繞過桌子，微微躬身，把臉貼近馬秉前，臉上的笑容也消失了：「從我知道津港的擔保公司從不接受私人企業反擔保開始。」

魯南轉身要往外走。馬秉前嘆了口氣，又擺出語重心長的長輩模樣：「魯南，我馬不停蹄地大老遠跑一趟，也是為了你好。人家說，你們辦案手伸得太長了。在法律圈裡，你不知道哪塊雲彩會下雨。真的驚擾到不該驚擾的人，是會有後果的。」

魯南回過頭：「誰找你來的，你讓他自己來找我。」

馬秉前正要開口再說什麼。魯南繼續說：「而且我堵你的嘴，才是為了你好。師父，要是等你把話都說出來，我就只能辦你了。」

聽到這句話，馬秉前的臉色變了，抬頭看著魯南。他知道魯南從來不是任他拿捏的毛頭小子，但是如今眼前的人幾乎讓他恐懼。

「踏踏實實賺你的錢，想買車買車，想買房買房，不好嗎？」魯南笑笑，走出了咖啡廳。

方媛正靠在車旁，拿手機看新聞，見魯南出來不由笑了：「你這也太快了一點。老馬肯定很不開心。」

「能全身而退，他該偷笑了。」

方媛把手機螢幕給魯南看：「說向陽支隊找到那個李梁的車了，而且從車上起獲了三百多粒搖頭丸和大量現金。」

「那看來韓松閣的兒子解套了。」魯南絲毫不感到意外。

「韓松閣的兒子？那不是他的司機嗎？」方媛反倒意外了。

魯南白了她一眼，懶得解釋，發動了車：「馬秉前好辦，但這事不一定算結束了。」

方媛看看酒店咖啡廳，大概猜到馬秉前是替人做了說客，也猜到魯南沒有就範，那麼那個拜託了馬秉前的人肯定還會再使出手段。如果那個人真的盯上了魯南，那他算是踢到了鐵板。而魯南的想法則非常簡單，接下來的輸贏不好說，但就算這把牌他跑不掉，好歹先把炸彈扔了。

舞蹈教室裡，薛冬看陶晴對著鏡子練舞，不時配合地嘖嘖稱讚，心裡卻在默默罵著喬紹廷。為了一個錄音，他放著一堆事情不管，跑到這裡來看一個網紅跳舞，太荒謬了。

正當他這麼想，喬紹廷風風火火地衝了進來。他看了眼薛冬和陶晴，直接把音響的電源拔了。隨著音樂聲停止，陶晴的動作也戛然而止，她一臉疑惑，望向薛冬。

薛冬尷尬地笑了幾聲，想打個圓場，向陶晴解釋，喬紹廷一擺手：「不用。」

他直接走到陶晴面前：「聽薛冬說，你手上有個錄音，而這個錄音可能涉及鄒亮和一個身居高位之人的違法往來。」

陶晴被問得愣在當場。薛冬連忙上前拉喬紹廷，說這事要慢慢談。喬紹廷直接笑了：「你真以為她是無知少女？大家都是混江湖的，直來直往吧，錄音在哪裡？」

陶晴低頭想了想，笑了：「金條呢？」

「金條我沒辦法幫你找。你說你有證書，你還應該提供相應的票據，以及證明你把這些財產確實交付給了鄒亮。在確定權屬關係的情況下，再談去哪裡找的問題。而我跟你要的東西，和金條不存在任何關聯。」喬紹廷實在懶得陪這兩人演戲，直接戳穿了其中的邏輯漏洞。

陶晴上前兩步：「搞半天，你就是空著手來跟我要東西的。鄒亮的東西是東西，我的東西就不是東西了嗎？」

「需要支付對價的話，我可以想辦法按照那些金條的市值付你錢。」

陶晴翻了翻白眼：「我不要錢，我說了……」

喬紹廷打斷她：「見證了生命中一段美好回憶？鄒亮死了那麼久，你既沒去他們家鬧過，也沒向任何司法機關提出過民事訴求，偏偏在薛冬出現的時候，想起見證了？」

陶晴和薛冬互相不去看對方，都沒說話。

「她發現你的搭訕另有所圖，就編了這個藉口刁難你。」喬紹廷伸手在兩人中間一比畫，「你知道的，而她也知道你知道。也許這種成年人的社交默契對你們而言是一種體面，但如果今天她不交出錄音筆，我就保證她再也體面不下去。」

陶晴有些惱怒：「欺負人是吧？好啊，那我就不給了，你能怎麼樣？」

「告訴你，我拿到這個錄音，一旦發現裡面的談話內容涉及違法犯罪，就會交給警察機關。如果你不給我，我會把你有這個錄音並且拒絕交出的情況告訴警察機關，他們會依法傳喚你調取物證。到那時候，你恐怕就必須解釋你和鄒亮的關係了。探店網紅和已婚男性，等著掉粉吧。」

陶晴的臉色變了：「但如果我給了你，你不是一樣要交給員警？」

「但我可以不說這個東西是從哪裡來的，或者說我是在鄒亮家找到的，是鄒亮生前交給我的，隨便什麼理由，只要錄音內容真實，這並不影響證據效力。」

陶晴低下頭，表情糾結。

薛冬嘆了口氣，開始幫著勸說陶晴：「把東西給他吧，那個錄音的內容有可能和鄒亮的死有關。至於金條，我繼續幫你想辦法。就算實在找不回來，我買了補給你。」

陶晴看著薛冬和喬紹廷：「有那個錄音真的就能查出亮哥是怎麼死的嗎？」

薛冬看向喬紹廷，喬紹廷想了想，點點頭：「應該能。」

陶晴笑了：「那你們好好找，我沒有這個東西。」

氣氛凝固了好一陣子。薛冬手扶額頭，喬紹廷面無表情地盯著陶晴看了幾秒，轉身就走。但沒等他走出幾步，陶晴就在後面補充道：「但確實有這個錄音！」

喬紹廷回頭看著她。

「亮哥親口跟我說的，也給我看了那支錄音筆。他沒有交給我，但那個錄音真的存在。」

「無所謂了，看來就算有，你也沒聽過裡面的內容。」

「如果我聽過，甚至覺得那個錄音和亮哥的死有關，我早就去找員警了。」陶晴微微揚起下巴，「大律師，我沒那麼在乎掉粉不掉粉。」

喬紹廷朝她點點頭，走了出去。

2 短兵相接

趙馨誠站在海港刑偵支隊門口，看著魯南和方媛，一臉不耐煩：「宗飛？什麼人啊？是海港轄區的嗎？」

方媛答不上來，她只知道宗飛和鄒亮有關，而鄒亮的案子歸海港支隊管。可很顯然，趙馨誠在意的不是這個，而是兩名法官突然朝他們的案子伸手。

「警察和法院一樣，都是在職權和管轄範圍內盡責。」趙馨誠煞有其事地說著，還指了下身後支隊門口的牌子，「所以這上面寫的是海港刑偵支隊，而不是世界公共安全聯盟。」

方媛有一肚子的話要爭辯，魯南卻不動聲色，一臉平靜：「需要我們出司法建議書嗎？」

趙馨誠一愣，方媛也是暗自吃驚。

「你應該知道的，當我們審理案件的時候，發現了有可能影響案件覆核但又不屬於法院管轄的問題時，可以依司法建議權向相關機構出具司法建議書。」

趙馨誠翻著白眼：「拜託，一定要搞出這麼大動靜嗎？你得往上層層報告不說，司法建議書本身又不具備強制力，要是分局真的不回覆你們，大家都很尷尬……好了好了，我一個小刑警惹不起二位……」

方媛忍不住反唇相譏：「我們也是普通審判員，職級上跟你沒什麼差別，少陰陽怪氣。」

趙馨誠作勢求饒：「好好好，就當是我惹不起你們兩個。宗飛是吧？我去跟上級反映，保證！」

趙馨誠說完便朝他們揮揮手，轉身返回支隊，溜之大吉。方媛越想越不對勁，跟上兩步喊道：

「哎！你都沒聽我們說……」

見趙馨誠已經沒影了，方媛回過身，憤憤不平地對魯南抱怨：「這敷衍得有點過分了吧，他甚至都沒問我們掌握了宗飛什麼情況！」

魯南一笑，依他看，趙馨誠還真的不是敷衍。但方媛還是不放心，上了車仍一直念念叨叨，甚至問魯南，要不要把情況告訴蕭闖。

魯南瞥了她一眼：「蕭闖？這個案子裡的任何人和事都不歸向陽管啊。」

「誰說的？王博他老婆不就羈押在向陽嗎？」

「你怎麼不說他兒子還在柬埔寨留學？」

「啊？他兒子在柬埔寨？」

魯南翻白眼：「韓律師這個司機是當定了……這就是打個比方，好嗎？這些人都不是我們覆核案件的涉案當事人，就算他們被羈押了，也不是因為我們覆核案件的案由。」

方媛更不忿了：「大家都是刑事司法體系的一分子，這時候分這麼清楚。這些事件之間擺明了有很強的關聯。」

魯南緩緩靠邊停車：「反正我幹了這麼多年，規矩都懂，『上有老，下有小，對面坐著大老闆』，我是不敢亂來。」

方媛看著他，似乎聽到一些弦外之音。按照流程，他們能做的事已經非常有限，而有些話，魯南也不好明說。

「這事裡面，宗飛肯定是關鍵人物。」方媛試探道。

「對，但這件事不歸你管。」

「嚴裴旭貸款的資金流向也很可疑。」方媛再試探。

「不好說，而且這事是真的不歸你管。」

「喬紹廷和他搭檔的調查方向都是對的，而且他們手上很可能掌握了重要線索。」方媛幾乎確定了魯南的想法。

「也許吧，你別跟那兩人瞎攪和。」

看著魯南公事公辦的樣子，方媛默契地擠擠眼睛：「是別跟他們瞎攪和，還是真的不要跟他們瞎攪和？」

魯南看著窗外：「別跟他們瞎攪和。」

方媛徹底明白了，直接推開車門：「南哥，那我去覓食了。」

「保持聯繫，注意安全。」

魯南駕車離去。方媛看著魯南的車離開，掏出手機，從相冊裡調出一張照片。如果她沒記錯，那是他們第一次去向陽看守所找蕭闖，偶遇喬紹廷時，魯南拍下來的。照片中，有喬紹廷，還有喬紹廷那輛銀色的富康車。方媛把照片放大，辨認出牌照號碼。

此時，韓彬正走出向陽刑偵支隊大門，和送到門口的警察幹部握手道別。蕭闖跟了出來，韓彬向他致謝，滴水不漏：「不好意思，給你們添麻煩了，我那時也是一時慌張，沒想到……重傷昏迷的那位現在在哪個醫院？我回頭去探訪探訪他。」

蕭闖也沒多想，拍拍韓彬的肩膀：「那小子活該，你這是見義勇為。但要我說啊，韓律師，你以後也講些策略，再遇上這種事，直接報警。雖說都是漢子，但你沒受過專業訓練，萬一有個閃失，不值得。」

韓彬點頭：「是。我也是第一次遇到，真的慌了。」

兩人寒暄告別後，韓彬走出門外，看見章政把車停在路旁，熱情地迎了上來：「哎喲兄弟，等了你大半天，你終於出來了！我都擔心死了，受委屈受委屈，來來來，快上車……」

韓彬看著章政，微笑著走上前去。

章政開車帶著韓彬回了德志所，一路上噓寒問暖，殷勤備至，而事務所的其他律師似乎更驚訝於韓彬怎麼會出現在所裡，也紛紛起身打招呼。經過蕭臻身旁時，韓彬停了下來：「蕭律師，我都聽說了。謝謝你。」

「別這麼說，其實主要是喬律師⋯⋯」

韓彬笑了：「我知道喬律師也有參與，但他恐怕是看在你的面子上。總之這份人情我受了，蕭律師再來店裡，不用花錢。」

蕭臻有點不好意思：「雖然警方把事實查清了，但網路上還是很多人在罵，韓律師你別太放心上⋯⋯」

「沒什麼，勒龐的書[30]我也有看，少上網就是了。」

說完，韓彬隨章政走進辦公室。蕭臻則敲了敲門，走進洪圖的辦公室。

「洪律師您找我？」

洪圖遞給她一個資料夾：「這是喬律師這次被投訴的聽證材料，包括我寫的一些申辯意見，你看看還有什麼需要補充的。如果有可能，作為千盛閣案的代理律師，你也出一下自己的意見，弄完之後送去律協吧。」

蕭臻接過聽證材料，翻了翻：「洪律師，這裡面怎麼會有你的監管問題？」

「喬律師當時被拘留調查，案子本就是我派給你的。如果真的是他出來之後還私下串通對方代理人，我肯定有監管不力的責任。」

「那我的意見怎麼寫？」

30 編註：此處應是指古斯塔夫・勒龐（Gustave Le Bon）於一八九五年出版的心理學書籍《烏合之眾》（*Psychologie des Foules*）。

「按你正常代理行為做陳述就好。你是無名小卒，怎麼寫不重要。」

蕭臻笑了：「一個主管和一個案外同事承擔責任，我這個代理律師反倒沒事。」

「責任這種東西，你下次再爭取吧。」

蕭臻看向洪圖。洪圖的臉上毫無笑意，依然是嚴厲而緊繃的一張臉。蕭臻猜，洪圖大概很不願意承認，她已經開始同意前一天晚上蕭臻說的那些話了。

章政辦公室內，顧盼把咖啡放到韓彬面前：「韓律，我上次見你的時候，恐龍好像還沒滅絕呢。」

韓彬笑了：「我算是碩果僅存的那一頭。有時間來店裡玩。」

顧盼笑著和韓彬擊掌，離開辦公室。

章政擺擺手：「這小女孩……」

「這小女孩可不簡單，主任真是高瞻遠矚。」

章政愣了一下，繼續笑著，敷衍過去：「哪裡的話……兄弟，雖說你不常來所裡，但不管是當初約定好的，還是這些年我們之間的往來，沒怠慢你吧？」

「萬分感激。而且我知道這次因為自己的冒失，給所裡添了挺大麻煩。裡裡外外，主任做了很多工作，我很承情。需要我做什麼，主任吩咐就是了。」

「什麼主任啊，這麼見外……」

「是不是眼下這個局面，主任對繼續參選有所顧慮？」

章政被說中了心事，微微一愣，之前準備好的開場白全作了廢：「你才剛出來，我們扯這些幹嘛？對了，我這裡還有酒呢，一起喝一杯……你是不是抽菸？隨便抽隨便抽……」

「應該是我請主任喝一杯才對。要不要去我那邊坐坐？」

半小時後，章政和韓彬到了指紋咖啡。韓彬打開了第四瓶「與魔鬼交易」，替自己和坐在吧臺旁的章政各倒了一杯。章政笑著舉起酒杯：「兄弟，你真是一語點醒夢中人，來……」

兩人碰杯後，韓彬沒喝，似笑非笑，看著章政將杯中的酒一飲而盡。突然，門開了，喬紹廷走進來。

章政扭頭一看，笑得更是開懷：「紹廷？太好了太好了，剛還聊到你……」

喬紹廷走到吧臺前，看了看那瓶酒：「這也太迫不及待了，八百年不來一次，這韓律師剛出來，你就過來要回報。」

「回報？什麼回報？我就是過來給韓律師接風……」章政假裝聽不明白，一臉坦然。

「算了吧，你是想讓他父親出面，支持你這次參選。」喬紹廷覺得章政的偽裝非常幼稚。

章政十分無辜，連連擺手：「紹廷，這次你可真的看錯我了。告訴你吧，今天我就打算去律協說一聲，我退選了。」

喬紹廷愣住了，隨即明白過來。他盯著章政看了片刻，又去看韓彬。韓彬垂下目光。

章政走後，韓彬隨喬紹廷走出咖啡廳，兩人一路向西，沿著街道邊走邊聊。

「章政退選？你教他的？」

「我沒資格教主任怎麼做。多事之秋，大概是主任有他的考量。」韓彬的回答依然無懈可擊，喬紹廷乾脆放棄了追問。

「你們的破事我不管，韓律師，這次你能平安無事，主要是靠警察找到的關鍵物證。蕭律師出了很大力氣，甚至遭遇到一些危險。」

「我知道。我真的很感激。」

「我是來找你要回報的。」喬紹廷停下腳步，一臉認真。韓彬略感詫異，勉強笑了一笑，等著喬紹廷說下去。

「我跟蕭律師是搭檔，所以她的人情我過來找你討。」

「沒問題，只要是我能做到的。」

「鄒亮遇害那晚，在我抵達現場一小時前，他停車的江州銀行門口周圍方圓兩公里內，交通、安全防護和民事防護，所有的監視器畫面，我都要。」喬紹廷一臉篤定地望向韓彬，顯然是醞釀已久。

韓彬先是震驚，然後乾脆笑了出來：「你在說什麼呢？喬律師，你說的這些……我既沒有權力去調取，相關機構也不可能洩露，根本就搞不到啊。」

喬紹廷停下腳步：「這裡就是那天晚上出事的地方吧。」

韓彬看看周圍，平靜地搖搖頭：「那時天色很黑，我印象也不深了……」

「從你的店門口往西到丁字路口，將近四百公尺的路，只有不到五十公尺是監視器死角，我們現在待的地方，就在其間。」

韓彬想了想，皺起眉頭：「喬律師，你這句話是什麼意思？」

「你那天晚上保護了李彩霞。」

「算是吧，她告訴我說那個小夥子可能想引誘她吸毒，我就讓她趕快先回去……」

喬紹廷打斷他：「不是那時，是更早的時候。」

喬紹廷不去看韓彬：「你看到李梁把搖頭丸丟在李彩霞的酒杯裡，所以故意打翻了酒杯。雖然在李彩霞看來，那時的韓律師不過是多喝了兩杯酒，手有點不穩，中間幫他們收沙拉盤的時候不小心把杯子碰碎了。我不知道為什麼你最後還是不肯放過李梁，也許你就是討厭毒品，或只是無法忍受有人在你的店裡搞事。正當防衛？有可能，反正監視器沒拍到，沒有人知道是不是發生過防衛挑釁。」

韓彬靜靜地聽著喬紹廷的推理，不置可否，無奈地嘆了口氣：「我想不通喬律師為什麼這麼看我，但事情不是你想的那樣……不管怎麼說，你和蕭律師的人情，我肯定認的。只是，你確定要這麼做嗎？」

「盡快找來。」喬紹廷說罷，轉身離開。

走沒幾步，喬紹廷手機響了。金義的聲音聽起來充滿困惑：「你是不是接到挪車電話了？」

「挪車？沒有啊。」

「哦也對，我才是車主。沒事，萬一有挪車電話你不用管，有人套了我車牌，好像是個白色福斯Jetta。我非收拾那混蛋不可！」

不等喬紹廷叮囑他別衝動，金義就掛斷了電話。

蕭臻剛交完聽證材料，走出律協大門，就看到曠北平正沿著臺階往上走。兩人對視，都站住了。一個多月前，曠北平站在金馥所的臺階上俯視過喬紹廷，而如今，位置對調。蕭臻走下來，來到曠北平面前：「怎麼了？曠教授，還在努力？」

曠北平也略去寒暄，盯著蕭臻：「這就是你想成為的人嗎？你覺得你可以幫某個人，救某個人，挽回某件事，探尋到什麼真相。為了任何能自洽的正義目標，你不惜跨越規則，就為了自我感動。」

蕭臻快被曠北平這段大話逗笑了：「踐踏規則這種事，在您老面前，任何人都是班門弄斧。」

「你看錯我了，我沒有踐踏規則。恰恰相反，我在建立秩序。只有在秩序之下，才能振興這個行業。它將會幫到很多人，救下很多人，成千上萬。」

「那我真的搞不懂，這等豐功偉業還不夠您忙嗎，您怎麼天天有閒工夫琢磨怎麼構陷喬律師？」

「是他一直在針對我。」曠北平和藹而平靜，好像在講道理給不懂事的孩子聽。

「是嗎？那現在不只他一個了。」蕭臻笑了，從他身旁走過。

「你有個哥哥，在向陽刑偵支隊，沒錯吧？」

蕭臻愣住了，回頭看著他。

「從王博的愛人到韓彬那件事，裡裡外外都是他在辦。我記得你和喬紹廷、韓彬都在同一個所吧。」

蕭臻驚疑不定地思索著，沒說話。

曠北平轉過身：「程序法上好像有什麼相關規定，我記不太清楚了，但他這麼粗心大意，就算外面沒人說，內部也得有人管。」

「你想怎麼樣？」蕭臻自己沒意識到，但在曠北平看來，此刻她的神態就像一隻受驚的動物。

「你自己說過的，你還有選擇。」說完，曠北平走進了律協大樓。

3 南牆

金義匆匆下了計程車跑到路旁，就看見方媛朝他點了點頭。金義上前問道：「妹妹，是你打電話給我的嗎？那混蛋車呢？就套我車牌那個。白色Jetta。」

方媛有點好奇，仰頭看著高大的金義，暗嘆喬紹廷交遊廣闊：「是我打的。」

「那……車呢？」

方媛一臉坦然：「沒有車，也沒有套牌，我是為了把你騙過來。」

金義被方媛的理直氣壯驚呆了，盯著方媛看了看，立刻警覺地環視周圍。

方媛擺擺手：「別看了，沒人埋伏你。看你這個心虛的樣子，幹過多少虧心事？」

金義看著方媛，既不太好意思發火，又不知道該說什麼。

方媛掏出證件。金義更困惑了：「你是……法院的？」

方媛點頭：「是不是可以協助一下我們的工作？」

「我？協助法院？怎麼協助？」

「你怎麼幫你那個好朋友的，照方抓藥吧。」

指紋咖啡店內，韓彬坐在吧臺旁，若有所思地盯著手機。他拿起手機正要撥打電話，蕭臻推門而入。

「今天我這裡比所裡都熱鬧。」韓彬放下手機，笑著說道。

「要不是因為免費，還有我辣醬吃完了。」

「保證供應。」韓彬繞進吧臺，先替蕭臻倒了水，又叮囑廚房去做義大利麵，回來開始做咖啡。

蕭臻餘怒未消，雙拳輕輕捶著桌子：「我第一次感覺到被人威脅有多噁心。」

「曠北平？」

「你怎麼知道？」

「雖然我也想不出什麼其他人能威脅到你，但就算有，你十有八九會去找喬律師。來我這裡生悶氣，多半是因為你怕跟喬律師說他會替你擔心。」

蕭臻擺擺手，對韓彬的神機妙算習以為常：「總之我非常非常生氣！」

「說來也巧，我今天剛被威脅過，而且對方還是借你的人情。」

蕭臻想了想，反應過來：「喬律師？他為什麼要威脅你？」

喬紹廷正在德志所的男廁洗手池洗手，蕭臻來到男廁門口，大聲呵斥道：「喬紹廷！你出來！」

喬紹廷愣住了，看了眼蕭臻，又扭頭去看洗手間裡的男客戶。如果他沒記錯，之前他剛從看守所出來，洪圖來洗手間找他「談判」，碰上的也是同一個倒楣蛋。那個男客戶一臉「習慣了無所謂了」的表情，轉了轉角度，讓自己方便得更隱蔽一點。喬紹廷抽了張紙巾，邊擦手邊走出男廁。

「你為什麼要這樣做？」蕭臻上前一步，差點把喬紹廷逼退回去。

喬紹廷立刻明白過來，蕭臻應該是從韓彬那裡知道了什麼。韓彬自己無法拒絕，就讓蕭臻出面，這一招太「韓彬」了。

「還能怎麼辦？去把鄒亮家翻個底朝天找金條嗎？如果真的有這個錄音，那將是扳倒曠北平的決定性證據。」

「你搞清楚，你到底是要扳倒曠北平，還是要查清鄒亮的死因，還是要找出朱宏的下落。」

喬紹廷聳肩：「這其實是同一件事。」

「不是。朱宏的下落首當其衝，這是我們的工作。你說嚴裴旭那筆貸款的流向可能和朱宏有關，這我承認，但曠北平和鄒亮間到底有什麼，不一定和朱宏有直接關聯。如果這個方向查不下去了，就繼續跟進別的線索。你越界了。」

「那照你這麼說，我們都不是第一次越界。」

「沒錯，但就像你說過的——相對公平。」蕭臻停頓片刻，平復情緒，「我們都不是第一次越界，但我們都是為了追求這個相對公平，而不是像你現在這樣，連底線都放棄。」

「蕭律師，我是為了……」

「不管你是為了什麼，如果一遇到阻礙就去尋求非法手段，你何必去找韓律師？去找曠北平不是更好？要風得風，要雨得雨，只要是你認定的事，黑的可以洗白，不可能的也會實現，你當法律不存在嗎？」

喬紹廷聽完沉默不語。

蕭臻緩和語氣：「我真的崇拜過你。」

喬紹廷苦笑：「那看來到此為止了。」

「我以為你不會變的。」

喬紹廷呆住了。每個人都以為他不會變，不然他也不會受到曠北平的針對，不會收到鄒亮那份檔案，不會讓唐初那麼擔心。「撞了南牆也不回頭那德行，從小到大，你都沒變過。」喬紹廷記得鄒亮的那張紙條。

蕭臻的手機響了。她接通電話。

「美女，大姐，江湖救急！」

「金義？」

4 西平港

西平港街道兩旁是各色製造業工廠和一些往來的工人。蕭臻和喬紹廷走在這裡，身上的職業裝顯得有些突兀。

路旁傳來金義的招呼聲：「妹妹，這邊這邊。」

金義和方媛坐在路邊的石臺上，旁邊放著幾個啤酒罐，還有炒竹蛤和皮皮蝦。

蕭臻和喬紹廷愣了，這個組合太奇怪了，更何況他們還出現在西平港。

「你們怎麼在這裡？」蕭臻問道。

「我是被她……」金義剛要解釋，方媛啃著皮皮蝦瞟了他一眼，金義立刻垂下頭來，一指方媛，「以她說的為準。」

方媛大剌剌一擦嘴巴：「路邊偶遇。他說要請我吃海鮮喝啤酒，好像港口這邊又新鮮又便宜。」

她說著，一指身邊的石臺：「來，坐。」

喬紹廷沒坐，蕭臻滿不在乎地坐在金義身旁，摘下手套，拿起皮皮蝦就吃：「除了物美價廉，這戶外景觀大卡座還有什麼別的妙處？」

金義點了根菸，一口菸，一口酒，指著碼頭方向一間廠房：「上次你們找完我之後，我讓弟兄在這邊蹲了一陣子，發現宗飛的主要業務就是低價收購那些境外賭博公司的債權——當然，僅限在津港欠債的——他再派人向這些人收帳，最後大家分錢。跟那個什麼什麼處置……」

方媛白了金義一眼：「不良資產處置。」

「哦對，不良資產處置，差不多。」

喬紹廷發現，蕭臻已經融入了那兩個人，還接過了方媛遞來的第二隻皮皮蝦，不由嘆氣：「那你們現在在蹲誰呢？」

「是這樣的，最近外城碼頭幾乎所有人都知道，搞海運的老梁在線上賭百家樂欠了好幾百萬，四艘船和庫房都抵出去了。不出意外，這筆大單肯定會被宗飛買斷。但就是因為這數目大，你想啊，五十塊錢分你二十，我還可以薄利多銷。五百萬分你兩百萬，那就肉疼了。」

「我換個問法，這位方法官為什麼會和你在這裡？」

「這大姐……法官問我在哪一片替你找宗飛，我說西平港。她又問我覺得宗飛最可能出現在什麼地方，我就說船廠。她說去買啤酒和菜，那我就說好吧。」

蕭臻又啃完一隻皮皮蝦：「你認定宗飛最有可能來這裡？」

「呃……就是我覺得這筆帳，數目太大，再加上外城碼頭本就是他的地盤，他應該會親自來收。」

金義這一通推測，意味著盯住老梁的廠房，就能蹲來討債的人馬，也就能找到宗飛。蕭臻樂了，邏輯如此縝密，果然是聰明絕頂。方媛聽著他們說話，不動聲色地掏出手機，發送資訊。

魯南走在最高人民法院津港巡迴法庭的走道，收到方媛發來的資訊，立刻撥通趙馨誠的電話，對面傳來趙馨誠的聲音：「正在除暴安良，下了副本就回電，不回就是捐軀了。」

魯南翻翻白眼，掛斷電話，快步走向大門。

而方媛發完資訊，一抬頭，就看到喬紹廷、蕭臻還有金義三人直勾勾看向同一個方向。

黑壓壓的一大群人正在往老梁的廠房裡走，足足有二十多個。這幫人有的穿花襯衫，有的大熱天穿皮夾克，有的還滿臂刺青，提著不銹鋼棍，全都看起來面色不善。

另外三人都一臉興奮，似乎抓捕宗飛近在眼前，唯有喬紹廷指著那群人，問出關鍵問題：「有個問題，我們有誰知道宗飛長什麼樣子嗎？」

眾人大眼瞪小眼，都搖搖頭。

「那就算宗飛過來給我們上菜，認不出來也沒用啊。」

方媛和金義一時間都愣住了，唯有蕭臻眼睛一亮，那夥人中有一個她竟然認識。

蕭臻掏出手機，用之前拍的照片比對片刻，確認了正是之前持刀威脅她的劉鄉。她把照片朝喬紹廷晃了晃，指了下那群人。

金義和方媛有點疑惑。喬紹廷解釋道：「那個戴大金鍊子的，跟販毒的有勾結，還曾經持刀威脅過蕭律師。」

金義拍拍屁股站起身：「有熟人那就好辦了。」

他瞇起眼睛，看向蕭臻指認的那個人：「一個碼頭船廠可能有三五夥人，漁行搞不好歸六家主理，但搖頭丸組織只可能是一幫人，否則天天能打成糨糊。要是這傢伙跟販毒的有關，和宗飛應該是一掛的。」

蕭臻看見金義起身，不由愣了：「這麼多人，你……一個人能搞定？」

金義哭笑不得：「光頭的不一定都是超人好嗎？」

蕭臻白了他一眼。

方媛站起身，對蕭臻說：「我能對付幾個，你們兩個怎麼樣？」

蕭臻撇了下嘴：「能怎麼樣，喬律師，報警吧？」

金義伸手一攔：「報警，說什麼？他又沒打沒殺的。」

「非法催收。」蕭臻信心十足，「帶這麼多人，肯定是要使用暴力手段或以暴力相威脅。」

「那你覺得老梁會向警察承認自己欠了賭債？」金義連連搖頭。

蕭臻剛要反駁，扭頭看喬紹廷，發現他也沒撥電話，而是在思考什麼。

「喬律師？喬律？打電話啊。說好的底線呢？」

「我倒沒有別的意思，只是擔心在發現宗飛之前就報警，會不會打草驚蛇。」

眾人正猶豫，一個穿著睡衣的中年女人來到庫房門口，跟劉鄉說了幾句話，劉鄉朝身後的人擺擺手，只帶了一個人和中年女人走了。

方媛和金義不約而同站起身要跟過去。蕭臻一攔金義：「我跟過去看看，你和喬律師在這裡盯著那群小弟。要是這夥人有動靜，你們就打電話給我。萬一暴露，我可不想被前後包夾。」

「我跟你一起。」喬紹廷說。

「拜託，我是跟蹤兩個人，這邊還剩下二十個人，你好歹假裝仗義一下嘛。」

「我不可能讓你一個人去，這事沒得商量。」喬紹廷的語氣不容置疑，或許是想起了蕭闖的囑託。

喬紹廷和蕭臻跟了過去。方媛躍躍欲試地看著金義，顯然是在想說辭。

金義識破了她的所想，嘆了口氣：「你就當我一個人搞得定吧。」

金義話音剛落，方媛也小跑著跟了過去。

蕭臻、方媛和喬紹廷眼看著那三人來到一棟三層小樓的門口。這裡遠離街市，是個與周遭隔絕的獨門獨院。中年女人指了下房門，另外兩人就進了屋。

蕭臻低聲問：「現在要不要報警？」

「報警？什麼理由？因為看到一個我們覺得可疑的人，進了一間可疑的屋子？」喬紹廷盯著房門的動靜。

「那我們來幹嘛？」方媛忍不住問道。

「我想過去談談。」喬紹廷說。

「秀才遇見兵，有什麼好談的？」

「不管他們把我怎樣，如果我能釣出宗飛來，你就報警；如果他們對我動武，你一樣可以報警。總之光天化日，他們應該不會亂來。」

方媛搖了搖頭：「但真的有什麼狀況，我覺得你不行。要談什麼告訴我，我去吧。」

喬紹廷也不同意方媛過去：「你有法院身分，更不好處理。不亮身分吧，違反紀律；亮了身分，人家肯定不配合。」

說完，他向前走了兩步，對跟上來的蕭臻和方媛伸手一攔：「你們別跟過來，幫我接應，再說金義那邊萬一有狀況，不是也得聯繫你們嗎？」

蕭臻和方媛對視片刻，朝喬紹廷一點頭：「小心一點。」兩人躡手躡腳地繞向樓後，喬紹廷則理了理衣服，大步走到了屋門前，一指房門的方向：「我找宗飛。」

剛才叫來劉鄉的中年婦女猶豫片刻就進了屋，又過了一下，屋裡走出一個混混打扮的青年男子，上下打量著喬紹廷：「你誰啊？」

「我是誰無所謂，叫宗飛出來！」

「嘁，飛哥的名字隨便叫，口氣這麼大，討打啊？」

喬紹廷泰然自若：「他賣的貨有問題，讓我一個朋友抽死了，這事怎麼都得給個交代。」

喬紹廷說完就要推門進去。

混混攔住他，把他向後推了一把：「你去哪裡？」

蕭臻和方媛繞到後窗，發現窗戶虛掩。方媛伸手輕輕一推，朝蕭臻遞了個眼色。蕭臻小心翼翼地把窗簾拉開條縫，隱約看到屋內光線昏暗，劉鄉正走向屋門口。蕭臻調整角度，發現地板上好像有注射用的針管。

劉鄉從房間裡出來，看了眼喬紹廷，沒說話。手下和他耳語幾句，轉述喬紹廷的話。

劉鄉聽完，不冷不熱：「貨？什麼貨？」

「漢口二廠的汽水……廢話，你說什麼貨？你們賣的是什麼貨自己心裡還不清楚嗎？」喬紹廷憤怒起來，但並不是表演。他想到鄒亮的死與眼前這些人有著千絲萬縷的聯繫，便語氣不善起來，臉色也變得難看。

劉鄉不屑地笑了：「操……我聽不懂你說什麼。你的朋友叫什麼？」

「鄒亮。」

劉鄉和手下都是一愣，不自覺地對視一眼，他們再回過頭看喬紹廷時，表情變得陰沉多疑。

「欸？我是不是在哪裡見過你？」劉鄉反應過來，上下打量著喬紹廷。

簡易樓[31]房間內，蕭臻朝方媛比畫了一個手勢，示意她在窗外把風，隨後翻窗而入。她先小心地四下看一圈，發現屋內光線太暗了，就把窗簾多拉開了一點。很快，她看到針頭旁邊還有橡膠軟管、金屬小匙、打火機、酒精燈之類的吸毒用具。

蕭臻往裡走了幾步，看到牆角下面有個床墊，床墊上蓋著一床被子，被子邊緣伸出一隻手，顯然被子下面蓋著一個人。

蕭臻躡手躡腳走上前，蹲下身，盯著那隻手看了好一陣子，然後輕輕將手指搭在那隻手的手腕處。很快，她意識到這個人已經死了。蕭臻臉色突變，深吸口氣，掀開被子，露出屍體的面部。

31 編註：簡易樓為七、八〇年代中國城市常見的兵營式民用建築，也稱筒子樓。

這是一張並不陌生的臉，之前，蕭臻看過王博和雷小坤的案卷，裡面有被害人的照片。這個死者，是朱宏。

蕭臻愣了兩秒，立刻掏出手機報警。她扭頭去看窗外的方媛，發現方媛也正望向自己。蕭臻朝方媛指了指朱宏的屍體，隨即發現方媛的神色有異。一把刀正架在方媛的脖子上。

突然，身後罩來一個袋子，套住了蕭臻的腦袋。

11

四月二十五日和二十六日

1 宗飛

三月一日，江州銀行門口車內，滿臉大汗的鄒亮在左臂綁好橡膠軟管，右手拿起一支針管，往左臂注射毒品。隨著液體推進血管，鄒亮的表情也舒展開來。操作完畢，他把針管丟進一個盛裝吸毒工具的手袋裡，又從手袋裡提起一個小塑膠袋，看著裡面散碎的白色晶狀物傻笑片刻。最後，他的目光落在副駕駛座的一個檔案袋上，露出些許愧疚的表情。

毒品開始生效，鄒亮渾身無力地靠在座椅靠背上，目光逐漸渙散。

此刻，西平港三層簡易樓房間內，躺在床墊上的朱宏屍體仰面朝天。
一直追尋的真相就近在眼前，喬紹廷有種不真實感。他盯著朱宏的臉。那是一張體面全失的臉，表情扭曲、皮膚青灰，嘴角還沾著穢物。喬紹廷曾經設想過跟朱宏見面，設想過要說些什麼。他也設想過自己錯了，朱宏真的死在官亭灣水庫。但他沒有想過，自己找到的會是一具新鮮的屍體。

劉鄉重重抽了喬紹廷一個耳光，惡狠狠地問道：「你跟這死鬼是不是一夥的？」

喬紹廷毫無反應，又看了看身旁的蕭臻和方媛。她們雙手被反綁，並肩坐在牆腳，蕭臻的腦袋上還套著黑布套。喬紹廷掃視周遭，除了劉鄉，還有三四個面相凶惡的男子圍著他們。

「我說了，我要找宗飛。有什麼話，我只跟他說。」

劉鄉頓時憤怒了，作勢又要打喬紹廷。一個中年男人進了房間，制止道：「別打了。」

房間裡的人紛紛向他打招呼：「飛哥。」

原來這就是他們苦苦尋覓的宗飛。喬紹廷打量著他。宗飛看起來五十歲出頭，留著寸頭，身穿一身休閒裝，看起來像碼頭的庫房管理遠多過像個毒販。

宗飛一指蕭臻，手下立刻上前，摘掉蕭臻頭上的黑布套。蕭臻閉眼適應了一下光線環境，然後掃視一圈屋內，又扭頭看向自己身旁被捆起來的喬紹廷，旁若無人地朝喬紹廷笑笑：「哇，這麼熱鬧！」

劉鄉湊到宗飛耳旁：「這女的就是那晚在停車場跟蹤我的。這男的跟她一夥。」

宗飛點點頭，從旁邊拉了把椅子，坐在三人面前。劉鄉把蕭臻的手提包遞給他，宗飛翻出蕭臻的身分證和律師證，有點困惑：「律師？」

他把證件和身分證放在桌上，劉鄉又遞過喬紹廷的錢包，宗飛翻出身分證，對著照片看了眼喬紹廷：「你又是幹嘛的？」

「律師。我們一起的。」

這時，劉鄉把方媛的證件遞了過來，有些惶恐：「飛哥，你看……」

看到方媛的證件，宗飛皺起眉頭，徹底困惑了：「法院的……你們三個不在法庭打官司，跑來裡來幹嘛？」

西平港路旁，身著制服的魯南急匆匆地沿著街道左顧右盼，看到了之前金義和方媛坐過的地方留下的空啤酒罐和吃剩的食物，可是周遭沒人。

魯南蹲下身，拿起一個啤酒罐聞了聞，又保持蹲姿轉身，試圖模擬如果坐在這裡，監視的是哪個方向。他立刻發現了老梁的庫房，以及庫房門口站著的兩名混混。

魯南走上前去，上下打量著那兩人。兩人立刻質問道：「你幹什麼的？看他媽什麼看？！」

魯南賠著笑臉，支支吾吾地說：「我、我……就看看……」

正在這時，宗飛的另外兩名手下從街道另一側跑了過來，招呼倉庫門口的兩人說：「飛哥說了，留兩人看著那姓梁的，其他人都過去……這是誰啊？穿西服打領帶的，房屋仲介？嘁？還別個徽章。」

魯南環視了一圈把自己圍在正中間的四個人，笑著問道：「飛哥……宗飛？」

宗飛瞟了眼朱宏的屍體，問喬紹廷：「你不是說因為鄒亮的事嗎？那這個人是不是和你們都沒關係？」

喬紹廷和蕭臻默契地對視一眼，同時點頭。

「這一看就是嗑藥嗑過去了。」喬紹廷補充道。

宗飛又看向方媛。

方媛冷冷地瞪著宗飛：「跟我有關係。雖然事先沒想到，不過我要找的就是他。」

喬紹廷和蕭臻的謊話頓時被拆穿了，宗飛冷笑一聲，繼續問道：「你要找他幹嘛？」

「我辦的案子裡有這個人，說是死了，現在看來是真的死了，就是死法跟我知道的不太一樣。」

宗飛看向朱宏的屍體，有那麼一瞬間，他似乎鬆了口氣，畢竟這三個人不是衝自己來的：「這個人叫什麼名字？幹嘛的？」

喬紹廷看出宗飛是真的困惑，也有點迷糊了，沒想到宗飛竟然不認識朱宏。事實上，大部分來買東西的人，宗飛都不認識。

宗飛扭頭問身後的中年女人：「你知道他的名字嗎？」

那個女人也搖頭：「連交錢那老頭子我都不知道叫什麼名字，更別提他了。」

喬紹廷立刻追問道：「交錢的老頭子？長什麼樣子？」

「就長那樣，老頭還能什麼樣？他手上有塊……」中年女人話說一半，就被宗飛喝止。

「閉嘴！」宗飛朝她喊，又回過頭指著三個人，「你們是……」

「閉嘴！」方媛也吼道。

宗飛愣了。

「我沒心思聽你瞎胡扯，快點把我們放了！」

宗飛樂了：「放了？然後呢？」

「然後我報警，叫警察把你們抓了啊。」

宗飛和手下都樂了。宗飛饒有興致，打量著方媛：「這穿官衣的就是霸道啊……那我問問，要是我不放呢？」

方媛依然理直氣壯：「那我會先揍你一頓，再讓警察把你們都抓了。」

宗飛沒想到方媛是這樣的態度，反倒有點謹慎。他避開方媛的眼神，放緩語氣：「這放不放的再說。我先問問你們，你們怎麼知道要來這裡找，或者說，要來找我呢？」

喬紹廷和方媛同時開口。

喬紹廷說：「因為，我找了一些朋友去打聽……」

方媛說的則是：「法院怎麼辦案不需要跟你們這群白癡……」

兩人的話都沒說完，就被蕭臻打斷：「因為你笨！」

喬紹廷、方媛、宗飛的手下和宗飛本人，頓時都愣住了。

「因為你笨，你蠢，你貪心。你為了賺錢，什麼事都做。而且你連事情的前因後果都不搞清楚，就敢出手。這次你攤上大事了……」

說話的同時，蕭臻調整靠牆的姿勢，把捆在背後的左手大拇指頂在牆上，用身體向後一擠。隨著一聲輕響，她左手的大拇指脫臼了。蕭臻隨即把手從繩套裡掙脫了出來。

「我告訴你，今天走出這間屋子，如果你發現自己前後左右全是警察，千萬別顯得驚訝。就你們這群不入流的流氓，遲早會被一鍋端的。」

宗飛還在琢磨蕭臻的恐嚇，一旁的劉鄉反倒被這番話激怒了：「飛哥，跟他們廢什麼話，直接剁碎了餵魚！」

宗飛白了他一眼，沒有說話。外面又走進來幾名手下，提著一大捲塑膠布和各式各樣的工具。他們把塑膠布鋪在地上，把工具放在旁邊，有菜刀、斧頭、手鋸。緊接著又進來一個人，提著幾把刀往塑膠布旁邊一丟：「那菜刀肯定不好用，我跟市場那邊借的這幾把刀是專門剁骨頭、切肉的。」

喬紹廷看著那堆工具，有點緊張。宗飛站起身，手下立刻把凳子移開，騰出地方。

劉鄉試探地問道：「飛哥，這三個人到底……我是說，我們得快一點，那個人都開始招蒼蠅了。還是把他們換個地方再接著問？」

宗飛微微皺眉：「這大白天的，很麻煩。」

思索幾秒之後，宗飛上前兩步：「我就不賣關子了。我宗飛是做買賣的，交錢拿貨，給錢辦事。遇到上門找碴的就把人給宰了，沒必要。但要是把你們放了，好像也說不過去。」

喬紹廷轉頭看向朱宏的屍體：「那你這是什麼意思？」

宗飛有點鬱悶，嘆了口氣：「這個人是一個顧客介紹住進來的，房東也是給我面子。現在死了，我得幫人收拾收拾。」

一名手下從朱宏的屍體旁邊撿起一個金屬匙，匙裡還有沒融化的白色晶體毒品。他拿給宗飛看，低聲說：「飛哥，你看這是不是……」

宗飛撿起一粒碾了碾，低聲罵道：「操，這死雜種，跟他說了這東西不能注射。」

他擺擺手，示意手下先把吸毒的工具收走，又對喬紹廷說：「你們三個是不是以為只要保證出去什麼都不說，我就能放你們走？」

喬紹廷搖頭，他沒那麼天真：「但你不會相信我們。」

「是我傻還是你傻？誰會這麼以為？」蕭臻也說。

宗飛再看向方媛。

方媛更是直接：「以為個屁，我的條件都說了，你自己挑。」

宗飛咬牙切齒地點點頭，從桌上拿起喬紹廷的身分證：「沒關係，我們再多下一點功夫。去查查這傢伙的爸媽，有沒有老婆孩子什麼的，家住哪裡，孩子在哪裡上學。」

喬紹廷一愣，有點焦急：「關我家裡人什麼事！」

宗飛擺擺手：「你嘴巴緊，記性差，你家裡人就不會有事。」

他說著又拿起蕭臻的身分證：「哦對，還有她的。」

蕭臻冷冷地說：「不用查了，我沒結婚，我有爸媽，我還有個哥哥，叫蕭闖，是向陽刑偵支隊的。」

宗飛和他的手下都愣住了。

「反正我和他關係不怎麼樣，要是我把今天看到的說出去，歡迎你們去向陽支隊砍了他。」

宗飛愣了愣，又看向方媛。

方媛直翻白眼：「別看我了，放了我坐牢，不放我挨揍加坐牢。」

宗飛冷笑：「謔，這又是法院又是警察家屬的，今天還真是碰上硬的了。嚇死我了。」

他朝後招招手：「給這兩姐妹來管嗨的。」

很快，手下遞過來一根針管。

宗飛走到方媛面前，蹲下身，舉起針管：「這東西賣得可不便宜，今天我免費讓你爽一把。法官沾上毒，看看你還能幹多久。我也算嘗鮮，還沒見過穿官衣的給我磕頭呢……」

他話沒說完，蕭臻就把手從身後抽了出來，朝著宗飛拿針管的手和手旁邊的臉就是一個耳光，把針管打得插進宗飛的腮幫子。宗飛痛叫一聲。方媛趁機用額頭猛撞宗飛的鼻梁，他向後摔了個跟頭。

蕭臻不等其他人做出反應，從旁邊的地上撿起一把剔肉刀，先割斷了方媛的繩索。方媛掙脫繩索，就開始暴揍宗飛和那幾名手下。她一邊和宗飛的手下打，一邊抽空用鞋底踹宗飛的臉。蕭臻又割斷了喬紹廷的繩索，三人奪門而出，剛跑進院子，就愣住了。

只見魯南站在一進院門的位置，旁邊是好幾名被打倒的混混。

魯南微微有點喘，問方媛：「你怎麼不接電話？」

方媛先是一愣，立刻答道：「我這不是被抓了嗎？」

宗飛氣急敗壞地帶著手下從屋裡追了出來，從臉上拔下針管，用袖子擦著臉上的鞋印：「他媽的！居然敢害老子沾上毒品！」

蕭臻愣了一下：「你、你不就是販毒的嗎？」

魯南還在質問方媛：「我不是讓你原地待命嗎？」

方媛盯著宗飛等人，抽空扭頭回答魯南：「他們兩個非要跟過來，我是為了保護他們。」

宗飛此時也注意到了魯南和門口倒下的手下，指著魯南，氣不打一處來：「這他媽又是誰啊？」

手下紛紛搖頭。

宗飛氣呼呼地把針管往地上一扔，指揮手下：「全都給我剁了！」

方媛和喬紹廷、蕭臻在宗飛一夥人的持刀逼迫下，緩緩後退，方媛還是不要不緊：「南哥，你叫支援沒有？」

喬紹廷終於抓狂了：「你們能不能等一下再聊！現在這……」

魯南瞪了喬紹廷一眼：「你就總是能沒事找事。」

他站到喬紹廷和蕭臻身前，解著領帶問方媛道：「臉上有鞋印那個是宗飛？」

「是。」

「你亮過身分嗎？」

「亮過。」

「知道是法院的還這麼囂張，那是欠收拾。」魯南說著就往上迎，方媛看了他一眼，也要跟著上。宗飛的臉色變了，竟然露出膽怯的神情，而他身旁的手下也彼此張望，一副心虛的樣子，有的甚至主動放下了手裡的凶器。

蕭臻和喬紹廷有點詫異，回頭一看，才發現趙馨誠帶著一幫警察不知道什麼時候已經湧進了院子。他們也沒大呼小叫，只是無聲地用槍指著宗飛和手下，擺動槍口示意他們放下凶器，跪在地上。

趙馨誠朝魯南喊：「南哥南哥，暫停！再由著你攪和，我這個行動報告就不好寫了。」

喬紹廷有點愣神：「小趙，這……」

趙馨誠壓低聲音：「要不是還有法院的同仁在場，我就等宗飛先把你剁成肉餡再收網。」

趙馨誠邊指揮著支隊的刑警搜查、扣押宗飛和手下，邊拿出手機，打電話給蕭闖。

此時，蕭闖剛從長官辦公室出來，才被長官提醒了要回避和蕭臻有關的案件，就聽到了手機來電。

「喂，馨誠，是我……為什麼罵我？你妹的！……啊？蕭臻？哦，我妹怎麼了？」

「對！是你妹你妹你妹她沒事！好了，我報完平安了，再見。」趙馨誠收起手機。

不遠處，喬紹廷、蕭臻、魯南、方媛和金義站在警車旁。金義眼看著蕭臻面不改色地把自己脫臼的左手大拇指復位，驚得下巴都快掉地上了：「大姐，今天我可算是碰見狠人了！」

蕭臻活動著手指，白了他一眼：「跟你這個廢物比，誰都算得上狠人。」

金義辯白道：「不是……我看那幫小子剛出窩，正要打電話給你，就被……就被他按住了……」

金義說話間偷偷指了指趙馨誠，隨著趙馨誠越走越近，他說話的聲音也越來越小。

趙馨誠看了眼金義，對喬紹廷說：「喬律，不是我故意截你增援。我們盯了一個多月，局面一直在掌控中，金義這傢伙好不容易走正道，我怕他一著急去幫你的忙，再幹點什麼出格的事。」

蕭臻指指魯南：「你就不怕他出格嗎？」

趙馨誠實在沒空分享魯南的光輝事蹟：「呃……他……你是不知道他在南津……總之他不是津港的。」

喬紹廷還沒回過神來：「你們是一直對這件事……」

趙馨誠一臉關愛智障的表情：「你去找鄒亮查被害人家庭的財務情況，鄒亮就死了，這事擺明很蹊蹺啊。你當警察傻嗎？」

「那朱宏是不是也死於吸毒過量？」

「這我怎麼知道？不過看起來至少不太像是淹死的。看法醫那邊今晚能不能加班出驗屍結論吧。」

喬紹廷繼續追問：「我的同學鄒亮據說是死於毒品中毒，我剛才看他們從朱宏屍體旁撿起白色晶體狀的東西，還說那個東西只能吸食不能注射，是不是同一種毒品？」

「那東西叫灰鹼，也叫冰糖，可能還有很多別的亂七八糟的名字，屬於冰毒裡的特調。它藥性極強，只能拿來吸食。拿來注射的話，冰毒正常劑量一半不到就能致死。」

「那就算是同樣的這種特調毒品，每批藥的成分配比是不是會有誤差？我是說，能透過毒物檢測辨識出來鄒亮注射的毒品和朱宏注射的是不是同一批灰鹼嗎？」

趙馨誠聳聳肩：「應該可以，這東西又不是麥當勞，總不可能標準化生產。」

「如果他們兩人體內的毒品成分相同的話，那很可能害死他們的也是同一個人。我現在就可以告訴你那個人是誰。」喬紹廷說著，想起剛才宗飛的叱喝，以及中年女人的回答。

「那死雜種，跟他說了這東西不能注射……」

「就長那樣唄，老頭還能什麼樣？他手上有塊……」

方媛正眉飛色舞地向魯南描述著自己的勇猛，蕭臻在打電話，看她一臉無奈的樣子，電話那邊應該是蕭闖。趙馨誠要指揮手下逮人和檢查屋子，更是忙得不可開交。喬紹廷環視周遭，悄無聲息地出了院門，一路小跑，奔向他的富康。

2 嚴裴旭

嚴裴旭和嚴秋帶著孩子剛走到社區樓下，就看見樓門對面的花園裡，喬紹廷從石凳上站起了身。嚴裴旭頓時一臉憤怒，走向喬紹廷：「你要不要臉！怎麼還敢……」

話剛說一半，嚴裴旭發現喬紹廷的表情毫無愧疚，更多的是冷漠和沉重。嚴裴旭似乎明白過來，對嚴秋說：「你帶著佳佳先上去。」

嚴秋還是很擔心，在兩人之間看了半天，嘆口氣，還是帶著孩子上了樓。嚴裴旭走進小花園，來到喬紹廷面前。

喬紹廷一臉平靜，望向嚴裴旭：「我找到朱宏了。」

嚴裴旭解讀出喬紹廷表情和語氣中的含義，頹然地坐了下來。

喬紹廷坐在他對面：「他死了。我想你應該不覺得意外。」

嚴裴旭目光低垂。

「死人不會說話，但朱宏身邊還有不少能說話的活人，有他落腳那個地方的女房東，還有提供毒品給他的宗飛。這兩個人都見過你。」

嚴裴旭沉默片刻，抬頭看著喬紹廷：「為什麼？」

喬紹廷沒說話。

「為什麼你就非得死咬著不放？那傢伙打我的女兒、打孩子、賭博、吸毒……這個家被他毀得七零八落。不管有沒有推他一把，他遲早都是死。為什麼這種人的一條爛命可以讓你不惜毀掉我們一家祖孫三代？」

「朱宏不是我的當事人，他這條命的價值我也不想評判。也許在你看來，他死掉是對你女兒和外孫最好的結果，但你這樣做，很可能拖兩個不該死的人下水。」

「你說那兩個討債的？他們一樣不是什麼好人。」

「法律上沒有不是好人就得去死的規定。還有鄒亮，他注射的毒品和朱宏注射的很可能是同一種，警方遲早會通過毒物檢測完成比對的。」

嚴裴旭明顯愣了一下，想了想，說：「我沒想到他會死。那個……叫什麼鹼……」

「灰鹼。」

嚴裴旭點點頭：「宗飛只是說那東西勁頭大。」

「他還說那東西只能吸食，注射就會死人。」

嚴裴旭錯開眼神，不去看喬紹廷。

「你怎麼認識鄒亮的？雖說他是我和嚴秋的同學。」

嚴裴旭有點警覺，瞟了喬紹廷一眼：「那孩子我早就認識。上學開家長會時，每次都能見到。」

喬紹廷搖搖頭：「不，你不認識他，是你當年在兵團的老戰友曠北平買通了他。」

嚴裴旭搖搖頭：「就是我自己認識的，北平跟這件事沒關係，我和他不常聯繫。」

「還真是好戰友。那我換個問題，你怎麼會認識宗飛這種人？」

嚴裴旭目光閃爍：「我……早些年在西平港那邊釣魚認識的。我們攀談起來，他們家也是從北邊遷過來的，我在兵團那時候他爸和他三叔就在後山的林場。」

「那你就敢這麼信任他？」

「因為我沒得選。」

嚴裴旭回想起那天的場景，索性放鬆下來，從口袋裡掏出菸點上：「你說，他要是沒有死裡逃生，不是正好解決了所有人的問題？我只是沒想到，他居然有臉來找我。」

「朱宏找你，想做什麼？」

「讓我幫他。」

「幫他什麼？」

「詐死。」

當時是在離官亭灣水庫不遠的郊區樹林裡，朱宏身上的衣服還沒乾透，狼狽不堪，對嚴裴旭苦苦哀求。嚴裴旭冷著臉：「那兩個人要是真的想殺你，你可以直接報警啊。員警抓了他們，你還怕什麼。」

「不是啊爸！他們只是催帳的，不是債主。員警抓走他們，債主還可以找別人來催收，搞不好比這兩個人更狠。我這次真的是命大，那籠門正好被撞開了。」

「你把你債主也報給警察，一起抓起來不就好了！」

「但……但我不知道債主是誰啊……」

「你連自己欠誰錢都不知道？」

「這些放高利貸的，一層層的，我接觸的只是底下放款收帳的，最上面的老大是誰我不知道啊！舉報兩個小弟有什麼用……」

嚴裴旭不耐煩地一甩手：「總之，你吃喝嫖賭欠下的爛帳自己想辦法，別再給我女兒和佳佳找麻煩了！」

「我想過了，正好他們這次還不知道我死裡逃生，乾脆就假裝我死在官亭灣好了。您幫我找個地方藏一藏，等這風頭過去，我再想辦法。」

「藏？你一個大活人，往哪裡藏？」嚴裴旭說完，轉身就要走。

朱宏一把拉住嚴裴旭，跪在地上哀求道：「爸，您幫幫我！您幫我就是幫嚴秋和孩子！債主以為我死了，鬧出事，應該就不敢去騷擾他們！求求您了！」

喬紹廷聽著嚴裴旭的敘述，他一直以來苦苦尋覓的真相，似乎終於得到了最重要的一塊拼圖。但他還有不解：「宗飛甚至不知道朱宏的身分，他憑什麼幫你？」

「因為錢。」

難怪有那兩百萬的貸款紀錄。喬紹廷若有所思地點點頭：「那筆抵押貸款……所以你們才會擔心我找鄒亮，查你們的銀行財務紀錄。」

嚴裴旭嘆了口氣。

「你知道我會追查那筆貸款的資金流向，而你既然給了宗飛，就不可能再去還帳。」

嚴裴旭點點頭：「不光是那筆貸款。為了安置那小子，我贖回儲蓄險，還提前兌付了國債。」

「就為了這個，你要殺鄒亮。」

「他敲詐我。」

喬紹廷冷笑：「曠北平已經收買他製造了假的財務單據，他敲詐你幹嘛？」

「他不知道從哪裡打聽到朱宏是宗飛安置的。他常年在宗飛那裡買毒品，花了很多錢，讓我幫他還款，或者單獨幫他從宗飛那裡買。」

「他平時從宗飛那裡買來注射的都是冰毒，不是這種經過調製的烈性毒品。你不會不知道，宗飛應該也告訴你了。你幫他買這個來，就是希望他能通過注射的方式把自己毒死。」

嚴裴旭冷冷地說：「你這個同學，既陷害你，又來敲詐我，自己還吸毒，這三點他但凡不沾一樣，都不會死。」

喬紹廷嘆了口氣：「你錯了，他沒陷害我，不然你以為我怎麼查到這一步的？你讓宗飛安置了朱宏這麼長時間，應該是不想讓他死，為什麼突然把灰鹼給了他？」

「因為我實在養不起他了。」

嚴裴旭想起朱宏最後的樣子。

他紅著眼圈，披頭散髮，目光癲狂，顯然是毒癮發作，對嚴裴旭喊道：「飛哥說你不給他錢了！你這是想害死我嗎？」

「之前為了安置你，我已經把全部積蓄都賠進去了，這兩個多月你吸毒我又搭進去七萬多，這不是長久之計！」在他對面，嚴裴旭心力交瘁，老態盡顯。

「別死抱著你那點棺材本！每天就悶在這麼一個小屋子裡，跟坐牢有什麼差別？還不讓我痛快痛快！小氣是吧，好，我去找我老婆要錢。她老公死而復生，是不是很驚喜啊！」

回想著這一幕，嚴裴旭的神情變得堅定：「我不能讓他再去禍害我女兒和佳佳。」

聽到這裡，喬紹廷站起身：「可惜你每一步都走錯了。」

嚴裴旭苦笑：「為什麼要來找我說這些？如果你認定這些都是我幹的，而警察也找到朱宏的屍體了，你就不怕我逃跑嗎？」

「警察採取措施，要講求證據，要有手續，不過你跑是跑不了的。」

聽到這裡，嚴裴旭望向周圍，注意到在樓下不遠處停著一輛車，車裡有兩個人一直盯著這邊，是海港刑警。

「我想聽你親口告訴我，鄒亮到底是怎麼死的。然後，這半天時間如果能把家裡的事安排好，我建議你去自首，這是個法定量刑情節。如果能讓嚴秋送你去的話，這種陪首、送首的效果會更好。」

說完，喬紹廷轉身就要離開。

嚴裴旭在後面叫住他：「你說我每一步都走錯了，那換作是你，你能怎麼辦？」

喬紹廷站在原地，似乎也不知道答案。

嚴裴旭也站了起來：「遇到這種事，怎麼做才是對的？」

喬紹廷回過頭：「不知道，但我應該會向嚴秋和孩子說出真相。」

嚴裴旭嘲諷地苦笑著：「真相？如果把這些都告訴他們……」

「他們不見得沒有勇氣去面對真相，只是你沒有勇氣給他們真相。」喬紹廷頓了頓，繼續說道，「更何況，就算不面對真相，也得面對現實。掩蓋了真相的現實，遲早會壓垮你。」

喬紹廷說完，走出了花園。

3 曠北平

薛冬剛走進金馥所，就見孟鷗在前，面色陰沉的曠北平在後，兩人匆匆走出事務所。薛冬向曠北平打招呼，曠北平根本沒理會，看都沒看他就朝外走。薛冬有點驚疑不定，走進所裡。

付超上前解釋道：「薛律師，聽說王博和雷小坤那個案子，被害人的屍體找到了，不是他們直接殺害的。」

薛冬一驚，嘴上敷衍著：「哦？但還是遇害了？怎麼死的？」

沒等付超回答，劉浩天急匆匆地從辦公室跑出來：「老付……」

他一看薛冬，忙打招呼：「我剛得到消息，說德志所的章政退選了。」

付超一拍手：「那穩了，這下沒人能和主任競爭……」

薛冬抬眼望著天花板想了想：「想得美，要變天了。照理說只要主任參選，章政哪怕是陪跑，這個姿態也要硬撐到底。現在他突然退選，如果不是打算遁入空門的話，那就是主任這邊要有事了。」

劉浩天和付超頓時都變了臉色：「主任這邊要有事？」

「章政退選，是為了主動避嫌，也省得被指責議論說是乘人之危。而且最受關注的兩個參選人如果其中一個出了什麼事，大家都會舉著放大鏡去檢查另一個。以退為進，幾年之後，這個位子還是他章政的。更何況要是主任倒了，金馥所還能跟德志所抗衡嗎？」

付超和劉浩天對視：「那……我們怎麼辦？」

薛冬笑了：「我怎麼知道。少說多聽，剩下的各安天命。」

薛冬說完，丟下目瞪口呆的兩人，徑直走進辦公室。

德志所停車場裡，蕭臻遠遠看到喬紹廷走來，和他打了個招呼：「哎？你急匆匆從西平港去哪裡了？」

「我去見了嚴裴旭。」

蕭臻臉色微微一變：「你去見他幹嘛？趙馨誠不是說會派人去監視他嗎？」

「他們已經派了。我去是想跟他當面對質，看能不能套出曠北平在這事裡都做了什麼。」

「套出來了嗎？」

「沒有。他嘴嚴得很，都自己扛下來了。」

「你應該能想到這一點才對。喬律，說實話，這有點多此一舉。」

喬紹廷嘆了口氣：「總是得試一試。再說，警察有充足的證據能定罪，就當我好心先提醒他，讓他能有時間安排一下家裡的事，說不定還能自首。」

蕭臻冷笑：「你這好心，是為他還是為他女兒？」

喬紹廷瞪著蕭臻：「你這話是什麼意思？」

蕭臻朝他做了個鬼臉：「你的那點情史，唐姐早就告訴我了。」

喬紹廷把魯南和方媛送到津港機場進站口。

魯南跟喬紹廷握手告別：「雖然你不會是這個案子的代理律師，但我還是很期待能在北京見到你。」

喬紹廷盯著魯南，話裡有話：「老實說，你是我見過的最拚的法官。」

方媛插話道：「替我跟蕭律師道別。等她來了北京，我介紹當地真正好吃的館子給她。」

喬紹廷一臉誠懇：「謝謝你們，我替這個案子的被告人和他們的家屬，還有鄒亮謝謝你們。」

方媛翻了個白眼：「沈蓉還是算了吧……」

魯南瞪了她一眼：「雖然幫不上什麼忙，但希望你能順利通過聽證。」

喬紹廷垂下目光：「無所謂了……」

魯南看他還是一臉發愁的樣子，挑了挑眉毛。

喬紹廷解釋道：「不是因為投訴和聽證。這麼說吧，現在有個很關鍵的物證能揪出幕後的操縱者，鄒亮曾經向他的外遇對象展示過，但這個東西現在在哪裡沒有人知道。我一直在想，看看能找什麼藉口去他家裡……」

「不一定在他家裡吧。」

喬紹廷一愣：「怎麼講？」

「就南津那事，也有些東西屬於並不方便藏在家裡也不好找他人寄存的，結果你猜怎麼樣？那個人硬是找了一輛不在自己名下的車，把車子當移動保險箱了。說起來那臺車還真的滿可惜的，五百多馬力的大V8……」

聽著魯南的話，喬紹廷似有所悟。

回到公寓之後，喬紹廷看著床上攤開的王博和雷小坤一案的案卷，把每張紙和每張照片都拿起來仔細看了又看，逐一收回案卷。

有人敲門，他過去打開門一看，是薛冬。喬紹廷也沒招呼他，回到屋裡繼續整理案卷。薛冬有點嫌棄地穿過雜亂的房間，看著喬紹廷收拾：「拜你和蕭律師找到了朱宏所賜，不管王博和雷小坤最後是不是被認定為故意殺人，這結果都是個未遂，死刑覆核大有希望。而且聽說朱宏的岳父好像也被捲進去了，說不定最後會把誰供出來呢。你這算雙喜臨門吧。」

喬紹廷看都沒看他：「雙喜臨門倒還不錯……大半夜的，你是來給我拜年嗎？」

「曠北平處境不妙，但他還在呢。你和章政後面有什麼打算？」

喬紹廷頭都不抬：「我是我，他是他，我們想的肯定不一樣。」

薛冬找不到坐的地方，索性抱起雙臂站著：「章政退選，就是篤定你能幹掉曠北平。」

喬紹廷依舊一副提不起興趣的樣子：「曠北平要是沒了，這盤點心就是你和章政分。少占還是多吃的事，你應該去問他。」

薛冬盯著喬紹廷：「等這一切塵埃落定，要不要考慮來我這裡？」

喬紹廷愣了，抬頭看著薛冬。

看來薛冬也猜到了，經過這一次的事情，章政今後也未必容得下喬紹廷。

喬紹廷笑了：「你那裡是哪裡啊？」

薛冬也藉機笑著打岔：「是哪裡得看你。」

喬紹廷明白過來，幹掉曠北平，金馥所就是薛冬的；幹不掉的話，薛冬當然也不能留在那裡。

這時，喬紹廷的手機響了，他看了眼來電顯示，皺著眉頭接通電話：「哎，小趙，怎麼……」

電話那頭傳來趙馨誠的吼聲：「你今天跟嚴裴旭說什麼了！」

「我跟他……出什麼事了？」

「你現在在哪裡！是你現在自己來支隊，還是要我們過去拘傳你？」

喬紹廷愣住了。

海港刑偵支隊門口，坐在駕駛座上的薛冬從打盹中猝然醒來，正好看到喬紹廷走出支隊門口。

薛冬下車伸展著手臂和腿，問道：「怎麼樣了？你沒事吧？」

喬紹廷疲憊又茫然：「昨天晚上嚴裴旭獨自外出，出車禍死了。」

薛冬愣了：「就是朱宏那個岳父？是意外還是……」

「海港支隊的人一直在監視他，昨晚也跟在後面，看他走到環線路入口，不知道他想幹嘛，結果他突然橫穿環線路主路，被高速開過來的一輛貨運卡車捲進去了。」

「畏罪自殺？」薛冬小心翼翼地問道。

「應該是。雖然沒留遺書，但在家裡留了一張意外身故的保險單，受益人是他的外孫。」

薛冬不知說什麼好，他看著喬紹廷狀態不佳，不由有些擔心：「你一夜沒睡，先上車吧，我送你回家休息。」

喬紹廷沒再說什麼，懵懵懂懂地拉開副駕車門，上了車，身子向後一靠，就閉上了眼睛。

薛冬發動車子，繫著安全帶：「這應該也算是交代後事。寫遺書，會顯得很像是自殺，保險公司可能拒賠。現在弄得更像意外，搞不好還能給自己的外孫留筆錢。保單都留好了，看來是擔心保險公司在事發後不會主動尋找受益人。」

聽到這裡，喬紹廷的眼睛突然睜開了：「你說什麼？你剛才說保險公司怎麼樣？」

薛冬愣了愣：「我說要是沒有把保單交到受益人手上，受益人根本不知道有這件事，保險公司才不可能主動好心去找受益人賠付呢。」

喬紹廷琢磨著薛冬的話：「那照你這麼說……鄒亮不是也一樣？任何在他生前跟他有往來的機構，不管是委託關係，還是僱傭關係，一來無從得知鄒亮的死訊，二來就算知道了也可以裝傻，是不會主動找鄒亮的家屬進行結算的，對吧？」

薛冬似懂非懂地點點頭：「應該……是吧。你這話什麼意思？」

「你一個津港銀行的，約到江州銀行門口幹嘛？是打算跳槽了嗎……」

喬紹廷回想起那天晚上，和鄒亮見面時的開場白，精神振奮起來，一拍薛冬，示意他開車。

4 蕭臻

德志所內，蕭臻急匆匆地迎向門口走進來的喬紹廷：「你怎麼找到錄音筆的？」

喬紹廷提著沉甸甸的紙袋子，沒回答，朝會議室方向使了個眼色。蕭臻拿起筆記型電腦，跟了進去。喬紹廷把紙袋裡的東西倒在會議桌上，蕭臻發現這裡有十五根金條、一塊手錶、幾封私人信件、一張保險單和一支錄音筆。蕭臻注意到每樣東西的外面都被套上了相同的透明塑膠袋，顯然是喬紹廷為保護物證有意為之。

喬紹廷戴上了餐飲用的免洗塑膠手套，還遞給蕭臻一副：「你那個手套太厚了，換這個薄的，盡量別污染物證。」

蕭臻提起塑膠手套看了眼，很是嫌棄：「你是剛去吃小龍蝦了？」

「將就一下吧。」喬紹廷說著，把桌上的東西按種類排列，「如果鄒亮生前曾在津港銀行以外的金融機構設立了帳戶，他的死訊其他銀行無從知曉——就算知道了，也不一定有義務去找他的家屬結算、清戶。我和薛冬今天去江州銀行發現了鄒亮開設的保管箱。」

「發現了你們也沒有權利打開呀。」

「我們不行，但手續齊全的情況下，鄒亮的愛人可以。」

蕭臻換上手套，數了數金條的數量：「你那個同學債臺高築，也沒賣掉那十五根金條。」

「嗯……回頭看能不能還給陶晴。」

蕭臻又拿起那塊手錶，是一塊上海牌的老手錶：「這是什麼？古董嗎？」

「上學那時候我曾經見他戴過，好像是他爺爺留給他的，應該有紀念意義吧。」喬紹廷小心翼翼地打開那個封裝著錄音筆的塑膠袋，遞給蕭臻。「這個怎麼弄？是直接聽嗎？」

顧盼走進會議室幫花澆水，看到桌上的金條：「你們別告訴我說，這是錫紙包裝的巧克力。」

蕭臻朝她笑了笑，顧盼上前拿起一根金條掂了幾下：「哇！十足真金。你們是剛搶了銀行嗎？」

蕭臻把錄音筆朝顧盼舉了一下：「這種錄音筆是不是用記憶卡的？」

顧盼指了下錄音筆上的一個插口：「這不是裝著快閃記憶卡嗎？可以用讀卡器。」

說完，顧盼幫花澆完了水，走出會議室。蕭臻去外面拿了個讀卡器回來。喬紹廷從錄音筆裡拔出快閃記憶卡遞給蕭臻。

蕭臻接過記憶卡，在手上掂了掂，發現沾有黏稠的液體，問喬紹廷：「你手是溼的？」

喬紹廷搖頭，看了眼自己戴著的塑膠手套，發現上面也有液體：「這是什麼？」

蕭臻放下快閃記憶卡，拿起錄音筆，拆開電池倉，稍作檢查就發現是電池漏液。她皺起眉頭，連忙用紙巾擦拭記憶卡：「你這同學可真行，長期存放這類電器，怎麼能不把電池拿出來呢。」

喬紹廷有點不明所以：「這會損害錄音內容嗎？」

「不好說，電池漏液的主要成分是氫氧化鉀，有腐蝕性。」蕭臻說著，把擦乾淨的快閃記憶卡插進讀卡器，打開了存儲在裡面的音訊檔。

兩人神情緊張地等待著，直到傳出鄒亮和曠北平的對話，他們才鬆了口氣。

「小鄒，你找我要說什麼事？」先說話的是曠北平。

「曠教授，我知道您這次是來協助我們行做內部審計的。這個……」鄒亮的聲音有些猶疑。

「別緊張。你是不是最近遇到什麼困難了？我能理解你們這些年輕人，承前啟後，壓力很大，又正是上有老下有小的年紀，家庭負擔重。遇到困難可以說，就算偶有犯禁，不是非得一棍子打死。」

「其實我說不說，可能您也大概都知道了。這次的審計，我知道在我的部門遇到些問題，可能牽扯到一些……」

剛聽到這裡，錄音就斷了。二人愣愣地盯著電腦螢幕，直到播放軟體上跳出了一個視窗，顯示「音訊檔無法播放」。

喬紹廷臉色徹底變了：「這是……怎麼回事……」

蕭臻操作了一番電腦：「糟糕，可能記憶卡真的被損壞了。」

喬紹廷有點焦躁，在會議室來回踱步：「這……怎麼辦？能修復嗎？」

「我不知道。我們可以把東西交給警察，看他們有沒有技術能……不過要是硬體損壞了的話……」

喬紹廷急了：「那這還有什麼用？讓警察聽他們兩個聊天的開場白嗎？」

蕭臻垂下目光：「既然沒聽到後面的內容，我們也不確定這裡面到底有沒有曠北平違法的證據。」

「沒有違法？鄒亮會平白無故做一套假的銀行單據來給我？」

蕭臻抬頭：「我知道你的推斷有道理，但我們不是需要證據嗎？」

喬紹廷焦慮地走來走去，嘴裡不停地念叨：「證據證據證據證據……這原本可能是最有力的證據。要是沒有這個證據，還拿什麼去扳倒曠北平？」

「雖然這麼說不合適，但喬律師，如果嚴裴旭沒死，警察總還是有機會能從他嘴裡問出一點什麼。他們既有執法權，也掌握專業審訊技巧。」

喬紹廷抬頭看著蕭臻：「還有個辦法。」

顧盼正在前臺打字，會議室的門猛地被推開了。喬紹廷提著紙袋，沉著臉往外走。

蕭臻追了出來：「喬律師，這不可能。」

喬紹廷站定回身：「怎麼不可能？」

「先不說我哥在這件事裡是不是應該回避，案件是海港的，我們去找向陽支隊幫忙算怎麼回事？」

「這東西只要給了海港，我就再也不可能知道後續的進展——對，除非那個趙馨誠又把我拘傳過去做筆錄。」

「你冷靜一點，我們可以再想想其他的角度或切入點。」

「我已經給出辦法了，只要你哥願意利用向陽支隊的資源……」

「這不切實際！」

「蕭律師！我們都走到這一步了，就差……」

蕭臻臉色沉了下來：「我在律協見過曠北平。」

喬紹廷愣住了。

「他暗示蕭闖在案件承辦上沒有遵循回避原則，支隊那邊，已經有長官找他談話了。」

喬紹廷支支吾吾，不那麼堅定了：「你、你怎麼沒告訴我？」

「我告訴你又能怎樣？你幫得了蕭闖嗎？你會不會開始猜疑我？」

喬紹廷低下頭，嘆了口氣：「對不起。我沒想到……還是連累到你家人了。」

「即便沒有蕭闖的事，我也不可能答應你。有些事是底線。喬律師，你不是那種人，而一旦越過這條線，你就變了。」

喬紹廷看著手中的快閃記憶卡，掂了又掂，拋給蕭臻：「人總是會變的，對吧？」

兩人沉默地對視片刻後，喬紹廷離開。

蕭臻來到德志所的停車場，流浪狗彷彿認得蕭臻的腳步聲，歡快地迎了上來。蕭臻拿出準備好的食物餵它，邊撫摸牠邊說：「最近這段日子淨是減法，偶爾顧不上來送飯給你。你看這樣好不好，我做個奢侈的加法，你要不要和我回去，今後我們一起生活？我有個室友，叫毛毛，雖然有點兩光，但她肯定很喜歡你，也會對你好的……」

這時，手機響了。

蕭臻看了眼來電顯示，微微皺眉，接通電話，是曠北平：「蕭律師，聽說你在西平港遇險，還好吧？」

「我沒事，謝謝曠教授關心。」

「你們這些年輕律師啊，還是要謹慎一點，喬紹廷有時候不管不顧，他的那些行為既危險，又不一定合法。」

「不一定合法？」

「私自調取有可能作為證據使用的被害人遺物，這類事情，你盡量少參與其中。」

蕭臻臉色一變：「您的消息真靈通。那個物證似乎對您不太有利呢。」

「是嗎？那喬紹廷把它交給警察機關就好了。」

「您打電話給我，恐怕不是為了讓我督促他吧？」

曠北平乾笑了一聲，沒說話。

雙方都沉默片刻後，蕭臻主動開口：「我有我的條件。」

「你說。」

5 落水之後

蕭臻隻身來到商業廣場水池旁，曠北平已經在那裡等她，地上放著一個黑色的手提袋。由於是工作日的上班時間，廣場上人跡罕至。

曠北平一臉狐疑，盯著蕭臻：「為什麼挑這裡？」

「人多的地方我怕你不放心，沒人的地方，我不放心。」

曠北平走到蕭臻面前，拿出一個防竊聽探測器，在蕭臻全身上下掃描檢測。掃到她左側上衣口袋的時候，掃描器發出響聲，蕭臻從口袋裡拿出手機朝曠北平晃了晃。曠北平繼續掃描，一直掃到蕭臻的右手上，又發出響聲，蕭臻向曠北平亮了下右手握著的錄音筆。曠北平點點頭，伸手示意蕭臻交出手機。

蕭臻略一遲疑，把手機遞給曠北平：「這麼謹慎，曠教授？」

「總得經一事長一智。」曠北平笑笑，隨手把蕭臻的手機丟進旁邊的水池裡。

蕭臻一驚，上次律師證也是掉進這個水池，看來她跟這個地方命裡犯沖。

曠北平往回走了幾步，輕輕踢了下地上的黑色手提袋：「夠你買很多新手機的。」

蕭臻還是略有不甘，看著水池裡的手機：「我那三個條件……」

曠北平打斷她：「讓我聽一下錄音。」

蕭臻按下錄音筆，裡面傳出了曠北平和鄒亮的對話錄音。剛播放了兩三句，蕭臻就關上了錄音筆：「剩下的你回去慢慢聽吧。」

曠北平想了想：「我怎麼知道你有沒有備份？」

蕭臻沒有回答，伸手指了一下黑色的包：「該我驗貨了吧。」

曠北平後退幾步，把黑色手提包留在了兩人中間。蕭臻上前，蹲下身，拉開手提包，翻了翻裡面的現金，甚至從裡面抽了幾張檢查浮水印，臉上露出無法抑制的喜悅。她從包裡拿出一個檔案袋，抽出幾張協議，仔細翻閱。

「一百萬現金，還有讓你成為金馥所隱名合夥人的協議書，裡面附了事務所的合夥人決議。」蕭臻翻著手裡的協議站起身：「錢我還沒數，但這個協議我怎麼知道上面的簽名是不是真的？而且我好像沒看到薛律師的簽名。」

「薛冬跟喬紹廷是故交，這件事暫時不要讓他知道比較好。再說，有我、付超和劉浩天已經是合夥人的絕對多數。決議是有效的。」

「知道為什麼我只向你要一百萬嗎？」

曠北平盯著蕭臻：「我還真有點奇怪。倒不是我炫富，只是你確實可以多要一些。」

「因為這個數額，應該還不至於讓你記恨我，而且我提得動。」蕭臻把協議書塞回包裡，「姑且相信這份協議是真的，那最後一個條件怎麼兌現？」

「你是說蕭闖？他真的有什麼枉法行為嗎？」

「當然沒有。」

曠北平笑了：「查實他是乾淨的，上面自然不會為難他。這件事和我沒有關係。」

蕭臻低頭冷笑著念叨：「沒關係……」

她把錄音筆拋向曠北平，曠北平忙伸手接住。

「你猜得沒錯——我做了備份，事實上你現在拿到的就是備份。原始載體我留下了，萬一有一天我不得不把它交給司法機關，總有個形式要件的效力問題。」

曠北平臉色變了。

「跟您老人家合作，我得萬分小心。據我所知，能和您共事的，不是心甘情願的死忠，就是有把柄在您手上。而我，不想是任何一種。」

「現在好像是我有把柄在你手上。」

「您放寬心，也不是多大的事。鄒亮不是您殺的，朱宏也不是您害的。您讓鄒亮偽造銀行單據，又替鄒亮把他瀆職的行為掩蓋過去，依我看，就算驚官動府，加在一起也判不了三五年。」

「你以為我是怕坐牢嗎？」

「如果不怕，為什麼一定要毀了喬紹廷呢？」

曠北平盯著蕭臻看了一陣，笑了：「我沒打算毀了他。紹廷這孩子本就是我帶起來的，他不念恩情也就算了，這些年來處處針對我，我只想藉機會提醒他一下……」

蕭臻打斷他：「說人話。」

曠北平一愣：「什麼？」

「你都快向我下跪了，到這時候還要面子？你就是怕喬紹廷。你知道他會鍥而不捨，總有一天會揭穿你。沒錯，你擔心你的聲譽、你的地位，還有你這輩子在行業內苦心經營的關係網毀於一旦，但你更害怕坐牢。從法學泰斗到階下囚，這個落差讓你感到恥辱和恐懼，而喬紹廷是有可能將這一切變為現實的人。」

曠北平面露慍色，但還是很警覺：「你跟我說這些是什麼意思？」

「我很擔心，喬紹廷可是還逍遙自在著，萬一三兩年裡他真把你拉下馬，我是不是就受你連累了？」

曠北平目露凶光：「他撐不到那個時候。這次只是他運氣好……誰想到老嚴多此一舉，藥死了那姓鄒的小子。」

「你就不該把鄒亮的事情告訴嚴裴旭。」

「你說錯了，是老嚴找我的。」

蕭臻想了想，明白過來：「嚴裴旭並不知道自己有什麼紕漏，是你發現了他的失誤，而恰好遇上鄒亮有瀆職行為，被你抓住把柄。」

曠北平輕蔑地笑了：「鄒亮……是湊巧，但就算沒有這小子，只要我想，喬紹廷就絕不可能拿到真實的銀行單據。」

「不管怎麼說，嚴裴旭女婿詐死，給了你一個可以害喬紹廷的機會。」

曠北平搖搖頭：「喬紹廷……我本來打算參選結束後再收拾他，只是老嚴這件事我不得不出手。」

「我知道你們是兵團戰友。」

「但你不知道他救過我的命。」

蕭臻一愣。

「廠房倒塌的時候，滾燙的鍋爐朝我砸下來，老嚴拿半邊的身體替我扛的。深二度燒傷。」

蕭臻聽得有些動容。

「在你看來我虛偽，我陰險，我讓鄒亮製造偽證，我變相協助朱宏詐死，我一直想把喬紹廷驅逐出這個行業……但我不是冷血動物，我有我要保護的人和東西。」

蕭臻眨眨眼，想了想：「你和喬紹廷以前有什麼恩怨，你又做了多少虧心事，我不瞭解，這次我還真有點被你打動了——如果不是你們害死了鄒亮的話。」

曠北平冷笑：「鄒亮、朱宏，還有那個什麼王博和雷小坤，這都什麼東西？吸毒的、賭棍、涉黑的流氓無賴，這些人死不足惜。」

蕭臻盯著曠北平看了幾秒，後退兩步：「就算是壞人，哪怕是你，也有權利得到公平。」

曠北平從蕭臻的動作和語氣中似乎感受到了什麼異樣，他連忙回頭張望，只見趙馨誠和海港支隊的幾名刑警已經將他包圍。曠北平想都不想，把錄音筆丟進水池裡。

趙馨誠上前向他亮了下證件：「跟我們回支隊聊聊吧。」

「我有什麼涉嫌違法犯罪的行為嗎？」

趙馨誠朝旁邊一名刑警遞了個眼色，刑警立刻向曠北平放了段錄音。

「我讓鄒亮製造偽證，我變相協助朱宏詐死，我一直想把喬紹廷驅逐出這個行業……」

曠北平一驚，不解地看向蕭臻。

蕭臻朝他搖頭：「別看我，你都檢查過了，我身上沒帶竊聽器。」

趙馨誠朝蕭臻一伸手：「還回來吧。」

蕭臻從口袋裡掏出一個微型竊聽裝置拋給趙馨誠。

曠北平愣住了。

「這筆錢是你從津港銀行取的吧？大筆的提現需要預約。」蕭臻朝曠北平笑笑。

一個小時前，津港銀行櫃檯上，曠北平在櫃檯前等著客戶經理準備現金。而櫃員來到後臺時，薛冬正站在後臺的牆邊，把竊聽裝置塞進一捆錢裡。他拿出手機，拍下了那捆錢第一張的編號，朝銀行櫃員點點頭。櫃員把現金搬走，薛冬則用手機把照片發給了蕭臻。

半小時前，商業廣場水池旁，蕭臻走向曠北平，打開手機看了眼那張照片上紙鈔的編號。她默默記下編號，刪掉照片。

十分鐘前，蕭臻打開包，看似是在檢查裡面的錢，實際上是翻到了薛冬照片上拍的那捆錢後，找出了竊聽器，把它握在手裡。

曠北平點點頭：「這就是你們想要的公平。」

蕭臻正趴在水池旁，伸手試圖去撈被曠北平丟進去的手機。喬紹廷從她身旁走過，直接邁進水池裡，撿起手機，轉身遞給蕭臻。

喬紹廷看著曠北平：「沒錯，相對公平。」

趙馨誠等人押著曠北平走向警車，蕭臻和喬紹廷並肩往回走，她邊甩著手機上的水邊對喬紹廷說：「真的被你猜中了，他拿那個什麼東西在我身上掃了一圈，還好你和趙馨誠說動了薛冬。」

喬紹廷想了想，突然上前幾步，問正要被押進車裡的曠北平：「等一下。你怎麼知道我拿到了鄒亮和你的錄音？」

喬紹廷完全是明知故問，他明明知道，顧盼一聽到他和蕭臻爭吵，就躲進了洗手間的隔間，傳訊息給曠北平。他也知道傳完訊息後，顧盼剛一推開隔間的門，就發現洪圖站在門口似笑非笑地看著她。他也知道章政後來問顧盼說：「你真的覺得替他做眼線，他有一天就會光明正大地認下你這個女兒嗎？」顧盼卻不知道，從她來所裡應聘的那天開始，章政和喬紹廷就知道她的身分。

這就是喬紹廷告訴蕭臻的「還有個辦法」。

喬紹廷盯著曠北平，等待他說出那個自己早就知道的答案。但曠北平猶豫片刻，說：「是鄒亮之前跟我提過，他大概是想拿這個威脅我。」

喬紹廷有點驚訝，轉頭去看蕭臻。

蕭臻聳肩：「搞不好他確實不是冷血動物。」

喬紹廷會意，沒再說什麼，目送著警察押送曠北平上車離開。

「在你想好那三個條件之前，你就知道曠北平會答應，對吧？」

「我的要求是有點貪心，但應該不算過分。」

「這條件……你動過心嗎？」

蕭臻瞥了他一眼：「這還用問？傻子才不動心。我說的時候可爽了。」

「那你為什麼選擇幫我？」

「動心歸動心，總覺得實際操作起來風險太大。」

「你雖然跟我一起把曠北平送進去了，但在外面得罪的人太多了。」

「我權衡過，得罪你，好像也相當於得罪了一票狠人，還是扳倒曠北平更划算，看上去也更正義。」蕭臻說完轉過身，走向喬紹廷的車。

喬紹廷笑著跟了過去：「我還以為是念及夥伴情誼。」

「這麼想也可以。我真的曾經挺崇拜你……」

6 破局

北京最高人民法院走道裡，蕭臻把委託書和死刑覆核的辯護意見一併交給魯南和方媛。

魯南翻著委託書和辯護意見，嘴裡念叨著：「亡者歸來，不知道這案子是不是得重審。在警方出正式結果之前，我還是以你的辯護意見為參考吧。」

蕭臻點頭：「這個案子牽扯出很多事情，我們就是盼望法院能夠秉承一個公正客觀的立場。」

走道遠端，喬紹廷看著蕭臻和魯南、方媛。手機響了，他接通電話。

電話那頭是個肆意的聲音：「喬律師，我，五萬！記得嗎？借你錢那個。」

喬紹廷頓時齜牙咧嘴，聲音卻友好熱情：「哦，記得記得，您好。我跟您借的錢不是還沒到還款時間……」

「沒事沒事，你現在在哪裡呢？」

「我……我在北京。有什麼事？」

「什麼時候回來？」

「今天下午兩點的飛機，應該一小時就能到。」

「好，那機場見！」

電話被掛斷了。喬紹廷一臉詫異地看著手機。

走道另一邊，魯南翻閱著辯護詞。方媛在一旁低聲問蕭臻：「中午你們去哪裡吃？」

蕭臻也壓低聲音：「我現在已經是代理律師了，我們不能一起吃東西。」

「沒說要跟你一起吃飯，只是不想讓你白來一趟北京，我可是這裡的美食活地圖。」

「北京有什麼特色的飯館？全聚德？東來順？」

方媛白了她一眼：「你這一看就外行。」

「那你推薦一下？」

方媛想了想：「你愛不愛吃麵？」

蕭臻和喬紹廷吃完了麵，走出餐廳，來到食寶街下沉廣場上。

喬紹廷拍著肚子：「這麵太好吃了，牛肉燉得也太讚了。」

蕭臻皺著眉頭：「但它的辣椒油為什麼要另外收費？我還是考慮給它四顆星。」

兩人盯著廣場上玩滑板的年輕人，沉默了片刻。蕭臻沒頭沒腦地說：「有點冷。」

喬紹廷抬頭看了看太陽，有點不解：「還好吧，可能你不適應北方的氣候。」

蕭臻轉頭盯著喬紹廷看了一陣，看得喬紹廷有點忐忑。蕭臻捲起袖子，露出手臂上縱橫交錯的疤痕。喬紹廷看得一驚。

「從小就有身邊的朋友問我，你不會害怕嗎？從那麼高的地方跳下去，伸手就抓長滿刺的仙人掌，傷口流著血還嘻嘻哈哈……我的身體不會告訴我什麼是危險，所以，我不會覺得害怕，連死都不怕。後來我試過很多次用刀劃自己，一刀下去沒感覺，就再劃一刀；傷口的血凝固了，就再劃一刀。血越流越多，我開始覺得手指尖在發冷。我似乎懂了，對我而言，可能冷才是危險的信號，冷了，我就會害怕。」

喬紹廷似懂非懂，問道：「那你是在害怕嗎？」

蕭臻把衣袖拉回去：「一開始確實是薛冬找到我，開出條件，讓我來德志所幫你。我並不知道這後面還有章主任。」

「這算不上多惡毒的陰謀，就算摻雜了一些個人利益在裡面，但出發點總是好的。再說，事情也都過去了。」

「我到最後都站在你這邊，是我自己選的。」

「我知道。」

「但我不知道，自己是不是選對了。」

喬紹廷一愣：「為什麼這麼想？」

「剷除了曠北平，作為津港最有影響力的兩家事務所，這個行業從此就是德志所和金馥所的天下了，或者也可以說，是你那兩個校友的天下了。」

喬紹廷看著蕭臻，沒接話。

「這個局面，有我一開始就知道的，也有我沒看透的。喬律師，你是從一開始就什麼都不知道，還是你全都知道？」

「我當時並沒想那麼多。但你說得沒錯，現在是這個局面。」

「站在行業塔尖上的究竟是曠北平還是章政，真的有很大差別嗎？」

「我想會好一點。說句自負的話，有我在，他多少會收斂一點。」

「和章政不一樣，你是個溫暖的人。喬律師，如果你想靠自己牽制他的話，總有一天，他會容不下你。」

喬紹廷若有所思地看著蕭臻，沒說話。幾十年前，曠北平和他的夥伴一同來到津港，想必也是要在法律行業施展一番拳腳。而後他們也一定戰勝了一些人，搞垮了一些人，才得以站上金字塔頂。如今看來，他們似乎不過是把這一切重演了一遍。

喬紹廷記得自己出獄是四月七日。二十天的時間，他和他身邊的人一起，將占據了津港市法律行業塔尖二十年的人拉下神壇。可是，這或許不過是無意義的新一輪重複。

「他要是敢，我就和你一起搞掉他。」蕭臻的表態將喬紹廷的思緒拉回現實。他看著蕭臻堅定的眼神，忽然覺得，或許事情並不會重演。

喬紹廷感激地回望著蕭臻，突然笑著打岔道：「實在不行，我們還可以去投奔薛冬。」

蕭臻也笑了：「他……他真的不太行。」

喬紹廷抬起手腕，朝蕭臻晃了晃手錶，提醒她該趕航班了。兩人向廣場外走去。

蕭臻邊走邊問道：「我們為什麼出個差要這麼趕？好歹逛一天啊。」

「有個親人要來津港，我和我爸都很想見她……」

津港機場到達口，喬紹廷背著包，拉著行李箱走出到達站口，看到「五萬」還是之前那副裝束，站在他那輛凱迪拉克旁。

「五萬」走過來，把車鑰匙塞給喬紹廷：「好了，喬律，我們兩清了。」

喬紹廷莫名其妙：「兩清了？但我不是跟你借了……」

「五萬」一揮手：「你兄弟替你還了，連本帶息。」

喬紹廷更不解了：「我兄弟？叫什麼名字？」

「五萬」愣了愣，名字他還真的沒問。

「那他長什麼樣子？」喬紹廷又追問道。

「五萬」撓著後腦勺：「就……長那麼個德行，還戴個眼鏡。」

喬紹廷似乎明白過來：「他除了替我還錢，還說什麼了嗎？」

「他說……他跟你一樣，不喜歡欠人情……還有，你真的誤會他了。」

喬紹廷聽完，低頭無奈地笑了。

津港機場地下停車場裡，蕭臻背了個小包站在銀色富康車旁，等得都有點不耐煩了。喬紹廷拉著行李箱，背著包，急匆匆地朝她走來。蕭臻一臉不滿：「等行李要這麼久的嗎？」

喬紹廷擺擺手：「我有一個好消息和一個壞消息，你想先聽哪個？」

蕭臻眨眨眼：「先發糖果吧。」

「幸虧你讓我懸崖勒馬，韓律師又講究，我的車被贖回來了。」

「哇哦！那壞消息呢？」

喬紹廷一指銀色富康：「我們之中得有一個人把這輛車開回去。」

蕭臻笑了：「我只有一個好消息，喬律師。」

喬紹廷一愣。

「我只有自排車駕照。」

12

一切結束之後

小餐館裡，伴隨著喧鬧聲，幾個啤酒瓶子碰在一起。幾名寸頭、刺青、戴著大金鍊子、面相凶悍的壯漢圍著桌子邊喝邊吹牛。

壯漢大拇指對準自己：「不是我吹牛，三哥，你去打聽打聽，就我門口那條街上，自從豎了柵欄，誰還敢停車？我天天就把車往門口一停，沒有交通督導員敢放個屁！」

另一個壯漢也不甘示弱：「督導員算什麼，他們也得看人下菜，我一向是有地方就停。要是碰上有貼單子的，我過去扯了單子就砸他臉上！」

「別說督導員了，交警又怎麼樣？誰來惹我都是一記耳光！」幾人群情激奮。說著說著，一名壯漢扭頭朝地上啐了口痰，隨後一抬頭，發現方媛身著便裝走進飯館。方媛從容地掃視了一圈，走到這群人對面的一張桌子旁坐了下來。

服務生拿著護貝的簡易菜單遞給方媛，方媛接過菜單：「人還沒到齊，我先看看。」

這群壯漢見方媛獨自一人，開始邊喝酒邊吹著口哨撩她。

「妹妹一個人啊？」

「過來一起坐坐啊？」

「我敬你一杯……」

方媛被吵得有點煩了，把菜單一放，沉著臉站起身。正在這時，蕭闖進了飯館，方媛的表情立刻緩和下來，朝蕭闖招手。

蕭闖走到方媛身旁，和她一起坐下：「魯南呢？」

「去旁邊超市幫小孩買優酪乳了，應該很快。」

蕭闖翻看著那兩張簡易菜單，笑著說：「你們兩個一聲不吭就跑了，要不是我正好來北京培訓，酒還喝不上了。」

方媛努嘴：「留在津港也沒用，南哥有原則，出差從不喝酒的。」

壯漢一夥人的喧囂吵鬧聲也讓蕭闖感到有點厭煩，他轉頭盯著這幫人看。

壯漢當中有人抄了酒瓶，想站起身，被同伴攔下了。幾個人互相找臺階，說著「好了好了，都這把歲數了，不要惹事」。

「對對對，就是個蠢蛋，不理他，喝酒喝酒……」

蕭闖見這幾個人一副想裝流氓又沒膽的架勢，樂了，回過頭看方媛。

「你要晚進來半分鐘，就可以直接參戰。」

魯南提著便利店的購物袋走進飯館。壯漢一幫人看到魯南，好像忽然都失去了剛才的氣勢，呆愣片刻，開始竊竊私語。

「哎，這不就是那個……」

「別看別看，別惹事……」

「聽說當初錢糧胡同那對兄弟都是折在……」

「別說了別說了，喝酒喝酒……」

一幫壯漢明顯聲音都低了下去，悶頭吃飯喝酒。

魯南先是朝方媛和蕭闖揮了揮手，走到兩桌人中間，把購物袋放到桌上，轉身走了兩步，來到壯漢一桌前，低頭看著這幫人。

他們沒一個敢抬頭的，連話都不說了。

魯南微微躬身，和氣地說道：「不好意思啊幾位弟兄，公共場所，室內禁菸。」

幾名壯漢面面相覷，其中一人意識到自己手上正拿著半支點燃的菸，連忙把菸掐滅。

魯南笑著朝他們一抬手：「多謝。」

說完，魯南回到桌邊坐下。方媛揮著簡易菜單：「服務生，點餐！」

上午的指紋咖啡沒什麼顧客。韓彬擦拭著吧臺，喬紹廷和蕭臻並排坐在吧臺前。

「聽證的結果不樂觀？但不是已經證實鄒亮偽造銀行單據是受曠北平指使的嗎？」蕭臻問道。

喬紹廷低著頭：「但我在沒有獲得任何司法機關授權的情況下，私自要求在銀行工作的同學調取嚴家的銀行財務紀錄。」

「這屬於違規行為吧？給個訓誡，大不了公開警告。」

「如果被歸為以其他不正當方式影響依法辦理案件的話，就算違法行為了。」

蕭臻一時間也說不出話：「那也就是個警告或者罰款吧？」

「這裡面自由裁量空間很大的……再加上千盛閣那案子……唐初說得對，實在不行就不幹了。」

蕭臻側頭去看喬紹廷：「唐姐說這個行業容不下你，你也這麼想？」

喬紹廷笑了：「我不知道這個行業能不能容得下我，但我知道有很多人一直在努力保護我，我早一點退出，也少給他們添一點麻煩。」

蕭臻聽完，沉默片刻，故作歡快地說：「那也好，你要真當不成律師，我就有全職司機了。」說完，蕭臻探身對韓彬說：「老闆……」

韓彬一指她：「你忘啦？終身免費。」

蕭臻很開心的樣子，圈了一下面前的空杯空盤：「真的？」

「只有你。」韓彬一指喬紹廷，「其他人還是要結帳的。」

蕭臻提起肩包：「那謝謝韓律師。」

喬紹廷看了眼錶：「你那個仲裁的案子不是下午才開庭嗎？」

蕭臻解釋著自己跟人約了會面，正要離開，似乎又想起什麼，問喬紹廷：「我第一次去商事仲裁庭，有沒有什麼小絕招傳授一下——說起來，搭檔這麼長時間，好歹是我前輩，你從來沒有認真教過我什麼。」

喬紹廷想了想：「首席仲裁員是男的還是女的？」

「女的，工商學院的教授。」

喬紹廷指了下蕭臻的領口：「把襯衫扣子多解開一顆。」

蕭臻愣了。

「然後走進仲裁庭的時候，一邊往裡面走一邊再把那顆扣子繫上。」

「是為了讓大家留意一下我這件七十塊錢的襯衫嗎？」

「鬆開一顆扣子，是為了不讓仲裁庭以為你是那種會把襯衫繫到頭的呆板菜鳥。一邊往裡面走一邊繫上扣子，是為了向他們表示你對仲裁庭以及仲裁程序的尊重。」

蕭臻想了想：「那如果首席仲裁員是男的呢？」

「還是這招。」

蕭臻一臉抓狂：「那你為什麼要問是男的還是女的？」

「因為這麼問顯得更像絕招一點。」

蕭臻啞然失笑，朝喬紹廷擺了擺手，推門離開。

韓彬替喬紹廷續了杯咖啡：「你還得開車，我就不請你喝酒了，請你喝杯咖啡吧。」

喬紹廷看著韓彬：「我的車回來了，好像應該我請你才對。」

「一碼歸一碼。」韓彬舉起自己手裡的咖啡杯，「祝賀你挽回了王博和雷小坤的命案，還扳倒了曠北平。」

喬紹廷笑了：「如果這次我沒成功，搞不好章政會把你樹立成曠北平的新對手，從這個角度講，這杯咖啡你可以請我。」

韓彬若有所思地點點頭：「居然有這種事，人真是世界上最危險的動物。」

「黃道十二宮殺手的名言……說起危險這回事，你真的認為我誤會你了？」

「是的。」韓彬平靜而坦然。

「那你明知道那個李梁可能是販毒的，深更半夜，孤身一人，赤手空拳，你追上他圖什麼？」

「我是擔心錯怪他，才想去和他當面對質。」

「韓律師，你有個很不好的習慣，就是在說謊的時候，左眼的眼角會抖。」

韓彬平靜地看著他：「我沒有這個習慣，而且我沒說謊。」

「務必在我殺更多人之前逮住我，我無法自控。」

韓彬略一思考：「威廉．喬治．海倫斯，口紅殺手。」

「我原本以為你只是對那些連環殺手很感興趣，可能是我猜錯了。」

「我只是對犯罪研究的案例感興趣而已。」

「那就待在你自己的小店裡，去研究你感興趣的東西，別再隨便往外跑了。」

「歡迎你隨時來，喬律。我很欣賞你，有什麼需要我幫忙的，我很願意盡力。」

「我不覺得有什麼事還會需要你幫忙。」

「世事難料，不妨先收下我的好意。」

「你的好意一定是有代價的。」喬紹廷掏出錢來，「結帳吧。」

薛冬在高級會所的包廂裡舉著紅酒杯，在他對面，是一臉乖巧順從的付超和劉浩天。

「正在進行的案子妥善安排好，大客戶我大致都提前穩住了。所裡還有四十多個常年法律顧問單位是掛在老爺子名下的，你們兩個看著分了吧，有談不攏的就跟我說，我會去打招呼。」

另外二人連連稱諾。

「所裡那邊要是沒什麼特別的事，你們最近勤一點去，讓底下人看到合夥人正常進出，自然心就慢慢穩下來了。」

那兩人繼續點頭。

「對了，老爺子那邊我們也別不管，偵查階段律師做不了什麼，等到審判階段挑個精明一點的人去做辯護。他家裡那邊也找人去看看，安撫一下。」

付超之前對曠北平表忠心的那套，已經原樣移植到了薛冬身上：「是，還是薛律師想得周到。」

薛冬剛把酒杯遞到嘴邊，突然停住，冷冷地盯著付超。劉浩天反應過來，連忙拉著付超站起身：「那我們這就去安排了，主任。」

聽到這個稱呼，薛冬點點頭。二人離開。高唯立刻過來，和薛冬碰了個杯。

正在這時，蕭臻走了進來。薛冬熱情地站起來招呼她，高唯還拿一個新的紅酒杯過來。

薛冬拿起醒酒器倒酒：「來來來，這次蕭律師勞苦功高。」

蕭臻坐下來，拿起酒杯輕輕搖了搖：「沒有冰塊嗎？」

薛冬愣了一下。

高唯忙解釋道：「這款瑪歌酒莊的紅酒不適合加入冰塊，冰塊融化會沖淡……」

蕭臻看著高唯：「金屬冰塊，謝謝。」

高唯愣了一下，看向薛冬。薛冬朝她遞了個眼色，高唯走開了。

蕭臻把面前的紅酒杯往旁邊一推：「你和章政之前一直拿我當過河小卒，現在你們平分天下，該兌現承諾了吧。」

薛冬笑了：「事務所還沒顧得上正式改選呢，你再稍微等等。該給你的，肯定少不了。」

「我無所謂，這事你欠喬律師多少，自己心裡清楚。」

薛冬臉色微微一沉：「怎麼？你是來替喬紹廷討位置的嗎？」

「喬律師不稀罕這些，但你在所裡留好位置，專家也好顧問也罷，薪酬別低於你自己。總之喬律師要是今後不能執業了，你伺候好他。」

薛冬冷冷地看著她：「我為什麼要聽你的？」

「因為你吃裡扒外，一旦我想做污點證人，你在這行名聲就臭了，曠北平那些徒子徒孫一定會把你也加入黑名單的。」

薛冬盯著她看了幾秒，笑了：「那你還要不要隱名合夥人了？」

「那個另說，眼下我和喬律師都是德志所的人。」

薛冬盯著蕭臻，這下，他徹底不懂了：「既然你打算跟紹廷在德志所繼續發展，那我承諾你的還有什麼兌現的意義？」

「這杯酒喝不喝是我的選擇，但你必須得倒上。再說……」

這時，高唯拿著一盒金屬冰塊回來了，夾了三顆放進蕭臻的酒杯。

蕭臻拿起酒杯輕輕搖了搖，朝薛冬敬了一下：「我記得舒購公司應該是我們所的顧問單位，怎麼操作我不管，把客戶還回來。」

薛冬看著蕭臻，面露忌憚。

喬紹廷回到自己租的公寓，立刻發現了異樣。屋子被整理得窗明几淨，東西和卷宗擺放得井然有序，一套熨燙過的黑色西服擺放在床上。

洗手間傳來沖水聲。唐初擦著手上的水走了出來，朝西服一努嘴：「喏，衣服拿過來了。」

「麻煩你了。」喬紹廷走到桌旁，看到桌上放著離婚協議，展開看了看，摺了起來，放進抽屜裡。

喬紹廷回過頭，看見唐初打開冰箱，從裡面拿了瓶礦泉水喝了一口：「是你想要的吧？」

「只要是你想要的就好。」

「你這個回答就是我想要的。」

「你是覺得我不會變嗎？」

「不重要，重點在於我也不想讓你變。」

喬紹廷走過去，唐初很自然地把水遞過來，喬紹廷接過瓶子也喝了兩口，脫下外套，拿起床上的黑色西服，換著衣服。

唐初在一旁看著他：「你要是變了，我們就徹底不用見面了。不過話說，你從來沒想過要我改變嗎？」

「要你改變？從我喜歡的樣子變成我不喜歡的樣子，我有什麼好處？」

「搞不好變了之後，你覺得更好更喜歡了呢？」

「那不可能。你身上所有的好，我都喜歡。當然除了我，這世上的大多數男人也都會喜歡。而你身上會讓我困擾的部分，只不過是那些『好』的反面，是來自同一種性格特質的。我很榮幸能成為接納這些的人，至少這讓我在和其他那幾億男人的競爭中，取得了先機。」

唐初從桌上拿起喬紹廷放下的那半瓶水，喝了一口：「唉，說來說去，其實我們誰都不會變。」

「那現在這樣……」

「我們早就說好了，關係和感情。如果我們的關係可能對感情產生危害，優先保護感情。」

喬紹廷從她手上接過水：「沒錯，但我比原來貪心了。關係我也想保住，怎麼辦？」

「這個我不擔心，你總會想出辦法的。」

唐初愣了一下，笑了。

唐初朝他揮揮手，轉身剛要往外走，喬紹廷抬起頭說：「今晚的月色真美。」

喬紹廷低頭想了想，點點頭。

火化場大廳的告別儀式還沒開始，空蕩蕩的大廳裡，只有幾名工作人員以及嚴秋在布置會場。喬紹廷繫著一條暗色條紋領帶，上衣口袋別著一朵新鮮的白色菊花，上前對嚴秋說：「你父親的事，節哀。」

嚴秋忙著手裡的事情，沒正眼看喬紹廷：「我們家好像不只死一個人。」

喬紹廷低頭不語。

嚴秋語含悲憤：「我要和爸爸的那些同事、戰友去解釋老人家為什麼半夜外出，突遇意外。我還要向保險公司解釋，爸爸可能有輕生的念頭，所以我們不需要任何理賠，也不存在任何騙保的意圖。我甚至還要一遍又一遍地向警察解釋，為什麼我爸爸安排了這一切，而我毫無察覺，並且求他們不要去詢問我的孩子。」

說著，嚴秋站定，望著喬紹廷：「謝謝你的安慰，不過你多慮了，我現在根本沒有精力去悲痛。」

喬紹廷面帶愧色，深吸口氣：「其實，我也一直想問……從朱宏打電話給你父親，到你父親在三兩天內大幅調配銀行的財產，來回往返西平港安置朱宏，以及幫他買……各種東西。再加上他和鄒亮的那些會面，你對這些一點都不知道嗎？我是說，你之前沒察覺到他有什麼行為異常之處嗎？」

嚴秋瞪大眼睛看著他：「你什麼意思！你是覺得我跟我爸合謀了這些嗎？喬紹廷，我的孩子失去了父親，我也失去了父親，而你現在大搖大擺地走進來，就在他老人家遺體旁邊問我這個。你是不是希望警察把我也抓走？是不是佳佳成為孤兒，你才會徹底滿意？」

嚴秋越說越激動，聲音也越來越大，引得周圍的工作人員都望向這邊。嚴秋強忍著淚水，努力控制和調節情緒。

喬紹廷覺得自己或許是太過分了，愧疚地連忙道歉：「對不起，我不是這個意思……」

「好了，你別說了。紹廷，這次我回答你，我也希望這是我們這輩子最後一次對話——我不知道。我要照顧老人，我要照顧孩子，我要工作養家，我可能疏忽了，我可能很遲鈍……對不起，我做得不夠好，我沒有察覺，但我確實不知道！」

喬紹廷連忙繼續道歉：「對不起……我真的不是想……」

「沒事，我只是把需要一遍又一遍對警察說過的話，再對你說一遍而已。」

開始陸續有人走進告別大廳，大廳內也響起了哀樂。嚴秋後退兩步，對喬紹廷鞠了個躬，用冰冷而客套的語氣對他說：「感謝您參加家父的告別儀式。我還需要招呼其他人，失陪了。」

喬紹廷垮著臉把手中的花束放到棺槨旁，盯著嚴裴旭的遺體看了一會兒，走出了告別大廳。站在門外，喬紹廷回過頭，看到嚴秋正和前來弔唁的人逐一握手，喬紹廷的臉色變了。

從嚴秋的神態中，喬紹廷明白過來。

《教父》結尾處，凱伊從麥可的站姿裡看透了真相。「他那個樣子，使她想起了古羅馬皇帝的雕像。那些皇帝憑著君權神授的理論，掌握著他們同胞的生死大權：一隻手放在臀部，面部的側影顯示著一種冷酷的自豪的力量。他的身體採取的是漫不經心、盛氣淩人的「稍息」姿勢，重心是放在稍稍錯後的一條腿上的。兵團司令們採取立正姿勢站在他的面前。這時，凱伊明白了，康妮指責麥可所犯的罪行，一樁樁，一件件，全是真的。」

而此刻，嚴秋的站姿，和麥可一模一樣。

一名工作人員緩緩關上了告別大廳的門。

傍晚，戶外餐廳門口，隨著摩托車的發動機轟鳴聲和嘈雜的搖滾樂〈Long Tall Sally〉，顧盼騎著喬鏞的摩托車從戶外餐廳前面的馬路上飛馳而過，側座裡的李彩霞發出了驚恐的尖叫聲。

餐桌旁，洪圖皺著眉頭看著摩托車上的二人。

章政吃著點心：「你是擔心小顧有沒有駕照，還是擔心她們安全出問題？」

「不，我是在後悔今天為什麼穿的是裙子。」

坐在餐桌首席，正和金義下象棋的喬鏞樂呵呵地對洪圖說：「你穿裙子好看，美女。我這個歲數，多看看你這種美女，對心血管好。」

金義在一旁指著洪圖，點頭稱是：「老爺子說得對！正好我最近心臟也老覺得不舒服……」

說話間，金義偷偷換掉了喬鏞的棋子。喬鏞回過頭看棋盤，發現棋局形勢變了，有點詫異。

這時，唐初帶著阿祖和蕭臻有說有笑地走進戶外餐廳。

喬鏞一推棋盤：「好了，先不下了。」

喬鏞喜笑顏開地迎上阿祖。在阿祖和唐初身後，喬紹廷的姐姐喬紹言現身。喬鏞愣愣地看著多年未見的女兒，自然地和她打招呼，彷彿她從來沒離開過。

蛋糕店裡，喬紹廷有點出神，接過服務生遞來的蛋糕。他心事重重地走出店門，一抬頭，就看到了馬路斜對面的指紋咖啡。

喬鏞的生日宴已是酒過三巡，金義背著阿祖到處跑，蕭臻收養的那隻小狗在圍著他們轉，阿祖不停地指著小狗喊道：「小破爛！小破爛！」

章政在幫著服務生收拾桌子，唐初、喬紹言、洪圖、毛毛和顧盼在招呼著喬鏞點蠟燭、切蛋糕。蕭臻和喬紹廷並肩坐在一旁，看著這一切。

「這段日子對我來講，就像某種奇遇。」蕭臻低聲說。

「奇遇？」

「對啊。就像我要去學車，考駕照，拿到駕照之後找陪練上路，然後突然被一艘太空船帶到火星去轉了一圈。從千盛閣的案子開始——」

「他們庭外和解了。」

蕭臻笑笑：「舒購公司這個顧問單位，我拿回來了。」

「王明二審好像改判了十一年。」

「可惜龐國家的子女還是不願意和解……不過無所謂，做案子嘛，總不可能一帆風順。」

蕭臻說著，從旁邊拿出一個裝錢的厚信封遞給喬紹廷：「當初說好的，五五分帳。」

喬紹廷一挑眉毛，接過信封在手裡掂了掂：「還真不少。」

蕭臻喝著飲料，斜眼看他：「我扣掉了一部手機錢。」

喬紹廷一愣：「什麼牌子的手機？」

蕭臻眨眨眼：「你知道，有些事情就好像氯胺酮被歸類為毒品的時間，和《一拳超人》連載的時間差一樣。」

「什麼意思？」

蕭臻擺了擺手：「意思就是不要在意這些無關緊要的細節。」

然後她站起身：「韓律師跟我說，人都是被欲望驅使的動物。欲望有很多別稱：錢、事業、理想、自我價值，有時候單一的欲望會讓一個人變得很無趣。我喜歡這種奇遇，雖然各種欲望縱橫交錯，但既不枯燥，又能讓我遇到驚喜。」

喬紹廷想了想，有點刻薄地說：「那韓律師有沒有告訴你，他是被哪種欲望驅使的動物？」

「他說他和那些在螢幕前看劇的觀眾一樣，就喜歡看劇中人為了各自的欲望奔命。」

蕭臻跑去和唐初一起逗阿祖玩，喬紹廷看著周圍歡騰的親友，若有所思。

伴隨著迎客鈴的響聲，喬紹廷推開了指紋咖啡的門。

店內空無一人，燈光昏暗，只有韓彬在吧臺後擦拭著杯子。

他抬頭看到喬紹廷，喬紹廷穿著參加嚴裴旭葬禮時同樣的衣服，但繫了一條深色的圓點領帶，上衣口袋處別著一朵枯萎的白色菊花。韓彬從木箱剩下的兩瓶安克拉治限定款啤酒「與魔鬼交易」中拿出一瓶，打開瓶蓋，正要往杯中倒酒。喬紹廷坐到吧臺旁，伸手一攔，把整瓶酒拿到自己面前：「你喝你的，我喝我的。」

韓彬笑了，打開木箱裡的最後一瓶酒。兩人各拿一瓶，遙敬對飲。

【Mystery World】MY0034

落水者

劇本原著❖指紋
小說改編❖施一凡
封面設計❖鄭婷之
內頁排版❖HAMI
總　編　輯❖郭寶秀
編　　　輯❖江品萱
協力編輯❖郭淳與
行　　　銷❖力宏勳

事業群總經理❖謝至平
發　行　人❖何飛鵬
出　　　版❖馬可孛羅文化
臺北市南港區昆陽街16號4樓
電話：(886)2-25000888
發　　　行❖英屬蓋曼群島商家庭傳媒股份有限公司城邦分公司
臺北市南港區昆陽街16號8樓
客服服務專線：(886)2-25007718；25007719
24小時傳眞專線：(886)2-25001990；25001991
服務時間：週一至週五9:00～12:00；13:00～17:00
劃撥帳號：19863813　戶名：書虫股份有限公司
讀者服務信箱：service@readingclub.com.tw
香港發行所城邦（香港）出版集團有限公司
香港九龍土瓜灣土瓜灣道86號順聯工業大廈6樓A室
電話：(852)25086231　傳眞：(852)25789337
E-mail：hkcite@biznetvigator.com
馬新發行所城邦（馬新）出版集團【Cite (M) Sdn. Bhd.(458372U)】
41, Jalan Radin Anum, Bandar Baru Seri Petaling,
57000 Kuala Lumpur, Malaysia
電話：(603)90563833　傳眞：(603)90576622
E-mail：services@cite.my
輸出印刷❖前進彩藝股份有限公司
初版一刷❖2025年02月
定　　　價❖430元（紙書）
定　　　價❖301元（電子書）

國家圖書館出版品預行編目(CIP)資料

落水者 / 指紋著；施一凡改編. -- 初版. --
臺北市：馬可孛羅文化出版：英屬蓋曼群島商家庭傳媒股份有限公司城邦分公司發行, 2025.02
面；　公分. --（Mystery world ; MY0034）
ISBN 978-626-7520-68-0（平裝）

857.7　　114001482

ISBN：978-626-7520-68-0（平裝）
EISBN：978-626-7520-72-7 (EPUB)

城邦讀書花園
www.cite.com.tw